AF561390

LES GRANDS ROMANS

H.-J. MAGOG

Les Masques de la Haine

PARIS
J. FERENCZI et FILS, Éditeurs
9, Rue Antoine-Chantin, 9
1927

Volumes parus dans la même collection

L'Enfant du Pavé
par ARTHUR BERNÈDE

La Dévorante
par LÉON SAZIE.

Rose Fauvette
par MAXIME LA TOUR.

Les Yeux d'Or
par GEORGES LE FAURE.

Satanas
par GABRIEL BERNARD.

Le Roman d'une Chanteuse
par ARTHUR BERNÈDE.

Les Deux Gamines
par LOUIS FEUILLADE et PAUL CARTOUX

Les Briseurs d'Amour
par H.-J. MAGOG.

Lady Harrington, aventurière amoureuse
par MAURICE LEVEL.

Les Drames de la Vie
par ARTHUR BERNÈDE.

La Belle Inconnue
par FRÉDÉRIC VALADE.

Mensonges de Femme
par LÉON SAZIE.

Pourquoi aimer...
par GUY DE TÉRAMOND.

Mariage d'Amour
par MICHEL MORPHY.

Le Pays du Bonheur
par JEAN PETITHUGUENIN.

Flétrie et Vengée
par ARTHUR BERNÈDE.

Le Secret du Braconnier
par FRÉDÉRIC VALADE.

Le Baiser volé
par MICHEL MORPHY.

La Gueuse!...
par MICHEL MORPHY.

A force d'aimer.
par LÉON SAZIE.

Quand l'Amour vous tient
par GEORGES LE FAURE.

La Belle Diane
par GUY DE TÉRAMOND.

Peignard au Cœur
par JEAN DE LA HIRE.

L'Amour au Bagne
par MICHEL MORPHY.

Le Cavalier Rouge
par CLAUDE RÉMY.

Le Roman d'un Jeune Officier Pauvre
par ARTHUR BERNÈDE.

Le Roman d'une Ecuyère
par GEORGES LE FAURE.

Les Aventuriers de Paris
par GUY DE TÉRAMOND.

Le Christ du Faubourg
par MAXIME LA TOUR.

Les Princesses du Trottoir
par ARISTIDE BRUANT.

La Voleuse de bonheur
par LÉON SAZIE.

Chiffonnette
par JEAN DELMAS.

La Proie
par G. LE FAURE.

Des Rires et des Larmes
par J. PEYRE.

L'Éternel Amour
par MAXIME LA TOUR.

Vivre pour Aimer
par G. ROSMONT.

La Capitane
par JEAN DE LA HIRE.

Deux Cœurs de Femme
par H.-J. MAGOG.

Esclave d'une Courtisane
par ARTHUR BERNÈDE.

Le Drame de Saint-Raphaël
par GABRIEL BERNARD.

Le Martyre de Lucienne
par LÉON SAZIE.

Le Regard Mortel
par JEAN BONNERY.

Pour les beaux yeux d'une Gitane
par PAUL CARTOUX.

Le Combat pour l'Amour
par SYLVAIN DÉGLANTINE.

Cœur d'Amante, Cœur de Mère
par GUY DE TÉRAMOND

Les Yeux de l'Amour
par GABRIEL BERNARD

Chaque volume contient UN ROMAN COMPLET

Envoi franco contre **2 fr. 50** par ouvrage adressés aux **Editions J. FERENCZI ET FILS**
Il n'est pas fait d'envoi contre remboursement.

LES MASQUES DE LA HAINE

Roman sentimental

Par H.-J. MAGOG

PREMIERE PARTIE

LES TROIS COUSINES

CHAPITRE PREMIER

LE TESTAMENT

Boulevard des Invalides, un jeune homme descendit du train et tourna dans la rue de Varenne.

C'était encore un jeune homme; mais il devait approcher de la trentaine. Il avait la beauté du mauvais ange, servie par une élégance un peu râpée, trahissant l'impossibilité de renouveler assez fréquemment sa garde-robe.

Vêtu d'un complet plus neuf et chaussé de bottines moins fatiguées, il eût pu être pris pour un professeur de tango. Il en avait la souplesse et la vigueur, l'allure un peu aussi. Alternativement câlins ou durs, sous de noirs sourcils, selon qu'ils dévisageaient les plus jolies passantes ou qu'ils étaient au repos, ses yeux mettaient leur lumière au service d'un visage harmonieux et mâle, encadré de cheveux bruns rejetés en arrière. Les mains étaient fines et blanches, très soignées, l'allure aisée, l'ensemble distingué.

Mais la mise de ce beau garçon révélait la médiocrité de ses ressources; il devait végéter dans quelque emploi modeste et mal rétribué dont il supportait la servitude avec une impatience difficilement réprimée.

Il prit la rue Vaneau et s'arrêta devant la petite porte d'un vieil hôtel au portail fermé.

Demeure majestueuse et maussade, dont la façade ne livrait rien aux regards des passants, des rares passants de ce quartier somnolent.

La petite porte s'entr'ouvrit au coup de sonnette du jeune homme. Il pénétra dans la cour aux pavés verdis et salua au passage le vieux concierge, debout devant la porte de la loge.

— Bonjour, père Jacques, M. Bourlier m'attend?

— Probable que oui, monsieur Parvan, vu qu'il est sur son départ et qu'il met tout en ordre à son idée. Vous voyez ça d'ici...

Le jeune homme inclina la tête, indiquant par là qu'il partageait l'opinion du concierge sur l'original dont il était le secrétaire.

Tout n'était-il pas contraste et bizarrerie, dans cette antique demeure, si vaste, dont les hauts plafonds et les pièces immenses n'abritaient qu'un vieillard au nom plébéien : Jean-Pierre Bourlier, aussi ladre que riche?

Pas de domestiques; un seul serviteur, le père Jacques, jardinier-concierge, tenant lieu au maître de bonne à tout faire.

Ladrerie ou sauvagerie ? Parvan ne pouvait imaginer d'autre explication à cette existence recluse et solitaire. Mais par quel caprice Jean-Pierre Bourlier, qui se refusait une cuisinière, s'était-il offert le luxe d'un secrétaire? Le titulaire de l'emploi était peut-être le premier à se le demander.

Pensif et réservé, il s'attardait pourtant à écouter les bavardages du père Jacques, mystérieux et loquace.

— Alors, comme ça, monsieur Parvan, vous

allez perdre votre place, puisque Monsieur va partir?... Il ne vous emmène pas?

Parvan secoua négativement la tête, en accompagnant cette réponse d'un involontaire soupir. Assurément, la perspective de se retrouver bientôt sur le pavé ne le réjouissait pas; et ce n'était que par orgueil qu'il tentait de dissimuler ses regrets secrets derrière un masque de philosophie insouciante.

— Où va-t-il ? reprit le vieux concierge. Il ne me l'a pas dit et il ne vous le dira pas davantage, ou ça m'étonnerait fort. C'est une lubie qui le prend. Ce que je sais, c'est que l'hôtel restera fermé pendant son absence et que personne n'y pourra entrer. Monsieur a mis des cachets de cire sur toutes les serrures... Ce n'est pas que je m'en plaigne! Autant de peine d'épargnée pour moi. S'il m'avait fallu tenir propre une caserne pareille, vous pensez! je n'y serais jamais arrivé... Je n'ai plus vingt ans, dites!

C'était incontestable. Le secrétaire approuva complaisamment. Le père Jacques s'en autorisa pour continuer ses doléances :

— Et ça ne me changera pas beaucoup de rester seul. Monsieur est si peu causeur. Autant dire qu'il n'ouvre jamais la bouche. Vous devez bien le savoir... Ainsi, si je me doute qu'il est en train de manigancer quelque tour, comme de faire son testament, ce n'est pas qu'il m'en ait fait la confidence : c'est parce qu'il m'a envoyé dire à un notaire de venir le trouver. Il l'attend.

Un brusque flux de sang anima les joues du secrétaire, puis s'en évada peu à peu. Cette marque d'émotion, assurément singulière, échappa totalement au père Jacques, dont l'âge avait affaibli la vue en même temps que la perspicacité.

Ce fut, d'ailleurs, d'une voix parfaitement calme que Parvan prononça tout à coup, en se dirigeant vers le perron :

— Je vais tout de même voir s'il a besoin de moi.

Il monta les marches de pierre avec une vivacité juvénile. Mais quand il eut pénétré dans le grand vestibule au dallage noir et blanc, il ralentit le pas, éteignit l'éclair de son regard et composa son visage, qui devint froid et terne comme l'atmosphère qui l'environnait.

Des portes s'offraient, à droite et à gauche. Il frappa à l'une d'elles.

— Entrez! cria une voix sèche et forte.

Parvan ouvrit. Tapissée de livres rangés sur des rayons, la pièce servait évidemment de bibliothèque et de cabinet de travail. Un grand bureau à casiers en occupait l'un des bouts; dans un angle se présentait un cartonnier.

Assis devant le bureau, couvert de paperasses, un rude vieillard, dont la barbe drue et blanche contrastait avec le teint de brique, apposait des cachets de cire noire sur le rectangle d'une large enveloppe jaune. Il était grand, sec et solide comme un chêne, le type du paysan tanné et recuit par le grand air et le soleil.

Sans les yeux aigus, qui vrillaient leurs regards et obligeaient l'interlocuteur à baisser les siens, la face barbue et rougeaude aurait paru débonnaire; mais le regard glacé tenait les gens à distance et repoussait les sympathies prêtes à s'éveiller.

A l'entrée du secrétaire, il leva la tête.

— Venez, Parvan. Vous allez m'aider à trier ces paperasses, dont la plupart sont à détruire. Prenez une chaise. Je vais vous faire de la place.

Pendant que le jeune homme s'installait près de lui, il se courba sur le bureau et traça en travers de l'enveloppe, sur la face opposée aux cachets :

« Ceci est mon testament. »

Un peu rouge, comme il arrive quand on fait des efforts pour combattre et dissimuler une émotion, dont on n'est point maître, Parvan le regardait écrire.

Jean-Pierre Bourlier se redressa, posa l'enveloppe bien en vue sur le casier du bureau et ricana.

— Besogne funèbre et qui n'inspire pas des pensées folâtres. Mais, à mon âge, quand on s'apprête pour un long voyage, il faut mettre ses affaires en ordre. Je ne tiens pas à ce que mon argent aille à n'importe qui.

Il se leva, respira profondément et se mit à marcher de long en large, en homme qui cherche à chasser des pensées importunes.

— Je veux prendre mes précautions, déclara-t-il, poursuivant tout haut la méditation qui l'absorbait. Si seul qu'on soit dans la vie, ou qu'on semble l'être, on a toujours quelque part un héritier, plus ou moins éloigné, prêt à venir s'installer à la place qu'on laisserait libre. C'est mon cas. Et je vous étonnerais bien, Parvan, si je vous nommais l'héritier naturel du roturier Jean-Pierre Bourlier, de ce paysan dont vous avez pu apprécier l'extérieur mal peigné. Et je parle du moral aussi bien que du physique. Eh bien, mon ami, ça ne m'empêche pas d'avoir un arrière-petit-cousin, qui est un comte authentique. Cela vous surprend?

A vrai dire, le secrétaire, penché sur les papiers qu'il classait, ne manifestait ni ébahissement ni même un intérêt quelconque. Il écoutait, ou feignait d'écouter avec une froideur polie, ces confidences de la dernière heure, que jugeait tout à coup à propos de lui faire le bizarre vieillard.

De la part de ce taciturne, cette loquacité soudaine et ce besoin d'épanchement étaient assez inattendus. Mais Jean-Pierre Bourlier parlait sous l'empire d'une surexcitation visible, née sans doute du bouleversement que représentait son projet de voyage.

— Un noble dans ma famille! Voilà qui sonne assez mal, n'est-ce pas? poursuivit-il. Cela fait tache... Mais voilà, il y a eu jadis une Bourlier dont les écus ont été épousés par un monsieur de Quelque-Chose. D'où ce « monsieur le comte », qui aurait aujourd'hui le droit de me traiter de cousin... exactement au neuvième degré, ce qui suffit encore à faire un héritier... Je ne suis pas très sûr, d'ailleurs, qu'il vive encore. En tout cas, il ne serait qu'un dévoyé. Je sais qu'il a fait des bêtises et qu'il a mal tourné. A vingt-cinq ans, il avait mangé toute la fortune que lui avaient laissée ses parents et était criblé de dettes. Il a disparu... Peut-être s'est-il suicidé, ce qui devait être assez dans sa manière de comprendre l'honneur... Mais il se peut aussi qu'il végète à l'étranger. De toutes façons, il ne m'intéresse pas; il est indigne de l'agréable surprise que je pourrais lui faire en trépassant sans tester... ce qui pourtant se serait fatalement produit, si je n'avais trouvé matière à préférence. Mais voilà, je me suis découvert trois autres petites-cousines. Elles sont d'un degré plus éloigné. Mais il n'importe, puisque je fais un testament en leur faveur.

Le secrétaire avait relevé la tête et son regard suivait les allées et venues du vieillard. Il n'était plus rouge, mais fort pâle.

Sans s'inquiéter de lui, Jean-Pierre Bourlier continuait à égrener tout haut le chapelet de ses pensées, longtemps enfermées en lui.

— Ce sera une fameuse surprise! A ma mort, elles seront riches. Ce testament leur partage ma fortune... à condition qu'elles vivent plus longtemps que moi. Au cas contraire, l'autre, le noble, reprendrait ses droits... Mais le cas ne se produira pas. Elles sont jeunes, les trois petites-cousines : la plus âgée a vingt-huit ans, la plus jeune dix-neuf ou vingt. Je me suis renseigné sur elles... J'aurais pu m'entourer de rire et de joie... Deux au moins d'entre elles auraient vu en moi un bienfaiteur... presque un sauveur... Baste! j'ai préféré faire des économies... Crève donc seul, Harpagon!

La voix sèche s'enroua. Quel taon piquait donc ce solitaire et ce muet? Pourquoi débitait-il ainsi cette sorte de confession devant son secrétaire — un étranger qui ne lui avait manifestement inspiré aucune sympathie particulière?

Mais, sans doute, un trop-plein de regrets soulevait-il la croûte durcie de son égoïsme. Et Jean-Pierre Bourtier, malgré lui, laissait voir ce qu'il y avait dessous — un peu de remords, peut-être.

— Seul! seul!... répéta-t-il farouchement. C'est pour cela que je pars... comme un vieux chat qui sent venir la mort. Je ne veux pas mourir dans mon lit. J'irai crever quelque part, dans un coin ignoré... Cela ne traînera pas, peut-être. Depuis quelque temps, j'éprouve des malaises qui doivent m'avertir. La mort s'approche... Tant pis! ou tant mieux!... Trois jeunes filles s'éveilleront riches...

Maintenant, le secrétaire écoutait avec une mine de plus en plus effarée. Il était naturel que les singulières confidences du vieillard produisissent cet effet. Ses mains tremblaient un peu. On eût juré qu'il luttait contre une véritable émotion.

— Si différente est leur vie! poursuivit le vieillard. Cela leur procurera une joie inégale. J'ai là leur dossier, que m'a procuré une agence. Ce fut ma façon de m'intéresser à elles, sans leur faire de cadeau. De mon vivant, je n'aurai rien donné à personne... jamais!

Un regret?... Un remords?... Peut-être...

De nouveau, la voix bourrue s'enrouait et décelait un attendrissement singulier.

Assurément, à cet instant, il avait oublié la présence du secrétaire et ne parlait plus qu'à lui-même. Tout à son évocation, il se dirigea vers le cartonnier et en tira une sorte d'album, qu'il entr'ouvrit.

Parvan, dont les yeux suivaient chacun des mouvements de Bourlier, entrevit des photographies.

— Sylvaine... Laurette... Suzy... La brune, la blonde et la rousse! murmura le solitaire avec une expression indéfinissable de tendresse. Elles n'ont jamais soupçonné que je pensais à elles... Mais, par moi, elles seront riches et béniront mon souvenir. Le noble n'aura rien.

Il referma l'album et le replaça dans le cartonnier.

Puis il vint reprendre sur le bureau l'enveloppe enfermant son testament et s'approcha de l'une des fenêtres, pour vérifier la suscription et les cachets.

Ce faisant, il tournait le dos au secrétaire, qui venait de se lever, très pâle, les traits contractés et le regard farouche. A pas glissants, indécis et furtifs, il se rapprocha du vieillard et ses mains, ouvertes et énervées, s'élevaient peu à peu comme si elles étaient prises de la brusque envie d'étrangler le testateur.

Mais, par la fenêtre ouverte, une voix monta, celle du concierge-jardinier, appelant :

— M'sieu Bourlier, c'est le notaire.

— Il vient chercher mon testament, annonça Jean-Pierre Bourlier sans se retourner. Introduisez-le, mon ami, et vous pourrez ensuite aller déjeuner. Revenez à cinq heures. Nous achèverons de trier ces papiers et nous réglerons votre compte. N'oublions pas que je pars ce soir.

Les mains du secrétaire étaient retombées et le feu qui s'était un instant allumé dans ses yeux venait de s'éteindre. Maintenant, il hésitait et ses lèvres tremblaient, paraissant prêtes à laisser passer des paroles jusqu'alors retenues. Il fit un pas vers le vieillard.

Mais les mots qu'il était tenté de prononcer devaient lui coûter trop, ou bien il doutait de leur utilité. Brusquement, il fit le geste de l'homme qui renonce et s'abandonne, pivota sur ses talons et sortit sans dire une parole.

Presque aussitôt il reparut, guidant le notaire, s'effaça pour le laisser entrer, referma la porte et quitta l'hôtel.

CHAPITRE II

MARGOT L'AMOUR

Midi, rue Chalgrin... Mais aucune animation particulière ne l'indiquait. La joyeuse envolée des Angelus n'arrive pas jusqu'aux luxueux appartement avoisinant l'avenue du Bois. Les habitants n'en sont point tenus d'être à l'heure, ni de hâter leur repas pour regagner bien vite le bureau, le magasin ou l'atelier.

Tout semblait encore dormir chez la belle Margot Feyline, plus connue dans le monde de la galanterie sous le nom de « Margot l'Amour » et qui devait à la générosité de quelques commanditaires, point du tout anonymes, le cadre élégant de sa vie dorée.

Une jolie fille, assurément — fascinante! comme disait sa clientèle transatlantique : un teint de lait, des yeux ensorceleurs, des cheveux dorés, une bouche, dont les lèvres pouvaient se passer de fard et qui souriait, perpétuellement entr'ouverte sur des dents éblouissantes, un corps harmonieux et souple, un parfum grisant, un charme sensuel se dégageant de toute sa personne et de ses moindres gestes. L'ensemble constituait bien le type même de ce que la gouaillerie populaire appelle irrévérencieusement la « poule de luxe ».

Petit hôtel, auto et collier de perles : l'apparence de la fortune, elle avait déjà tout cela, elle était arrivée. Une étoile du demi-monde!

Attachés à une telle idole, comment des domestiques ne prendraient-ils pas inconsciemment des airs dévots et compassés de prêtres au service d'une religion?

Chez Margot Feyline, on ne marchait qu'à pas feutrés; on n'offrait aux visiteurs que des visages aux yeux hypocritement baissés. Pour recevoir ou restituer un chapeau et un pardessus, les gestes des domestiques s'imprégnaient d'onction.

Eveillée par un coup de timbre, qui retentit brutal au milieu du silence religieux, une « maid » surgit et glissa comme une ombre le long de la galerie du premier étage.

Inclinée — mais avec une mine fermée, lourde de réprobation et de dédain — elle reçut le visiteur qui montait l'escalier et le guida, sans une question, vers une porte qu'elle entr'ouvrit.

C'était celle de la chambre de Margot Feyline.

Mais la camériste savait que celui qui venait — le « type de madame » — avait ses grandes et ses petites entrées, à toute heure du jour et de la nuit — pourvu que ne se trouvât point, céans, l'un quelconque des « monsieur de madame », dont les droits primaient, évidemment, les siens.

Stylée et passive, elle s'effaça et laissa le visiteur disparaître à l'intérieur de la chambre, accueilli par une voix endormie, qui soupira :

— C'est toi, Loulou?

« Loulou » — Louis Parvan, secrétaire de Jean-Pierre Bourlier, s'avança, parfaitement maussade, vers l'œuvre d'art qu'était le lit — copie exacte de celui de la reine Marie-Antoinette.

Il n'était pas d'excellente humeur; les passants bousculés par lui, sur le trottoir de la rue Vaneau, puis ses voisins du Métro, avaient pu s'en rendre compte. Ne semblait-il pas chercher l'occasion d'une querelle, exutoire au trop-plein de fureur inexplicablement éveillée en lui?

Dressée sur son séant, joyeuse et câline, Margot lui tendit ses bras et ses lèvres.

— Bonjour, Loulou! Il est donc tard? Quelle heure?

— L'heure de te lever... et de déjeuner! lança assez hargneusement l' « ami de cœur » de Margot l'Amour.

— Tu viens pour ça? reprocha-t-elle tendrement.

— Parbleu! ricana-t-il cyniquement en haussant les épaules. Ici, c'est meilleur et moins cher qu'à la crémerie!

Il se pencha, tout en répondant, et condescendit à embrasser la belle fille qui s'attarda à ce baiser assez pour rassurer le bénéficiaire sur la solidité du caprice qui la liait à lui.

Mais n'était-ce qu'un caprice? Un lien moins fragile existait entre eux, attachant la jolie fille à ce beau garçon douteux, peut-être ramassé dans les bas-fonds de la misère, mais — et à cause de cela — digne d'elle comme elle était digne de lui. Pour s'aimer vraiment, il faut pouvoir s'estimer ou se mépriser également. Ce qui unit les Margot l'Amour aux Louis Parvan, c'est une force mystérieuse, qui est la Fatalité et leur commun penchant pour le mal. Peut-être le secrétaire de Jean-Pierre Bourlier n'était-il pas uniquement attiré chez la demi-mondaine par les miettes de luxe qu'il y ramassait, mais aussi par la licence qu'il y prenait d'étaler, sans retenue et cyniquement, les vilains dessous de son âme.

Ce jour-là, pourtant, il ne s'abandonnait pas. Tandis que sa maîtresse, ayant sonné sa femme de chambre, procédait à une toilette sommaire et revêtait un délicieux pyjama, il demeurait sombre et contraint, répondait à peine aux taquineries et poursuivait, solitaire, une méditation morose.

D'abord, à cause de la présence de la soubrette, Margot Feyline avait feint de ne point s'apercevoir de l'humeur de son amant. Pour masquer la taciturnité inhabituelle qu'il affichait, elle redoublait d'enjouement.

Mais quand ils furent seuls dans la salle à manger et qu'elle le vit demeurer soucieux et boudeur devant la chère délicate qu'elle lui offrait, elle demanda brusquement :

— A quoi penses-tu?

— Je pense à trois petites filles! répondit-il presque malgré lui.

Et son visage se fit plus sombre.

— A trois petites filles? répéta-t-elle étonnée. Qu'est-ce que cette énigme? Et en quoi te troublent-elles au point de t'amener à me faire la tête?

Parvan haussa les épaules.

— Je ne te fais pas la tête, mon petit... Mais je n'ai pas envie de rire. La vie est trop bête, vois-tu!

— Plus qu'hier? demanda Margot, en riant.

— Bien plus! répondit-il sérieusement. Tu vois un garçon sans place. Le vieux bonhomme dont j'étais le secrétaire me lâche pour partir en voyage.

— Bah! pour ce qu'il te payait! Ce n'est pas cela qui te faisait vivre! lança la belle fille, sans intention de raillerie. Il était plutôt dur à la détente; tu me l'as dit.

— Ladre, fesse-mathieu, mesquin, tatillon, grognon, désagréable... Il collectionnait tous les charmes! grogna le secrétaire congédié, avec une sorte de fureur. N'empêche que ce grippe-sous s'apprête à lâcher ses millions... lesquels réjouiront les trois petites filles auxquelles je viens de faire allusion. Le vieux vient de faire son testament... pour ainsi dire devant moi.

— Tu dis cela d'un ton! remarqua Margot. Qu'est-ce que cela peut te faire?

Parvan poursuivait sans l'entendre, remâchant une colère longuement couvée.

— Il aurait pu mourir sans testament... Et il a fallu qu'il songe à ces trois pintades... au détriment du malheureux qu'il déshérite... Pourquoi? Il ne le connaît ni mieux, ni plus mal que les trois autres, celui-là? Alors pourquoi elles... et pas lui?

— En vérité, je me demande en quoi cette histoire te touche, fit Margot l'Amour. Comme tu la prends à cœur! Ma parole! on dirait que c'est toi le déshérité...

— Justement!

Devant l'éclat de rire grinçant, dont son amant accompagnait ce mot, Margot demeura stupéfaite.

Plaisantait-il?... Qu'avait-il?...

— Tu dis? bégaya-t-elle.

Ricaneur, mais visiblement exaspéré, le secrétaire se pencha vers elle et martela :

— Je dis : justement!... Tu viens de dire la vérité en riant. Cet héritier déshérité, dont j'épouse la rancœur, ce comte décavé que je plains, c'est moi... Je ne m'appelle pas Parvan : c'était un masque, un déguisement!

— Comment?... Pourquoi?... Que me racontes-tu là, Louis? Tu te moques? s'effara la jeune femme. Si ce que tu dis était vrai, tu ne me l'aurais pas si longtemps caché; tu te serais confié à moi...

Mais le faux Parvan était lancé. Presque violemment, il riposta :

— Il n'y a pas que toi... Un secret cesse d'en être un s'il a un confident... Pourquoi j'ai quitté mon nom et mon titre?... Car j'avais un titre... Et là est la raison de ma conduite. Est-ce que le gentilhomme que j'ai été pouvait déchoir! n'être qu'un pauvre petit employé? vivre aux crochets d'une grue?... Tu veux mon secret? Tiens, le voilà!... Cela me soulage de parler enfin, de me livrer à quelqu'un... Aujourd'hui, vois-tu, le poids est trop lourd, le destin est trop dur pour moi. Songe que je viens de passer près de la fortune, que je me la suis vu retirer de devant le nez, sans pouvoir même étendre la main pour la retenir!

— Tu ne t'appelles pas Parvan... tu es noble... tu as peut-être été riche! répéta Margot, stupéfaite, en regardant son amant comme si elle découvrait en lui un aspect nouveau et insoupçonné. Mais pourquoi as-tu abandonné cela?

— J'avais vingt ans et j'étais orphelin, soupira le jeune homme. En possession de quelque fortune, j'ai voulu faire la fête et je l'ai faite royalement. Pas comme un rustre, comprends-tu? Noblesse oblige! A vingt ans, j'avais déjà du cran... et de l'appétit. En trois ans, j'avais tout mangé et je me trouvais à la tête de dettes somptueuses. Il n'y avait plus qu'à me faire sauter... Mais c'était trop bête et trop banal. J'ai trouvé mieux.

Il affectait de rire, redevenu crâneur, et fier tout de même, aurait-on dit, d'avoir été le héros de cette aventure.

Sa maîtresse l'écoutait avec une morne stupeur. Mais aucune pitié n'éclairait ses yeux. L'histoire la surprenait sans l'émouvoir.

Parvan — le faux Parvan s'en rendait-il compte? Il parlait surtout pour lui-même, dédaigneux de l'effet qu'il produisait.

— J'ai plongé... c'est-à-dire que j'ai mis mon nom et mon titre à la caisse d'épargne, expliqua-t-il. Orgueil et calcul, comprends-tu? Je n'ai pas voulu les salir, parce que j'espérais pouvoir les reprendre un jour, propres et point fripés. A l'âge que j'avais, on croit volontiers que la vie vous réserve des chances... La rosse!...

Il grinça des dents et continua :

— Oui... mais il n'y aura rien à faire... Le testament sera entre les mains du notaire. La partie est bien perdue pour moi. Et ce soir, ce sera vraiment un règlement de compte... Car c'est le comble : il me met sur le pavé... Il s'en va... Débrouille-toi, mon ami!... Heureusement que tu me restes!

Il affectait d'être cynique. Mais sa voix trahit une légère inquiétude. La jolie fille reculait pour échapper à l'étreinte dont il tentait de l'enlacer.

— Moi? s'exclama-t-elle. Nigaud!

Ce fut au tour du faux Parvan de la regarder avec stupeur — de la *découvrir*, nouvelle, insoupçonnée, différente et distante.

Elle le fixait avec une rancune haineuse. C'était la *fille*, la fille qui s'apprête à vomir l'injure.

— Godiche! T'imagines-tu donc que cela va continuer, nous deux? Que celui, que tu viens de me révéler, va garder la place de Parvan? Pauvre naïf!... Mais tu l'as dit toi-même tout à l'heure : un gentilhomme ne saurait vivre aux crochets d'une grue... Tu as eu bien tort de parler; tu n'as pas été fort! A présent que je connais ton histoire, je ne veux plus continuer à t'entretenir. Tu es trop bête! Tu avais un nom, un titre, une fortune; tu pouvais être un héritier. Bref, tu pouvais être un grand seigneur et tu as laissé échapper tout cela... Tiens! j'ai l'impression d'avoir été ta dupe... Et jamais je ne te pardonnerai.

Le faux Parvan la regarda d'un air sombre.

— Tu ne veux pas dire que ça pourrait être fini, nous deux? balbutia-t-il.

Rancunière et têtue, elle riposta :

— Si!... C'était Parvan que j'aimais... parce qu'il sortait de la même boue que moi et que je pouvais avoir pitié de lui. Mais tu t'appelles d'un nom que tu ne veux même pas me dire, tant la fierté qu'il t'inspire t'éloigne de moi. Tu devrais être riche... Tu l'as été... Tu es de la race de ceux qui achètent les femmes comme moi... Eh bien, paie!... Ou file!...

La revanche de Margot l'Amour!

Redressée, méprisante, elle montrait la porte.

Un éclair de colère jaillit des prunelles sombres de l'homme.

— Soit! lança-t-il rageusement.

C'était le comte qui répondait, trahissant sa naissance. Un vrai Parvan eût levé ses poings fermés et battu la femme.

Et il serait resté.

Mais le déchu, dont l'âme étrange venait de se révéler, déconcertant mélange de vilenie et d'orgueil, cynique et scrupuleuse, tout ensemble, ne pouvait s'abaisser à certains gestes. Il aurait peut-être tué; il ne sut pas frapper.

Ressuscité pour un instant, le gentilhomme marcha vers la porte et l'ouvrit.

Il allait la franchir...

Alors, Margot l'Amour sentit se tendre le lien secret qui les unissait. Elle devina, toute proche, l'effroyable souffrance de l'arrachement. Elle faiblit.

— Louis! appela-t-elle, les bras tendus. Reste donc, grande bête!...

Glacial, il répliqua, sans tourner la tête :

— Ce n'est point Louis Parvan qui part... C'est celui que j'ai commis la faute de vous laisser deviner... Démasqué, il ne saurait rester ici. Vous venez de le déclarer vous-même.

Et il sortit, poussé par un dernier sursaut de fierté.

Margot, bouleversée, mordait ses belles lèvres. Ses mains, croisées sur son sein, pressaient sa souffrance. Rageusement, elle s'apostropha elle-même.

— Bête!... Bête!... Tu es aussi bête que lui!

Puis, se calmant soudain, elle sourit.

— Assez de drame!... Je sais bien qu'il reviendra... Qu'est-ce que cela peut faire qu'il ait été noble?... Sa vraie nature, c'est d'être ce qu'il était auprès de moi... Loulou! rien que Loulou! Le reste, c'est de la blague!

CHAPITRE III

UN DÉPART

A cinq heures précises, le secrétaire de Jean-Louis Bourlier franchissait de nouveau la petite porte de l'hôtel de la rue Vaneau.

Aucune trace ne subsistait sur son visage des émotions successives par lesquelles il était passé. Sa rupture avec Margot l'Amour ne semblait pas plus s'y être inscrite que n'avait fait la déception qui l'avait précédée.

Redevenu de marbre, Louis Parvan adressa au père Jacques un signe aimable et passa.

Il y avait pourtant, dans son regard, une expression inhabituelle, qui n'était point celle d'un homme résigné à l'inévitable et ayant cessé d'espérer. L'allure, non plus, n'était pas de quelqu'un qui s'abandonne et, à la façon résolue dont le jeune homme frappa à la porte de la bibliothèque, on eût pu présumer que le secrétaire du roturier millionnaire ne venait pas simplement chercher le reliquat de ses appointements.

Il avait réfléchi. Il n'avait fait que cela depuis sa sortie de chez Margot Feyline. Comme un fauve dans la cage qui l'emprisonne, sa pensée avait tourné, avec une fureur patiente qui cherchait une issue.

En restait-il une? Ne s'était-il pas découragé trop tôt? Que serait-il arrivé s'il s'était fait connaître? S'il s'était humilié devant le riche cousin?

C'était la question que s'était posée le faux Parvan.

La voix d'un homme aux abois acculé aux gestes de désespoir peut prendre des accents émouvants; des supplications passionnées en imposent parfois à celui qui les écoute; l'énergie farouche du désespéré parvient parfois à substituer sa volonté à celle dont il dépend; elle suggestionne, exige, arrache... L'épreuve valait d'être tentée. Que risquait Parvan. L'épave qu'il appréhendait d'être — et définitivement — demain, ne s'enfoncerait pas davantage parce qu'il aurait auparavant été repoussé par le vieux parent et subi l'humiliation supplémentaire d'un impitoyable refus.

Il lui restait cette unique chance, cette dernière carte à jouer avant que Jean-Pierre Bourlier disparût de sa vie. Il ne fallait pas laisser partir le vieillard sans l'avoir mis en face du petit-cousin dont le destin était à sa merci.

En traversant le vestibule, aussi nu, aussi vide, aussi froid que la chapelle d'un caveau funéraire, l'héritier déshérité se répétait tout cela et se croyait décidé.

Il cessa de l'être quand il se retrouva en face de Jean-Pierre Bourlier, non point hautain ni glacial, mais sec et bourru à son ordinaire.

Et c'était pis.

« Apitoyer ce rustre! pensa le faux Parvan, dont toutes les résolutions s'effritèrent. Ce sera impossible. Que lui dire? Et comment le lui dire? »

Au vrai, il n'avait préparé aucun discours, comptant que la situation l'inspirerait et que les paroles utiles lui viendraient d'elles-mêmes aux lèvres.

Mais son éloquence ne pouvait attaquer que deux cordes : le cynisme ou l'insolence. Or, il sentait bien que ni l'un ni l'autre ton ne convenaient en face du vieillard préoccupé, qui le brusquait.

— Prenez cette bougie et ce bâton de cire, mon ami, et suivez-moi.

Jean-Pierre Bourlier passait devant, sans attendre. Et Parvan, déconcerté, le suivait avec les accessoires indiqués.

En pareille posture, pouvait-il songer à se révéler? L'effet eût été manqué.

« Je parlerai tout à l'heure », se promit-il.

Mais les instants succédaient aux instants sans amener l'occasion attendue, c'est-à-dire sans lui livrer la moindre parcelle de l'attention du vieillard.

Celui-ci avait bien d'autres soucis en tête que d'écouter la lamentation d'un héritier besogneux et frustré! Promenant son secrétaire du haut en bas de l'hôtel, il fermait soigneusement toutes les portes des grandes pièces désertes et appliquait sur les serrures de larges bandes de toile, maintenues par des cachets de cire.

Des scellés...

Si semblable aux formalités funèbres qui suivent les décès, l'opération à laquelle il collaborait ne pouvait qu'imposer plus tyranniquement à l'esprit du faux Parvan toutes les idées d'héritage dont il était obsédé.

Il lui semblait accompagner le fantôme de Jean-Pierre Bourlier, déjà défunt et revenu diaboliquement apposer en personne les scellés sur sa demeure, afin d'y mieux emprisonner la fortune dont il privait son héritier.

Une à une, devant cette ombre sèche et maussade, les portes se fermaient comme celles d'autant de tombeaux. Derrière, ce serait le silence et l'immobilité de la mort; des cadavres de meubles allaient dormir sous des linceuls de poussière...

Les dernières portes étaient closes; il ne restait plus que la bibliothèque. Redescendu au rez-de-chaussée, le vieillard y rentra avec Parvan.

La mélancolique besogne qu'il venait d'effectuer semblait l'avoir affecté, tout au moins incité aux idées lugubres.

— Quand la lumière rentrera dans cette demeure, soupira-t-il, Jean-Pierre Bourlier ne sera plus qu'un souvenir. Sera-t-il même un souvenir?

Parvan fit un pas vers lui. De telles paroles ne lui fournissaient-elles pas l'exorde qu'il cherchait?

— Monsieur, commença-t-il d'une voix qui tremblait un peu, voilà la seconde fois de la journée que vous manifestez comme un regret d'avoir vécu trop solitaire. Je connais quelqu'un dont cette humeur insociable et presque sauvage fut aussi le défaut. Il s'en repent peut-être, tout comme vous faites, sentant qu'il y eut dans son cas un blâmable excès de fierté et qu'il n'est pas bon de s'obliger à toujours enfermer en soi certains sentiments.

Le vieillard qui, d'un air de profonde lassitude, s'était laissé tomber dans un fauteuil, redressa brusquement son buste pour mieux regarder son secrétaire.

— Que me chantez-vous là, mon garçon? grommela-t-il, sans aménité. Je ne vous ai pas prié de me faire un sermon.

Son regard dur, sa voix rêche désarçonnèrent de nouveau le faux Parvan. Il prit pourtant son courage à deux mains et continua :

— Monsieur, nous allons nous quitter, vraisemblablement pour toujours. Je cède sans doute à un mouvement de sensibilité ridicule; mais il me déplairait que vous vous éloigniez sans connaître mieux celui qui, sous l'apparence d'un modeste employé, vous est demeuré si profondément inconnu. Avant que nous nous séparions, laissez-moi me confier à vous.

— Et que m'importe ce que vous êtes ou qui vous êtes? interrompit Bourlier, avec une sorte de violence. Pourquoi vous imaginez-vous pouvoir m'intéresser?

— Je veux vous faire juge des raisons que j'ai de croire à la possibilité de cet intérêt, riposta Parvan, pâle de l'effort qu'il faisait pour se dominer et ne point se laisser arrêter par la rebuffade. C'est un masque que je veux déposer devant vous. L'homme qui eut l'honneur de vous servir de secrétaire se nomme, en réalité, le comte de...

Bredouillées par une voix qu'un trouble soudain affaiblissait, les dernières paroles s'éteignirent brusquement.

Jean-Pierre Bourlier, sous l'empire de la colère ou d'un malaise, venait de tenter de se dresser. Les mains crispées sur les bras du fauteuil, il se souleva; mais aussitôt, il retomba en arrière, en poussant un sourd gémissement, et demeura inerte, la tête renversée, le visage violacé, les yeux révulsés et la bouche ouverte.

Saisi d'horreur, Parvan se précipita.

— Monsieur, mon cousin, qu'avez-vous? Vous sentez-vous quelque chose? questionna-t-il.

Mais il n'avait plus devant lui qu'un corps privé de vie, un masque grimaçant figé dans une immobilité qu'il pressentit éternelle. Et il eut l'intuition que la mort venait de frapper sournoisement celui qu'il s'apprêtait à implorer.

Il faillit crier, se précipiter vers la fenêtre pour l'ouvrir et appeler le père Jacques.

Mais une pensée brutale le cloua sur place.

— S'il est mort, les cousines vont hériter.

Une indicible haine contracta ses traits. L'atterrement succéda.

— Trop tard! soupira-t-il à demi-voix. Pour moi, la partie est perdue. J'avais trop attendu.

Puis il fit un pas vers le fauteuil et toucha le corps affaissé.

— Il est mort, songea-t-il. Embolie, apoplexie, je ne sais au juste, n'étant pas médecin. Mais quelque chose vient de le foudroyer. Tout est fini pour lui et pour moi.

Pourtant, il ne se décidait point à appeler. Seul en face du cadavre, sur lequel ses yeux étaient fixés, il s'attardait à réfléchir.

Puis, lentement, ses yeux évoluèrent, promenèrent leur regard autour de la pièce, sur les meubles qui l'environnaient : la table-bureau, le cartonnier et enfin les deux valises et les vêtements de voyage préparés et attendant le départ de celui qui ne partirait plus.

Longuement, son regard s'attarda sur la pelisse, le cache-nez, ne bonnet de loutre, dont la bordure pouvait se rabattre pour protéger la nuque et les oreilles.

Surmontant le tout, il y avait aussi une paire de larges lunettes bleues.

Le visage du faux Parvan s'éclaira tout à coup. Un sourire de démon se dessina sur ses lèvres.

— Eh bien, non! murmura-t-il. *Elles* n'hériteront pas! Du moins pas encore!

Toute trace de désarroi ou d'irrésolution avait disparu de son maintien. Froidement, il se pencha sur le cadavre et ôta du doigt devenu insensible, la bague-cachet, dont l'empreinte avait été successivement apposée sur toutes les serrures de la demeure.

Fouillant ensuite les poches du défunt, il y prit le trousseau de clefs.

Quelle pensée lui était donc venue? Quel plan?

Résolument, il souleva le cadavre et l'emporta ballottant, entre ses bras.

— Il pèse! soupira-t-il. C'est lourd, les os!

Mais l'aristocratique finesse du mystérieux Parvan dissimulait une vigueur d'athlète. Se redressant avec aisance, il se dirigea vers la porte, sans plier sous le poids du macabre fardeau jeté en travers de son épaule.

Sans faiblir, il monta marche à marche, les deux étages, arracha les scellés d'une des portes, ouvrit et pénétra dans un petit salon, sur le divan duquel il déposa le cadavre.

— Il sera mort là, de sa belle mort, soufflat-il en essuyant avec son mouchoir son front moite. Et quand on le découvrira... pas avant quelques années, qui sait?... personne n'y comprendra rien.

Et il conclut :

— Les trois cousines peuvent attendre l'héritage. Qui donc saura que la succession est ouverte, si mon plan réussit? Et il réussira. Quelques précautions suffiront. Parti en voyage, Jean-Pierre Bourlier n'aurait pas été homme à donner de ses nouvelles et personne ne se serait étonné de n'en point recevoir. Il n'en donnera pas et cela pourra durer des années. Gagner du temps, c'est parfois tout gagner. J'ignore encore comment je m'y prendrai; mais je saurai bien mettre ce répit à profit. Commençons par le commencement.

Il redescendit dans la bibliothèque et en remonta un flacon de colle et des bandes de papier qu'il colla sur les rainures des fenêtres.

— C'est une précaution qu'il aurait pu prendre, se dit-il. Idée assurément bizarre; mais il passait pour original. On pourra attribuer cet excès de précaution à sa manie de défiance. Ce sera le pendant des scellés. En tout cas, quoi qu'il advienne, on ne pourra mettre cela au compte d'un assassin qui aurait voulu empêcher les émanations du cadavre de se répandre au dehors. Il faudra bien, s'il y a un jour enquête judiciaire, que celle-ci constate ce qui est la vérité, à savoir que le défunt Bourlier est mort de mort naturelle. Donc rien à craindre. Peu importe ce qu'on pensera des circonstances secondaires. »

Sorti de la pièce qu'il venait de transformer en tombeau, il se contenta de refermer la porte, en l'attirant violemment à lui. Il avait laissé la clef à l'intérieur, dans la serrure, et il se garda d'apposer les scellés. Il fallait qu'on pût croire que Jean-Pierre Bourlier avait été surpris par la mort dans une pièce, où il s'était enfermé lui-même.

Sa lugubre besogne terminée, le jeune homme regagna la bibliothèque et se dirigea immédiatement vers le cartonnier, dans lequel il avait vu, le matin, son défunt cousin prendre le dossier de ses futures héritières.

Il ne lui fallut point de longues recherches pour retrouver le cahier sur les feuillets duquel étaient collées des photographies, qu'accompagnaient des notices biographiques. Trois noms s'y retrouvaient constamment, que répétait machinalement le faux Parvan, tout en parcourant attentivement les notes.

— Sylvaine... Suzy... Laurette, murmura-t-il. Allons, il ne me sera pas difficile d'être documenté sur mes trois cousines, hier si éloignées de mes préoccupations. Laurette... Sylvaine, Suzy!... Trois noms... trois silhouettes différentes. Et aussi trois romans, qui ne se ressemblent pas plus entre eux que les héroïnes elles-mêmes... En vérité, le destin semble avoir pris un plaisir malicieux à panacher la parenté de Jean-Pierre Bourlier et à la disperser dans les directions les plus opposées. Sans parler de moi, plutôt dépaysé dans ma situation présente, n'est-il point étrange de voir trois jeunes filles d'un même sang aboutir à des milieux si opposés? Qu'a de commun la destinée d'une Laurette d'Antheroche avec celle de sa cousine Suzy Bourlier? Et, pour être d'une nature différente, la barrière qui sépare cette Suzy de son autre cousine Sylvaine Bourlier, n'est-elle pas de hauteur équivalente? Il y aurait matière à philosopher là-dessus.

Il referma le cahier et le glissa dans une de ses poches.

— Ce n'est point sous cet angle que je dois considérer ces renseignements, conclut-il. Ils ne doivent m'intéresser qu'autant qu'ils peuvent me permettre d'agir sur l'avenir de ces trois belles personnes... si gênantes sur ma route. Il faudra réfléchir à cela. Pour l'instant, il s'agit de faire partir Parvan et d'éloigner quelques moments le père Jacques.

Prenant son chapeau, il sortit dans la cour et, de l'air le plus naturel du monde, il alla frapper au carreau de la loge du jardinier-concierge.

— M. Bourlier demande que vous alliez tout de suite lui chercher un taxi, dit-il d'une voix calme. Il part tout à l'heure.

— J'y vais, répondit le concierge en sortant de sa loge et en s'apprêtant à franchir la petite porte.

— Je sors derrière vous, déclara Parvan en lui tendant la main. J'en ai fini avec M. Bourlier... Ainsi donc, père Jacques, disons-nous adieu, puisque nous ne devons plus nous revoir.

Avant de toucher la main offerte, le vieux jardinier, flatté, s'essuya la sienne contre son tablier bleu.

— Bonne santé et bonne chance! monsieur Parvan, dit-il ensuite en secouant avec force la main du jeune homme. Vous partez maintenant?

— Dans cinq minutes... On va se séparer sans phrases. Vous savez bien que M. Bourlier n'aime pas les discours.

— Quant à ça, il vous laisserait partir sans seulement un petit mot d'adieu que je n'en serais pas étonné! assura le père Jacques. Allons, bon courage, monsieur Parvan!

Il franchit la porte. Parvan remonta sur le perron.

— J'ai devant moi un quart d'heure, murmura-t-il.

Vivement, il rentra dans la bibliothèque, enfila la pelisse, dont il remonta le col, coiffa le bonnet de loutre, le rabattit sur ses oreilles et sa nuque, mit les lunettes bleues et s'en fut regarder dans une glace du vestibule.

« La silhouette peut aller, se dit-il. Le cousin Bourlier était une idée plus grand que moi. Mais cela ne sautait pas aux yeux. »

Il sortit les valises sur le perron, puis revint prendre sur le bureau le bougeoir, le bâton de cire et la bande de toile préparée. Il lui restait à fermer la porte de la bibliothèque et à y mettre le dernier scellé.

Quand ce fut fini, il éteignit la bougie, la déposa dans un coin avec ce qui restait du bâton de cire et se mit à se promener de long en large dans le vestibule sombre.

Un roulement de voiture, un arrêt devant l'hôtel, puis le bruit trépidant d'un taxi en stationnement l'avertirent du retour du concierge.

— M'sieu Bourlier, v'là la voiture! appela la voix de ce dernier.

Emmitouflé et le visage enfoui dans le col de la pelisse, Parvan sortit et se retourna aussitôt pour fermer la porte à double tour.

Baissé pour prendre les valises qu'il porta dans le taxi, le père Jacques ne fit qu'entrevoir sa silhouette.

Parvan le suivait. Il profita de ce que le jardinier-concierge avait la moitié du corps engagé dans la voiture pour installer les valises et passant rapidement près du chauffeur, il lui murmura à demi-voix :

— Gare de Lyon.

Puis il monta dans le taxi, pendant que le serviteur se reculait en portant la main à sa casquette.

Il attendait un mot d'adieu. Mais jouant son rôle, Parvan referma la portière d'un geste brusque et se rejeta maussadement en arrière.

Le taxi démarra.

— Pas même un mot d'adieu!... Ah! non, il n'est pas causant! soupira le concierge, désormais gardien de l'hôtel-tombeau.

CHAPITRE IV

COMPLICES!

Ce ne fut que le quatrième jour, après celui qui avait été le dernier jour de Jean-Pierre Bourlier que Margot l'Amour vit reparaître son mystérieux amant.

Pendant trois jours, elle l'avait vainement attendu, espéré, tour à tour furieuse ou désespérée, se répandant en invectives ou éclatant en sanglots. Sa confiance en son pouvoir et en la force du lien qui l'unissait au faux Parvan, sa certitude de triompher de la révolte d'orgueil et de revoir prochainement le rebelle, assagi et asservi, diminuait à mesure que le temps passait.

Et parallèlement se tendait davantage le lien secret, révélant douloureusement à la courtisane-esclave la force de l'amour qui avait envahi sournoisement sa chair et son cœur.

Elle avait d'abord pleuré de rage... Elle pleurait maintenant de regret et de désespoir.

— Loulou!... Mon Loulou, reviens!... C'est trop bête de se brouiller pour ça quand on s'aime comme nous nous aimions! gémissait-elle.

Un mensonge encore... Mais c'était elle-même qu'elle tentait de leurrer en se persuadant que l'amant avait partagé cet amour et qu'un maléfice semblable le rivait à elle comme elle se découvrait rivée à lui.

Il reparut avec son air habituel, au moment où elle s'abandonnait au désespoir, croyant l'avoir perdu pour jamais. Il était en costume de voyage.

Elle ne commit point la faute de parler. Envahie d'une joie subite et folle, en l'apercevant, elle ne céda point à l'envie de pousser un cri de triomphe, mais courut tout d'abord se jeter dans ses bras et coller ses lèvres aux siennes passionnément.

— Mon Loulou!... Mon Loulou! soupira-t-elle seulement.

Et ce ne fut qu'après avoir noué solidement, en collier, ses bras nus autour du cou de l'amant revenu, qu'elle osa relever la tête, lui sourire et demander avec un mélange de tendresse et de raillerie timide.

— On est redevenu sage?... On a compris qu'on ne pouvait pas se passer de sa Margot?... Comme c'était bête de ta part, de partir!

Mais elle ajouta bien vite :

— Et comme j'étais bête, moi aussi, de te dire ce que je t'ai dit... et que je ne pensais pas! Tu le sais bien, mon Loulou!

Il ne regimbait pas; mais il demeurait étrangement calme. Et Margot Feyline comprit à ce signe qu'il ne revenait pas en vaincu, mais en vainqueur, prêt à dicter ses conditions.

Acquiesçant d'avance, elle courba la tête.

— Il n'y a rien de changé, murmura-t-elle. Je ferai toujours ce que tu voudras.

Un sourire ambigu détendit un instant le visage fermé du jeune homme.

— Alors, commence par hospitaliser mes bagages, répliqua-t-il. J'ai laissé dans le vestibule une valise que je te prierai de faire monter dans une chambre.

— Tu veux demeurer ici? demanda Margot avec une hésitation craintive.

— Tu as peur que je te gêne? ou que ma présence sous ton toit effarouche tes... protecteurs? gouailla Parvan. Rassure-toi. Je ne serai pas indiscret à ce point... Mais j'ai besoin qu'il y ait une solution de continuité entre mon existence d'hier et celle de demain. Voilà pourquoi Louis Parvan a donné congé à son propriétaire et c'est pourquoi il descend d'abord chez toi avant d'aller se mettre en quête d'un nouveau gîte... D'ici deux jours, tu seras délivrée de moi, sinon de certains bagages que je voudrais laisser ici.

Il parlait avec désinvolture, en homme assuré d'être exaucé.

Au contraire, Margot l'Amour l'écoutait avec un mélange d'inquiétude et de curiosité surexcitée. Parvan lui revenait changé; c'était un autre homme. Et la jolie fille sentait instinctivement qu'une pareille transformation n'avait pu être réalisée que par un événement décisif.

Cet événement, l'imagination surexcitée de Margot croyait le deviner sans doute possible. Elle en attendait la confirmation, l'aveu, avec un trouble où se mariaient le goût et la peur du crime. Elle brûlait de savoir et elle le redoutait en même temps. En cet instant, sa passion pour l'amant était faite d'autant d'effroi que d'admiration.

Mais la question jaillit quand même de ses lèvres.

— Tu te caches?... Dis, Louis, tu n'as pas fait de bêtise? Le vieux n'est pas...

— Mort?... Si! Il l'est bel et bien, riposta cyniquement le jeune homme.

La courtisane poussa un gémissement de terreur.

Mais en même temps elle se pressa plus tendrement contre Louis Parvan.

— Tu l'as tué? soupira-t-elle.

Il éclata de rire.

— Bigre! tu as une fameuse opinion de moi! Mais non, ma jolie, je ne te reviens pas avec des mains sanglantes. J'ai horreur du sang, d'abord... C'est trop laid, un assassinat, laid et répugnant... Et puis, c'est trop bête... Me vois-tu risquant l'échafaud par dépit d'héritier frustré?

— Mais alors, que disais-tu? demanda Margot boudeuse. Tu te moquais de moi?

Son accent confessait un dépit dont Parvan s'apercevait fort bien. Sa gaieté, qui n'était point factice ni fébrile, s'en accrut.

— Comme tu es romanesque! fit-il railleusement. Un mot... lâché... et te voilà partie! Tu supposes tout un drame horrible... La vérité est moins sombre : réalisant ses projets, Jean-Pierre Bourlier est parti lundi soir...

— Tu l'as laissé partir! murmura malgré elle Margot l'Amour, exprimant un blâme involontaire.

— Fichtre oui!... Je l'y ai même fameusement aidé. Sans ma collaboration, ce départ était singulièrement compromis.

Le ton ironique, les réticences, l'expression bizarre dont le faux Parvan accompagnait ses paroles, tout contribuait à piquer la curiosité de Margot et à lui faire pressentir un mystère.

— Louis, tu me caches quelque chose! reprocha-t-elle. Pourquoi ne me dis-tu pas ce qui est arrivé?

Elle l'avait poussé vers une bergère et s'était assise sur ses genoux. Les mains sur les épaules du jeune homme, son visage touchant le sien, elle quémandait la confidence comme un enfant gourmand implore une friandise.

Parvan ne se déroba point. Mais il n'y eut de sa part nul mouvement d'abandon. Toute son attitude était calculée. S'il parlait, s'il se confiait, c'était parce qu'il avait à l'avance décidé de le faire, en exécution d'un plan mûrement étudié.

— Il y a que Bourlier est bien mort, brusqua-t-il. Mais, ne te récrie point et garde-toi de supposer un crime. Il est mort de sa belle mort; le hasard a tout fait. Disons que son heure était venue : l'apoplexie le guettait, tu sais. Elle l'a abattu devant moi... Et sur le moment, j'ai considéré cela comme une catastrophe, qui m'ôtait toute possibilité de recours.

— Il est mort subitement? répéta Margot, pelotonnée contre son amant.

— Oui... Tu vois d'ici le tête-à-tête avec ce défunt que je ne songeais pas à pleurer, je te le garantis. Je pensais que sa mort anéantissait ma dernière chance, emportait mon dernier espoir. Les trois cousines allaient hériter, tu comprends?

Suspendue au fil du récit, la jeune femme haletait.

— Qu'as-tu fait? soupira-t-elle, pressentant des péripéties qui empêchaient l'histoire de se clore.

— Cette mort me ruinait et me paralysait... J'ai ressuscité Bourlier, répondit lentement Louis Parvan. Deux heures plus tard, très suffisamment vivant, il franchissait pour la dernière fois le seuil de son hôtel et montait dans le taxi qui l'a conduit à la gare de Lyon. Il est parti pour Marseille et n'est pas près de donner de ses nouvelles.

— Voyons, explique-moi!... Je ne comprends pas! fit plaintivement Margot. Tu sembles plaisanter... Tu ne devrais pourtant pas rire.

— Mais je ne ris pas, mon petit. Je te raconte les choses comme elles se sont passées. Va questionner le concierge de mon bon cousin, il te répondra que son maître est parti aux jour et heure susdits, qu'il l'a vu de ses yeux monter dans le taxi qu'il était allé lui chercher.

— Comment est-ce possible?

— Tu ne devines pas?... Le Bourlier qui est parti, c'était moi, affublé des vêtements du vieux... Quant au défunt, je l'ai enfermé dans son hôtel qu'on n'est pas près de rouvrir...

Il narra les précautions prises et la façon dont il avait profité des circonstances.

— J'ai eu du mal... On ne s'imagine pas combien il est difficile de faire disparaître discrètement un citoyen quelconque de la scène du monde!... Oh! pour le départ, cela a marché tout seul. J'ai pu embarquer Jean-Pierre Bourlier dans le rapide de Marseille sans que personne ait eu l'occasion de soupçonner ma ruse. Mais je n'en étais qu'au début de ma tâche. Il fallait escamoter mon vénérable parent et ses valises... Lui seul, il m'eût été aisé de le faire se perdre dans la foule. Je n'avais qu'à l'isoler en un coin discret où j'aurais repris mon aspect naturel. Mais que faire de la pelisse, du bonnet de loutre et de ses deux valises? En embarrasser Louis Parvan, l'encombrer de ces accessoires compromettants qui établissaient une liaison entre sa silhouette et celle de Jean-Pierre Bourlier, c'était le signaler aux enquêteurs futurs comme l'auteur possible de la disparition de mon parent. Et, d'autre part, abandonner purement et simplement lesdits accessoires sous la banquette d'un compartiment de chemin de fer, où ils devaient fatalement et promptement être retrouvés, c'était mettre aussitôt sur la piste du cousin le flair de tous les limiers de France. J'ai opéré je crois, avec une admirable habileté : tout d'abord, dans la solitude d'un compartiment que, sous mes espèces, Jean-Pierre Bourlier s'était fait réserver, j'ai vidé les deux valises et fait un ballot de leur contenu. J'ai ensuite démoli l'une d'elles et enfermé ses débris dans l'autre. Grâce à cette précaution, le Bourlier qui est descendu du train à Marseille n'était plus tout à fait le même. Au lieu de deux valises, il n'en portait plus qu'une, aggravée d'un ballot. Hors de la gare, son aspect a encore changé. Lunettes et bonnet de loutre, prestement remplacés par une casquette de voyage, avaient disparu dans la poche de la pelisse que je portais pliée sur le bras. Dans le fiacre, que je me suis offert, j'ai fourré cette pelisse dans la valise. Déjà, j'étais redevenu Louis Parvan.

— Mais la valise? demanda Margot, passionnée par ce récit, bien qu'elle n'entrevît pas encore le but de tant de complications. C'est toujours la seconde valise de ton cousin que tu traînes avec toi et que tu veux me confier?

— Non, c'est une autre... J'ai démoli la première comme j'avais démoli la seconde et je me suis peu à peu débarrassé des débris en les jetant dans la mer au cours de multiples promenades, effectuées le long de la Corniche. Je n'ai pas commis l'imprudence d'en user de même vis-à-vis des vêtements, du linge et des objets emportés par le vieux Bourlier. J'ai préféré les enfermer dans une autre valise, achetée dans un bazar. Elle sera en sûreté chez toi. Et le tour est joué... Jean-Pierre Bourlier est parti pour un long voyage... Louis Parvan est à Paris... Les deux se sont quittés sans attirer l'attention de personne. Je puis être tranquille.

— Mais à quoi cela te servira-t-il d'avoir donné le change et tenu secrète la mort de ton parent? Pourquoi as-tu fait cela? Il me semble que tu n'en es pas beaucoup plus avancé. Tu retardes simplement le moment où tes cousines entreront en possession de l'héritage. Voilà tout.

— C'est bien quelque chose! répondit froidement Parvan. C'est un assez méchant tour que je joue là à trois petites filles que je suis en droit de ne pas porter dans mon cœur... Mais je pense faire mieux. Je suis seul à connaître la mort de Jean-Pierre Bourlier. Ce secret restera le mien pendant plusieurs mois pour le moins. Je puis employer utilement ce délai...

Son air se durcit, ses yeux s'assombrirent et devinrent farouches. Fixant Margot, il murmura férocement :

— *Il ne faut pas qu'elles héritent*... Il faut qu'elles aient disparu avant qu'on découvre le cadavre du vieux. Comprends-tu, Margot? Je reprendrai mes droits naturels.

La courtisane frissonna et attacha sur le visage de son amant un regard épouvanté.

— Tu disais que tu ne voulais pas assassiner, balbutia-t-elle.

— Et je n'ai pas changé d'avis... Mais on peut arriver au résultat que je désire sans... mettre la main à la pâte. On n'a pas besoin de tuer soi-même...

— Tu soudoierais des bandits?

— Autre imbécillité!... Non, non! Pas de complices qui puissent vous dénoncer par la suite!... Pas d'assassinat sous aucune forme. J'entends faire les choses plus proprement.

— Comment, alors? demanda Margot l'Amour.

Penché sur elle, s'assurant par le regard, qu'il plongeait en elle, qu'il la tenait bien sous sa domination, totalement, définitivement, Louis Parvan répondit avec un accent de résolution implacable :

— Il est d'autres poisons que ceux qui s'élaborent dans les officines patentées ou clandestines... Il est un poison plus violent, plus subtil et plus mortel que le plus dangereux des *cyanure* ou des *curare*. Les Borgia n'étaient que des enfants... Moi qui hais comme on n'a jamais haï... moi qui ai grincé des dents en voyant l'autre jour se dresser en travers de mon destin ces trois femmes que j'ignorais... j'ai trouvé mieux... Je ne me connaissais pas encore : je me connais depuis lundi... Tu m'as aidé à me découvrir, Margot, je t'en remercie.

Il parlait d'une voix sourde et basse, mais d'autant plus terrible dans sa violence contenue. Plus que jamais, à cet instant, ses yeux traversés d'éclairs donnaient à son visage une expression de méchanceté diabolique.

Liée à lui par l'enlacement de ses deux mains nouées derrière le cou de Parvan, Margot Feyline l'écoutait avec une adoration asservie. Une férocité égale à celle de l'amant s'éveillait dans ses yeux où semblaient transparaître des pétales de violettes; mais il s'y joignait une perversité qui la faisait vibrer aux paroles atroces.

— Ce poison, c'est le désespoir, prononça le jeune homme. *Je les forcerai à mourir*... à se réfugier dans la mort... On peut ravager une vie, la dépouiller de tous ses rayons, de tous ses sourires, de tous ses espoirs et la transformer en un champ si morne de désolation que celle qui l'habite préfère s'en évader... *On peut empoisonner le bonheur*... C'est ce que je ferai pour le vôtre, Sylvaine, Suzy, Laurette! ô mes trois cousines inconnues, dont l'existence me condamnerait à la pauvreté... Je serai sans pitié, comme le Destin le fut envers moi... Comment vous frapperai-je? Comment vous atteindrai-je? Je n'en sais rien encore. Mais je réussirai. Dès cet instant, vous êtes condamnées.

Il se redressa, saisit les blancs poignets de sa maîtresse, l'attira tout proche de son visage et demanda d'une voix âpre :

— Veux-tu, Margot, être de moitié dans mon œuvre, dans ma conquête de la fortune? Je te propose une partie autrement plus belle, autrement enivrante que le jeu banal et morose d'arracher au vice attardé de quelques vieillards des subsides infamants. Le sort a fait de nous deux parias, voués au mal. Vengeons-nous... Haussons-nous jusqu'au crime. Tu peux m'aider.

— Mon Loulou!... Quoi que tu me demandes, je le ferai! soupira passionnément la courtisane en serrant dans ses deux bras le tentateur. Tu as raison... Dans la vie, il ne faut pas se laisser manger... Va! je t'aiderai... Ce que j'ai est à toi, d'abord... Car il te faudra de l'argent, sans doute?

— Il m'en faudra, répondit nettement le faux Parvan. Ce que je me suis permis de prendre dans les poches de mon défunt cousin, pour mener à bien mon petit voyage, ne pourrait durer longtemps... Encore ai-je dû vaincre quelque scrupule pour me décider à ce geste peu délicat... Ce n'était cependant qu'un simple avancement d'hoirie...

— N'aie pas peur, nous aurons tout l'argent qu'il faudra, assura Margot Feyline. J'emprunterai, s'il le faut, sur mes bijoux... Je connais quelqu'un...

— Alors, associés? demanda Parvan, en approchant sa bouche des lèvres de la jeune femme.

— Davantage!... Complices! riposta-t-elle, en l'étreignant. Mais tu me diras tout, mon Loulou?...

— Tout! promit-il. Et, pour commencer, nous allons étudier ensemble le dossier de mes trois cousines... Il me serait sans doute impossible de m'occuper de toutes trois à la fois. Choisissons la première victime...

Sortant de sa poche le cahier volé dans le cartonnier de feu Jean-Pierre Bourlier, il l'ouvrit et arrêta ses regards sur une des photographies.

— Sylvaine Bourlier, épouse Pariset, âgée de vingt-quatre ans, lut-il à demi-voix. C'est la brune... Et quelle histoire romanesque!... Ecoute cela, Margot... Tu penseras comme moi que la besogne nous sera facile!...

CHAPITRE V

LA BRUNE

Descendu du Métro boulevard de la Gare, Milot Pariset enfila la rue Nationale, toute grouillante du double flot de ménagères en cheveux, flânant, leur cabas au bras, entre les étalages des boutiques et les petites voitures aux trois quarts dégarnies par la vente de la journée.

Il marchait d'un pas souple et jeune — il n'avait pas plus de vingt-cinq ans. Et il avait fort bon air en sa tenue soignée, presque coquette d'ouvrier qui a fini sa journée et peut abandonner la livrée de travail. En complet veston et chapeau mou, une cravate « fantaisie » passée dans son col souple, chaussé de bottines à tige de drap, il ne se différenciait pas de l'employé de bureau ni de l'élégant commis de nouveautés. C'était un gentil blondin au clair regard et au franc sourire, dans une figure jeunette et rasée de frais.

Mais surtout, il avait l'air heureux, courant presque, le nez levé en humant l'air, en homme qu'attend pas bien loin un bon dîner. Il s'agissait plutôt d'un « repas de bonheur »; mais de ce bonheur-là, Milot Pariset n'était pas encore rassasié. Il était si pressé de courir s'attabler qu'il heurtait à chaque instant, involontairement, quelque commère rubiconde, plantée en travers du trottoir, ou quelque ménagère au filet trop gonflé. Gentiment, il s'excusait, jetant au passage des « Pardon! » un peu timides et qui paraissaient dépaysés en ce quartier populaire et bruyant.

Il n'alla pas loin, d'ailleurs. La « cité Jeanne-d'Arc », entre deux boutiques dégorgeant sur le trottoir le trop-plein de leurs victuailles, ouvrait une de ses rues tristes, vraie ruelle de « ghetto », encore close de grilles à ses extrémités et bordée de hautes maisons noires, maussades comme des casernes, aux fenêtres desquelles séchaient des loques — la crasse des bas quartiers de Gênes, moins le soleil et la couleur.

Milot pénétra dans la cité.

Sortie des galetas les plus sordides, une horde de gosses barbouillés et dépenaillés s'y livrait aux joies des galopades désordonnées et faisait retentir les cours de clameurs sauvages. Aux fenêtres, des femmes renfrognées par ce perpétuel horizon de murs tristes, se montraient çà et là, contemplant passivement le vide.

Mais le jeune ouvrier marchait sans voir ce décor morose; la tête toujours levée, il souriait, non point à la mince tranche de ciel gris, mais à la vision qu'il évoquait et qui ne cessait pas, durant tout le jour, d'emplir ses yeux et son cœur.

Des ruelles encore... des cours... des alignements de portes béantes et d'escaliers sombres... enfin une cour plus vaste, une façade moins noire, un peu plus d'air et de clarté... Milot entra.

C'était là, dans ce bâtiment plus neuf, réservé aux privilégiés de la cité, que le ménage Pariset avait son nid.

Un jeune ménage... Milot avait à peine eu le temps de monter au premier étage, qu'une des portes donnant sur le palier s'ouvrit, laissant apparaître une silhouette élancée et juvénile.

De la fenêtre, Mme Pariset avait guetté le retour de son mari et accourait lui ouvrir.

— Bonjour, toi!...

Un visage aux yeux tendres, une bouche souriante se haussaient, en même temps que les mains se posaient sur les épaules de l'arrivant.

Milot ferma les yeux, comme ébloui.

— Ma Sylvaine! soupira-t-il.

Il osait à peine effleurer la bouche offerte. En face de la jeune femme, il éprouvait, mêlée à son grand bonheur, une persistante timidité, qui le rendait gauche et gênait ses élans.

C'était si beau — trop beau! — que cette fine Sylvaine, « demoiselle et dame » jusqu'au bout des ongles, fût devenue la femme de l'ouvrier Milot Pariset!... Une année avait eu beau passer depuis que ce miracle s'était produit, Milot ne s'y était pas encore habitué.

Un vrai roman, dénouement touchant d'un de ces drames dont la vie cruelle est si prodigue.

Assurément, rien, quand elle était née, ne semblait prédestiner Sylvaine Bourlier à vivre dans le milieu qui semblait maintenant être le sien. Elle appartenait, par ses parents, à la caste bourgeoise; elle en reçut l'éducation; elle fut élevée en « demoiselle », vouée aux succès mondains, à la vie facile, à l'existence brillante des salons.

Mais le malheur frappe comme la foudre. A quatorze ans, la jeune fille voyait brusquement disparaître son père, qui se tuait, ruiné par d'aventureuses spéculations, et sa mère, qui mourait de désespoir.

Pour la soutenir, pour la recueillir, aucun parent, proche ni lointain. Ce n'est point en de pareilles catastrophes que les cousins éloignés se révèlent. Sylvaine apparut vraiment seule dans la vie.

Que serait-elle devenue? Rien ne la préparait à la lutte quotidienne, au dur labeur. Contre la misère menaçante, elle était entièrement désarmée.

Mais elle n'eut pas le temps de s'en rendre compte, ni de trembler. Un humble dévouement se révéla tout à coup, veillant sur elle, l'adoptant et lui épargnant le trop rude contact de la réalité.

Cet ange gardien, ce fut la mère de Milot Pariset. Venue jadis à Paris avec les parents de Sylvaine, elle avait quitté leur service pour se marier. Devenue veuve très vite, elle y était rentrée, reconnaissante de ce que ses patrons lui permettaient de garder auprès d'elle son petit garçon, de trois ans plus âgé que Sylvaine.

La mort qui frappait autour de la jeune fille fournit à la pauvre servante l'occasion de rendre le bien qui lui avait été fait. Dissimulant la situation à la fillette, qui ne se rendait point compte de l'étendue de sa détresse, elle demeura auprès d'elle, lui conservant son foyer et lui donnant l'illusion d'être toujours « mademoiselle ».

Mais à mesure que les années passaient et que Sylvaine grandissait, ses yeux s'ouvraient. Un jour vint où elle ne put davantage ignorer l'admirable dévouement de la servante, qui la faisait vivre et lui épargnait l'humiliation de comprendre.

Quand ses yeux se dessillèrent et qu'elle mesura ce qu'elle devait à Mme Pariset, il ne vint pas un instant à la pensée de Sylvaine de refuser fièrement ce qu'elle avait longtemps accepté ingénument. Seulement, elle ne consentit plus à être appelée « mademoiselle ». Elle voulut devenir la fille de celle qui s'était dévouée pour elle, travailler comme elle et prendre part à sa peine.

Une autre occasion devait s'offrir à elle de prouver à son tour sa reconnaissance. Dans les yeux timides du jeune apprenti, qu'elle voulait considérer comme un frère, elle n'avait pas tardé à lire un sentiment plus tendre, la plus silencieuse et la plus respectueuse des adorations.

D'abord, elle en fut touchée; puis elle en arriva à partager ce naïf amour que Milot croyait si bien caché.

Depuis qu'elle vivait auprès des Pariset et s'était adaptée à cette nouvelle existence, elle pensait avoir rompu, sans retour, avec le monde qui avait été le sien. C'était volontairement qu'avec Milot et sa mère elle avait quitté l'ancien appartement, charge trop lourde, pour s'installer au milieu de la laborieuse cité Jeanne-d'Arc. Acceptant son sacrifice et n'imaginant pas qu'elle pût un jour le regretter et souffrir, Sylvaine le jugeait définitif.

Généreusement — imprudemment peut-être — elle voulut le rendre plus irrévocable encore. Sincèrement, elle pensait avoir oublié le passé et s'être fait une âme en harmonie avec les modestes vêtements qu'elle portait. Comme ceux dont le labeur lui avait permis de vivre, de ne pas connaître la misère, comme la servante dévouée, comme Milot, elle était devenue une ouvrière : elle pouvait bien devenir la compagne d'un brave et laborieux garçon.

Simplement, elle le dit à Milot.

Ce fut le lendemain du jour où la vaillante Mme Pariset s'éteignit presque brusquement, usée par tant d'années de travail forcené.

Milot avait les yeux pleins de larmes; un double désespoir déchirait son cœur — la mort de sa mère, d'abord; et puis la perspective d'une autre séparation, non moins cruelle.

Il sentait que le lien factice qui semblait avoir fait de Sylvaine Bourlier « sa sœur » allait se rompre et que leurs destinées allaient les éloigner l'un de l'autre, par des chemins différents. Sylvaine pouvait-elle continuer à vivre sous le même toit que Milot, qui ne lui était rien? Comprenant que c'était impossible, il songeait à lui céder la place et à partir de lui-même, le premier, pour qu'elle n'eût pas le tracas de se chercher un gîte.

Mais elle lui tendit la main, en le regardant bien en face.

— Milot, lui dit-elle, nous ne pouvons plus être frère et sœur. Mais je puis être votre femme. Voulez-vous de moi, Milot?

Le jeune homme vacilla, étourdi par ces paroles, comme il aurait pu l'être par un coup violent. Le sang monta à ses joues et à ses tempes. L'émotion l'étrangla; il souhaitait parler et ne le put.

— Est-ce que vous ne m'aimez pas? demandait Sylvaine. Me suis-je trompée en croyant avoir deviné votre tendresse?... N'avez-vous jamais pensé que je pourrais... vous aimer aussi?

— Jamais! balbutia-t-il d'une voix étouffée.

Il la regardait, mince dans la robe noire qu'elle venait de revêtir. Sous ce même costume, tant d'autres ne l'eussent point intimidé. Mais elle!... A ses yeux, elle demeurait toujours « mademoiselle Sylvaine », adorable, éblouissante et lointaine. A cause de certains mots qu'elle disait, de certains airs qu'elle avait, à son insu, il la sentait d'une autre extraction. Et il ne croyait pas pouvoir se hisser jusqu'à elle.

Pourtant, il l'aimait... il l'aimait éperdument. L'effleurement du regard des beaux yeux noirs — si doux et si lumineux — mettait en lui un émoi délicieux. Elle était son bonheur et sa souffrance de chaque jour; ses yeux la dévoraient en silence quand elle tournait la tête; il demeurait en contemplation devant la jolie silhouette, caressant du regard — du regard seulement! la pensée d'en approcher ses lèvres lui eût alors semblé sacrilège — la nuque blanche sous les boucles de la brune chevelure.

Il l'aimait, lointaine... Et voici qu'elle se rapprochait tout à coup de lui et qu'elle lui laissait entendre qu'elle avait deviné son amour. Elle faisait mieux : elle lui offrait son cœur. Elle parlait de devenir sa femme.

— Voulez-vous, Milot? J'ai vingt et un ans. Je suis orpheline... doublement, à présent que « notre » bonne mère est morte. Pour m'aimer, il n'y a plus que vous. Si vous le voulez, nous nous marierons...

Il balbutia, n'osant croire encore à la possibilité d'une telle union.

— Vous ma femme... vous la femme d'un ouvrier?... Sylvaine !... « Mademoiselle » Sylvaine!...

Toute la distance qui pouvait exister entre

eux, toutes les objections — toutes les craintes — qu'il n'aurait su traduire, il les exprima dans ces mots. Et la jeune fille comprit et fut attendrie.

— Milot, reprit-elle mélancoliquement, il n'y a plus de « mademoiselle ». Il n'y a plus qu'une pauvre fille qui vous doit d'avoir eu un foyer et de la tendresse. Je ne suis pas certaine qu'elle soit digne de vous, mon bon Milot; mais je sais bien que vous êtes digne d'elle et qu'elle vous aime de tout son cœur. Nous nous marierons, Milot.

Elle avançait sa jolie tête brune. Il n'eut pas la hardiesse de lui donner le baiser des fiançailles qu'elle attendait. Gauchement, mais révélant une délicatesse instinctive qui toucha Sylvaine, il se pencha, saisit la main de la jeune fille et la porta à ses lèvres.

En même temps, il éclatait en sanglots.

— Je suis trop heureux! bégaya-t-il. Est-ce qu'un pareil bonheur est possible?...

Cri de joie!... Mais aussi cri d'inquiétude. Confusément, Milot Pariset sentait que quelque chose pourrait menacer leur bonheur : et c'était précisément ce qui causait la ferveur de son adoration — la finesse même de Sylvaine.

Femme d'ouvrier... Oui, sans doute, elle voulait l'être de toute la sincérité de son cœur tendre et reconnaissant.

Mais le pouvait-elle? Toujours, elle serait différente des autres; toujours elle détonnerait sur le milieu, y ferait l'effet d'un bijou trop riche sur un costume trop simple; il n'y a pas que la toilette; il y a aussi l'air, les manières. Sylvaine Bourlier avait bien pu adopter le costume de l'humble ouvrière; elle n'en avait pu prendre les façons simples et franches.

Suffit-il d'aimer pour constituer un bonheur durable? L'amour — le véritable amour, qui n'est point une étincelle, un caprice, un rêve dont on se réveille promptement, doit être une harmonie totale, une union des esprits aussi bien que des cœurs; il exige une similitude de goûts absolue, ou une faculté d'assimilation qui puisse faire de l'un des amants le reflet de l'autre.

Cela existait-il entre Sylvaine et Milot Pariset? Aucune crevasse ne menaçait-elle l'édifice de leur bel amour?

Ils étaient mariés depuis un an et si on avait posé cette question à la jeune femme, elle eût sans doute affirmé sa foi et son bonheur.

Dans un modeste décor, Milot et elle n'étaient-ils pas un beau couple et un ménage d'amoureux? Matin et soir, à chaque retour de Milot ils échangeaient des baisers. Chansons et rires s'envolaient par la fenêtre ouverte. Ils étaient heureux.

Surtout quand ils étaient seuls, la porte close, à l'abri des regards des voisins — du monde.

Car ce bonheur et cet amour, qui leur paraissaient si naturels, devaient étonner des témoins. Il ne fallait entre eux personne qui pût constater la disparité évidente entre le mari et la femme, disparité marquée par la gaucherie timide, le maladroit respect du mari, admirant sa femme et ne la touchant qu'en tremblant, comme un bibelot trop fragile pour ses mains de travailleur.

De simples nuances. Ils auraient pourtant pu en souffrir, si l'amour n'avait noué sur leurs yeux le bandeau du bonheur.

Hélas! il y a toujours des mains pour dénouer ces bandeaux-là.

Quand ils sortaient, au bras l'un de l'autre, jeunes et beaux, heureux en apparence, n'avaient-ils jamais entendu la jalousie de quelque voisine siffler sur leur passage cette réflexion perfide :

— Fait-elle assez sa fière et sa mijaurée, cette Pariset!...

Pourquoi Sylvaine pressait-elle alors le pas, tandis qu'une imperceptible rougeur empourprait son front? Et pourquoi Milot se rembrunissait-il tout à coup?

Ces mots, tous deux auraient voulu ne point les avoir entendus — ou tout au moins être sûrs chacun que l'autre ne les avait point entendus. C'était une goutte de poison déposée en eux. Une autre pourrait s'y ajouter, puis d'autres encore.

A la longue, quel organisme y pourrait résister?

C'était peut-être l'effet de ce poison qui faisait rougir et soupirer Milot quand, parfois, Sylvaine lui disait, en le regardant avec tendresse :

— Pourquoi le sort a-t-il fait de toi un simple ouvrier? Tu méritais un moins pénible destin.

C'était un cri de tendresse, un hommage rendu à la délicatesse innée du jeune homme.

Mais Milot pouvait s'y méprendre et croire à un regret.

Entre eux, c'était un peu d'ombre — encore voilée par le rayonnement de l'amour.

CHAPITRE VI

BONHEUR FRAGILE

Sylvaine, pendue au cou de son mari, l'entraîna tout de suite à l'intérieur du logement.

— Fermons vite, murmura-t-elle, en repoussant la porte.

— Tu as peur qu'on te voie m'embrasser? demanda Milot.

Il soupira; puis aussitôt, pour faire oublier ce soupir, il se mit à rire.

— Bête ! dit tendrement Sylvaine, en riant aussi. Est-ce que les voisins ont besoin de savoir combien nous nous aimons?

— Non, bien sûr, ils n'ont pas besoin de savoir ça! répondit le jeune ouvrier. Mais ici, nous n'avons pas à craindre les indiscrets. Nous sommes seuls sur ce palier, puisque le logement voisin est vide.

— Il ne l'est plus depuis tantôt... Quelqu'un a emménagé... Un homme seul... qui doit être vendeur dans un magasin ou travailler dans un bureau.

— Oh! oh! tu es joliment renseignée! fit Milot avec une pointe de malice. Ce n'est pourtant guère dans tes goûts ni dans tes habitudes de t'occuper des autres.

La jeune femme rougit un peu.

— Si j'ai vu notre nouveau voisin, assez pour ne plus ignorer son existence et pouvoir te le dépeindre, c'est bien malgré moi, assura-t-elle, en haussant légèrement les épaules.

« Ses faits et gestes ne m'intéressent guère. Mais j'ai déjà dû m'apercevoir qu'il n'était point disposé à observer la même discrétion à notre égard. Depuis qu'il s'est installé dans son logement, il doit passer son temps l'oreille collée contre sa porte; car il l'entr'ouvre sitôt qu'on met le pied sur le palier et il vous examine des pieds à la tête avec une effronterie vraiment gênante. J'ai dû sortir deux fois pour aller aux provisions et chaque fois, à l'aller et au retour, j'ai trouvé cet individu en embuscade. Inutile de te dire qu'il m'est aussitôt devenu antipathique.

— S'il vit tout seul, il doit s'ennuyer et cela explique sa curiosité, répondit le jeune ouvrier avec indulgence. Et puis, n'est-ce pas, quand on s'installe quelque part, on aime bien savoir près de qui on va vivre. Quand il nous aura suffisamment dévisagés, il cessera de s'occuper de nous. C'est peut-être un très brave homme... En tout cas, je ne puis regretter qu'il n'ait pas su t'inspirer une excessive sympathie.

Et Milot eut un bon rire tendre et craintif, en attirant contre lui sa Sylvaine.

— Ne crains pas pareille chose, mon Milot, répliqua tendrement la jeune femme, en posant sa tête sur l'épaule de son mari. Certains de ces gens que nous sommes forcés de coudoyer me déplaisent, m'agacent... Il n'y a pas, hélas! que d'honnêtes ouvriers dans ces parages.

— Tu n'es pas faite pour ce milieu. Il faudrait pouvoir vivre ailleurs, soupira Milot Pariset, en se rembrunissant. Moi-même je dois te blesser sans le vouloir.

C'était son éternelle inquiétude, sa souffrance de tous les jours, ce dégoût pressenti de Sylvaine.

Elle le gronda doucement.

— Ne dis pas de sottises! C'est quand je les compare à toi qu'ils me paraissent grossiers. C'est parce qu'ils n'ont pas ta délicatesse... Mon Milot, lui, ne serait déplacé nulle part.

Elle affirma cela d'une voix forte. Mais malgré elle, elle exprimait moins une conviction que le désir d'être convaincue.

Milot détourna la tête pour cacher à Sylvaine un nouveau soupir.

— Laissons les autres et parlons de nous, dit-il. Comment as-tu passé ton temps? Tu ne t'es pas trop ennuyée?... ni trop fatiguée?

— Je m'ennuie toujours quand tu n'es pas là, tu le sais bien, répondit affectueusement l'épouse. Je guette ton retour une heure avant que tu puisses apparaître... Mais il ne faut pas que je me plaigne. Je ne suis pas tellement malheureuse... Et puis j'ai la société de « Cinq-et-Trois ».

— Où est-il? demanda le jeune ouvrier en jetant un regard autour de lui.

— Dans la salle à manger, comme toujours... Il joue paisiblement à mes pieds pendant que je couds assise près de la fenêtre. Pauvre petit! il n'est pas bruyant... Et ce n'est pas lui qui demandera jamais à aller courir avec les autres... Regarde-le.

Elle entr'ouvrit une porte. Frôlant les cheveux châtains de sa femme, Milot avança sa tête aux boucles blondes.

Simplement meublée, mais si proprette et coquette, la « salle à manger » du ménage Pariset était l'orgueil de Milot; elle symbolisait à ses yeux la féerique transformation que l'amour de Sylvaine avait fait subir à son humble existence de travailleur. C'était la salle à manger d'un ménage de « bourgeois »; selon la naïve appréciation du jeune ouvrier, c'était presque un salon et il avait fallu l'ascendant de Sylvaine pour le décider à y manger tous les jours.

— Si on a une pièce agréable, c'est pour s'en servir, lui avait-elle déclaré. Ce ne doit pas être seulement pour les visiteurs. A quoi bon, alors, se donner du mal pour décorer son nid et le rendre douillet, si on se prive d'en profiter?

Milot avait cédé. Mais, pendant longtemps, il était resté intimidé, moins à l'aise que dans la cuisine. Sylvaine, au contraire, était là à sa place et peu à peu elle l'y mettait lui-même. Mais il n'osait pas encore se rendre compte de ce progrès.

Près de la fenêtre, il y avait une « chaise bonne femme », avec de jolis coussins brodés par Sylvaine. C'était le « coin » de la jeune femme, aménagé par elle et où elle se tenait le plus souvent — coin laborieux dont le caractère était marqué par la machine à coudre et la table à ouvrage : deux cadeaux encore de Milot, deux cadeaux « utiles ». Ils n'en prenaient pas moins par le miracle du goût et de l'élégance instinctive de Sylvaine, un petit cachet de meubles d'agrément. On avait l'impression qu'ils n'étaient là que pour le décor.

Le premier coup d'œil de Milot fut pour eux

— pour la place favorite de sa Sylvaine, telle qu'il se la représentait à l'usine, pendant son travail.

Puis ses regards s'abaissèrent sur le parquet ciré. Un sourire attendri entr'ouvrit ses lèvres.

Un enfant jouait là, accroupi devant des cubes coloriés, un bambin de quatre ans, aux joues encore un peu pâlotes, mais aux bons yeux joyeux.

C'était Bébert, dit Cinq-et-Trois, la bonne action de Milot et de Sylvaine.

Après deux années de mariage, ils n'avaient pas encore de bébé. Et c'était là une de leurs tristesses.

Il arrivait souvent à Sylvaine, pendant les absences de Milot, de regarder par la fenêtre la grande cour de la cité, emplie du bruit joyeux des jeux enfantins. Avec quelle mélancolie son regard se fixait alors sur la course trébuchante des tout petits, qui voulaient suivre les grands! Petits bouts d'hommes vacillant sur de petites jambes tremblantes, tignasses blondes ou brunes, ignorant le peigne ou rebelles à ses efforts, museaux barbouillés, vêtus de robes rapiécées ou d'un simple tablier de couleur indiscernable, ils étaient sales, pour la plupart, abandonnés tout le jour, lâchés dans les cours et les ruelles du ghetto et libres de se traîner dans tous les ruisseaux après s'être roulés sur tous les tas de poussière. Pourtant, ils faisaient envie à la jeune femme. Elle eût voulu pouvoir en saisir un au hasard, dans le tas et l'emporter dans ses bras pour aller le nettoyer et l'embrasser à l'écart.

Elle ne pouvait les voir que de loin; à cette marmaille elle n'adressait presque jamais la parole parce qu'une gêne instinctive — qui n'était pas de la fierté — la maintenait à distance, l'empêchait de frayer avec ses voisines. Pour être à l'aise dans certains milieux, il faut y être née. Sylvaine parlait un autre langage et malgré elle elle se sentait dépaysée dans la grande cité.

Mais ne frayant avec personne, elle mesurait la longueur des journées. A qui parler? Les plus jeunes, parmi la marmaille qui s'ébattait sous ses fenêtres, l'eussent moins effrayée que les commères au langage vert et si promptes à la riposte. Mais pouvait-elle les attirer, alors qu'elle paraissait tenir leurs mères à distance? Elle n'osait même pas descendre leur distribuer ses caresses, de peur d'être apostrophée par une virago, heureuse de l'occasion de lui servir son paquet, et de se venger par une rebuffade d'un dédain supposé.

Or, l'occasion s'était présentée : dans l'un des foyers de misère, la mort avait frappé coup sur coup, prenant la mère après le père et faisant un orphelin d'un des tout petits de la cour, le plus touchant aux yeux de Sylvaine, parce qu'il était infirme et que sa jambe plus courte lui valait de tomber plus souvent que les autres et d'être, en quelque sorte, leur bouffon et leur souffre-douleur.

Pauvre « Cinq-et-Trois » pâlot et toujours en larmes. Seul au monde, il allait être remis à l'Assistance.

— Si on le prenait, en attendant? avait murmuré Sylvaine, toute remuée.

Et le brave Milot avait répondu gentiment :

— Prenons-le, si cela te fait plaisir. Il aura de la chance, ce gosse.

— Il n'en a pas eu jusqu'à présent, répondit la jeune femme.

Puis elle ajouta, en appuyant sa tête contre celle de son mari :

— Et, pour moi, ce sera m'acquitter un peu de la dette de reconnaissance que j'ai contractée. Dois-je oublier ce que ta mère a fait pour moi? Le destin auquel elle m'a permis d'échapper n'était guère plus brillant que celui qui attendrait ce pauvre gosse. Alors, puisque l'occasion se présente d'être bonne, comme on l'a été pour moi, ce ne serait pas bien de la laisser passer.

— Tu es la meilleure des meilleures, soupira Milot, remué. Adoptons « Cinq-et-Trois », il tiendra la place du nôtre, qui se fait attendre.

Et le petit bancroche, dûment débarbouillé, était entré au foyer des Pariset. Transformé, choyé, caressé par « papa Milot », presque autant que par « maman Sylvaine », loin des brimades de la cour, il menait une existence éblouie, découvrait un bonheur insoupçonné, dont il ne se rassasiait point et qui, des mois, après l'adoption, continuait à l'émerveiller et à le faire pleurer de gratitude, comme au premier jour.

Parfois, cousant à deux pas du petit, sagement absorbé dans quelque jeu silencieux, Sylvaine entendait tout à coup une sorte de hennissement joyeux: c'était « Cinq-et-Trois » qui riait tout seul de bonheur en comparant sa félicité présente à la rudesse des jours où il ne possédait encore ni les jouets, ni la tendre protection que lui avaient accordée « papa Milot » et « maman Sylvaine » — ses dieux.

Et la bonne figure de gosse, — rose maintenant — s'épanouissait de jour en jour, à mesure que « Cinq-et-Trois » s'installait dans son bonheur, perdait sa crainte latente des premiers jours de le voir s'évanouir en fumée, finir comme un rêve et laisser reparaître l'ancienne misère, avec ses tiraillements et ses bousculades de gamins sans cœur, durs aux autres, comme la vie l'était à leur propre égard.

— « Cinq-et-Trois » !... « Cinq-et-Trois » !...

Maintenant, au lieu du cri moqueur, c'était une voix douce qui l'appelait, pour lui donner de bonnes choses.

— Viens goûter, mon toto.

Et si le sobriquet de jadis survivait et retentissait encore aux oreilles du gosse, il changeait d'aspect parce que c'était la bonne voix apitoyée et affectueuse de Milot qui le lançait.

— Viens m'embrasser « Cinq-et-Trois » !... Pauvre petit gars!

Le rire de « Cinq-et-Trois » fendait sa bouche jusqu'aux oreilles. Il se relevait gauchement et accourait, en clopinant, se jeter dans les bras tendus de l'arrivant.

— Bonjou, papa Milot!...

Milot sourit, se baissa et embrassa l'enfant dont Sylvaine caressait les cheveux.

— On est bien, ici, hein? Cinq-et-Trois? déclara-t-il, en attachant sur sa compagne un regard reconnaissant. Elle nous gâte tous les deux, dis, maman Sylvaine?

— Pour sûr! répliqua le gosse avec conviction.

— Et elle nous aime bien! continua Milot, avec un petit rire heureux.

— Tous les deux! approuva le petit boiteux, en gloussant de bonheur.

Tendrement appuyée sur son mari, Sylvaine souriait.

— Regarde ton œuvre, murmura Milot, en passant son bras autour de la taille souple et fine. Nous étions deux qui ne demandions qu'à t'aimer, et qui n'osions pas... deux qui nous jugions trop loin de toi... Car il était comme moi, va! le pauvre Cinq-et-Trois! Quand il n'était encore qu'un pauvre gosse barbouillé, vêtu de loques, il t'avait remarquée et il devait se dire : « Qu'elle est belle et comme elle paraît bonne!... Comme je l'aimerais, si elle voulait! Et comme je serais heureux qu'elle veuille!... Mais elle est trop belle, trop fine... trop dame!... Je ne lui ferais pas honneur! » Voilà ce que nous disions tous les deux, pas vrai, « Cinq-et-Trois?... » Et puis, tu nous as appelés et nous sommes venus, émerveillés... Et nous sommes si heureux que nous ne pouvons pas croire à notre bonheur et que nous avons peur, toujours peur que tu ne veuilles plus nous aimer... ou que tu ne puisses plus.

— Bête! cria Sylvaine, en lui prenant la tête entre ses mains et en l'embrassant. Bête!... Crois-tu donc qu'on puisse cesser d'aimer... quand on aime vraiment?

— Non! dit Milot avec ravissement, en posant sa tête sur l'épaule de Sylvaine.

Et « Cinq-et-Trois », assis aux pieds du jeune couple, cria sans comprendre, en frottant aux jupes de la jeune femme son visage illuminé :

Non!... Non!... Non!...

Attendrie, elle les regarda tous les deux, le jeune homme et l'enfant, heureux d'un bonheur égal — par elle, pour elle!

— N'ayez pas peur! murmura-t-elle avec tendresse. Rien ne menace votre bonheur.

Mais elle tressaillit aussitôt, peureusement.

Sur le palier une porte s'ouvrait en grinçant et le plancher criait sous des pas furtifs qui s'approchaient de leur porte.

Le nouveau voisin encore, furetant, écoutant, espionnant...

Sylvaine ne le voyait pas. Mais elle s'imaginait le voir, penché sur la serrure, essayant de voir... essayant d'entendre.

Pourquoi?... Qu'était-ce?... Un jaloux? Un simple curieux?

Elle ne savait pas. Mais un pressentiment l'oppressait. A leur porte, une volonté malfaisante veillait, guettait.

Cet homme leur ferait du mal : elle le sentait. Elle en était sûre.

CHAPITRE VII

LE MYSTÉRIEUX MONSIEUR LOUIS

Derrière Milot, sortant de la cité pour se rendre à son travail, un pas se hâta, cherchant à rattraper le jeune ouvrier, qui ne tournait point la tête. Puis une voix héla :

— Ohé, voisin!... Voisin Pariset! Vous êtes bien pressé ce matin?

— Pas plus que les autres jours, mais pas moins, répondit Milot, en se laissant rejoindre.

Le voisin trop curieux, dont l'installation avait éveillé chez Sylvaine un sentiment de gêne et de malaise, arrivait à la hauteur du jeune homme. Ils accordèrent leur pas, en échangeant une poignée de main.

— Ça va?

— Ça va.

Cordialité familière, d'une part, contrainte de l'autre. Il était assez visible que si, Milot Pariset n'osait repousser les avances du voisin, il les accueillait sans enthousiasme.

La veille encore, Sylvaine lui avait dit doucement, mais avec une intention très nette de blâme :

— Il ne faut pas se lier trop facilement avec un inconnu.

Elle voulait parler de cette camaraderie trop rapide, qui semblait s'établir entre le jeune homme et ce « monsieur Louis », devenu depuis peu leur voisin.

Aimable et liant, certes — trop aimable et trop liant, affirmait Sylvaine. Il était de ceux qu'il n'est point aisé de tenir à distance. Tout de suite, il avait recherché les occasions de faire connaissance et d'entrer dans les bonnes grâces du jeune ménage. Coups de chapeau et mots lancés au passage, ne lui coûtaient guère. Il fallait bien répondre. Le milieu dans lequel avait vécu Milot ne le préparait guère à se défendre contre trop de familiarité. Il ne savait pas décourager les importuns. Le nouveau voisin était loquace.

aimait à engager la conversation, à offrir ou à solliciter de menus services. C'était naturel, entre voisins.

Mais Sylvaine ne l'entendait pas de cette oreille. Elle avait fait grise mine à l'indiscret, qui trop visiblement cherchait à s'implanter chez eux, à s'insinuer dans leur intimité.

Milot aurait eu moins de défense. Mais il n'était pas dans ses habitudes de contrarier sa femme. Aussi l'avait-il écoutée docilement quand elle l'avait mis en garde contre le danger d'accueillir trop facilement des avances suspectes et de se laisser envahir par un importun, qu'il faudrait ensuite remettre à sa place.

Il sentait bien, d'ailleurs, que sur un point sa Sylvaine avait raison : il était quelque peu mystérieux et bizarre, ce « monsieur Louis », qui se prétendait employé de bureau et qui avait surgi un beau jour, dans la cité, porte à porte avec le jeune ménage, sans qu'on pût rien savoir de son existence antérieure.

Qui était-il? Que faisait-il? Il n'avait pas exactement l'apparence de ce qu'il déclarait être. Pour un employé modeste, que semblait annoncer le cadre de vie qu'il venait chercher dans la cité populeuse, il était trop bien vêtu et il avait des manières trop distinguées, en dépit de la familiarité qu'il affectait volontiers.

Celui-là aussi, un peu comme Sylvaine — mais d'une façon et surtout dans un sens très différents — Milot le sentait instinctivement supérieur au milieu et à lui-même par l'éducation.

La question aurait donc pu se poser, si le jeune ouvrier avait été plus perspicace, ou plus soupçonneux : que venait faire dans la cité Jeanne-d'Arc, ce soi-disant employé, si libre de son temps et qui ne venait là, d'ailleurs, que par intermittence, apparaissant et disparaissant à l'improviste?

En vérité, on aurait pu, sans la moindre malice, et pour peu qu'on observât les allées et venues de l'énigmatique « monsieur Louis », affirmer qu'il y avait dans sa vie un mystère et que son existence en était entourée.

A l'intérieur de la cité, il visait manifestement à se rendre populaire, s'appliquant à frayer avec chacun, au rebours des Pariset, qui se tenaient chez eux et fermaient leur porte à tous les voisins.

Mais le jeune couple demeurait le centre de l'attention et de la stratégie de M. Louis. C'était surtout de Milot et de Sylvaine qu'il visait à se rapprocher, c'était à eux qu'il s'intéressait et s'il se montrait aussi volontiers loquace et familier avec les habitants de la cité, ce pouvait être dans l'unique but de recueillir plus facilement des renseignements sur le compte du ménage.

Pour toutes ces raisons, mal démêlées et seulement pressenties, mais qui avaient suffi à éveiller l'inquiétude et la méfiance de la jeune femme, Milot se tenait sur ses gardes et ne tenait pas à la compagnie du voisin.

Celui-ci avait certainement dû s'en apercevoir. Mais il entrait sans doute dans ses plans de ne point s'en montrer froissé. Tenace, il guettait les arrivées et les départs du jeune ouvrier et s'arrangeait toujours pour se trouver sur son passage et faire avec lui un bout de chemin et de causette.

Hors des regards de Sylvaine, la froideur de Millot ne tenait pas. Demeurer sur une réserve polie et manifester discrètement qu'on ne tient pas à engager ou à prolonger une conversation nécessite des nuances qu'ignore le peuple. On dit franchement leur fait aux gens et si on a quelque raison de les envoyer paître on ne prend pas de gants pour le faire.

Mais, précisément, cette raison manquait à Milot. Les seules préventions qu'il nourrissait contre M. Louis se réduisaient au désir qu'il avait de ne pas contrarier Sylvaine, à laquelle le voisin était antipathique.

Faute de pouvoir le déclarer nettement, il avait tout d'abord répondu aux propos insignifiants de M. Louis et, l'habitude venant, il lui était de plus en plus difficile d'écarter le fâcheux.

Comment s'obstiner à battre froid à quelqu'un qui se montrait si aimable!

Ce matin-là encore, rattrapé à la sortie de la cité par M. Louis, Milot Pariset se défendait difficilement contre un véritable assaut de cordialité.

— On prend un verre sur le pouce? proposait l' « employé », en indiquant de la tête un des limonadiers qui jalonnaient leur route.

Quel qu'il fût, et d'où qu'il vînt, il s'était assimilé parfaitement le langage populaire. Mais on sentait qu'il ne le parlait pas de naissance et qu'il devait s'y appliquer.

Milot refusa la politesse en secouant la tête. Il n'était pas buveur et ne fréquentait pas le « zinc ».

— Merci... Je n'ai pas soif si matin.

— Pour une fois, vous boirez bien sans soif... C'est histoire de trinquer.

Mais voyant qu'il ne triompherait pas de la résistance de son compagnon, M. Louis renonça tout de suite à insister. S'il n'avait lancé son invitation que pour sonder le jeune ouvrier et faire l'inventaire de ses points faibles, il était fixé : le mari de Sylvaine n'avait pas ce défaut-là.

M. Louis se rembrunit imperceptiblement. C'est devant un comptoir qu'on fait le mieux bavarder les gens. Milot, refusant de s'y laisser conduire, privait le voisin d'une sérieuse chance d'acquérir sur lui de l'influence.

— Au fond, vous avez raison, déclara M. Louis au bout de quelques pas. Vous êtes un sage... Votre intérieur vous suffit. Il est vrai qu'à ce point de vue, vous êtes gâté.

— Pour ça oui! lança joyeusement Milot, remis en train par cette allusion à son bonheur. J'ai une fameuse femme!

— Presque trop bien! riposta M. Louis, en jetant au jeune homme un regard en dessous. On dirait un[illegible]geoise, vous savez! Pas du tout la femme d'un ouvrier... Excusez, camarade. C'est un compliment que je vous fais.

— Je le prends comme ça, répondit Milot, dont le rire s'éteignit. Et puis, vous dites la vérité. Je suis le premier à le reconnaître. Ma femme n'est pas comme les autres... Elle aurait pu être une bourgeoise...

— Cela se voit, appuya cruellement l' « employé ». On s'étonne presque de vous voir ensemble... Ne le prenez pas en mal, au moins. Je ne veux pas vous offenser. C'est une impression que je vous donne parce qu'on en cause.

Milot approuvait en hochant la tête. Il était maintenant tout à fait triste.

— Ce n'est pas une fille d'ouvrier et elle n'a pas été élevée pour la vie qu'elle mène, soupira-t-il, en baissant la tête.

— En un sens, c'est flatteur... Mais ça peut être aussi un ennui d'avoir une femme pareille, poursuivit M. Louis, distillant son poison. Les femmes, est-ce qu'on sait jamais ce qui leur trotte en tête? Une supposition que la vôtre se voie comme elle est... mieux que les autres... supérieure à sa condition, pour tout dire... Ce sont des idées dangereuses parce qu'elles peuvent amener des regrets. Est-ce qu'on sait?

— Est-ce qu'on sait? répéta Milot, machinalement et douloureusement.

Chaque mot entrait en lui comme une pointe acérée et y laissait une irritante sensation de piqûre.

— Enfin, conclut M. Louis avec rondeur, il ne faut pas se plaindre que la mariée soit trop belle, comme dit le proverbe. Bien sûr que le bonheur d'un ménage c'est la bonne entente et que pour bien s'entendre il faut être pareils. Mais quoi, vous faites exception à la règle : c'est tant mieux pour vous. Vous êtes un veinard, monsieur Pariset.

Faite en ces termes, d'une perfidie calculée, la constatation de sa chance laissa Milot tout à fait triste. Et cette tristesse persista toute la journée. Le soir, il rentra le front obscurci d'un nuage que ne purent chasser complètement les baisers de Sylvaine.

La jeune femme s'en rendit compte et voulut connaître la cause de cette ombre, ennui ou chagrin.

Mais Milot ne voulait pas confesser qu'il avait cheminé avec M. Louis et qu'ils avaient causé.

— Je n'ai rien... C'est toi qui t'imagines des choses, s'entêta-t-il à répondre aux questions de sa femme.

Et comme c'était un mensonge et que Sylvaine le sentait, il en résulta une gêne persistante, qui s'établit entre eux comme un mur invisible.

Elle ne fit que s'accentuer les jours suivants. Car M. Louis revenait à la charge, saisissait habilement toutes les occasions d'envenimer la blessure qu'il avait ouverte. Ses remarques, les histoires qu'il racontait tournaient toujours autour d'unions mal assorties et de l'énigme que peut enfermer un cœur de femme.

Apprenait-il une défaillance, une fugue, un de ces troubles si fréquents dans ces médiocres ménages, quotidiennement séparés par le labeur du mari et celui de la femme? Vite, il les signalait à Milot Pariset, en assaisonnant, sans paraître y toucher, la nouvelle de commentaires savamment empoisonnés.

— C'était forcé... Elle était trop bien, cette petite, trop différente de son homme... Ils n'étaient pas faits l'un pour l'autre... Cela devait mal tourner un jour ou l'autre... Les femmes, il faut les connaître et ne pas leur supposer plus de raison qu'elles n'en possèdent... Il y a la coquetterie d'abord... Elles aiment le beau et le fin pour elles et pour leur entourage... Et elles y voient clair... Il ne faut pas leur faire honte... Elles ne pardonnent pas ça... Il ne suffit pas de leur donner de la toilette... Il faut être soi-même à la hauteur, comme costume et comme manières... Plus elles sont fines, plus elles sont exigeantes. Et plus elles peuvent souffrir de se promener, pomponnées, au bras d'un mari qui ne leur fait pas honneur... Le plumage et le ramage, elles ne voient que ça... Et elles font des comparaisons... Elles auront beau être habillées en princesses, grâce à l'argent de la paye, si elles se voient au bras d'un mari vêtu en ouvrier, cela leur serrera le cœur... Surtout si elles en croisent d'autres, plus favorisées... Ah! mon camarade, ce qu'elles peuvent rager, alors, et souffrir! et se mettre mille idées en tête!... Allez, si dans ces moments-là on leur proposait de changer, il n'y aurait pas d'amour qui tienne... Elles plaqueraient le pauvre bougre de mari... Et toutes sont ainsi...

— Pas toutes!...

La protestation de Milot Pariset n'était qu'un gémissement de douleur.

— Toutes! répéta brutalement M. Louis. Même celles qui s'en cachent et ne le disent pas!

Poignardé, Milot se tut.

— Il faut des époux assortis... dans le lien du mariage! chantonna alors M. Louis.

A son bras, Milot chancela comme s'il avait reçu un coup. Ah! ce poison que le perfide voisin venait de lui verser dans le cœur! ce poison qui cheminait dans son sang et le glaçait!...

Tout ce que racontait l'inquiétant M. Louis, Sylvaine pouvait le penser, le pensait peut-être. Possibilité atroce! Pour Milot, il ne pouvait plus exister de bonheur. Ce doute tuait toute sécurité.

— Ça ne va pas? Vous avez l'air tout chose? demanda M. Louis avec une sollicitude hypocrite. C'est la chaleur, peut-être. Il fait orageux... Mettons-nous à l'ombre. Vous prendrez quelque chose pour vous remettre. Une fois n'est pas coutume.

L'abattement de Milot le rendait incapable de résistance. Il se laissa pousser à l'intérieur d'un petit café désert et installer dans un coin, devant une boisson à l'eau de Seltz.

Oh! bien inoffensive, cette boisson! M. Louis connaissait l'aversion de son compagnon pour l'alcool. Il n'avait commandé que deux verres de sirop, à peine additionnés d'un doigt de quinquina. Ce n'était pas cela qui pouvait monter à la tête.

Mais pourquoi M. Louis, qui s'était chargé de la préparation du breuvage, vidait-il subrepticement dans le verre destiné à Milot Pariset le contenu d'un minuscule flacon dissimulé dans une de ses paumes?

Affaissé sur la banquette et d'ailleurs étourdi par le flux de paroles, dont son compagnon le harcelait, pour occuper son attention, Milot ne s'aperçut pas de ce manège et, sans méfiance, vida son verre.

Comment aurait-il soupçonné M. Louis de lui administrer une drogue? L'idée ne lui en vint même pas, quand il commença à en ressentir les premiers effets qui étaient, extérieurement, tout à fait ceux de l'ivresse.

Extérieurement seulement. Car, bien qu'il se sentît la tête lourde et le cerveau embrumé, Milot demeurait lucide; il savait bien qu'il n'était pas ivre et qu'il n'avait rien bu qui pût l'avoir rendu tel.

Mais, en même temps, il ne pouvait méconnaître qu'il donnait l'impression d'un homme ivre. Quand il se leva, les jambes molles et qu'il dut s'accrocher titubant, au bras de M. Louis, il était pâle et ne parvenait qu'à bredouiller d'une voix pâteuse des syllabes indistinctes. Son regard, ordinairement si clair, était trouble et comme terni.

M. Louis le soutenait et l'entraînait, titubant.

— Ça ne va pas, décidément? s'informait-il hypocritement. La digestion, peut-être? Je vais vous ramener chez vous. Votre ménagère vous fera une tasse de thé et il n'y paraîtra plus.

Mais, tout en le suivant, accroché à lui, Milot s'épouvantait de paraître en pareil état devant Sylvaine. Qu'allait-elle penser? Ne s'imaginerait-elle pas qu'il s'était enivré?

« Et je ne pourrai pas lui expliquer, pensait-il avec désespoir. Ma langue est comme paralysée. Mais qu'est-ce que j'ai donc? Est-ce que je vais mourir? »

Il pensait, il raisonnait, il se rendait compte.

Et physiquement, il n'était plus qu'une épave sans force, que M. Louis soutenait et entraînait, en lui manifestant une humiliante sollicitude.

Dans cette rue, que le jeune ouvrier traversait tous les jours d'un pas alerte, le regard clair et assuré, il donnait maintenant à tous le spectacle lamentable d'un ivrogne inconscient, ramené au gîte par un passant charitable. Quelle dégradation. Il titubait, trébuchait, la tête ballante et le regard stupide.

Encore une fois, qu'allait penser Sylvaine? Quelle honte!

Et quelle honte injuste!

Mais comment se disculperait-il? Même plus tard, quand il aurait recouvré la liberté de la parole, parviendrait-il à convaincre Sylvaine de son innocence? Effacerait-il l'impression de dégoût qu'elle allait ressentir? Elle croirait à sa honte, mais point à son innocence.

A cette pensée, terrifié et désespéré, il aurait voulu s'arrêter, prier M. Louis de l'emmener ailleurs, n'importe où pourvu qu'il échappât aux regards et aux soupçons de sa Sylvaine et qu'il ne laissât point dans le souvenir de la jeune femme une image dégradée.

Il était trop tard. Déjà son conducteur lui avait fait franchir l'entrée de la cité et l'entraînait à travers les cours. Soutenu par lui, Milot arriva devant le bâtiment où il logeait, monta l'escalier et se trouva devant sa porte.

M. Louis frappa. Milot entendit venir les pas de Sylvaine.

Ah! s'il avait pu s'enfuir. Mais ses jambes fléchissaient et, pour ne pas tomber, il devait se raccrocher au bras de son compagnon.

La porte s'ouvrit.

— C'est votre mari que je vous ramène, madame Pariset, dit le voisin d'une voix doucereuse. Il est un peu souffrant, comme vous voyez, et pas très en état de s'expliquer. Mais ne vous effrayez pas; ça passera tout seul. Le mieux c'est qu'il se couche et qu'il dorme. Demain il n'y paraîtra plus.

Muette et consternée, Sylvaine écoutait à peine ces paroles perfidement calculées. Il lui suffisait bien d'apercevoir Milot pour que tout l'effet escompté par le mauvais génie se produisît.

Malgré elle, elle jeta sur son mari un regard réprobateur. A ses yeux il apparaissait doublement coupable : n'était-il pas ivre et ne le voyait-elle pas en compagnie de M. Louis? Elle avait ainsi la preuve qu'il enfreignait ses recommandations et elle pouvait imaginer toute une suite de fréquentations qu'il lui cachait.

De constater qu'il était capable de dissimulation, cela peinait affreusement la jeune femme. Mais les conséquences qu'elle supposait la désolaient davantage encore. Milot s'était, croyait-elle, laissé aller à boire; il l'avait certainement fait à l'instigation de son compagnon, dont s'affirmait ainsi l'influence funeste.

Le pire était ce que Sylvaine pouvait supposer : non point une faiblesse passagère, due aux circonstances et qui resterait sans lendemain; mais plutôt un éveil d'un penchant secret, qui pouvait être atavique. Milot allait-il, à son tour, descendre la pente dégradante? Avait-elle lié sa vie à un ivrogne?

Dupe de l'infernale machination de M. Louis, la jeune femme, en face de son mari, pâle, bégayant et les yeux égarés, ne pouvait se défendre d'éprouver autant de dégoût que de peine.

— Ce ne sera rien, répétait hypocritement M. Louis. Ce n'est pas ce qu'il a bu, vous savez... Un homme, surtout un travailleur comme lui, en supporte davantage. C'est plutôt un coup de chaleur.

Silencieusement, Sylvaine inclina la tête.

Puis elle prononça, avec effort, en attirant doucement Milot qu'elle dut soutenir :

— Je vous remercie...

— Si vous avez besoin d'aide pour le mettre au lit, je puis vous donner un coup de main, proposa le voisin.

— Je m'en tirerai seule, répondit Mme Pariset. Merci.

Elle s'inclina encore, un peu sèchement, et referma la porte. La moindre amabilité envers celui qu'elle considérait comme responsable, pour une bonne part, de la faute de Milot, lui aurait trop coûté.

Mais abandonné sur le palier, M. Louis ne s'offusquait pas du froid accueil. Il souriait méchamment.

Ayant feint de s'éloigner et de rentrer dans son logement, il revint sur la pointe des pieds et colla son oreille contre la porte de ses voisins.

Alors, une expression de diabolique satisfaction apparut sur sa physionomie.

De l'autre côté de la porte, devant « Cinq-et-Trois », terrifié et sanglotant, Sylvaine, en larmes, soutenait Milot, titubant et en apparence inconscient.

Sa détresse était trop forte pour ne pas s'exhaler.

— Oh! gémit-elle d'une voix étouffée. Est-ce le commencement du calvaire? Devrai-je me rendre compte que j'ai épousé un malheureux voué à la dégradation... indigne de moi? Je l'aime, pourtant! Pourquoi n'est-il pas tel que je le souhaitais?

Comme des gouttes de plomb fondu chaque parole tombait dans le cœur de l'infortuné Milot, s'y figeait et y demeurait brûlante et lourde.

Il entendait. Il comprenait.

Et il ne pouvait parler.

M. Louis se releva.

— Cela restera entre eux, murmura-t-il. Il aura beau, demain, jurer qu'il n'avait pas bu, qu'il ne s'est pas grisé, elle demeurera persuadée du contraire et vivra dans l'épouvante de le voir recommencer. Fier comme il est, il ressentira ce soupçon comme une injure. Cela leur promet de beaux jours! Tout va bien.

CHAPITRE VIII

SUZY

— Cette dame, qui a entendu parler de moi et qui désire me confier du linge à broder, qui peut-elle être? Cela me semble bizarre qu'aucune des personnes pour qui je travaille ne m'en ait parlé. En dehors d'elle, qui donc aurait pu m'indiquer comme brodeuse?

Pensive, assise près de la fenêtre, tandis que « Cinq-et-Trois » jouait à ses pieds, Sylvaine tournait et retournait le pneumatique qu'on venait de lui apporter et qui constituait déjà, par lui-même, un événement extraordinaire.

C'était bien la première fois qu'un pneu tombait chez les Pariset, qui n'avaient pas l'habitude de recevoir grande correspondance.

Deux fois de suite, puis une troisième et encore une quatrième, la jeune femme relut le message inattendu, tracé d'une grande écriture élégante et qui la priait de se présenter le jour même, avenue de La Bourdonnais, chez Mme Manon Soleil.

Qui donc avait pu vanter à cette dame les doigts de fée de Sylvaine Pariset?

Elle repassait en esprit sa clientèle bien restreinte, quelques noms seulement de petites bourgeoises, qui avait fait boule de neige autour de la première, trouvée à grand'peine au temps de détresse, où Sylvaine avait souhaité de venir en aide à la mère Pariset et gagner sa part du pain quotidien.

A présent que l'aisance était venue, grâce à Milot, Sylvaine ne conservait ses clientes que pour occuper ses doigts. Elle n'en cherchait pas d'autres.

Elle hésitait pourtant à refuser celle qui s'offrait, flattée un peu qu'on eût songé à vanter son talent de brodeuse.

Toutefois, elle s'inquiétait de savoir à qui elle aurait à faire.

— Mais quel genre a-t-elle, cette dame? A quel monde appartient-elle?... Mme Manon Soleil, c'est un nom bizarre, un nom qui ne paraît pas sérieux. Ce n'est pas possible que quelqu'un se nomme en naissant Manon Soleil. On dirait un pseudonyme... D'ailleurs, il me semble que je l'ai déjà vu quelque part... vu ou lu...

Tout à coup, elle se souvint et sa stupeur ne connut plus de bornes.

C'était sur des affiches, ou dans quelque courrier des théâtres parcouru dans les journaux que rapportait Milot.

Les Pariset allaient quelquefois au cinéma, jamais au théâtre ni au music-hall. Mais on ne peut ignorer le nom des vedettes qui s'étalent sur les murs de Paris.

Manon Soleil en était une.

Sylvaine n'aurait pu dire sur quelle scène elle brillait, ni si elle chantait ou dansait. Mais elle était certaine de la notoriété du nom.

Son étonnement s'accrut.

— Une artiste! Qui donc peut m'avoir indiquée à elle? Je ne me vois pas bien travaillant pour ce monde-là.

Mais elle réfléchit que, sortie des coulisses, une étoile de music-hall pouvait mener à peu près l'existence d'une mondaine et connaître les préoccupations habituelles d'une maîtresse de maison. Sans doute recevait-elle. Il lui fallait des nappes et des serviettes brodées.

Et si ces détails de ménage excédaient sa compétence ou ses loisirs, elle pouvait s'en décharger sur une gouvernante. C'était cette dernière, sans doute, qui convoquait Sylvaine.

— Après tout, pourquoi n'irais-je pas voir? Il ne faut pas être si fière, quand on gagne sa vie.

Elle ne s'avouait pas qu'un peu de curiosité la poussait, le désir d'entrevoir un milieu auquel, certes, elle n'eût point voulu appartenir, mais qui l'éblouissait tout de même.

Peut-être l'inquiétant M. Louis ne se faisait-il pas une idée exacte de l'état d'esprit de Sylvaine Pariset. De son enfance bourgeoise, elle gardait le souvenir et sans doute aussi le goût d'une certaine façon de vivre. Mais ce goût n'allait point jusqu'au regret d'un luxe désormais interdit. Auprès de Milot et enfermée par lui dans une condition inférieure, elle ne se sentait pas humiliée, mais anxieuse. Et seulement sur la durée de son amour. La crise qu'avait déclenchée perfidement l'énigmatique voisin ne détachait pas la jeune femme du mari aimé. Son alarme secrète et sa souffrance provenaient, au contraire, de la force révélée de sa tendresse.

Elle tremblait que Milot ne demeurât point digne d'elle. Lui, de son côté, s'épouvantait d'une désaffection possible de sa Sylvaine. Leur tourment était le même et la peur commune qu'ils avaient de s'éloigner l'un de l'autre ne prenait naissance que dans leur mutuel amour.

Certes, chacun d'eux conservait la blessure secrète, infernalement ouverte par la main cruelle de M. Louis. Chaque soir, Sylvaine tremblait de voir son mari revenir tel qu'elle l'avait vu une fois — une seulefois. Et bien que l'alerte ne se fût pas renouvelée, la crainte demeurait. Milot la sentait, ineffaçable, et il en concevait une amertume, qui ne s'atténuait point, parce qu'il ne se résignait pas à l'avouer.

Une fissure entre eux, lézardant leur amour? Non pas. La malignité de leur voisin n'avait pas réussi à en créer une. Ce n'était qu'un malentendu.

Mais c'était déjà trop, puisqu'ils en souffraient.

— Mon Milot!... Pourquoi changerait-il, alors que mon cœur ne saurait changer?

Il aurait suffi à Sylvaine de dire cette phrase au jeune mari, au lieu de se contenter de la penser. Et la brume d'inquiétude, au sein de laquelle tous deux se sentaient perdus, se serait dissipée.

Mais, pas plus que Milot, Sylvaine n'osait la moindre allusion à sa peine.

Et tous deux s'enfermaient dans le même silence.

C'est en se taisant qu'on prépare son malheur. Au début, un mot aurait suffi; plus tard, il est inutile.

Pour dissiper la tristesse qui, depuis quelques jours, faisait planer sur elle comme le pressentiment d'une souffrance prochaine, Sylvaine avait besoin de s'occuper. Penchée sur une broderie, elle ne sentait pas sur elle les regards interrogateurs du pauvre « Cinq-et-Trois », qui soupirait.

— Tu ne ris plus, maman Sylvaine? Tu n'es pas contente?

Les petits au cœur aimant ont de singulières clairvoyances. Bébert sentait à sa façon qu'une menace était dans l'atmosphère et la troublait.

Décidée à sortir, Sylvaine se leva.

— Il va falloir que tu t'amuses bien gentiment tout seul pendant une heure ou deux, mon Bébert, dit-elle en se penchant pour caresser l'enfant. Je ne puis t'emmener chez la dame que je vais voir, pour qu'elle me donne de l'ouvrage.

— T'en fais pas, maman Sylvaine. Je serai bien sage.

Dans le refuge que lui avait ouvert la pitié des Pariset, « Cinq-et-Trois », même abandonné à lui-même, n'avait jamais peur et ne s'ennuyait jamais.

Sylvaine pouvait partir tranquille. Au retour, elle le retrouverait, sagement assis sur le parquet, au milieu de ses joujoux et riant de bonheur.

Elle partit vers le Métro et gagna le quartier du Champ-de-Mars.

Comme elle passait devant un petit café, un consommateur, attablé dans un coin de la terrasse, se souleva de son siège pour la suivre des yeux.

L'immeuble dans lequel habitait Manon Soleil se trouvait en vue. Le consommateur vit l'épouse de Milot Pariset s'arrêter devant la porte cochère, hésiter un instant, puis pénétrer sous la voûte.

— Par exemple! s'exclama-t-il. En voilà une rencontre! Est-ce que le hasard voudrait m'obliger à chasser deux lièvres à la fois? Sylvaine Bourlier sonnant à cette porte! Voilà qui pourrait avancer mes affaires.

Et M. Louis se rassit tout pensif, devant sa consommation, en homme qui n'est pas presse d'y toucher.

La jeune femme était entrée, s'approchant timidement du concierge galonné, assis dans sa loge.

— Mme Manon Soleil? demanda-t-elle.

— Au premier... Prenez l'escalier de service, répondit le portier en inspectant dédaigneusesement la mise modeste de Sylvaine.

Elle passa, les épaules courbées, et monta tristement. Ce n'était qu'en de rares occasions qu'elle se trouvait exposée aux insolences et au mépris de gens qu'elle valait bien.

Le sentiment de sa misère l'accablait alors et, pendant quelques instants, répandait sur ses joues une rougeur d'humiliation.

Soupirant, elle sonna à l'étroite porte, dont une petite plaque d'émail disait la destination : « Service. »

— La vie est bête!... La vie est dure! pensa-t-elle, simultanément.

Et elle montra à la femme de chambre, venue ouvrir, une pauvre mine désemparée qui la faisait plus humble encore.

— Mme Manon Soleil m'a fait demander, balbutia-t-elle. Je suis Mme Pariset.

Le visage agressif de la femme de chambre s'adoucit aussitôt.

— Ah! parfaitement! répondit-elle. Madame m'a prévenue... Si vous voulez me suivre, elle vous attend.

Presque aimable, elle guida Sylvaine vers l'autre partie de l'appartement.

Soignée, pomponnée, parfumée, cette jolie fille, dont un petit bonnet coquetlement posé dissimulait imparfaitement les cheveux blonds, était presque trop bien pour une camériste. Il fallait que l'étoile qui la gardait à son service fût elle-même bien sûre de sa beauté et de son charme pour ne pas s'effrayer d'un pareil voisinage.

Pourtant, elle se tenait dans son rôle; discrètement baissées, les paupières aux longs cils ne livrait pas le regard des yeux qu'on devinait grands. Et le sourire était diplomatique.

— Madame vous attend, répéta-t-elle, d'un ton encourageant. Elle m'a recommandé de vous introduire près d'elle dès que vous vous présenteriez. Entrez ici.

Elle souleva une portière, avança la tête, le temps de jeter à demi-voix le nom de la visiteuse et s'effaça, pour laisser entrer la jeune femme.

Mais elle ne s'éloigna pas de la portière retombée. Au contraire, elle en approcha son oreille, tandis qu'une expression d'intense curiosité apparaissait sur son visage.

Sylvaine était entrée timidement, éprouvant ce sentiment de gêne qui la pralysait chaque fois qu'elle devait affronter une riche cliente.

Se souvenant alors, malgré elle, qu'elle avait appartenu, par sa naissance, à ce monde de luxe et d'oisiveté, elle ne pouvait s'empêcher de ressentir une sorte de peine confuse. Elle venait solliciter ou accepter de l'ouvrage, un salaire. Elle n'était plus l'égale.

Comment, dès lors, vaincre sa timidité, faite de répugnances? Elle se présentait gauchement et aucune marque de bienveillance n'arrivait à la mettre à son aise.

Aujourd'hui, l'impression était peut-être pire et son trouble plus grand. Ce n'était pas une « dame » ordinaire qu'elle venait voir; c'était une actrice, une femme de théâtre contre laquelle la mettaient en méfiance tous les préjugés de son enfance bourgeoise. Elle l'imaginait partie d'un milieu inférieur, et cette conviction lui rendait plus pénible la perspective d'avoir à subir son arrogance ou — épreuve plus redoutable — sa familiarité.

Ses yeux craintifs cherchèrent Manon Soleil.

Elle vit une jeune femme rousse, au teint éblouissant, souriante, parfumée et de laquelle émanait une impression de radieuse et chaude lumière. Par ses grands yeux aux prunelles pailletées d'or, par son sourire — une fleur — par sa chevelure de la couleur des flammes, elle était un rayonnement — Manon Soleil.

Soleil d'un printemps finissant. L'actrice n'avait plus la gracilité de l'adolescence. Sans doute approchait-elle de la trentaine. Mais son regard et son sourire restaient si frais, si lumineux et candides que nul ne devait songer à lui donner un âge.

Comme le soleil atteint par les premières vapeurs d'un nuage, son sourire se voila, en rencontrant le regard de Sylvaine. L'actrice ne lui permit pas de s'effacer complètement; mais elle y mêla une gêne presque égale à celle de sa visiteuse, en même temps qu'une émotion qui fit trembler ses lèvres.

Cet émoi, instantanément, Sylvaine le partagea. Son regard exprima une surprise si vive qu'elle fit monter à ses joues une brusque rougeur.

Elle fit un pas en avant.

— Suzy! balbutia-t-elle. Suzy Bourlier!...

L'actrice baissa la tête, plutôt qu'elle ne l'inclina.

— Oui, soupira-t-elle. J'espérais que tu me reconnaîtrais, Sylvaine.

Un même élan — aussitôt brisé par une hésitation, peut-être une honte — les avait d'abord portées l'une vers l'autre, aussitôt qu'elles s'étaient aperçues. Leurs bras firent le mouvement de se tendre et de s'ouvrir...

Mais ce geste instinctif ne s'acheva pas. Aucune des deux n'osa. Elles demeurèrent face à face, oppressées par le même malaise et se considérant en silence.

— C'est toi... qu'on appelle Manon Soleil?... soupira enfin Sylvaine.

— Et c'est toi...

La phrase demeura en suspens. Mais le regard de l'actrice, posé sur la toilette modeste, sur la timide silhouette de la petite épouse de Milot Pariset, traduisit sa pensée.

Une pitié, une tendresse, soudainement ranimées, explosèrent dans son regard. Impétueusement, elle franchit les trois pas qui la séparaient encore de Sylvaine, jeta ses bras autour du cou de celle-ci et l'attira contre elle.

— Ma petite cousine!... Mon amie d'enfance!... Est-ce que nous allons rester stupidement à nous regarder sans oser nous embrasser... parce que la vie, la vie méchante, a fait de nous ce que nous sommes?... J'ai su tes malheurs, ma Sylvaine... Trop tard... bien après la catastrophe... Tu sais pourquoi. Déjà je ne comptais plus... On ne devait plus te parler de moi...

— Tu étais partie...

Sylvaine s'arrêta, gênée.

— Ma fugue... si on l'a appelée ainsi... n'a pas été un roman, acheva Manon Soleil avec un sourire triste. Quand la même bourrasque a emporté la fortune de tes parents et celle des miens, me condamnant brusquement à la plus médiocre des existences, je n'ai pas su me résigner... Je me suis évadée, comme on dit... Sais-tu ce que c'est que de se sentir pauvre, quand on n'en a pas l'habitude?...

Elle se mordit les lèvres.

— Suis-je assez bête de te demander cela!... Tu as fait la même expérience, ma pauvre petite; tu t'es trouvée en face des mêmes ruines... de la ruine tout court, avec l'obligation de porter de pauvres robes, de subir toutes les privations, de travailler et de rougir, en voyant les amis de la veille détourner la tête et passer, en feignant de ne pas vous reconnaître... Mais toi, tu étais encore une enfant.

— J'avais quatorze ans! murmura Sylvaine.

— J'en avais dix-huit. Ce n'est pas la même chose. Je me suis révoltée et j'ai été lâche. Tout me semblait préférable à la misère... J'avais tort.

La voix de Manon Soleil s'altéra; ses beaux yeux s'assombrirent, contractant sa gorge et séchant sa bouche, les rancœurs et les regrets, associés à un passé dont elle eût souhaité détourner ses regards, remontèrent à la surface de sa mémoire.

— Nous parlerons de « nous » tout à l'heure, reprit-elle. Il faut, avant, que je retrouve ma petite cousine de notre campagne de Provence. Te rappelles-tu ce beau, cet heureux temps? Te souviens-tu de notre dernier été joyeux? Il y a huit ans de cela... huit ans que Suzy Bourlier s'est enfuie du foyer ruiné, pour devenir Manon Soleil...

— Je me rappelle, soupira Sylvaine.

Que sont huit années pour le souvenir? Malgré le fossé creusé par les bouleversements qui avaient transformé la destinée des deux cousines, elles se rapprochaient soudain de l'époque évoquée. Et deux visages leur apparaissaient, que chacune replaçait sans peine sur le visage de l'autre.

Où était Manon Soleil?... Où était Sylvaine Pariset? A leur place, pour un instant ressuscitées, il n'y avait plus que les deux cousines d'autrefois : Suzy et Sylvaine... les petites Bourlier...

Elles portaient le même nom, alors. Elles avaient été élevées ensemble, l'une jouant à la grande sœur vis-à-vis de sa cadette.

Deux cousines? Non, deux sœurs séparées par la vie — par les « malheurs », comme disait Suzy — et qui, en se retrouvant, retrouvaient aussi leur tendresse.

— Je ne t'ai jamais oubliée, Sylvaine... jamais... jamais, protestait la rousse. Même aux pires moments, quand je souhaitais m'ensevelir dans l'oubli de tout et de moi-même, je te gardais en un coin de mon cœur, comme un secret...

— Moi aussi, je pensais souvent à toi, déclara Sylvaine. Pense donc! à part la brave femme qui s'est dévouée pour moi et à qui je dois sans doute de n'avoir pas été remise à l'Assistance publique, je n'avais plus personne à aimer. De mon enfance, toi seule restais vivante, et malgré tout perdue pour moi, disparue de ma vie, comme tout le reste. Tant de fois j'ai souhaité avoir de tes nouvelles, savoir ce que tu devenais.

— Il vaut mieux que tu n'en aies rien su, confessa tout bas Manon Soleil.

Et la tête baissée, sans regarder sa cousine, elle continua :

— Elle n'est pas jolie, jolie, la route qui mène une petite bourgeoise de dix-huit ans, sans appui, sans autre richesse que ses beaux yeux, et toute seule, toute seule, pour se guider et se juger... non! elle n'est pas jolie, cette route qui la mène vers la gloire du music-hall! Il n'y a pas que la misère, la peur de manquer de pain... Il y a une certaine détresse morale, une sensation de vertige, de chute et de dégoût qui fait que, par la suite, quelle que soit la pitié qu'on s'inspire à soi-même, on ne peut plus s'estimer...

Sa voix s'assourdit.

Ses deux mains posées sur celles de sa cousine, Sylvaine murmura :

— Pauvre Suzy....

— Oui, pauvre Suzy! répéta la jeune femme, avec un sourire navrant. Elle était bien jeune et bien étourdie... Elle a fait elle-même son propre malheur... Mais son excuse est de n'avoir pas su quels marécages il lui faudrait traverser pour gagner ces beaux paysages qu'elle s'imaginait apercevoir... Et encore, ces paysages séduisants, elle n'en avait vu qu'un côté, comme le public... Il y a l'envers...

Sylvaine essayait de sourire.

— Je ne vis pas comme toi dans de beaux décors, dit-elle. Mais je ne puis croire que leur envers soit plus vilain que ce qui constitue le cadre des pauvres... N'es-tu pas un peu exigeante... un peu ingrate?... Tu as été gâtée, on somme... Tu es devenue célèbre... riche... et, par conséquent, indépendante.

— Crois-tu?

Un peu amer, désabusé, un sourire répondit au sourire de Sylvaine. Puis un involontaire soupir gonfla la gorge blanche de Manon Soleil.

— Arrive-t-on jamais à ce qu'on désire?... On est toujours en route, va! expliqua-t-elle. A chaque tournant, on découvre une vue nouvelle qui vous fait dire : Pas ici... Plus loin... Là-bas!... Laissons ma prétendue richesse, mon indépendance supposée et ma gloire et tout ce qui t'émerveille. Je l'ai payé cher et c'est du toc. Parlons de toi. Veux-tu savoir comment je t'ai retrouvée? C'était facile. Mais pendant longtemps je n'osais pas m'informer... Je me savais devenue indigne de toi... de vous tous...

— Oh! Suzy! protesta Sylvaine en embrassant le visage penché vers elle. Crois-tu qu'on puisse être sévère à ce point pour ceux qu'on aime?... Et puis, tu exagères ta faute que tu as expiée.

— Les sottises se rachètent-elles? Je voudrais croire à l'indulgence, à la pitié du Destin!

La voix se mouillait de larmes contenues. L'actrice essaya de la raffermir.

— Je dois dire que j'ignorais la mort de tes parents et que je ne te croyais pas aussi seule que tu l'étais. Sans cela, j'aurais mis de côté tout ce qui me retenait et je serais venue te réclamer... Cela eût-il mieux valu pour toi?... Je ne sais pas...

Posé sur la tenue modeste de sa cousine, son regard hésita.

— Question inutile! reprit-elle. La vie nous mène et plus je vis, plus je me persuade que personne n'échappe à son destin. Pour nous, comme pour tous, la vie ne pouvait se dérouler autrement, suivre un autre cours que celui qu'elle a suivi... Je voulais te revoir; elle me l'a permis. Que cela me suffise! Ce n'est que récemment que j'ai appris par une agence ta présence à Paris, et ton nouveau nom. Pauvre Sylvaine, j'ai lancé des détectives sur ta piste! Tu ne t'en es pas doutée?

— Non.

— Ils ont opéré discrètement. Mais leur rapport ne m'a appris qu'en gros ton histoire... Quelle a été ta vie, ma pauvre petite? Raconte-moi... Comment es-tu devenue Mme Pariset?

Une furtive rougeur colora les joues de Sylvaine. Sa voix s'émut comme si elle prononçait un plaidoyer.

— Te rends-tu compte de ce que j'étais à la mort de mes parents? demanda-t-elle. Une petite pauvresse, tout simplement... Je n'aurais pas pu descendre davantage... Mais un dévouement me l'a longtemps caché, celui d'une vieille bonne qui m'a nourrie de son travail et m'a laissé l'illusion d'être encore une demoiselle. J'avais quatorze ans quand ce malheur m'est arrivé. Pendant quatre années, je me suis laissé abuser par la pauvre femme qui me cachait sa charité... Un jour, j'ai compris... Ce jour-là, Sylvaine Bourlier a cessé d'être une demoiselle pour devenir volontairement une modeste ouvrière... Cela me diminue-t-il à tes yeux?

La gorge serrée par l'émotion, elle parla de l'humble vie, entre Milot et sa mère. Puis, elle raconta son mariage.

— J'ai donné mon cœur... Je devais davantage... Tu en jugeras comme moi... Mais ne me plains pas. Si je m'étais mariée dans notre monde, aurais-je pu épouser un jeune homme qui fût plus digne d'être aimé et estimé ? Par la bonté de son caractère, par la noblesse de ses sentiments, mon Milot appartient à l'élite... Ce n'est pas sa faute s'il est né en dehors... Il a fait de moi...

— La femme d'un ouvrier, interrompit malgré elle Manon Soleil.

— Une femme heureuse! protesta Sylvaine.

— Etais-tu vraiment faite pour ce destin?

— Je l'aime!...

Ardemment, elle jeta ce cri. Mais sa voix tremblait.

Suzy Bourlier l'enlaça affectueusement, embrassant les pauvres yeux, dans lesquels brillaient des larmes naissantes.

— J'ai tort! dit-elle. Et c'est toi qui as raison. L'amour est le meilleur lot.

— Je ne souhaite qu'une chose : que mon bonheur dure!

— Quelque chose le menace-t-il? demanda Manon Soleil, avec un tressaillement involontaire, répercussion du frisson qui agitait le jeune corps blotti contre elle.

Sylvaine évita le regard affectueux qui la sondait.

— Ne faut-il pas toujours trembler, quand on aime? soupira-t-elle.

Et sa détresse se refléta aussitôt dans les yeux de Manon Soleil, qui répéta, en baissant le front :

— Toujours!... Toujours!... Tu dis vrai... Qui le saurait mieux que moi?

Puis elle ajouta, d'une voix raffermie et grave :

— Car, moi aussi, j'ai rencontré l'amour, petite Sylvaine... Le bel amour qui rend meilleur et change, en même temps, la vie en une angoisse perpétuelle!... C'est qu'il vint à moi bien tard, cet amour... presque trop tard!... Ecoute cela... Tu es la première à qui je puisse en faire la confidence...

CHAPITRE IX

LE ROMAN DE MANON SOLEIL

C'était un bien joli sujet de tableau : serrées l'une contre l'autre par l'entassement des coussins multicolores de l'étroit divan, vers lequel Suzy avait entraîné Sylvaine, les deux cousines y retrouvaient leurs attitudes de jadis.

Protectrice, l'aînée entourait d'un de ses bras la taille de la plus jeune, dont la tête brune s'appuyait, pensive et confiante, contre son épaule.

Comme jadis, elle écoutait les confidences de la « grande » et les comparait à ses propres rêves.

Le cadre du petit salon, où tout était disposé pour le plaisir des yeux, les enveloppait d'une atmosphère de luxe intime, tiède et parfumé. Les rêves — et comme les rêves, les confidences — ne semblaient pas pouvoir s'échapper de ce boudoir capitonné.

Pourtant la tapisserie, qui masquait la porte par laquelle Sylvaine avait été introduite, n'eût point empêché d'entendre les confidences chuchotées et d'en surprendre le secret. Il suffisait pour cela que quelqu'un se tînt aux écoutes derrière, si la porte n'avait pas été refermée.

L'avait-elle été? La nonchalance de Manon Soleil, son mépris aussi de l'espionnage intime dont parfois la domesticité entoure les maîtres, l'avaient empêchée de s'en assurer.

Pourquoi, d'ailleurs, une camériste indiscrète se serait-elle, particulièrement ce jour-là, attardée plus que de coutume derrière la porte, pour surprendre la conversation de « madame » recevant sa lingère? La pensée qu'il en pouvait être ainsi n'était même pas venue à Suzy.

Elle était déjà trop loin du boudoir. Parlait-elle pour Sylvaine? Sur l'aile des mots qu'elle prononçait, elle s'était aussitôt envolée en plein souvenir : oubliant la présence de celle pour qui elle avait commencé sa confidence, elle poursuivait, les yeux mi-clos, s'abandonnant au plaisir de revivre les heures qu'elle évoquait.

— Comment rencontre-t-on l'amour? soupira-t-elle. Dans la bouche de Manon Soleil, cette question peut faire sourire. On m'accordera difficilement la candeur de la petite pensionnaire, réduite encore aux suppositions. L'innocence n'est pas un rôle de mon répertoire et les plus indulgents ne manqueraient pas d'insinuer que je dois avoir quelque expérience personnelle... *quelques expériences*, au pluriel, même. Comme si c'était *cela*, l'amour! Maintenant je sais que c'est autre chose.

Près de Sylvaine, immobile et attentive, elle se recueillit et sa voix prit tout à coup une intonation attendrie.

— Il n'y a pas longtemps que je le sais... Jusqu'alors, j'avais trop confondu l'amour avec ces poursuites galantes dont une jeune femme seule est fatalement l'objet. Subir certains sentiments, qu'on ne partage pas et qu'on peut juger écœurants ou grotesques, est bien le plus odieux des supplices. Si tu n'as pas connu cela, Sylvaine, bénis le sort qui t'a épargnée : il t'a évité de blasphémer l'amour. Il y a quelques mois, pensant aux soupirants qui me traquaient comme un gibier, je t'aurais affirmé : l'amour est bien vilaine chose. Mais, depuis!... Depuis!...

Un sourire transfigura soudain ses traits, effaçant le pli de lassitude et de dégoût qui s'inscrivait aux commissures des lèvres.

— Depuis, il y a eu ceci, poursuivit-elle. Ceci, un émerveillement, la révélation de l'aube à qui n'avait connu que la nuit. Quelle heureuse idée j'eus, au commencement de l'été dernier, de fuir Paris et d'aller me reposer quelques semaines dans le Midi!...

Un caprice d'étoile. Le déclin d'une revue, dont elle était l'animatrice, lui avait permis de le réaliser sans trop d'ennuis. Elle était partie, n'emmenant qu'une femme de chambre.

Non loin d'Arles, une minuscule villa, ajoutée à un « mas » et nichée au milieu des oliviers, lui fournit le cadre de solitude et de vie simplifiée qu'elle souhaitait. Elle s'y cacha avec un plaisir d'enfant fuyant l'heure des devoirs.

Dans cette plaine chantée par Mistral, proche de cette autre partie de la Provence où elle avait été élevée, elle retrouvait les sensations de sa jeunesse. Sous l'ardent soleil, au chant des cigales invisibles, elle promenait ses souvenirs le long des petits chemins blancs de lumière, entre les champs, que bordaient des murs de cyprès, dressés contre les vents de la vallée du Rhône. Et le soir, couchée sous un mûrier, elle mordillait un brin d'herbe parfumée, en regardant le soleil ensanglanter de ses derniers rayons les eaux du fleuve avant de disparaître derrière les collines de l'autre rive.

Ce fut là que la surprit l'amour, à deux pas du mas qui constituait son seul voisinage et dont elle aimait les paysans frustes et cordiaux, qui l'appelaient la dame de Paris.

Par jeu, elle partageait les travaux des jeunes filles, dont elle avait emprunté le costume; transformée en Arlésienne, elle se plaisait aux besognes du mas, arrachant de ses mains blanches l'herbe et le feuillage destinés aux lapins avides.

Elle avait l'illusion d'être détachée de Paris et de la partie de son passé, qui était si lourde à son souvenir. Et pour traduire cette sensation de libération et de bien-être physique qui s'emparait d'elle, parfois elle se mettait à chanter toute seule les refrains de sa jeunesse, d'anciennes chansons provençales qu'elle retrouvait dans sa mémoire. C'était une sorte d'hymne de gratitude qui s'élançait d'elle vers ce ciel qui la délivrait.

Un après-dîner qu'elle chantait ainsi, en ramassant de l'herbe, elle s'arrêta tout à coup en face d'un buisson, toute surprise d'y découvrir, au milieu des feuilles, deux yeux brillants qui la contemplaient.

Elle n'eut point peur. Ces yeux noirs luisaient dans un visage candide et jeune; ils n'exprimaient qu'une admiration passionnée, mais timide, dont ne pouvait s'alarmer la jeune femme.

Gauchement, un jeune homme se leva de sa cachette; une bicyclette, couchée à côté de lui, expliquait sa présence. Au retour d'une promenade, une halte à l'ombre, pour dormir ou pour rêver, peut tenter un cycliste. Justement, un livre de vers abandonné, sans doute pour écouter et regarder la chanteuse.

— Ne vous effrayez pas, recommanda-t-il, avec un mélange de familiarité et de timidité, que traduisait son sourire. Vous chantez bien, vous savez... C'est un plaisir de vous écouter... même si on doit paraître indiscret.

Vingt-deux ou vingt-trois ans, des cheveux noirs rejetés en arrière, un teint doré par le soleil, une bouche bien dessinée, entr'ouverte sur des dents éblouissantes, constituaient un ensemble avenant et sympathique.

Suzy rendit le sourire.

« C'est un étudiant en vacances », estima-t-elle, en considérant le costume de sport, le livre et la bicyclette.

— Vous êtes du mas, peut-être? reprit le jeune homme, pour lier conversation.

Amusée d'être prise pour une authentique cueilleuse d'herbes, Suzy répondit par un signe affirmatif.

— Moi, je suis le fils Dessaintes... Vincent Dessaintes, continua le cycliste. Vous me connaissez au moins de nom... Je ne dis pas de vue, parce que comme je ne viens que pour les vacances...

— Je ne vous connaissais pas; mais désormais je vous connaîtrai, répliqua la jeune femme en souriant.

— Tant mieux... Je viens souvent par ici, je m'installe pour lire sous vos arbres. A présent, vous saurez qui je suis et vous ne me chasserez pas.

— On n'a guère l'habitude de chasser ceux qui veulent se reposer à l'ombre. Mais vous avez bien choisi votre cabinet de lecture.

— N'est-ce pas? s'écria Vincent Dessaintes avec enthousiasme. Ce que je lis est bien plus beau en plein air et devant ce soleil... Ce sont des vers, mademoiselle... Et justement, quand je vous ai aperçue, j'ai cru que vous étiez une image sortie de mon livre. Si j'étais poète, je ferais des vers sur vous...

— Quel dommage que vous ne le soyez pas! fit Suzy railleuse.

Elle était pourtant touchée, plus encore que flattée. Plus que les mots galants qu'il essayait de dire, les yeux de l'étudiant parlaient et confessaient leur naïf enchantement.

— Moquez-vous! riposta-t-il gentiment. N'empêche que quand je repasserai par ici, je penserai à vous. Et le champ me paraîtra bien vide si je ne vous y vois pas comme ce soir. Dites, mademoiselle, pour ne pas me le gâter, tâchez de faire encore de l'herbe par ici, quand je repasserai.

Il lança cela comme une plaisanterie. Mais ses yeux câlins exprimaient une prière.

Et le lendemain...

— Le lendemain, racontait Manon Soleil tout près de Sylvaine, je suis revenue à la même place pour voir s'il repasserait. Et c'est devenu une habitude. D'un accord tacite, nous nous retrouvions tous les jours au même endroit. D'abord, nous n'échangions que quelques mots, sur un ton de plaisanterie. Puis, il s'est arrêté plus longtemps et nous causions comme une paire d'amis... Oh! c'était un flirt bien innocent! Il n'était pas hardi, mon amoureux, et si je pouvais deviner qu'il commençait à m'aimer, il ne m'en faisait pas l'aveu...

— Et toi? questionna Sylvaine.

— Moi? Ah! je puis dire que je jouais avec le feu, sans me douter qu'il brûlait. J'ouvrais mon cœur à l'amour, sans savoir ce que c'était... Je croyais n'être que coquette et pouvoir l'être impunément. Aux yeux de Vincent, qu'étais-je? Rien qu'une petite paysanne de la campagne d'Arles, avec laquelle il ébauchait une idylle. Je riais d'avance de la tête qu'il ferait le jour où je lui apprendrais que, durant deux mois d'été, il avait marivaudé avec Manon Soleil... Ecoute bien, ma Sylvaine. Le jour où j'ai dû lui révéler ce que j'étais, je tremblais et je ne lui ai pas dit le nom. C'est que, dans l'intervalle, j'avais découvert que, tout doucement, tout bêtement, je m'étais mise à aimer mon petit étudiant, qui ne me parlait même pas d'amour.

— Ne t'en a-t-il jamais parlé?

— Si... l'aveu est venu, naïf et gauche, tel que je l'attendais. Et quand je l'ai reçu, j'en ai été bouleversée. Ah! mon cher Vincent! Comme les mots décousus qu'il balbutiait ce jour-là m'ont troublée davantage que les plus éloquentes déclarations! Sylvaine, il suffit d'aimer... Quand il m'a dit, avec un pauvre sourire : « Suzy (je ne lui avais livré que ce nom) — je crois que je suis en train de devenir amoureux de vous »... j'ai pensé défaillir et c'est sincèrement que je lui ai répondu : « Et moi, mon petit Vincent, j'ai peur de vous aimer. » C'était vrai! j'avais peur, une peur affreuse, parce que c'était mon premier amour, et que je sentais bien que ce serait le seul.

— Alors, pourquoi avoir peur, ma Suzy! demanda Sylvaine.

Le beau regard doré exprima une indicible angoisse.

— Parce que Suzy se souvenait d'avoir été et d'être encore Manon Soleil, répondit-elle d'une voix tremblante de désespoir. A qui s'adressait l'aveu de Vincent? Sous mon bonnet d'Arlésienne, c'étaient les cheveux de Manon Soleil qui flamboyaient et c'était encore son parfum, dont demeurait imprégné le corps de Suzy. Tenace, l'odeur de Paris, l'odeur de ma vie refusait de me quitter. Ah! qu'il est donc difficile de se purifier, de se laver de ses souillures!... Et qu'il est terrible, quand on rencontre l'amour, de se demander si l'on pourra redevenir digne de lui! N'était-ce pas le parfum de la divette qui, à son insu, troublait Vincent et le jetait aux genoux de Suzy!

— Que vas-tu chercher là? protesta Sylvaine. Ton amoureux n'aimait que celle qui lui était apparue dans le champ de mûriers.

— Et c'était aussi terrible... Si j'avais pu rester celle-là, toujours! Ne laisser en lui que cette image!... Mais il aurait fallu avoir le courage de disparaître de sa vie pour toujours, sans lui avoir rien révélé de la mienne... Et je l'aimais. J'ai été lâche et maladroite; j'ai été faible... Et j'ai parlé.

— Tu lui as dit... qui tu étais?

Suzy Bourlier poussa un soupir.

— Oui et non... Oh! ne te récrie pas! Ne m'accuse pas de duplicité. J'ai été franche ou j'ai voulu l'être. Je lui ai montré son erreur et me suis dépouillée de mon apparence de fille d'Arles... Je lui ai confessé que j'étais « une actrice »... J'ai fait cet aveu en tremblant, avec ménagement... pour ne pas trop le décevoir... De qui avais-je pitié? De lui? ou de moi? En face de toi, voulant être sincère et pouvant l'être, je confesserai que c'était de moi : je ne me résignais pas à chasser l'amour... Qu'il est donc difficile de dire ce qu'on est, ou ce qu'on fut, quand on aime! On ment involontairement. On ment un peu... Ment-on vraiment? On se peint telle qu'on voudrait être ou n'avoir point cessé d'être... Et peut-être se peint-on telle qu'on est dans le secret de la conscience. Car la vie nous façonne un visage qui n'est pas toujours le vrai. Tu me vois et je crois me voir. Mais comment suis-je? Nulle de nous deux ne le sait. Et les autres pas davantage... D'ailleurs, peu importe ce que j'ai été, ce que j'ai fait. Celle qui l'aime, c'est vraiment moi, telle que je me suis découverte au fond de moi-même, telle qu'il m'a découverte, lui... Mais le saurait-il? Le comprendrait-il? Il pourrait croire que c'est un rôle s'il découvrait l'autre visage que j'ai eu et qui est devenu le mien aux yeux du monde... Comprends-tu, Sylvaine? Il aime Suzy Bourlier, pure de tout autre amour que le sien, Suzy qui se cachait, qui s'efforçait derrière Manon Soleil. Admettrait-il cette dualité? Ne confondrait-il pas Suzy et Manon? Ou plutôt ne verrait-il plus que cette dernière? Un méchant hasard suffirait. Je tremble qu'on ne commette ce crime de replacer, devant lui, le masque de Manon sur le visage de Suzy et de chasser ainsi l'amour. J'ai commencé à redouter cela le jour où, tiré par moi de sa méprise, il a affirmé sa volonté de me revoir à Paris...

— Ce jour-là, tu venais pourtant de lui révéler un nouvel aspect de toi-même. Tu cessais d'être la petite paysanne de Provence... Et pourtant, Manon Soleil n'éclipsait pas Suzy...

— Ni mon aspect, ni le décor ne changeaient; il ne me voyait pas différente de l'instant d'avant... Et pourtant, j'ai soupçonné qu'il éprouvait une petit peine, un regret. Il m'a dit, d'une voix un peu tremblante : « Quel que soit votre nom, ma tendresse ne peut plus changer : il est trop tard. Mais le petit Vincent Dessaintes pourra-t-il être sûr du cœur qu'il croyait avoir gagné? La grande artiste continuera-t-elle à l'aimer? Tiendra-t-elle les promesses de Suzy? » Je l'ai rassuré... Et je ne lui ai pas dit combien j'aurais eu besoin de l'être moi-même Et c'était mon cœur qui continuait à poser la question qu'il venait de bégayer : à Paris resterai-je Suzy?... Pour lui!... Pour lui!...

— Depuis ta rentrée ici, tu l'as revu? Il t'aime toujours?

— Toujours... Seule avec lui, je retrouve nos heures de Provence. Mais mon effroi ne cesse pas. Comment me voit-il? Trop différente de ce que j'ai été?... Ah! Sylvaine, Sylvaine! quelle torture de toujours trembler qu'il apprenne et qu'il me voie avec les yeux des autres!

— Qu'il te voie telle que tu es, ma Suzy. Il ne pourra pas cesser de t'aimer, assura la cousine.

— Tu crois? murmura faiblement Suzy. Moi, j'ai peur... j'ai peur du choc de la désillusion. J'ai peur qu'un jour il ne découvre qu'il en aimait une autre, inexistante, ou qui n'est plus, Suzy Bourlier — la Suzy d'autrefois.

— Que tu es toujours, va!

— Que je suis pour toi, pour lui... pas pour les autres, pas pour le monde. Si Vincent apprenait!... Que de précautions j'ai prises et continue à prendre, pour éviter tout contact entre lui et ceux qui pourraient me salir à ses yeux! Si tu savais! Cela tourne à l'enfantillage. Il vient ici sans savoir mon nom de théâtre. Je l'ai amené moi-même, en lui faisant jurer de ne jamais parler au concierge. Il ne vient qu'aux heures que je lui fixe et il est introduit par ma femme de chambre, que j'ai stylée et qui ne lui pose aucune question. Et malgré cela, j'ai peur, constamment peur qu'une malice, une méchanceté du hasard ne fassent un jour écrouler tout cet échafaudage de précautions. Oh! je ne voudrais pas qu'il apprenne! C'est une épreuve que je ne supporterais pas. Je préférerais mourir.

— Ne dis pas de bêtises!... Pour garder son

bonheur, il faut d'abord y croire. Douter de sa durée, c'est déjà le perdre un peu.

La voix de Sylvaine s'altéra en prononçant ces paroles. Ne s'appliquaient-elles pas aussi bien à son propre cas? Sa pitié les lui dictait et voici qu'elle y trouvait l'écho de sa propre détresse. Ce n'était plus seulement sa cousine qu'elle s'efforçait de réconforter. C'était elle-même.

Sans pressentir l'angoisse, Suzy vit la pitié et devina la tendresse.

— Comme j'ai bien fait de te faire venir, ma petite Sylvaine! soupira-t-elle. Près de toi, je retrouve un peu de l'ancienne Suzy que je voudrais tant redevenir... pour mon Vincent. C'est un projet que je caresse : fuir ma vie, rejeter cette existence dorée dont je suis la prisonnière et que d'autres m'envient peut-être... d'autres qui ne savent pas ou qui n'aiment pas... Tu reviendras me voir, n'est-ce pas Sylvaine? Tu sais maintenant que ce n'est pas Manon Soleil qui t'accueillera... que ce sera Suzy, ta cousine. Toi seule connais le lien qui existe entre elles et que je déteste. Toi seule connais mon désir de le rompre. Mais c'est un secret que tu garderas, n'est-ce pas? Tu ne parleras à personne de ta cousine Suzy... à personne, pas même à ton mari, jusqu'à ce que j'aie réalisé mon souhait et qu'il n'y ait plus de Manon Soleil... Quel beau rêve je poursuis, ma chérie! Si tu savais!... Il est si beau que je tremble parfois de ne pouvoir le réaliser... Mais, chut! il ne faut pas effrayer le bonheur. Tu l'as dit tout à l'heure et tu avais raison. N'en parlons pas. Ne parlons de rien... Promets-moi seulement de revenir me voir en cachette. D'abord le prétexte est tout trouvé... ce linge que tu vas emporter et que tu me rapporteras brodé... Qui se doutera que c'est sa cousine, et non pas une brodeuse, que reçoit Manon Soleil? Tu consens, n'est-ce pas? C'est promis?

— C'est promis, consentit Sylvaine, en embrassant Suzy.

— Ces cachotteries n'auront qu'un temps, soupira celle-ci. Un jour, bientôt, nous redeviendrons de vraies cousines. Le passé, alors, ne sera plus qu'un mauvais souvenir, dont nous ne reparlerons jamais. Tu viendras me voir avec ton mari et j'aurai le droit de te présenter mon Vincent. Ne m'interroge pas. Pas encore. Ne t'ai-je pas fait assez de confidences aujourd'hui? Nous n'avons parlé que de moi, je crois bien. Mais que m'aurais-tu dit de plus? Tu es heureuse...

— Je suis heureuse, répéta Sylvaine.

— Alors, garde ton bonheur, ma chérie, et ne le fais pas dépendre des regards que le monde jettera sur toi.

— Le monde existe si peu pour moi. Et nous existons moins encore pour lui.

Manon Soleil hocha la tête.

— Ne t'en plains pas. C'est une garantie de bonheur. Il n'est point bon que trop de regards se posent sur un couple heureux.

La portière s'écarta, soulevée par une main discrète. La femme de chambre qui avait introduit Sylvaine montra son visage, volontairement inexpressif.

— On demande si madame est visible, annonça-t-elle. C'est la personne qu'attend madame... et qui s'excuse d'être un peu en avance.

— Cela ne fait rien, répondit impulsivement Manon Soleil, dont la physionomie rayonna. Vous l'avez fait entrer?

— Dans le grand salon.

— J'y vais... Reconduisez Mme Pariset...

Et échangeant avec Sylvaine un regard complice, la jeune femme prononça :

— A bientôt, n'est-ce pas? Vous ne m'oublierez pas? Je compte sur vous.

Elle dédia à sa cousine un sourire et sortit légère, impatiente.

Sylvaine Pariset avait repris son attitude de petite ouvrière. Elle prit le paquet préparé et suivit la femme de chambre.

Quand cette dernière eut refermé sur la cousine de Manon Soleil, la porte de l'appartement, son indifférence de commande disparut aussitôt. Ses paupières se relevèrent, laissant voir deux grands yeux railleurs.

Elle rentra vivement dans le petit salon et courut à l'une des fenêtres.

Slyvaine sortait, surveillée par M. Louis qui, à la terrasse du petit café, se dissimulait derrière un journal déployé.

Quand la jeune femme se fut éloignée, le journal s'abaissa et le visage de M. Louis apparut, les yeux tournés vers la façade de l'immeuble dont venait de sortir la cousine de Suzy Bourlier.

Alors, la femme de chambre souleva un coin du rideau et, derrière la vitre, sa main droite esquissa un signe auquel M. Louis répondit en inclinant la tête.

CHAPITRE X

UN RÊVE

— Comme il est sage!

Suzy entrait, rieuse, radieuse et jeune, aussi jeune que le visiteur qui l'attendait, discrètement assis dans le fauteuil le plus proche de la porte. Le miracle de l'amour partagé lui rendait ses vingt ans. Aimer et se sentir aimée, n'est-ce pas boire à la fontaine de Jouvence?

Si loin des oliviers, à l'ombre desquels Suzy lui était apparue pour la première fois, dans ce salon, dont le luxe déconcertait et intimidait l'étudiant qu'il était encore, Vincent Dessaintes paraissait dépaysé. Sa sagesse était une appréhension. Paris, qu'il découvrait depuis si peu de semaines, et ce cadre trop raffiné, qu'était l'écrin d'une étoile, le transportaient trop vite hors du décor dans lequel son amour avait pris naissance. Il ne parvenait pas à y situer l'aimée, ni à imaginer qu'elle pût lui conserver et lui témoigner le même amour.

Il la voyait aussi belle, mais d'une beauté qui la ferait d'une autre essence, lointaine, séparée de lui par toute la distance qui éloigne une déesse de ses adorateurs prosternés.

— Elle sera toujours elle... Mais moi, ici, que suis-je? pensait-il lamentablement.

Et cette pensée mettait dans ses yeux noirs une expression de tristesse.

Mais Suzy était entrée, courant à lui, offrant ses lèvres dans un élan sincère. Et le cadre disparut. Il n'y eut plus que l'amoureuse.

— Mon petit Vincent!...

Il ferma les yeux, ébloui, pour enfermer, avec la vision du beau visage passionné le mirage que la voix ressuscitait, brûlant comme un brasier. Le ciel méridional fut au-dessus de leurs têtes unies; ils crurent entendre le chant des cigales, comme aux minutes divines de leurs premiers baisers.

— Ma Suzy!...

Les yeux noirs dévoilèrent leur rayonnement. Vincent n'avait plus peur. Suzy était là, serrée contre lui, imposant la foi.

Elle le faisait asseoir sur un canapé, s'y blottissait près de lui.

— Ferme les yeux! pria-t-elle. Nous ne sommes plus à Paris. Nous sommes où nous aurions dû rester toujours.

— Je puis être heureux partout où je vois ma Suzy, répliqua Vincent. Ce n'est pas le décor dans lequel je l'ai connue, que j'aime, c'est elle.

— Et, pourtant, tant de choses ici risquent d'enlaidir notre rêve! soupira la jeune femme. Le monde nous entoure, vois-tu. C'est trop pour nous. Là-bas nous étions seuls.

— Le monde? Quel monde? fit Vincent avec insouciance. Il y a des gens qui s'agitent autour de moi. Mais je ne m'occupe guère d'eux. Je ne vois que toi, tu sais... partout!... toujours!... Mes journées, ce sont seulement les heures durant lesquelles je te vois. Ensuite, j'attends... Le seul souhait que je forme est que je puisse avoir un jour ma Suzy tout à moi... qu'il n'y ait plus une part d'elle qui m'échappe.

Il réprima, d'un baiser, une tentative d'explication ou de protestation de son amie et poursuivit.

— Oh! je sais!... Tu m'as expliqué... Tu ne t'appartiens pas; il y a la femme et l'artiste. Et celle-ci est liée par des engagements qu'il te serait difficile de rompre... comme si ton pauvre Vincent pourrait songer à exiger de toi un pareil sacrifice! Que te donnerais-je en échange? Une médiocre petite vie d'amoureux, dans une étroite maison de chez nous, sans luxe, sans serviteurs. Dans mon Midi, je me croyais riche et je t'aurais sans remords pressée de vivre chez nous. Mais depuis que je t'ai vue dans ton vrai cadre, je n'ose plus...

— Veux-tu bien te taire? protesta Suzy. Crois-tu que ce serait le regret de ce luxe qui me ferait hésiter à te suivre?

— Il y a aussi la gloire, les bravos qui te grisent tous les soirs... Cela te manquerait...

Manon Soleil souriait de pitié. Mais le naïf amoureux poursuivait.

— Cette part de ta vie, je n'en suis pas jaloux et je ne voudrais pas que tu t'imagines que je souhaite t'en arracher. Si tu savais comme je t'aime et quelle peur j'ai de te faire de la peine! Dans ta vie, je souhaite me faire minuscule, n'occuper qu'une toute petite place pour ne pas te gêner... Mais, restant dans l'ombre, je voudrais pouvoir contempler ton rayonnement, pouvoir t'applaudir, moi aussi, ne pas être moins bien partagé que les spectateurs qui t'acclament. C'est cela qui me manque. Pourquoi n'as-tu pas voulu me dire ton nom d'artiste? Pourquoi as-tu exigé de moi cette promesse de ne pas chercher à te voir, de m'abstenir d'aller dans les grands music-halls? Te voir de loin, seulement, éblouissante comme tu dois l'être, t'entendre et assister à ton succès, cela me rendrait si heureux!

— Non, mon petit Vincent, cela ne te rendrait pas heureux! Cela te ferait souffrir. Et je ne le veux pas!

Grave, maternelle, craintive aussi, Suzy serrait le jeune homme dans ses bras, comme elle aurait fait d'un enfant.

Elle pensait :

« Etre Manon Soleil pour lui aussi? Oh! non, jamais!... »

Tout haut elle déclara :

— Je n'ai qu'un nom pour toi et c'est mon véritable. Toi seul sais que je me nomme Suzy Bourlier. Consens à être aussi le seul à ignorer l'autre, mon nom d'étoile, qui est à tous... et qui bientôt cessera d'être.

— Comment cela? s'étonna Vincent Dessaintes.

— C'est un projet que j'ai formé et qui devrait rester secret, pour t'en ménager la surprise le jour où je l'aurai réalisé... Mais je n'ai pas le courage de me priver de cette joie de t'en parler. Ecoute... Que dirais-tu si je t'annonçais un jour que j'ai rompu tous les liens qui m'attachent à la vie artistique, que je ne suis plus une étoile, que j'ai abandonné pour toujours le nom sous lequel on m'applaudit et que je ne suis plus qu'une amoureuse?... Ta Suzy? Si je te disais : « Me voici, je suis à toi, complètement et pour toujours. Emporte-moi loin de Paris. Ramène-moi au pays de lumière que je voudrais n'avoir jamais quitté. Rends-moi la vie de mon enfance. Nous vivrons comme des gens des mas, semblables à eux... Et ce sera le bonheur... » Que répondrais-tu?

Vincent fixa Suzy avec ravissement.

— Parles-tu sérieusement? s'exclama-t-il avec émotion. Médites-tu vraiment de faire cela pour moi?... Ah! ma chérie! j'oserais à peine accepter... Mais pourtant, quelle joie fait naître en moi la seule évocation de ce rêve!

— Alors, il ne reste plus qu'à le réaliser. Et ce jour-là, je ne craindrai plus rien du destin, murmura la cousine de Sylvaine, en posant ses lèvres sur les yeux noirs de Vincent... Mais réfléchis bien, mon Vincent. Ce serait pour moi une telle désillusion, un tel déchirement si, par la suite, tu devais regretter, te détacher de moi, me retirer ton amour!...

— Méchante!... Méchante!... Regarde-moi... Donne-moi tes yeux et lis jusqu'au fond de mon cœur... Rien ne me détachera de toi, ma Suzy jolie, que le sort me réservait... Car sais-tu la pensée qui me vient? C'est que c'est toi qui as raison de vouloir abandonner Paris et ta célébrité... Tu étais peut-être... tu es sûrement une grande artiste, avec tout ce qu'il faut pour briller et te faire applaudir... Mais ce n'était pas ta vocation, vois-tu. La vraie, c'était l'amour. Je le sens bien, moi. Tu es née pour être tout bonnement la femme du petit Vincent Dessaintes... puisque c'est le nom que je te donnerai, en échange de celui que tu quitteras.

Joignant les mains, Suzy fit le geste de repousser le trop beau présent.

— Oh! non, pas ta femme! balbutia-t-elle. Je n'en suis pas digne.

— Pas digne! protesta le jeune homme avec fougue. Va! quand je te présenterai à mes parents et à mes amis, il n'y aura qu'une voix pour proclamer que j'ai su choisir. Et qu'est-ce donc qui te fait dire que tu serais indigne de porter mon nom?

Les belles mains de Suzy se pressèrent sur son visage, pour en cacher la rougeur soudaine, en même temps que le désespoir.

— Vincent! mon petit Vincent! pourquoi m'obliges-tu à te dire cela? gémit-elle. Quoi que tu penses de moi, tu sais la réputation qui s'attache au monde des coulisses... Veux-tu qu'on te reproche un jour d'y avoir été chercher une épouse? Veux-tu risquer de me le reprocher à moi-même?

Avec ferveur, Vincent détacha du visage les petites mains et les porta à ses lèvres.

— Bête! fit-il en éclatant de rire. Est-ce que tu es une actrice comme les autres? Tu es, toi, la petite Suzy dont je sais bien ce que je pense... Je n'ai pas besoin que tu me racontes ta vie pour te juger. Le meilleur juge, c'est mon cœur qui sent qu'il peut t'aimer. Telle que tu es, telle que je te vois, tu es entrée dans mon cœur. Et je sais bien que cela ne serait pas arrivé si tu avais été autrement. Je n'aurais pas pu t'aimer, d'abord.

— Tu n'aurais pas pu! gémit sourdement l'étoile.

— Mais je t'aime!... La question est donc tranchée. Et c'est pour cela que j'accepte ce que tu proposes... Quittons tout, ma Suzy. J'envoie l'ambition à tous les diables, puisque tu me donnes l'exemple. Les belles situations, je m'en moque. Fi des diplômes! Je serai un paysan, comme était mon grand-père... Mais je serai heureux... heureux avec ma Suzy... Tu verras comme c'est facile!...

Facile!...

Le grand salon enfermait un rêve — un de ces rêves merveilleux qui font oublier le monde.

Et comme Vincent, à cause de la voix chaude et vibrante qui le lui affirmait, Suzy murmurait :

— C'est facile!...

...Dans l'antichambre, silencieusement, une porte s'ouvrait et une ombre furtive — celle de la trop jolie femme de chambre qui, tout à l'heure, espionnait les confidences de Manon Soleil — se glissa hors de l'appartement.

CHAPITRE XI

LES ENNEMIS DE L'AMOUR

Patiemment, à la terrasse du petit café, M. Louis laissait couler le temps. Les fauves ont de ces patiences, quand ils guettent la venue d'une proie possible.

Indifférent, avec une sournoiserie détendue, M. Louis laissait errer ses regards sur l'avenue paisible, dont les trottoirs ne s'encombraient point d'un flot pressé de passants et sur la chaussée de laquelle s'espaçaient, suffisamment pour le repos des yeux et des oreilles, les passages d'autos et de trams. Entrevue dans la coupure d'une rue transversale, la Tour dressait une silhouette de géant au-dessus des verdures du Champ de Mars.

M. Louis bâilla, félinement.

Il n'avait pas suivi Sylvaine. A quoi bon? Ne savait-il pas que la petite épouse de Milot Pariset allait sagement regagner la cité Jeanne-d'Arc et retrouver « Cinq-et-Trois », bégayant de tendresse joyeuse? Quel que fût le secret de sa curiosité malveillante, il n'en était plus à imaginer, dans la vie de la jeune femme, un autre roman que celui de sa pure tendresse pour Milot. Elle n'était pas de celles qui vont à des rendez-vous clandestins.

Le voisin des Pariset ne regardait même pas l'immeuble d'où était sortie la cousine de Manon Soleil. Ou bien, il affectait de ne pas le regarder, bien qu'il eût paru, à l'arrivée de Sylvaine, parfaitement renseigné sur celle qui l'habitait.

Qu'attendait-il? Il ne pouvait s'être installé par hasard devant ce petit café.

Apparaissant à son tour sur cette même porte, tout à l'heure franchie par Sylvaine Pariset, une nouvelle silhouette fut à peine effleurée par le regard de M. Louis, qui ne sembla pas s'y intéresser et glissa, sans insister, vers d'autres passants.

C'était la femme de chambre de Manon Soleil. Mais, dans l'escalier, elle avait hâtivement retiré son minuscule bonnet et dénoué son coquet tablier, si fins l'un et l'autre que, pliés ensemble, ils avaient pu disparaître dans le sac à main que tenait la soubrette.

Et, sur sa chevelure d'or, elle avait enfoncé un de ces feutres garçonniers qu'affectionnent les laborieuses petites Parisiennes et dont le sans-façon ajoute une note piquante d'adorable crânerie et de grâce provocante aux silhouettes tanagréennes des dactylos, comme aux gais minois des petits vendeuses de grands magasins.

Ayant perdu son aspect de femme de chambre, elle fila rapidement le long du trottoir, traversa ensuite la chaussée, à la hauteur du petit café, dans lequel elle entra, sans paraître s'inquiéter de l'unique consommateur assis à la terrasse.

Mais dès qu'elle fut entrée, M. Louis se leva d'un air détaché et pénétra à son tour dans le café.

La femme de chambre était déjà installée à la table la plus éloignée de la caisse. Cette fois elle sourit à M. Louis qui se dirigeait vers elle et lui fit place à son côté, en murmurant :

— Bonjour, Loulou... J'ai du nouveau... Et toi?

Le voisin des Pariset s'assit et pressa la petite main qu'on lui tendait.

— Nous piétinons, soupira-t-il. Rien de sérieux encore... Mais, toi, Margot? J'espère que tu ne perds pas ton temps?

— Ce ne serait pas la peine d'avoir offert à ta cousine le luxe d'une femme de chambre de mon espèce, riposta railleusement Margot Feyline... Ah! mon Loulou! ce que la vie vous oblige à faire tout de même! Qui reconnaîtrait Margot l'Amour sous un tablier de soubrette? Et qui s'aviserait d'aller dénicher dans ton nouveau gîte et sous ton nouvel aspect le beau Louis Parvan? J'espère que ce sera payé. Mais ce ne sont pas des besognes bien reluisantes que nous nous sommes données!

Louis Parvan... Margot l'Amour... Deux bêtes de proie embusquées dans le voisinage des victimes choisies. Ah! comme la douce Sylvaine avait raison de se méfier de son inquiétant voisin, ce mystérieux M. Louis, qui dissimulait Louis Parvan, masque lui-même de l'héritier déçu de feu Jean-Pierre Bourlier! Et comme Manon Soleil avait tort de ne point suspecter celle qui s'était si récemment introduite dans son intimité, sous la perfide apparence d'une femme de chambre discrète et zélée!

Le nouveau locataire de la cité Jeanne-d'Arc s'appelait Louis Parvan; la femme de chambre était en réalité Margot Feyline. Ces deux masques soudainement appliqués sur les personnalités réelles des amants associés ne proclamaient-ils pas que l'œuvre criminelle était commencée et que la trame, déjà, s'ourdissait dans l'ombre, resserrant ses fils invisibles autour des deux condamnées.

Attaque double. Trois cousines, trois héritières séparaient le faux Louis Parvan de la fortune du vieux Bourlier. Les travaux d'approche de l'héritier frustré menaçaient déjà deux d'entre elles. En vérité, Louis Parvan ne perdait pas son temps.

Penché vers sa complice, il murmura durement :

— Peu importe la livrée. Je ne vois que le but et tu le connais comme moi, maintenant!

— Mais oui, mon Loulou! acquiesça Margot l'Amour, câline et soumise. Je plaisante. Tu sais bien que j'accepterai tout, que je suis prête à tout pour que tu réussisses. N'ai-je pas déjà consenti le plus dur des sacrifices, en acceptant de vivre séparée de toi, privée de toi!

— Il le faut. Qui aurais-je mis à ta place? Le secret doit rester notre secret. Toi seule auras les yeux qu'il faut pour voir et comprendre. Toi seule pourras me livrer le point faible de cette vie, ennemie de la mienne. Là-bas, où je me suis posté, je pouvais entreprendre la besogne moi-même. Mais il m'aurait été impossible d'arriver auprès de cette Manon Soleil sans éveiller ses soupçons. Il faut que tu sois mes yeux aujourd'hui... et demain...

— Ton bras, si c'est nécesaire, acheva Margot l'Amour dans un souffle. Nous réussirons, mon Louis. Contre nous deux, elles ne seront pas de force, ces petites... même la Manon qui a vécu et qui se croit fine... Quant à l'autre, est-ce qu'elle comptera seulement, si tu veux t'en donner la peine?

— De ce côté, ce ne sera pas aussi aisé que tu sembles le croire, répliqua Louis Parvan, accusant d'un pli du front son souci secret. Au premier abord, je croyais, oui je croyais que ce serait un jeu d'enfant de désunir ce couple, assemblé par la fantaisie du hasard... Ils s'aiment... Ils s'aiment bêtement, et peut-être ne sont-ils pas aussi loin l'un de l'autre que nous aurions pu le croire. Si j'étudiais leurs cas en dilettante, j'admirerais presque les forces obscures qui les ont tirés, si semblables, de deux milieux différents. Une petite bourgeoise, un ouvrier, nés et élevés, en somme, aux antipodes de notre société. Apparence! En réalité, ils sont racés tous les deux et faits pour se rapprocher, se comprendre et s'égaler. Oui, c'est au fond la même qualité de pâte. Le diable sait pourquoi, par exemple! Je ne m'attendais pas à trouver en ce Milot Pariset cette délicatesse innée qui atténue entre sa femme et lui la différence d'origine. Il n'est pas peuple, ce petit! Heureusement, il se figure l'être, ou plutôt il a peur que sa Sylvaine le juge tel. Mais il ne faudrait pas grand effort pour le dégrossir complètement, et même le raffiner. Si la petite avait plus d'expérience, plus de confiance aussi, elle y parviendrait... Ma seule chance est de ne pas lui en laisser le temps. Entre eux, j'ai déjà créé une fissure... Oh! assez artificielle! Si je m'en tenais là, les choses ne pourraient aller bien loin. Il n'en sortirait pas le cataclysme destructeur dont j'ai besoin. Il faudra autre chose... Je trouverai.

Entre les deux yeux, gâtant la beauté du visage, le pli méchant s'accentua. Avec un mouvement d'impatience, Louis Parvan se retourna vers le garçon qui s'approchait.

— Deux portos blancs, jeta-t-il hargneusement.

Il attendit d'être servi pour se pencher de nouveau vers sa maîtresse silencieuse.

— Parlons de l'autre... La Pariset me regarde. Dis-moi seulement pourquoi elle est venue tantôt. Elles se connaissent donc?

— Elles se sont revues aujourd'hui pour la première fois, ricana Margot Feyline. C'est la Manon qui l'a appelée et, certes, la petite ne s'attendait pas à se trouver en face d'une cousine. Quelle émotion! C'était attendrissant au possible. Si tu avais assisté à la scène, mon Loulou, tu en aurais entendu, des souvenirs d'enfance et des jérémiades.

— Passe, coupa l'ex-secrétaire de Jean-Pierre Bourlier. Je suis documenté par le dossier du vieux et elles n'auraient pas eu grand'chose de nouveau à m'apprendre. Qu'est-il sorti de cette visite? Quel était le but de celle qui l'a provoquée?

— Faire du sentiment... Elles se sont embrassées; elles ont pleuré ensemble; elles se sont promis de se revoir, en cachette, naturellement. Elles ont chacune leurs raisons de ne pas proclamer trop haut leur parenté. Au fond, elles n'étaient ni l'une ni l'autre très fières de leur situation présente.

— Parfait! enregistra Louis Parvan en mordillant ses ongles.

— Mais tu te trompes en t'imaginant que leur conversation n'était pas intéressante. Elle ne t'aurait rien appris de nouveau sur la petite Pariset, soit. Mais pour l'autre, il en va autrement. J'étais derrière la porte et je crois n'avoir pas perdu mon temps.

— Raconte.

Accoudés l'un en face de l'autre et avançant au-dessus de la table de marbre leurs visages, dont les fronts se rejoignaient presque, ils chuchotaient comme des amoureux. La caissière et l'unique garçon de café pouvaient croire qu'il ne s'agissait que d'un tendre rendez-vous, convenu pour débattre un accord sentimental. Mais l'expression de leurs regards rivés aurait dissipé cette illusion. Un rêve cruel hantait les prunelles sombres de Louis Parvan; les yeux de la femme luisaient, barbares.

De la belle gorge monta un petit rire, rauque et bref.

— C'est une histoire d'amour, bête à pleurer... mais qui pourra finir par les larmes que tu souhaites, mon Loulou! Je soupçonnais déjà quelque chose. Mais je puis dire que c'est d'aujourd'hui, grâce aux confidences à la cousine, que le roman m'est apparu sous son vrai jour et que j'ai pu me pencher jusqu'au fond du cœur de Manon Soleil... Ne te disais-je pas tout à l'heure qu'en dépit de ce que sa vie aurait pu lui apprendre, elle était restée aussi jeune et aussi naïve que sa cousine? Elle s'est amourachée d'un petit jeune homme...

— D'un gigolo? demanda crûment et dédaigneusement Louis Parvan.

— Oh! non! s'esclaffa Margot l'Amour. Tu n'y es pas du tout. Je ne le vois pas dans le rôle que tu dis, l'amoureux de Manon Soleil! Un gigolo?... Il en a l'âge... vingt-deux ou vingt-trois ans... mais seulement l'âge. C'est un amoureux! un vrai, qu'on est allé chercher en province... en Provence, si j'ai bien entendu... Et on l'aime au point de ne pas vouloir qu'il sache qui on est, au point de ne pas vouloir être pour lui Manon Soleil, l'éblouissante, la capiteuse divette, mais Suzy Bourlier, une pensionnaire sentimentale, qui aime pour la première fois... et qui assure qu'elle mourrait si on enlevait à son Chérubin l'illusion qui la lui fait voir sous les espèces d'une petite oie blanche, chaste et pudique... Un roman? Non, une romance!...

Oh! ce que devenait, dans cette bouche perverse, le bel amour de Suzy! A petits coups de ses quenottes, elle le mordillait, le déchiquetait, pour le grand plaisir de Louis Parvan, attentif, avide.

— C'est une mine que tu as découverte! murmura-t-il. Une mine à exploiter...

— N'est-ce pas? Juste ce que tu attendais, ce que tu souhaitais... Et quelle chance tu as! Elle aurait pu s'offrir un coup de tête, lâcher tout, quand elle était là-bas, ne pas revenir... Elle le tenait, ce petit... Et elle, elle t'échappait si elle avait filé le parfait amour dans un village lointain. Elle aurait aussi pu anéantir le danger, les possibilités auxquelles tu es en train de rêver... Il lui suffisait de tout dire au petit... Il y a la manière... Son passé, n'est-ce pas, il l'aurait avalé... Il se serait plié au rôle de rédempteur... Qui sait? Il l'en aurait peut-être aimée davantage... Au lieu de cela, elle le ramène à Paris; elle joue la difficulté; elle complique à plaisir son idylle; elle y fait fleurir le Mystère, les secrets, les serments... Elle tente le destin... Et le destin, ce sera toi!... Ah! qu'il sera facile à faire naître, le coup de théâtre qui dénouera ce bandeau puéril qu'elle s'est ingéniée à placer sur les yeux de son amoureux. Manon Soleil pour tous! Suzy Bourlier pour lui seul! Et elle le reçoit chez Manon Soleil! Et elle se figure que ce jeu-là peut durer!... Candeur!... Mais tu n'as même pas besoin de t'en mêler! Fatalement, tôt ou tard, le hasard qu'elle appréhende se produira; le petit apprendra... Tout croulera...

— Pas si vite! interrompit Louis Parvan. Et, surtout, ne nous en rapportons pas au hasard si nous voulons que l'écroulement donne tout ce qu'il peut donner. Il nous faut de l'irréparable, tu le sais?

— Oui... Mais elle l'a dit elle-même : l'irréparable, pour elle, ce serait la chute du bandeau.

— A condition que cet incident survienne à l'heure et dans un entourage de circonstances qui en rendront l'effet infaillible. Ne t'emballe pas Margot. Pour dénouer le bandeau, il faudra bien choisir le moment.

— Tu sauras.

— Je l'espère. Ne précipitons rien. Laisse-moi étudier l'affaire... et les personnages. As-tu le nom du jeune homme?

— Le nom, oui. Mais pas l'adresse. Manon Soleil se méfie, tu penses bien.

— Le nom suffira... Il y a les agences...

— Il s'appelle Vincent Dessaintes... Il vient tous les jours.

— Parfait.

— Mais, écoute encore, mon Loulou. A mon tour de te dire : ne t'emballe pas. Tu crois la tenir et avoir le temps. Tu ne sais pas,.. personne ne sait... Avec elle, il faut s'attendre à tout. Elle est folle. Elle veut tout lâcher... oui, sa situation, son engagement, son succès... tout! pour filer avec le peit... disparaître, comme elle dit... Un beau matin, il n'y aura plus de Manon Soleil. Elle aura décampé sans crier gare. Vois-tu le nez que tu ferais, gros malin?

— On dit ça, riposta tranquillement Louis Parvan. Mais ce n'est pas si commode à exécuter, surtout quand on est une grande vedette. La vie vous tient... et aussi les directeurs...

— Je te répète qu'elle est femme à tout plaquer. C'est une toquée.

— Réfléchis, mon petit. Nous savons ce que cache ce désir de départ, de plongeon dans l'oubli. C'est Suzy qui partira... Elle ne voudra pas que Manon Soleil la suive... Or, celle-ci la suivrait fatalement, si elle ne prenait, avant son départ, certaines précautions, si elle ne procédait à une liquidation nécessaire de sa situation et de ses engagements. C'est là que je l'attends. Tu dois savoir, et bien mieux que moi, qu'une artiste élégante, et probablement dépensière, est tenue par un certain nombre de fils discrets... de dettes... qui la relient à une foule de créanciers.

— Sur ce point, tu as raison.

— Parbleu! Avant de partir, il faudra qu'elle règle avec eux... Et comment le pourra-t-elle, si elle a, comme son roman me le donne à penser, écarté d'elle la possibilité de recourir à de généreux amis? Les « fils » dont je parle ne sont discrets qu'autant que les créanciers qui les tiennent espèrent être payés. S'ils voyaient Manon Soleil prête à partir sans tambour ni trompette... et sans ami sérieux... ils tireraient bien vite leurs ficelles pour arrêter l'envol de l'imprudente.

— Alors, tu crois qu'elle ne pourra pas partir?

— Il me suffit qu'elle en fait le rêve, qu'elle en ait l'ardent désir. Excellent état d'esprit, qui peut la pousser... pour peu qu'on l'y aide... à quelque folie.

— Et on l'y aidera, n'est-ce pas, Loulou? dit lentement Margot l'Amour en sondant le regard de son amant.

Louis Parvan sourit, d'un de ces minces sourires froids, qu'il faisait glisser sur ses lèvres comme une énigme proposée à ses interlocuteurs.

— On l'y aidera certainement, répondit-il. Tâche donc de surprendre quelque chose sur l'état des finances de la dame. Si tu pouvais avoir les adresses de quelques-uns de ses créanciers, cela pourrait me servir... Ah! quel dommage que je ne sois pas en fonds!

— Que ferais-tu?

Le jeune homme haussa les épaules.

— Tu ne devines pas? Je deviendrais moi-même le principal créancier de Manon Soleil, en rachetant quelques créances. Entre mes mains, ce serait une fameuse arme... Je vois... je vois tout un plan... Mais il faudrait des capitaux... que toi, ni moi n'avons... C'est dommage!

Margot Feyline réfléchissait.

— On pourrait t'en trouver, murmura-t-elle. Il y a quelqu'un qu'on pourrait mettre dans notre jeu, en l'y intéressant... Ne t'en ai-je pas déjà parlé? C'est un vieil usurier, rapace en diable, et à qui on ferait tout faire s'il devait y trouver son compte.

Louis Parvan fit la moue.

— Tu es folle! Je ne vais pas me mettre dans des mains pareilles!

— Et pourquoi pas? Tu ne serais pas obligé de livrer ton secret, ni même de paraître. C'est à moi qu'il prêterait. Il suffirait de lui présenter l'opération comme avantageuse. Je crois que j'y parviendrais.

— Si tu le crois...

La voix hésita. Le regard rêvait.

Un geste indiqua la fin du débat.

— Essaye, après tout. Sans argent, nous ne pourrons rien faire que gâcher cette admirable occasion de presser le dénouement... un des dénouements...

— Il y en aura pour les trois, ricana Margot l'Amour. Si je puis m'échapper demain, j'irai voir le père Jacob. C'est une vieille connaissance. De lui j'obtiendrai le nerf de la guerre... Ah! mon Louis, si tu savais comme ce jeu, entrepris d'abord pour te faire plaisir, me passionne maintenant! Ces cœurs... ces pauvres cœurs... qu'il s'agit de désespérer, je les voir comme des choses vivantes entre nos doigts qui les serrent... Ils palpitent... ils souffrent... Ah! comme c'est amusant, ce jeu que tu m'apprends!...

Et dans le visage aux lèvres sanglantes, les yeux brillaient, brillaient férocement.

CHAPITRE XII

LE PÈRE JACOB

— Là! C'est là!

Obéissant au choc des doigts impatients contre la vitre, le chauffeur stoppa au bord du trottoir encombré.

Redevenue pour une heure l'élégante jeune femme parfumée, que connaissaient ses adorateurs, Margot l'Amour sortit de la voiture et leva les yeux vers les façades salies, dont le rez-de-chaussée et les premiers étages se masquaient d'enseignes et de panneaux, étalant des raisons sociales aux lettres dédorées. Sous un ciel triste d'octobre, le faubourg Saint-Denis n'était qu'une file ininterrompue de voitures de livraison et d'autos grondantes, le long desquelles s'écoulait le double flot des passants, pressés sur les étroits trottoirs.

Retournée vers le taxi dans lequel demeurait Louis Parvan, elle murmura :

— Garde la voiture. Un peu de patience. J'espère que la négociation ne sera pas trop longue. Si c'est utile, je t'appellerai. Mais il vaut mieux que je me présente d'abord seule. Je connais le vieux. Devant toi, il demeurerait aussi fermé qu'une porte de prison.

Puis elle se prépara à fendre le flot. Pour s'en dégager, elle le brassa de ses mains gantées, qui paraient les chocs des coudes et des épaules. Entre un commissionnaire, promenant insoucieusement un chapelet de paquets, suspendus à ses avant-bras, et une ménagère plus attentive aux étalages qu'à ceux qu'elle bousculait, la jeune femme se faufila, atteignit l'entrée d'un boyau mal pavé, à la fois cour et passage, et se trouva à l'abri de l'agitation de la rue.

De chaque côté, les portes s'alignaient, numérotées, mais dépourvues de concierge; elles s'ouvraient sur d'étroits et obscurs escaliers qui s'élevaient en tournant, abandonnant sur chaque palier deux petites portes basses, dont les pancartes se faisaient vis-à-vis.

Margot l'Amour compta, s'engouffra dans un des couloirs, en serrant contre elle sa fourrure, pour lui éviter le contact des murs sales, et posa, avec une petite moue dégoûtée, son pied finement chaussé sur la première marche.

De l'entresol occupé par un « cours », où les artistes de café-concert venaient se faire seriner leur répertoire, s'évadait un tapage discordant, des cascades de notes d'un piano fatigué, s'essoufflant à suivre les mugissements d'un chanteur « à voix ». Margot monta à l'étage supérieur.

Devant une trace ovale, plus claire que la peinture noircie du reste de la porte, et devant deux trous veufs de leurs clous, qui dénonçaient l'enlèvement récent d'une pancarte, l'amie de Louis Parvan s'étonna.

— Est-ce qu'il n'y serait plus ? murmura-t-elle d'un air déçu.

Par acquit de conscience, elle tourna le bouton et poussa. La porte s'ouvrit. Une pièce nue et vide, au plancher taché et dépourvu de ciré, lui apparut. Deux bancs, contre les murs, en formaient tout l'ameublement.

Margot l'Amour traversa cette pièce et alla frapper à une autre porte, en appelant.

— Est-ce que M. Jacob est là?...

Dans la pièce voisine, il y eut un remue-ménage de papiers repoussés. Puis une voix grognonne cria :

— Il n'y est pas... Il n'y est plus pour personne. Allez-vous-en.

Sans s'offusquer, Margot se mit à sourire et hardiment elle ouvrit la porte.

— Mais si, il y est, puisque je l'entends, dit-elle gaiement. Bonjour, monsieur Jacob... Est-ce que vous allez faire l'ours avec une vieille cliente comme moi?

Le « bureau » du père Jacob ignorait aussi bien le luxe que la simple propreté. Tout y était crasseux et misérable, réduit au strict indispensable : une table de bois jamais essuyée, un cartonnier disloqué, perdant ses dossiers, qui s'éparpillaient sur le plancher, la chaise de l'usurier, recouverte d'un coussin aplati, et une chaise de paille, boiteuse, pour la clientèle.

A l'entrée de Margot, la table derrière laquelle se tenait assis le prêteur était encombrée de dossiers étalés. Tous les tiroirs avaient été vidés. Le devant de la cheminée, veuve de feu, malgré la température assez basse, était sali par les cendres de papiers récemment brûlés.

Après la porte, privée de son écriteau, ce désordre paraissait indiquer une volonté de retraite, une liquidation dont s'inquiéta Margot l'Amour.

D'ailleurs, elle avait en face d'elle le visage renfrogné de l'usurier, qui ne s'était pas levé pour l'accueillir, mais qui la foudroyait du regard, marquant ainsi une décision bien arrêtée de la traiter en intruse et de la congédier prestement.

C'était un visage pâle et amaigri de vieillard, dont une barbe blanche, poussée depuis peu, aggravait l'aspect souffrant et négligé. Seuls, les yeux, durs et sombres au fond des orbites creuses, gardaient une vigueur qui paraissait avoir déserté le reste du corps.

Margot l'Amour s'exclama.

— Mais, vous êtes tout changé, père Jacob!... Vous avez vieilli!... Que vous est-il donc arrivé?

— J'ai été malade, répondit l'usurier d'un ton bourru. Très malade. C'est de mon âge... Aussi c'est fini. Je ne fais plus d'affaires. Inutile de venir me parler de quoi que ce soit. Je ferme boutique.

— Cela tombe mal! soupira la jeune femme, décontenancée. Est-ce que vous ne pourriez pas faire exception pour moi, père Jacob ? Il ne s'agit pas d'une broutille, vous savez. Ce dont je venais vous parler, c'est vraiment une bonne affaire... Il y aurait gros à gagner pour vous...

— Ni bonnes, ni mauvaises. Je ne veux plus en faire, trancha le vieil homme.

Il se leva, dans l'évidente intention de hâter la sortie de l'importune.

Mais le désappointement de celle-ci la poussait à insiter. Elle ne voulait pas abandonner la place sans avoir plaidé sa cause et fait valoir tous les arguments qu'elle jugeait susceptibles det riompher du mauvais vouloir de l'usurier.

— Ce n'est pas d'hier que vous me connaissez, père Jacob, minauda-t-elle. Vous savez bien que je suis une petite femme sérieuse, bien plus préoccupée d'assurer son avenir que de s'offrir des béguins. Nous avons fait des affaires ensemble... et pas mauvaises... J'avais ma petite commission sur les plumes des pigeons que je vous amenais. Vous ne pouvez pas vous plaindre de mes services. Je savais les choisir, les pigeons. Jamais vous n'avez eu à renvoyer un seul de ceux que je vous ai amenés... Alors, pourquoi refuser de m'écouter aujourd'hui?... Moi qui avais vanté à mon ami votre rondeur en affaires!...

Ce verbiage, le père Jacob paraissait l'écouter avec une impatience qui frisait l'agacement. Son regard, dédaignant Margot l'Amour, se posa avec insistance sur la porte que la jeune femme avait refermée sur elle.

Dans le dessein bien marqué d'aller la rouvrir et de manifester par ce geste sa volonté de congédier la visiteuse, il contourna la table.

Mais, ce faisant, il se rapprocha de l'unique fenêtre, aux vitres dépourvues de rideaux, qui donnait sur le passage. Machinalement, le père Jacob jeta un coup d'œil au dehors.

Et brusquement, il s'immobilisa, les sourcils froncés, les traits contractés par une attention subite.

Sur les pavés raboteux, sous la fenêtre, Louis Parvan faisait les cent pas. S'ennuyant sans doute dans le taxi, ou impatient de connaître le résultat de la démarche de sa maîtresse, il était venu attendre celle-ci devant la porte par laquelle elle sortirait.

— Qu'est-ce que ce garçon fait là? bougonna à demi-voix le père Jacob en s'embusquant au coin de la fenêtre, de manière à observer sans être vu.

S'imaginant que la question s'adressait à elle, Margot l'Amour se leva et vint regarder à son tour.

— Ah! sourit-elle. C'est la présence de mon ami qui vous inquiète? Rassurez-vous, c'est moi qu'il attend.

— C'est votre ami? questionna l'usurier, en regardant alternativement la jeune femme et l'homme qui se promenait dans le passage. Quel genre d'ami?... N'est-ce pas ce qu'on appelle un gigolo?

Margot se récria en riant :

— Voulez-vous bien vous taire, père Jacob? Est-ce que j'ai une tête à ça? Mon ami est un garçon sérieux... comme moi... qui s'occupe d'affaires...

Brusquement, le vieillard se retourna vers elle.

— C'est pour son compte que vous venez?

— Peut-être, répondit la jeune femme, saisissant cette occasion de raccrocher l'entretien et de faire entendre à l'usurier la proposition qu'il avait d'abord dédaignée. La vérité est que nous n'agissons pour notre compte ni l'un, ni l'autre. Mais nous sommes en quelque sorte associés, parce qu'en cas de réussite il y aurait une belle commission à encaisser... Ah! père Jacob, vous ne savez pas ce que vous perdez, en refusant d'être de cette affaire-là!

— Il faudrait d'abord que je sache de quel genre d'affaire il s'agit, ronchonna le prêteur en allant se rasseoir.

Considérant cela comme une victoire, la jeune femme s'enhardit.

— Il s'agit d'un héritage... d'un gros héritage.

Les yeux à demi clos, le père Jacob, impassible, écoutait. Il avait repris son visage fermé d'homme d'affaires, d'où toute marque d'impatience était bannie.

« Il flaire la grosse affaire, pensa la jolie fille. Il mord... Tout va bien... J'arriverai bien à le « ferrer ».

Et elle continua, prolixe et confiante en apparence, bavardant, paraissant s'abandonner —

en réalité pesant prudemment chacune de ses paroles en veillant à ne lâcher que l'indispensable.

Mais ils étaient deux au jeu : celle qui parlait et celui qui écoutait. Si fine que fût Margot l'Amour, elle sentait bien que la partie n'était pas égale.

— C'est une drôle d'histoire, gazouilla-t-elle, une bien drôle d'histoire... pour quelqu'un qui ne serait pas à la coule... qui ne connaîtrait pas la vie comme vous la connaissez. Moi, j'ai peur de ne pas bien savoir vous raconter l'affaire dans toutes ses finesses. Mais vous comprendrez tout de même... Vous devinerez... Vous en avez tant vu... Le type dont mon ami voudrait prendre en mains les intérêts a des droits sûrs... à condition de gagner un procès sur d'autres, qui pourraient revendiquer leur part... et même l'évincer... Mais c'est quand même une affaire sûre, parce qu'en manœuvrant habilement, il sera facile d'obliger les autres héritiers à se désister. On a des moyens d'action. Mon ami vous expliquerait cela mieux que moi... Si vous vouliez que je l'appelle?

— Non, répondit le père Jacob sans rouvrir les yeux, mais d'un ton absolument tranchant.

— A votre idée, acquiesça Margot, empressée à ne point déplaire. Quoique mon ami soit un autre moi-même. Vous pourriez être tranquille. Il n'irait pas vous faire arriver des histoires.

— Je ne crains pas les histoires, ma petite...

— Allons, je m'explique mal. Ou bien vous comprenez de travers. Vous êtes à cran, aujourd'hui, père Jacob. La santé ne va pas encore très fort? Bon! Bon! Je ne veux pas vous agacer. Je me mets à votre place. On est des amis, nous deux.

— Comment s'appelle votre ami ? demanda brutalement l'usurier.

Margot hésita, puis se mit à rire.

— Ah! vieille ficelle! Vous êtes toujours le même. La maladie ne vous a pas enlevé la malice... Vous voulez tout savoir et ne rien livrer. Eh bien, tenez, je joue cartes sur table et je vous réponds, gros curieux. Mon ami s'appelle Louis Parvan. Etes-vous content?

Il n'y paraissait guère. Le père Jacob ne se dégela point.

— Que voulez-vous que cela me fasse? grommela-t-il. Je veux simplement savoir à qui j'aurai affaire... si je me décide... Si on a recours à moi, il faut qu'on ait confiance. Je ne marche pas avec des gens qui se cachent.

— Mais vous vous arrangez pour rester dans l'ombre. Heureusement que j'ai prévenu mon ami. On en passera par vos caprices !... Des clients comme nous, vous n'en trouveriez pas à la douzaine.

— Je vous ai dit tantôt que je n'en cherchais plus.

— Mais vous en accepterez... Ne dites pas non. Vous êtes trop malin.

L'enjouement de la jeune femme sonnait faux, masquait seulement l'anxiété née de l'attitude fuyante de cet adversaire insaisissable, dont on ne rencontrait pas plus le fer que le corps, et qui, pièce par pièce, faisait peu à peu tomber la cuirasse adverse, dénudait l'antagoniste.

Le père Jacob rouvrit les yeux et fixa Margot l'Amour.

— En somme, que venez-vous me demander?

— De l'argent... beaucoup d'argent, répondit crûment la jolie fille.

Une ironie brilla dans les yeux méfiants.

— Pour faire un procès?

— Ou pour manœuvrer... Les procès durent...

— Et on peut les perdre.

— Justement... Mieux vaut s'y prendre autrement et se passer des juges.

— De quelle manière?

— Cela nous regardera, père Jacob.

— Pardon. Je tiens à savoir ce qu'on fera de mon argent.

— On vous le rendra... doublé... triplé même, si vous l'exigez. Est-ce que ce ne serait pas un bel intérêt?

— Quelles garanties offrez-vous?

La question n'impatienta pas Margot. Elle l'attendait. Elle avait préparé sa réponse. S'accoudant familièrement sur la table poussiéreuse, elle pencha vers le vieux son buste parfumé :

— Ecoutez bien ça, père Jacob. La garantie, c'est moi. J'engage ma signature, mes bijoux, mon hôtel, tout ce que je possède... et mon savoir-faire. Je ne suis pas en peine de trouver des gogos qui paieraient mes dettes.

L'usurier restait de glace.

— Et votre ami, qu'est-ce qu'il offre?

— Je ne vous suffis pas? Vous êtes difficile! se récria Margot, feignant le rire.

— Vous m'avez dit qu'il agissait pour le compte d'un autre. La vraie garantie serait là, répliqua sèchement le prêteur.

Cette fois, l'amie de Louis Parvan fit tête.

— Vous n'êtes pas raisonnable, protesta-t-elle, en redevenant sérieuse. Vous devriez comprendre qu'il est des choses qu'on ne peut pas vous confier. Le nom que vous demandez, je ne le connais pas moi-même. C'est un monsieur qui ne veut pas se mettre en avant, puisqu'il préfère payer... et cher... pour qu'on agisse à sa place. N'exigez pas l'impossible. Il faut vous contenter d'avoir affaire à Parvan et à moi.

— A vous seule, trancha le père Jacob. Votre Parvan, je ne veux ni le voir, ni le connaître. C'est à vous que je prêterai, si je prête. Et en attendant c'est à vous que je pose des questions. Si vous ne pouvez pas y répondre, restons-en là et cherchez ailleurs.

— Oh! ce qu'il est devenu méchant, ce père Jacob! s'exclama plaintivement Margot l'Amour. Je ne peux tout de même pas vous dire ce que je ne sais pas... Mais vous, vous savez bien que la garantie que j'offre n'est pas de la poudre aux yeux. Mes bijoux, vous pouvez les estimer.

Mon hôtel aussi... Ne parlons pas du reste... Mais vous ne me croyez pas assez sotte pour risquer tout mon avoir, et l'avenir par-dessus le marché, dans une affaire qui n'en vaudrait pas la peine.

— Je calcule les chances de réussite et de perte, répliqua froidement l'usurier. Je ne puis me décider sans savoir. Laissons les noms de côté, mais parlons tactique. Vous me dites qu'on manœuvrera. Comment? Si vous ne pouvez pas me le dire, serviteur!

— Je peux...

Margot l'Amour étouffa un soupir. Il fallait donner des gages. Elle se résigna.

— C'est simple, expliqua-t-elle. Il y a d'abord une... cohéritière qu'on voudrait obliger à renoncer. Pour y arriver, il faut la tenir. Et c'est possible, parce qu'elle a des dettes. Ici, vous allez vous retrouver dans votre élément, vu que vous avez pas mal pratiqué ce petit jeu. Mon ami connaît les créanciers de la dame : il rachètera en secret leurs créances et, quand il aura le paquet, il agira. Vous n'avez pas besoin que je vous en dise plus long.

— Comment s'appelle la dame?

— Zut!...

Furieuse, Margot se levait et marchait vers la porte — pas trop vite, pour laisser au père Jacob le temps de la rappeler.

Mais il ne bougea pas.

— C'est votre dernier mot ? demanda-t-il froidement. Ecoutez le mien et rapportez-le à vos associés. Je vois votre combinaison. Voici ce que j'offre : je rachèterai moi-même les créances de la dame... Moi-même! mettez-vous bien cela dans la tête... Et je vous les rétrocéderai si c'est nécessaire. Mais je crois qu'il suffira de me laisser entamer les poursuites... en donnant à vos amis la faculté de les arrêter quand il leur plaira. Avec cet atout en main, ils pourront jouer leur petite partie... En ce qui vous concerne, sur la garantie dont vous m'avez parlé et que je me réserve d'évaluer, je vous prêterai les fonds dont on pourra avoir besoin... pour attendre l'issue du procès. A prendre ou à laisser. Transmettez mes conditions à votre ami. Qu'il y réfléchisse comme je vais réfléchir de mon côté. Vous viendrez, s'il accepte, me rapporter sa réponse, et moi je vous ferai alors connaître ma décision... Vous viendrez seule. Lui, je ne veux pas le voir. C'est compris?

— C'est compris... Mais je ne sais pas s'il marchera, soupira Margot l'Amour, dépitée. Vous avez des exigences...

— A accepter ou à repousser en bloc, mais pas à discuter, riposta rudement l'usurier. Au revoir, mademoiselle. Ne faites pas plus longtemps attendre votre ami. Je vois qu'il s'impatiente et nous avons tout dit.

— Au revoir, père Jacob... Mais vous savez, comme amabilité, je vous retiens!...

Une porte, deux portes claquèrent successivement. Margot l'Amour, en se retirant, vaincue, tenait à manifester sa mauvaise humeur.

L'impassibilité du père Jacob n'en fut nullement entamée. Levé après la sortie de la jeune femme, il commença par aller verrouiller sa porte. Puis il revint au coin de la fenêtre, se postant de manière à voir s'éloigner le couple.

Quand celui-ci eut disparu, l'usurier se rassit à sa table, démolit une barricade de dossiers et dégagea un appareil téléphonique, dont il décrocha le récepteur.

Ayant obtenu la communication qu'il demanda, il articula dans le cornet :

— Allô! l'agence Lecoq?... Voulez-vous me passer le directeur?... Oui, le directeur personnellement... De la part de M. Jacob... Jacob... Merci...

Quelques secondes de silence, puis en réponse à une question perçue, le prêteur répliqua :

— C'est M. Jacob lui-même qui vous parle... Je désire que vous m'ayez rapidement des renseignements sur un certain Louis Parvan... Je vous envoie une fiche et mes instructions... Dès réception, mettez votre monde en campagne. Je veux être tenu heure par heure au courant de ses faits et gestes.

Il raccrocha le récepteur et murmura, en se frictionnant frileusement les mains :

— J'aurai ton secret, mon bel ami... Quand on veut faire affaire avec le père Jacob, il faut tout dire... tout!

CHAPITRE XIII

S'ÉVADER!...

— Je m'en vais, annonça Miot Pariset avec un soupir.

C'était l'heure de se rendre à son travail. Il partait gaiement, autrefois, sûr de retrouver au retour sa Sylvaine doucement riante. Maintenant, il avait l'impression de la laisser à des rêves qu'il ignorait et qu'elle lui cachait. Et son cœur était lourd de peine.

— Elle change... Elle n'est plus la même... Elle regrette...

C'étaient là ses pensées ordinaires, son obsession. Et il ne se rendait pas compte que le changement était en lui et qu'il n'y avait entre eux que cette crainte nouvelle, si lourde à son cœur, et qu'y avait peu à peu déposée, comme un poison, la perfidie de « M. Louis ».

Sylvaine changeait? Non! Elle était simplement un peu triste, parce qu'elle ne retrouvait plus le Milot confiant et joyeux du temps de leur bonheur introublé. L'atmosphère de malaise, c'était le jeune mari qui la créait à son insu, en cédant aux suggestions déprimantes, en subissant l'influence de l'homme qui s'était installé près d'eux pour empoisonner leur bonheur. Et plus il supposait à sa jeune femme de regret secret et de rêveries, dont elle lui dissimulait le sujet, plus il lui donnait de raisons de s'enfermer dans un silence craintif et d'enfermer en elle, comme un secret, les questions qu'elle n'osait point poser.

Maladresse, hésitation, timidité? Malentendu. Chacun interprétait de son côté, et selon ses propres craintes, la gêne de l'autre. Et le malaise s'accentuait, devenait un vrai nuage, obscurcissait le clair foyer. De l'autre côté du mur, Louis Parvan devait se réjouir. Quand il rencontrait les époux, il voyait bien sur leurs fronts ces ombres nouvelles. C'était son œuvre, le signe visible des miasmes pestilentiels dont il embrumait, jour après jour, chaque fois que l'occasion s'en présentait, l'âme de Milot Pariset.

Travail infernal, exécuté avec une habileté consommée. Louis Parvan ne s'était pas vanté le jour où il avait dit à Margot l'Amour :

— On peut empoisonner le bonheur.

Lentement — trop lentement au gré du mystérieux cousin du défunt Jean-Pierre Bourlier — le venin instillé faisait son œuvre, fanait la fraîche tendresse qui avait parfumé les cœurs de Milot et de Sylvaine.

Ah! que le pauvre Milot avait donc de raisons de se sentir l'âme lourde. Un dépôt y était formé, fait d'allusions méchantes, de paroles venimeuses, de semences de soupçons, jetées en lui au hasard d'une brève conversation, parfois au passage, sans même que M. Louis s'arrêtât...

Il suffisait bien d'un petit rire ironique, accompagnant une question ou une remarque.

— Ce que vous êtes chic, aujourd'hui, camarade. Vous avez l'air d'un bourgeois. Ça doit faire plaisir à votre femme.

— Bien sûr.

Il fallait sourire, enfermer en soi la blessure et en emporter le souvenir.

— Voilà... tout le monde s'en rend compte... Je suis trop loin d'elle... Et elle souffre d'être ma femme... Elle ne le dit pas encore... Mais un jour, peut-être...

Pauvre Milot!... Il en arrivait à ne plus oser plonger son regard dans les yeux de Sylvaine, de peur d'y lire la fin de leur amour.

Et chaque jour, il partait un peu plus malheureux — comme maintenant. Il partait, torturé par cete idée :

— Je m'en vais... Elle pense peut-être : Bon débarras!...

Au passage, il posa une main sur la tête de l'innocent « Cinq-et-Trois » qui, n'ayant nulle peine et n'éprouvant nul doute, promenait sa joie silencieuse dans les trois pièces du petit logement, et claudicant, éparpillait consciencieusement sur le parquet ciré des papiers, qu'il déchirait en petits morceaux.

— Qu'est-ce que tu fais là, Bébert?

— Joujou! exulta « Cinq-et-Trois » en levant vers « papa Milot » le rayonnement heureux de ses yeux. Je suis le petit Poucet... C'est la forêt et je sème des cailloux pour me retrouver, parce que mes parents vont me perdre...

— Et tu salis le parquet de maman Sylvaine, qui aura la peine de balayer, gronda doucement Milot Pariset.

— Faut pas? demanda Bébert en prenant une mine désolée.

Milot se mit à rire.

— Mais si, mon pauvre gros. Il faut bien, puisque tu es le petit Poucet. Comment ferais-tu pour revenir à la cabane?... Jette des cailloux... mais n'en jette pas trop... Qu'est-ce que tu déchires? Rien de sérieux?

Il prit, dans la menotte qui s'abandonnait, confiante, le fragment que l'enfant s'apprêtait à mettre en pièces. C'était un débris d'enveloppe, portant le timbre et ce début d'adresse : « Madame Sylv... »

Milo perçut comme un coup au cœur. Sylvaine recevait donc de la correspondance dont elle ne lui parlait pas et qu'elle lui cachait? Qui donc pouvait écrire à Sylvaine?

Quelqu'un de sa famille?...

C'était une de ses angoisses inavouées et d'ailleurs anciennes. Souvent, du temps qu'il n'était encore que le frère de l'orpheline, il avait tremblé que les parents éloignés qu'elle pouvait avoir encore ne s'inquiétassent d'elle, pris de remords.

— Ils nous la reprendraient...

Cette crainte chimérique subsista, après son mariage, accrue encore. N'était-ce pas à titre précaire qu'il gardait auprès de lui la jeune femme? Le monde ne s'indignerait-il pas de son bonheur, trop au-dessus de celui qui eût dû raisonnablement lui échoir? Il imaginait toute la parenté liguée pour la lui reprendre. Il se considérait un peu comme le détenteur d'un larcin.

Et vainement Sylvaine, à laquelle, alors, il confiait ses appréhensions, le rassurait :

— Personne ne songe à moi, va!... Personne ne voudrait se charger de moi... Et puis, je suis ta femme. Je refuserais de suivre ceux qui voudraient me séparer de toi...

Il la croyait... Cette confiance absolue s'était évanouie sous l'action corrodante des propos de M. Louis. A présent, le jeune ouvrier en était arrivé à se poser avec angoisse cette question :

— Si des parents riches, des parents de son

monde appelaient Sylvaine, ne me quitterait-elle pas?

Le débris d'enveloppe, découvert dans la main de « Cinq-et-Trois », matérialisa tout à coup ses craintes. Qu'est-ce que cela signifierait si, vraiment, Sylvaine avait reçu une lettre, dont elle avait décidé de lui faire mystère?

Milot trembla.

Mais questionner, s'étonner, ne serait-ce pas accuser? A quoi lui servirait-il d'obliger sa femme à reconnaître qu'elle se cachait de lui? Constater l'existence d'un fossé ne donne pas le moyen de le supprimer.

Milot hésita, puis revint sur ses pas, du côté de Sylvaine, et lui présenta de loin le fragment d'enveloppe.

— Dis... je crois que « Cinq-et-Trois » t'a pris un papier... une enveloppe... Ça ne fait rien qu'il s'amuse à la déchirer?

La jeune femme regarda et rougit. (Oh! comme Milot éprouva de la peine à constater cette subite rougeur.) Puis elle se hâta de répondre, maladroitement :

— Ce n'est rien... une enveloppe de prospectus... Nous ne recevons pas autre chose, tu le sais bien...

Et Milot, atterré, sentit qu'elle mentait. Il courba la tête.

— Allons... au revoir! murmura-t-il.

Et il sortit très vite, sans rendre à « Cinq-et-Trois » le morceau de papier, cause de sa peine, et qu'il pétrissait machinalement entre ses doigts.

Quelle honte!... Quelle honte il éprouvait d'avoir obligé Sylvaine à mentir et de lui avoir laissé soupçonner son inquiétude!...

La porte refermée, sur ce départ, la jeune femme pencha davantage la tête sur son ouvrage; une larme se détacha de ses cils.

— Il a de la peine... Que croit-il?...

S'essuyant les yeux et abandonnant le linge qu'elle brodait, elle dénicha, cachée au fond de sa boîte à ouvrage, une lettre — la lettre qu'avait contenue l'enveloppe.

— Je ne pouvais pas la lui montrer! soupira-t-elle en fixant la signature de Suzy.

Mettre Milot dans la confidence de ce cœur exalté, qui trompait son impatience en évoquant la terre promise où, libéré de toute entrave, s'épanouirait son bonheur? Faire passer sous les yeux du jeune ouvrier les espoirs et les regrets de Suzy, lui révéler la vie de Manon Soleil et le secret de son amour, était-ce possible? Il n'y avait pas que la promesse faite d'être discrète qui enchaînait Sylvaine. Il y avait surtout la partie de la lettre qui concernait Sylvaine elle-même et faisait allusion à tout ce qui risquait de la séparer de Milot.

Ces lignes, pouvait-elle les lui laisser voir, sans laisser deviner en même temps ses doutes, sa détresse, toute l'ombre planant actuellement sur le bonheur du jeune ménage et causant ce malaise dont ils souffraient? Le résultat n'eût-il point été de blesser Milot, de le consterner davantage en le persuadant de l'existence, entre eux, de ce malentendu que paraissait redouter la jeune femme?

Ah! Suzy avait été bien imprudente d'écrire cela dans un moment d'expansion! Heureusement que la lettre était arrivée pendant l'absence du jeune mari!

— Pour rien... pour des craintes chimériques que je me forge, lui faire de la peine! pensait Sylvaine. Comme ce serait terrible!... Comment Suzy a-t-elle imaginé que je pensais cela? Voit-elle plus clair en moi que je n'y vois moi-même?... Il n'y a qu'une chose qui compte : j'aime Milot... Le reste...

Elle écarta d'un geste craintif toutes les ombres vaines, dont il lui semblait se sentir enveloppée depuis que la présence ennemie de l'inquiétant M. Louis avait troublé le paisible bonheur.

Mais en même temps, et malgré elle, elle relisait la lettre de Suzy.

« Je t'écris, ma Sylvaine, en attendant que tu reviennes. Mon cœur ne peut plus se refermer, à présent qu'il s'est ouvert devant toi. Il faut que je parle de *cela* : mon espoir de vie meilleure et purifiée, de retour vers ma jeunesse, par l'amour — par mon Vincent.

« Je poursuis mon rêve; je fais des projets, des calculs; j'élabore des plans. Il s'agit de couper les liens qui m'attachent à cette existence odieuse, qui m'a toujours été si lourde et que, maintenant, je hais. Quand je m'abandonnais à leur tyrannie, je n'en sentais pas la meurtrissure. Aujourd'hui où je fais effort pour me dégager, je les sens se tendre et me faire mal. Il faut pourtant que je les brise...

« Partir! M'évader de cette vie! M'enfuir avec mon bonheur, loin, bien loin, hors de l'atteinte de tout ce qui pourrait le rendre impossible : c'est mon vœu de tous les instants.

« N'est-ce pas aussi le tien, parfois, toi qui m'as paru redouter pour ton bonheur, pour ton amour, un danger analogue à celui que j'appréhende?

« Moi, j'ai peur qu'on me diminue aux yeux de celui que j'aime. Ton angoisse est différente. C'est ton aimé que tu redoutes de voir descendre du piédestal sur lequel tu l'as hissé. Mais nos peurs sont sœurs, comme notre souffrance. Toutes deux nous avons tout à redouter de la méchanceté, de l'incompréhension du monde et de la haine jalouse qui le pousse à détruire tout bonheur édifié en dehors de lui.

« Ils ne comprendraient pas... Personne ne comprendrait que tu aimes et que j'aime dans ce cadre fragile où nous avons situé nos rêves, nos amours. Nous avons enfreint les règles qu'un code tyrannique prétend imposer à tous. Tu t'es retirée à l'écart, tu as choisi en dehors de ta caste... Moi, qui me suis égarée, je prétends rentrer dans le sentier que j'ai volontairement quitté. Cela, le monde ne l'admettra pas. Pour le prestige de ses lois, il ne faut pas que nous puissions être heureuses — ni toi, ni moi. Ce serait un scandale. Voilà pourquoi *ils* voudront détruire notre bonheur. Voilà pourquoi *ils* le menaceront sans cesse, aussi longtemps que nous demeurerons à la portée de leurs coups.

« Il faut nous sauver, ma Sylvaine. Toi comme moi. Suis mon conseil. Si je réussis dans ma tentative d'évasion, je t'aiderai à le réaliser. Il faut que, ton Milot et toi, vous vous évadiez ensemble. Dans ce milieu, où tu vis et qui est le sien, tu souffriras tôt ou tard, malgré ton bon vouloir — malgré l'amour.

« Tu souffres déjà. Je l'ai compris.

« Oh! ma Sylvaine, j'ai conscience d'avoir été bien égoïste durant notre entrevue. Je t'ai obligée à te pencher sur ma joie et j'ai ignoré ta peine. Je ne t'ai pas questionnée.

« Mais j'ai compris quand même, va! Après ton départ, j'ai pensé à tout ce que tu ne m'avais pas dit et que, pourtant, j'ai senti. Ton salut, comme le mien, est l'évasion : abrite ton amour hors du monde. Crée-toi un univers que tu peupleras seule, avec ton Milot. Là tu seras bien sûre de ne jamais le voir différent de ton rêve et toutes les heures t'appartiendront pour le modeler et faire de lui l'homme que tu souhaites qu'il soit.

« Ma Sylvaine, espère... Ferme les yeux. Vois comme moi, dans cette campagne que tu connais bien et qui a abrité notre jeunesse insouciante; vois deux nids fleuris et cachés dans la verdure. C'est là que nous installerons notre bonheur. Ils seront peu distants l'un de l'autre pour que nous puissions nous sourire.

« Espère, Sylvaine! Ils existent déjà, ces deux nids. Il ne s'agit que de réussir à nous évader pour aller nous y abriter... »

Abandonnant la lettre qui tomba sur ses genoux, Sylvaine soupira :

— S'évader!... Ne plus trembler pour son bonheur!... Si c'était possible!... S'il existait un pays où l'on soit à l'abri des méchants... et à l'abri de soi-même!...

Les mains croisées ne reprenaient pas la lettre ni l'ouvrage...

Sylvaine rêvait...

CHAPITRE XIV

LA CHAINE SE TEND

— Vous rendre votre liberté? Vous ne me demandez pas cela sérieusement, mon petit? C'est une plaisanterie?

— Non.

Têtue, en face du « patron », accoudé sur son bureau et avançant vers elle, son masque glabre, aux larges bajoues et aux yeux scrutateurs, Manon Soleil détacha la monosyllabe d'une voix nette et incisive.

Une plaisanterie! Non pas. Elle voulait sa liberté, elle en avait assez de jouer et de chanter. La raison de ce dégoût? Tout ce qu'on voudrait : lubie, neurasthénie, fatigue... Mais il n'y avait rien à faire pour la retenir. C'était décidé.

— Décidé! répéta le directeur, en hochant la tête.

Evidemment, il ne croyait pas au prétexte invoqué. Fatiguée? Malade, cette belle fille resplendissante de santé et qui avait tant de raisons d'aimer la vie? Neurasthénique? Allons donc. Il y avait autre chose qu'elle ne disait pas. Un caprice de femme, d'artiste prompte aux coups de tête. C'était possible. Affaire de cœur. On ne dirige pas un grand music-hall sans avoir acquis une certaine expérience des ressorts secrets qui peuvent faire agir la partie féminine de la troupe.

Une vedette, particulièrement, est un organisme délicat et capricieux qu'il faut savoir prendre. Sans s'émouvoir, ni s'emballer, le « patron » étudiait ce bel oiseau qui voulait quitter sa volière et derrière sa patiente impassibilité, ramassait sa volonté de savoir pénétrer les vrais motifs.

Sans souligner davantage le caractère aléatoire de la décision qu'annonçait superbement sa pensionnaire, il insinua avec un sourire :

— Allons, confessons-nous... Vous avez reçu des offres mirifiques? On vous fait un pont d'or... ailleurs?

— Nulle part! affirma énergiquement Manon. Si vous voulez bien me donner le congé définitif que je désire, je prendrai l'engagement de ne pas reparaître sur une autre scène. Vous voyez que ce n'est pas une infidélité que je médite.

— Alors, je ne comprends pas, déclara le directeur, en se renversant dans son fauteuil.

— C'est pourtant simple, répondit l'étoile, en

jouant avec sa fourrure. Je ne veux plus faire de théâtre...

— Une conversion? Vous entrerez dans un couvent bien sévère?

Le ton sarcastique n'offusqua point Manon Soleil. Les suppositions qu'on ferait lui étaient totalement indifférentes pourvu qu'on lui permît de disparaître. Elle savait que Paris oublie vite. Il y aurait peut-être, à son propos, quelques échos plus ou moins rosses dans les journaux de théâtre. Et le silence s'établirait, définitif.

Elle répondit, doucement têtue :

— Je veux ma liberté. Peu vous importe ce que j'en ferai, du moment que je m'interdis tout autre engagement. Oui ou non, acceptez-vous de résilier à l'amiable le contrat qui me lie à vous?

Elle attendit la réponse avec un calme de commande. En réalité, elle tremblait. Son destin dépendait du potentat qui régnait sur le grand music-hall. Evidemment, il ne pouvait pas la contraindre à jouer. Mais il pouvait se refuser à un accord et lui faire un procès, qui entretiendrait le bruit autour de son nom et continuerait à la désigner à l'attention des chroniqueurs. Comment partir? Comment plonger dans l'oubli, sous la menace du papier timbré? Ce serait, pour le moins, l'ajournement du beau départ.

Le directeur la regardait avec commisération, comme on regarde une personne devenue tout à coup déraisonnable.

D'une voix patiente, il expliqua :

— Ecoutez, mon petit, je n'ai pas besoin de confidences pour deviner que vous êtes sur le point de faire des sottises. Mon devoir est peut-être de vous protéger contre vous-même, à cause de l'intérêt que je porte à l'artiste que vous êtes. Vous voulez tout lâcher... quitte à revenir, dans six mois, quand vous serez oubliée, supplier qu'on vous reprenne? Eh bien, je veux vous retenir autant qu'il sera en mon pouvoir. Je ne déchirerai pas votre contrat... Il contient une clause que vous paraissez perdre un peu de vue et qu'il serait sage de vous rappeler... Cette clause fixe le chiffre... important... du dédit que vous devriez payer en cas de rupture de votre engagement. La somme est forte et il vous faudra la verser. Ce serait vous rendre un trop mauvais service que de vous faciliter, en vous faisant grâce, la sottise que vous méditez.

— Je paierai, déclara Manon Soleil, en refoulant au fond de sa gorge un sanglot qui montait.

Roidie, elle se leva.

— Réfléchissez, mon petit. Briser une carrière et vous infliger une saignée pareille, vous pourriez assez vite vous repentir de ce coup de tête... à moins que vous ne quittiez la scène pour épouser un milliardaire. Je vous conseille d'y regarder à deux fois avant de sauter le pas.

— Je paierai, répéta Manon sans tourner la tête. Vous n'aurez pas la peine de me faire un procès.

— A votre aise, mon petit. Mais j'aimerais mieux vous conserver, vous savez. Cela vaudrait mieux pour tous deux. Réfléchissez bien.

Sans répondre, l'étoile sortit.

Hors du cabinet directorial, elle traversa rapidement l'antichambre, en baissant la tête pour qu'on ne vît point dans ses yeux les perles brillantes de larmes.

Un modeste taxi l'attendait devant le music-hall. Elle y monta et s'affaissa sur les coussins.

— Payer! gémit-elle. C'est tôt dit. Avec quoi?... Que me reste-t-il au juste, mes dettes payées?

Problème ardu, qu'elle se reprochait d'avoir un peu trop négligé. Ne s'y intéressait-elle pas trop tard? Elle se doutait un peu que sa situation financière ne devait pas être fort brillante. Pour coquets que fussent ses cachets actuels, ils suffisaient à peine à soutenir son train de vie. Depuis qu'elle s'était affranchie de l'aide odieuse des protecteurs, elle vivait un peu en cigale, sans s'inquiéter du lendemain. Comme l'avait expliqué Margot l'Amour à Louis Parvan, les créanciers patientaient, attendant leur heure, c'est-à-dire le moment où la boule de neige de leur dû aurait assez grossi pour mettre l'étoile à leur merci. Ils pensaient sans doute que la menace de poursuites assagirait l'étoile et triompherait de sa fierté. Ne lui suffirait-il pas de frapper le sol de ses petits pieds pour en faire surgir une légion d'adorateurs, prêts à se disputer l'honneur de liquider sa situation?

A la pensée qu'on escomptait peut-être cela, Manon Soleil haussa les épaules.

— C'est bien fini! murmura-t-elle.

Mais comment liquiderait-elle? Pour répondre à cette question, la première des choses à faire était d'établir son bilan. Depuis deux jours, elle s'en préoccupait. Elle avait écrit à tous ses fournisseurs d'envoyer leur compte. Et elle avait réclamé aussi le chiffre de son avoir en banque.

Séchant ses larmes, elle s'efforça de se persuader que tout cela se balancerait.

— Je partirai pauvre, mais je partirai! se promit-elle. Suzy aurait-elle accepté d'emporter dans sa nouvelle vie l'argent et les bijoux de Manon Soleil? Mon Vincent me prendrait sans dot.

Le taxi s'arrêtait devant sa porte. Rassérénée, elle descendit, régla le chauffeur et gagna l'ascenseur.

Ce fut Margot l'Amour, en sa tenue de coquette soubrette, qui vint lui ouvrir.

— On est venu pour un compte que madame a demandé, avertit-elle. Comme je pensais que madame ne tarderait pas, j'ai fait attendre.

Elle montrait un petit salon.

Fébrile, Manon Soleil abandonna aux mains de la fausse femme de chambre, sa fourrure, son chapeau, ses gants.

— Vous avez bien fait, approuva-t-elle. Je vais tout de suite voir cette personne. Qui est-ce?

— Un agent d'affaires, madame. Il a dit qu'il était envoyé par les fournisseurs.

— Bien...

Composant son maintien, Manon Soleil pénétra dans le petit salon et se trouva en présence d'un grand vieillard d'aspect crasseux. Pour venir exécuter la proie que lui livrait Margot Feyline, l'usurier Jacob n'avait pas jugé à propos de faire toilette, ni même d'arborer une mine aimable.

Plus renfrogné encore que le jour où la maîtresse de Louis Parvan était venue le trouver, il grogna :

— Madame Soleil, je présume? Je viens au nom de vos créanciers, dont j'ai procuration.

Se rasseyant sans y être invité, il étala devant lui une liasse de factures, les tria et tendit à la jeune femme une feuille que couvraient des colonnes de chiffres.

— Voici le relevé, annonça-t-il. Cela avoisine les cent mille... Est-ce que vous réglerez par chèque?

— Laissez-moi d'abord le temps d'examiner, de vérifier, balbutia l'actrice.

Par-dessus les verres mal essuyés de ses lunettes, le père Jacob observait son trouble.

— Il vaut mieux dire les choses nettement et convenir que vous ne pouvez pas payer, répliqua-t-il. Soyez persuadée que vous n'étonnerez personne. On ne s'attendait pas à une autre réponse de votre part. On connaît votre situation... un peu mieux que vous. Voulez-vous que je vous l'établisse en deux minutes?

Manon Soleil essaya de se redresser, de foudroyer du regard ce grippe-sous hargneux et pelé, dont le cache-nez de laine grise pendait, dénoué, sur les maigres épaules, cachant les revers d'un manteau usé, qui luisait par places et s'effrangeait aux manches.

Mais elle rencontra le regard dur, attaché sur elle. Et, malgré cette pelure de pauvre chien galeux, elle se sentit intimidée.

— Je paierai, murmura-t-elle d'une voix mal assurée.

Les mêmes paroles, fièrement lancées au directeur du music-hall, lui remontaient aux lèvres. Mais, cette fois, c'était humblement et sans conviction qu'elle les prononçait. Elle n'exprimait plus qu'un souhait.

— Pour payer, il faut posséder, riposta sentencieusement le père Jacob. Cent mille francs, cela se dépense facilement. Et ce n'est pas grand'chose. Mais quand on les doit, la chanson change. Essayez donc de les trouver... honnêtement.

Sa voix insista et aussi son regard.

Une rougeur ardente envahit le visage de Manon Soleil. Elle retrouva soudain la force de toiser l'usurier.

— Ne sortez pas de votre rôle, je vous prie, dit-elle avec une hauteur méprisante. J'ai demandé des factures et non des insolences : Attendez en tout cas de n'être pas payé pour vous les permettre. Jusque-là...

Elle arracha nerveusement des doigts secs, qui la tenaient, la feuille dont les chiffres exprimaient son destin.

— Contentez-vous de me remettre ceci et d'attendre que j'aie pris les dispositions nécessaires pour payer.

Le père Jacob la regardait comme savent regarder les vieillards, un peu à la façon de spectateurs attardés devant la vie dont, déjà, ils se sentent exclus. Il demeurait parfaitement insensible. Et pourtant, le dépit, la colère... et la peine d'une jolie femme sont des choses émouvantes à contempler. Manon Soleil suffoquait et s'agitait comme une personne qui se noie; ses mains fines, croisées et décroisées sans cesse, comprimaient les battements de sa belle gorge et ses grands yeux, humides de larmes retenues, brillaient comme deux miroirs reflétant un brasier.

Ce vieil homme sec, dur et morose, qui se tenait devant elle et ne s'attendrissait point, cet homme d'argent, dont chaque propos la blessait, représentait à ses yeux la vie à laquelle elle prétendait se dérober, mais qui la meurtrissait pour la retenir. Aurait-elle la force de s'en échapper?

Promenant ses doigts desséchés dans les poils rudes de sa barbe, le père Jacob prononça :

— Vous touchez mille francs par soir. Cela vous fait une trentaine de mille francs par mois... à condition de ne pas prendre de vacances. Mais il y a votre loyer, votre nourriture, vos domestiques, vos toilettes et mille autres dépenses quotidiennes qui rongent vos appointements comme des rats feraient d'un fromage. Combien vous reste-il à la fin du mois? Et combien mettriez-vous d'années pour payer cent mille francs?...

— Je vendrai mes bijoux, mes meubles, tout ce que je possède! s'écria l'actrice avec une violence désespérée.

Ce n'était pas à l'usurier qu'elle ripostait. C'était à la vie qui menaçait son rêve.

— Feriez-vous vraiment ce que vous dites? demanda le père Jacob en la fixant avec une attention singulière. Renonceriez-vous à votre luxe? Pour une belle dame, qui aime le plaisir et qui ne saurait vivre simplement, le sacrifice serait peut-être dur.

— Le plaisir? ricana amèrement la jeune femme. Bonhomme, vous ne savez ce dont vous parlez. Si je pouvais aujourd'hui, en vous abandonnant tout ce que je possède, obtenir d'être libérée de ce luxe et de cette existence de plaisir, le marché serait vite conclu. Malheureusement...

— Malheureusement, comme vous le dites, les choses ne sauraient se régler d'une façon aussi simple, répliqua le père Jacob en hochant la tête. Vous pouvez tout vendre : il n'y en aura probablement pas pour cent mille francs. Je vois les choses en homme d'affaires, qui sait qu'on ne vend jamais les choses pour leur valeur. Il faut aussi compter avec les frais. Mieux vaut vous dire cela carrément. Je suppose que vous ne m'avez pas fait venir pour vous bercer d'illusions. Vous êtes une petite dame qui désire liquider. C'est très bien. Mais il faut pouvoir. Ne comptez pas vous débarrasser de nous d'un seul coup... même en faisant le sacrifice dont vous parlez. Vous resterez devoir quelque chose et il vous faudra prendre des engagements à long terme.

Manon esquissa un geste accablé.

— Je vous remercie, soupira-t-elle. Je vais réfléchir, examiner, faire évaluer... Je vous ferai savoir ce que j'aurai décidé.

Elle sonna.

Margot l'Amour apparut aussitôt.

— Reconduisez.

Puis, tandis que le père Jacob sortait, elle se laissa tomber sur un divan et y demeura prostrée.

— Contre ces rapaces, je ne suis pas de force, gémit-elle. Ils prendront tout et ne desserreront pas leurs griffes... Et puis, il resterait le dédit... Mon pauvre Vincent!... Mon pauvre amour!...

En traversant le vestibule, Margot Feyline chuchota dans le dos du père Jacob.

— C'est du beau travail... On la tient... Et elle en tient! Vous pouvez être tranquille, allez! Elle ne résistera pas longtemps. Nos affaires marchent.

L'usurier s'arrêta, se retourna et fit face à la jolie fille.

— D'accord, dit-il. Mais il y a une chose que je ne comprends pas bien. Comment vous y prendrez-vous pour l'amener à renoncer à cet héritage dont vous m'avez parlé? Plus elle aura besoin d'argent, plus elle s'y cramponnera.

Margot l'Amour se mit à rire.

— Oh! cela regarde Louis Parvan! répliqua-t-elle. Ne vous tourmentez pas. Il saura bien débarrasser de la dame celui auquel nous nous intéressons. Vous rentrerez dans vos avances, père Jacob, et vous toucherez la belle commission.

— Je ne demande pas autre chose, conclut l'usurier en franchissant la porte, que Margot lui ouvrait.

— A bientôt, en tout cas.

La porte refermée, la complice de Louis Parvan tira la langue, avec une grimace espiègle. Puis revenant vers le petit salon, dans lequel était demeurée Manon Soleil, anéantie, elle murmura :

— Il faut que j'avertisse Louis. Elle est à point. C'est le moment d'agir.

CHAPITRE XV

UN MILLIARDAIRE

« Tourner en rond!... Il n'y a pas que les bêtes en cage qui font cela. Ou plutôt, nous sommes parfois des bêtes en cages... des bêtes qui voudraient bien s'échapper et qui ne peuvent pas. Les barreaux sont solides...

Ainsi se dévidait l'écheveau des pensées de Suzy Bourlier, assise devant un petit bureau, encombré de feuilles zébrées de chiffres. Il en était ainsi depuis la visite du père Jacob; pas une minute ne s'était écoulée sans que la jeune femme cognât désespérément sa tête aux barreaux de la prison qui l'enfermait. Mais elle n'arrivait pas à les ébranler. Inexorable, l'obstacle continuait à l'entourer.

Faire, refaire cent fois les mêmes additions, les mêmes calculs, à quoi cela sert-il? Les sommes dont on dispose ne s'en trouvent pas multipliées; celles qu'on doit payer n'en sont point diminuées. C'était toujours le même total... et la même différence passive, que trouvait Manon Soleil.

Il avait raison, le père Jacob. Ce n'était pas sur ses ressources courantes qu'elle pouvait espérer solder sa dette. Diminuer son train de vie? Liarder... pour réaliser d'insuffisantes économies? Elle ne saurait pas, d'abord. Et puis cela coûtait trop à son impatience. C'était tout de suite qu'elle voulait se libérer. Mais elle ne possédait pas la somme nécessaire pour payer sa rançon.

— Alors, il faudra continuer toujours, toujours?... Il faudra décevoir mon pauvre Vincent, auquel j'ai eu le tort de révéler prématurément ce rêve... qui n'est qu'un rêve?... Et il faudra continuer à trembler jusqu'à la catastrophe inévitable?... Car ce serait folie que d'espérer prolonger à Paris l'illusion de Vincent.

Comme elle haïssait ces chiffres qui grimaçaient devant ses yeux et dansaient dans son esprit une hallucinante sarabande! Elle les voyait repasser sans cesse, exaspérants, prenant chacun une personnalité qui symbolisait ces mille fils d'esclavage secret dont toute existence est tissée : il y avait les quarante mille francs du dédit, les notes du tapissier et du couturier, tout l'arriéré des petites dettes qu'une jolie femme insouciante et peu habile aux comptes laisse accumuler.

Tout à coup, Manon Soleil s'apercevait que dépensant ses gains au jour le jour, les éparpillant autour d'elle selon les exigences de son entourage ou de ses caprices, et usant en même temps du crédit que lui valait sa notoriété d'étoile, elle s'était, en réalité, installée dans un luxe qui ne lui appartenait pas. Autour d'elle, rien n'était payé — ou si peu! Elle comprenait mieux la moue méprisante dont le père Jacob avait accueilli son projet de tout réaliser pour payer.

Réaliser quoi? Vendre quoi? Un geste imprudent suffirait pour faire crouler le fragile édifice. Aux premiers signes de la débâcle, tous les fournisseurs accourraient reprendre les meubles ou les bijoux impayés. Toute l'apparente richesses de l'actrice s'évanouirait. Il resterait les autres dettes.

— Et moi à l'attache... obligée de demeurer pour éteindre le passif de Manon Soleil... Combien d'années devrai-je encore chanter et sourire pour arriver à me délivrer?

Avec colère, elle repoussa les papiers étalés devant elle.

A cette même heure, sagement enfermé dans sa petite chambre d'étudiant, Vincent songeait à elle, souffrait d'être loin d'elle, souffrait comme elle. Et vainement Suzy Bourlier avait pitié de lui et d'elle-même. Elle ne pouvait rien, pas même courir consoler l'amoureux et tout oublier dans ses bras. Une midinette l'eût pu faire. Elle, elle demeurait la prisonnière du mystère dont elle avait entouré l'existence de Manon Soleil.

— Si j'osais tout envoyer à tous les diables!...

Cela même n'était pas possible. Une crainte la retenait, celle de voir s'étaler dans trop de journaux — qui pourraient tomber sous les yeux de Vincent — le récit de la fugue de Manon Soleil. Une étoile ne disparaît pas romanesquement sans que la chronique s'en inquiète. La curiosité maligne des reporters viendrait la dénicher et l'interviewer dans sa retraite. Sans ménagement, ils proclameraient devant Vincent son nom et sa vie. Elle ne le voulait pas.

— Avant de fuir, il faut se détacher... limer ses fers...

Pesante, sa tête tomba dans ses mains, auréolée de la courte chevelure rousse. Que de misère morale, il y avait sous cet or!

— Madame ne s'oublie pas?... Il faut que madame soit à l'heure, ce soir. Après la revue, elle doit aller au bal des Vedettes...

Mielleuse, insistante, la voix de la camériste rappelait Manon aux exigences professionnelles. Guettant cette douleur qui couvait, Margot l'Amour ne voulait pas lui permettre un répit, qui reposât ce pauvre esprit lassé de sa chaîne. Il fallait, au contraire, que celle-ci pesât plus lourdement, que ses meurtrissures devinssent intolérables. Louis Parvan, au coup d'œil sûr, avait établi le diagnostic et fixé la marche du mal. Sa complice veillait à la bonne exécution du programme.

— Madame en aura pour jusqu'à l'aube... Le défilé... le souper...

Paraître!... Paraître et sourire, plus esclave que les esclaves d'autrefois!...

Manon se retint de crier de souffrance. Pas plus qu'aux représentations quotidiennes — qui étaient son métier et son seul gagne-pain — elle n'avait pu se dérober à l'obligation de prêter son concours à cette fête de charité qui devait se dérouler dans le vaste vaisseau de l'Opéra.

Les vedettes!... Toutes les vedettes!... Manon Soleil pouvait-elle manquer au défilé, refuser de briller au souper? Sous les regards des mondaines, venues pour l'apercevoir et, secrètement, l'envier, il lui faudrait jouer son rôle d'étoile adulée, gaie, spirituelle, heureuse... Il lui faudrait répondre aux hommages, trouver des ripostes et des sourires, soutenir sa réputation, ne pas décevoir.

Et tout cela en pensant au pauvre Vincent, si tendre, si confiant, si docile à fermer les yeux comme le lui demandait Suzy pour la sauvegarde de leur amour.

— Mais cela ne peut pas durer!... Quand je pense qu'il suffirait de mon portrait, aperçu demain, dans le compte rendu de la fête, pour chasser l'illusion... Il me verrait sourire... paraissant l'oublier... Il demanderait qui est cette Manon Soleil, si différente de Suzy Bourlier... Il serait jaloux peut-être et rien ne le retiendrait plus de questionner...

Dans ses belles mains, Manon cacha son visage comme elle aurait voulu cacher sa vie.

— Ah! si cela dure, je suis perdue! soupira-t-elle. Jamais Vincent ne voudra croire à la peine que masquait le sourire de Manon Soleil!...

— Madame veut-elle que je l'habille?... Il est l'heure...

Abandonnant la table et les papiers, qu'elle ne prit même pas le soin d'enfermer dans le tiroir, l'actrice se leva et se remit aux mains de Margot Feyline.

Son supplice commençait. Tout le soir, toute la nuit, elle allait vivre comme une automate, parlant, riant, faisant des gestes et sentant constamment en elle le sourd lancinement du chagrin.

Mais le sourire imposé, le sourire devenu professionnel n'est plus qu'une sorte d'écran isolateur, à l'abri duquel on pense. Ces sourires-là arrêtent les indiscrets comme un mur. Nul ne sait ce qu'il y a derrière.

Absente et présente, Manon Soleil sourit ainsi pendant des heures. La fête, la tempête de gaîtés réelles ou factices, l'environnait sans pénétrer en elle. Immuablement souriante, elle n'écoutait que la voix secrète qui gémissait en elle :

— Il faut rester Manon Soleil... Il faut rester et perdre Vincent... L'évasion est impossible...

Les compliments qu'on lui adressait et auxquels il lui fallait répondre, lui causaient, en soir-là, une lassitude écœurée. Pour y échapper quelques instants, elle s'était, à la fin du défilé des vedettes, réfugiée en un coin désert du foyer de la danse.

Et pour être plus seule encore, elle avait fermé les yeux.

Elle dut les rouvrir, avec un sursaut d'agacement, en entendant une voix d'homme prononcer, avec un accent américain.

— La belle Manon Soleil me pardonnera-t-elle de troubler son repos pour lui exprimer mon admiration?

Un inconnu était devant elle, jeune, la trentaine à peine, beau certainement, élégant, avec ce cachet d'aisance qui dénote à la fois l'habitude des milieux mondains et la possession d'une certaine fortune.

Leurs yeux — l'inconnu les avait fort beaux — se rencontrèrent. Et l'actrice éprouva un indéfinissable malaise, qu'elle traduisit par cette pensée :

« Un beau garçon... tout à fait séduisant... Il m'est instinctivement, mais irrésistiblement antipathique. »

Allait-elle subir un assaut de galanterie, qui l'excédait à l'avance? Il lui vint l'envie de décourager tout de suite l'insistance possible de cet importun, mal renseigné, qui cherchait sans doute aventure.

— Manon Soleil est de bien méchante humeur et souffre d'une migraine atroce, déclara-t-elle. Elle n'est guère en état de marivauder. Cher monsieur dont j'ignore le nom, vous seriez tout à fait aimable de passer votre chemin.

Sous leurs noirs sourcils, les yeux du bel inconnu pouvaient assurément se faire câlins et caressants; volontaires ou suppliants, ils avaient dû remporter des triomphes. Mais il ne paraissait pas que pour l'instant ils voulussent exercer leur séduction. Les regards qu'ils posaient sur Manon Soleil demeuraient froids et énigmatiques. La raison pour laquelle il s'approchait de cette jeune femme et lui parlait ne se révélait pas encore.

Avec un léger sourire railleur, il présenta une carte et articula.

— Mon compliment n'entendait pas rester anonyme. Je supplie la vilaine migraine de faire trêve pour permettre à J. Harry Primson de se faire connaître de la jolie Manon Soleil. Il serait cruel de le priver de cette occasion unique qu'il a d'adresser quelques mots à l'admirable artiste, applaudie de loin.

Très Parisien, malgré l'accent et l'origine déclarée.

Attirant un siège, il s'assit près de Manon et continua en touchant de l'index le plastron immaculé que fermaient deux perles.

— Donc Américain... et naturellement milliardaire... Mademoiselle, je vous présente un homme qui satisfait tous ses désirs.

— Tous?... Mes compliments, riposta l'actrice avec une moquerie dédaigneuse. Cela prouve au moins que vous avez la sagesse de ne formuler que des souhaits dont la réalisation dépend uniquement de vous.

— Tous les souhaits rentrent dans cette catégorie quand on a la fortune, répliqua Harry Primson, avec une insupportable suffisance. Je dois d'ailleurs confesser que je ne m'embarrasse jamais des obstacles et que je piétine ceux qui se présentent. Je suis un sauvage, n'est-ce pas... l'homme d'une civilisation toute neuve qui vient explorer les coutumes de la vieille Europe... Un explorateur a tous les droits...

— Généralement, observa Manon ironique, ce sont les civilisés qui explorent les contrées encore sauvages. Vous rompez avec une tradition.

— J'ignore toutes les traditions... Je m'en moque! trancha en ricanant J. Harry Primson.

Et il ajouta, avec une vulgarité voulue :

— Mes ressources me le permettent.

Pensive, sans plus songer à l'éloigner, Manon Soleil le regardait et l'écoutait. Il ne l'intéressait pas : il l'inquiétait. Hypersensible — n'était-ce pas cette qualité ou cette faiblesse de son « moi » qui lui avait permis de devenir une artiste et d'échapper à la destinée plus humiliante et misérable qui aurait pu être la conséquence logique de son « erreur »? — elle était aisément atteinte par le fluide magnétique que dégage tout être humain de personnalité accusée. Or, en présence de Primson, elle se sentait enveloppée d'une sorte de maléfice. Elle souffrait.

Simple antipathie peut-être. Superstitieusement, ou simplement clairvoyante, elle traduisait :

— Cet homme me fera du mal.

De tels pressentiments, une telle conviction suffisent-ils toujours à décider la fuite prudente? Manon Soleil ne discerna point si, en demeurant dans le rayon d'action de cette personnalité ennemie, elle cédait à une curiosité dangereuse ou à un besoin de passivité qui annihilait ses facultés de défense.

C'était peut-être la volonté de l'Américain qui l'immobilisait. Ce pouvait, aussi bien, être cette force mystérieuse que nous appelons la Fatalité.

Pour l'instant, elle s'imaginait l'étudier et attendre qu'il répondît lui-même à la question qu'elle se posait :

— Que me veut-il?... Dans quelle intention m'a-t-il abordée?... D'où me connaît-il? Il y a quelque chose d'inquiétant dans son regard.

Primson ne se pressait pas de s'expliquer. Nonchalamment, il semblait jouer avec l'agacement de l'actrice.

— Vous passez, m'a-t-on dit, beaucoup de choses aux étrangers. C'est une coutume française, dont je me plais à louer la courtoisie. Peut-être y a-t-il un peu de dédain dans cette indulgence que vous nous témoignez. Mais c'est là une nuance trop compliquée pour la brutalité du sauvage que je vous ai présenté. Je la néglige donc et n'en retiens que le fait apparent, la certitude que j'ai de voir excuser les maladresses que je puis commettre. Chez vos compatriotes, cela pourrait être de la grossièreté; de ma part, ce sera seulement de la naïveté et de la franchise un peu brutale. Nous ignorons vos usages et les raffinements de votre politesse, n'est-ce pas?

Rien n'était moins certain que cette ignorance affirmée d'un ton persifleur.

Manon Soleil se contenta d'un avertissement, jeté du bout des lèvres.

— Il ne faudrait pas abuser de cette indulgence... supposée.

— Ma chère demoiselle, je sais ce que je dis, Et je devine ce que vous pensez. J'aurais dû me pourvoir d'un ami qui me présentât à vous. Et j'aurais dû respecter la lassitude qui vous a fait fuir le tumulte de cette nuit de fête... Mais je ne sais pas attendre. Je vous vois et il faut que je profite de l'occasion de dire à Manon Soleil les projets qu'elle m'a inspirés, dès avant ma venue en France. Car les photographies des plus jolies étoiles du ciel parisien traversent les mers. Belle demoiselle, vous avez en Amérique des adorateurs qui rêvent devant votre beauté... et qui ne vous verront jamais en chair et en os. Moi, je suis un privilégié, puisqu'il m'est donné de confronter l'original à l'image que je connaissais.

Manon étouffa un discret bâillement.

— Tout à fait gentil. Je suis flattée, déclara-t-elle.

— Mais non, c'est tout simple, reprit l'Américain. Cela s'appelle se documenter, étudier la géographie des pays que l'on s'apprête à visiter. Je suis venu explorer Paris. Pour gagner du temps, j'ai dressé par avance la liste de ses monuments, de ses beautés... Vous êtes sur cette liste...

— Mille grâces... Eh bien, cher monsieur... Primson, puisque voici réalisé, grâce à cette rencontre, un des articles de votre programme...

Une main baguée pesa sur le bras de la jeune femme, arrêtant le mouvement qu'elle faisait pour se lever.

— Attendez donc! Mon ambition ne se borne pas à avoir échangé avec vous quelques paroles. Vous m'intéressez bien davantage. Je vais vous le prouver en vous révélant à quel point je me suis préoccupé de vous. Je sais, entre autres choses, que vous avez récemment manifesté l'intention de déserter la scène dont vous êtes l'ornement. Quelle ingratitude, mademoiselle! Aurez-vous vraiment la cruauté de priver de votre vue ceux qui vous admirent? Comme j'approuve votre directeur de s'être refusé à faciliter votre désertion.

— Qui vous a raconté cela?

Surprise et mécontente, Manon posa cette question avec une certaine nervosité.

Elle se domina aussitôt et poursuivit sèchement.

— Mes projets, en tout cas, n'intéressent que moi. A peine tolérerais-je que des amis les discutent...

— Et je ne suis point de vos amis, acheva Harry Primson. Je déplore de n'avoir point cet honneur. Mais il faut que vous admettiez le droit de la foule anonyme, qui vous applaudit chaque soir, de s'émouvoir d'un tel dessein: Se retirer en plein triomphe, cela peut tenter votre coquetterie. Demeurez sourde aux cris de regret, aux protestations qui ne manqueront pas de s'élever mais ne vous en étonnez pas... Pourquoi cette soudaine et désespérante résolution, jolie Manon?

— Monsieur le porte-parole de la foule anonyme, vous croyez-vous assez éloquent pour me faire revenir sur ma décision... si elle est prise?

— Il faudrait d'abord que j'en connusse les motifs.

— Vous êtes singulièrement candide... ou présomptueux si vous attendez pareille confidence. Qui êtes-vous, cher monsieur? Je veux dire : que pouvez-vous être à mes yeux... un passant bavard, un questionneur peu discret, qui a abusé du hasard, de cette rencontre...

— Ou bien un envoyé de la Providence, coupa hardiment Harry Primson.

Dégageant son bras, l'actrice se levait. Elle le regarda en haussant les épaules :

— Comment cela pourrait-il être?

— Je vous l'expliquerai peut-être tout à l'heure, répondit l'Américain en reprenant son air énigmatique. Laissez-moi, auparavant, vous exposer la requête qui est le véritable objet de mon importunité. Je donnerai prochainement une fête, à laquelle ne seront admis que quelques privilégiés. Ce ne sera pas la cohue de ce soir. L'exiguïté de mon « home » parisien ne se prêterait pas d'ailleurs à une réception trop étendue. Mais j'entends distraire mes hôtes par un programme de choix, les régaler d'un spectacle rare. Je le veux composer avec la collaboration de quelques jolies actrices qui voudront bien, pour un soir, quitter l'Olympe des scènes classées pour honorer les humbles tréteaux que je ferai dresser dans mon studio. Un défilé de vedettes dans les rôles qui auront davantage mis en valeur leur silhouette et leur beauté. Voilà ce que je désire offrir à mes invités. Et j'ai pensé à vous.

Glaciale, Manon Soleil riposta :

— Je suis flattée... Mais je décline la proposition. Il ne me convient pas de participer à un concours de beautés. Mon public habituel me suffit. Je n'en veux pas chercher d'autres.

— Décision irrévocable? demanda flegmatiquement l'Américain en se levant.

— Irrévocable.

— Tant pis pour mes hôtes et tant pis pour moi. Mes regrets, mademoiselle. Je ne pensais pas vous froisser en vous proposant d'être l'étoile d'une soirée mondaine. Le sourire de Manon Soleil est, si j'ose dire, classique. On peut souhaiter l'admirer de plus près qu'à portée de jumelles de théâtre... Et je me figurais, en vous adressant ma proposition, jouer, au contraire, ce rôle de Providence que j'évoquais tout à l'heure. Je me suis présenté à vous comme un milliardaire. Vous êtes mon dernier caprice. Pour le satisfaire, j'étais prêt à glisser dans cette main dédaigneuse un chèque qui vous eût permis la réalisation de votre plus cher désir... Réfléchissez à cela. Il dépend de vous d'être, avant un mois, à même de payer vos dettes et d'acheter votre liberté. Consentez à figurer au programme de la fête de J. Harry Primson... même incognito... même sous l'anonymat d'un masque... et vous pourrez inscrire vous-même sur le chèque, que je vous remettrai en blanc, la somme que vous estimerez nécessaire... Un mot, un simple, oui, à cette adresse et je vous réitérerai mon offre. Vous avez quinze jours pour vous décider... Mes hommages, mademoiselle...

Une carte tomba aux pieds de l'étoile. Frémissante, rouge de honte et d'indignation, elle vit s'éloigner la silhouette odieuse. Un cri s'échappa de ses lèvres tremblantes :

— Goujat!...

Puis, elle retomba sur son siège, oppressée, roidie, malheureuse et fixant avec horreur la carte tombée à ses pieds.

— Jamais! bégaya-t-elle. Pas à ce prix!...

CHAPITRE XVI

L'OPALE ET L'AMÉTHYSTE

Discret, un timbre résonna, éteignit sa vibration, puis retentit de nouveau. Avec circonspection, Mme Anselme se glissa dans l'antichambre et s'approcha de la porte, qu'une chaîne de sûreté protégeait.

Ce n'était point qu'elle craignît les voleurs. La perspective de recevoir la visite des inspecteurs de police la troublait davantage, en dépit de son apparence respectable.

Mais cette apparence, que lui assuraient ses bandeaux blancs, sa toilette noire et ses lunettes, n'était-elle pas une nécessité professionnelle? Lorsque, sous le couvert d'un commerce de bibelots et d'objets rares, offerts à une clientèle choisie, on se fait la pourvoyeuse secrète des amateurs de paradis artificiels, il importe de s'imposer à l'estime des voisins. Mme Anselme vendait de la coco et de l'opium. Mais nul n'en soupçonnait rien dans l'immeuble qu'elle habitait très bourgeoisement et elle eût été navrée que la chose s'ébruitât.

Aussi se renfrogna-t-elle instantanément quand, ayant entr'ouvert sa porte, elle se trouva en présence d'un client inconnu.

Mais le visiteur devait être renseigné et savoir qu'il fallait montrer patte blanche. Car sans laisser à la méfiante dame le temps de questionner, il murmura :

— Madame, je suis M. Primson... On a dû vous prévenir de ma visite.

Le visage bougon se rasséréna. Mme Anselme décrocha la chaîne pour livrer passage au riche Américain.

— En effet, monsieur. Je suis avertie. Si vous voulez prendre la peine d'entrer...

Elle introduisit Harry Primson dans un petit salon, encombré de pseudo-antiquités, entra elle-même et referma la porte, sur laquelle elle fit retomber une épaisse portière.

— C'est bien pour les bagues anciennes? s'enquit-elle en examinant son visiteur.

— Exactement, madame. Une opale et une améthyste.

— Deux curiosités... Monsieur connaît leur histoire?

— On me l'a contée, madame. Et si l'origine est prouvée, je suis prêt à en donner un bon prix.

— Celui qui a été fixé? demanda un peu timidement Mme Anselme.

Elle devait craindre une déception.

— Cinquante mille, répondit sans sourciller l'Américain.

Le visage respectable s'illumina.

— C'est cela... Nous sommes tout à fait d'accord, constata la dame avec satisfaction. Eh bien, monsieur, je vais vous montrer les bagues... Elles sont magnifiques. Rien que les pierres valent cette somme.

— Oh! pour cela, je m'attends à ce que les pierres soient fausses... Et ce n'est d'ailleurs pas pour l'améthyste, ni pour l'opale que je suis prêt à acquérir ces bagues, riposta froidement l'Américain. Ne perdez pas votre temps à me vanter ces pierres... Parlons plutôt du chaton...

— Ah! oui!... certainement... c'est une particularité qui a bien son prix, vanta la brocanteuse, un peu décontenancée. Je vois que monsieur est tout à fait au courant. Ce sont deux bagues qui ont appartenu à la famille Borgia... Elles auraient même été portées par la fameuse Lucrèce... Cela, bien entendu, c'est difficile à prouver. Mais pour ce qui est de l'origine, elle est absolument authentique. D'ailleurs, il suffit d'examiner les bagues pour comprendre... Le chaton peut s'ouvrir; les pierres sont creuses. Autrefois, elles ont contenu du poison. Monsieur connaît l'histoire?

Imaginez les drames auxquels elles ont été mêlées... Cinquante mille... même si les pierres sont fausses... c'est pour rien.

— Pardon, interrompit l'Américain, en fixant la femme. Nous ne sommes plus d'accord. La personne qui m'a adressé à vous m'avait dit que l'une des bagues contenait encore un reste de poison... du poison des Borgia...

— C'est-à-dire qu'elle en contenait, reconnut Mme Anselme avec une gêne visible. Mais ce n'était pas quelque chose à garder dans un bijou que je voulais vendre. Voyez-vous qu'il soit arrivé quelque chose, une imprudence, un accident... on m'aurait rendue responsable. Aussi, j'ai vidé le chaton.

— Et vous avez jeté le poison? demanda Primson. Tant pis, chère madame, tout à fait tant pis! Il conférait à votre bague un caractère d'authenticité; c'était en somme un souvenir historique... La valeur s'en trouvait augmentée... Elle diminue si le poison a disparu...

— Je ne l'ai pas jeté, déclara piteusement Mme Anselme. Je l'ai conservé... Comme vous dites, son origine lui donnait de la valeur.

— Alors... vous pourriez le remettre dans la bague? articula calmement l'Américain.

— Je le pourrais... Certainement, je le pourrais, admit Mme Anselme mal à l'aise sous le regard qui la fouillait. Mais... monsieur doit comprendre que j'hésiterais... Vendre du poison, c'est compromettant...

Primson tirait son portefeuille, il se mit à compter des billets.

— Remettez le poison dans la bague d'améthyste, intima-t-il. Et n'ayez aucune crainte. Vous vendez à un collectionneur qui placera dans une vitrine fermée à clé ce bijou dangereux. Personne n'y touchera.

— Alors, c'est différent... Je n'ai plus d'objection à faire, soupira craintivement Mme Anselme.

L'Américain continuait à étaler et à compter ses billets de mille. Du coin de l'œil, la brocanteuse suivait cette opération et comptait aussi.

— Je vais vous montrer les bagues, annonça-t-elle en ouvrant un bahut.

Elle en sortit d'abord un écrin, puis, avec une hésitation marquée, un petit flacon de métal ciselé, hermétiquement bouché, qu'elle dissimula dans sa main.

— Voici.

Devant Primson, près des billets étalés sur un guéridon Louis XV, elle ne posa que l'écrin.

L'Américain l'ouvrit négligemment : deux bagues y reposaient, qui n'étaient qu'une imitation assez grossière de bijoux anciens. L'une, assez large, était formée d'un serpent d'argent dont la gueule, servant de chaton, enserrait une opale de Hongrie aux reflets irisés. La seconde, plus petite, était un simple anneau de cuivre et portait une améthyste.

Mme Anselme, tandis que l'amateur examinait curieusement les bagues, s'empressa de débiter un petit boniment, évidemment appris par cœur et qui visait à éblouir ses clients.

— Il ne faut pas, expliqua-t-elle, considérer ces joyaux avec le même esprit qu'on apporterait chez un bijoutier. Ils ont une autre valeur que celle du métal qui les constitue. Si monsieur connaît le pouvoir des pierres, alliées aux métaux, il appréciera certainement cet assemblage. Je ne parle pas de l'opale, qui est une pierre que certains estiment maléfique. Mais, pour l'améthyste, en laquelle l'occultiste Pierre de Scudalupis, qui vivait à Paris vers 1630, reconnaissait une des sept pierres planétaires, s'accordant avec Vénus, l'emploi du cuivre était indiqué.

— L'intérieur du chaton est en cristal, observa froidement Primson, en pressant le ressort qui faisait basculer la pierre.

Mme Anselme toussota.

— C'est pour la conservation du poison, répondit-elle, rapidement.

Et elle s'empressa de revenir à son sujet.

— Selon le moine allemand Jean Trithème, ce serait la planète Jupiter, dont l'améthyste véhiculerait l'influence. On peut choisir. Mais ceci vous prouve que bien des savants versés dans la science des planètes ne partageaient point la façon de voir des pythagoriciens, dont un des trente-neuf symboles conseillait de ne point porter d'anneau. De grands personnages ont porté ceux-ci.

— L'améthyste irait à un doigt de femme, estime Harry Primson, en essayant la petite bague.

— Assurément, minauda Mme Anselme. L'opale est plutôt faite pour orner une main d'homme.

— Je la prendrai donc, décida Primson, en glissant la bague d'argent à son index droit.

— Et l'améthyste? s'inquiéta Mme Anselme.

— Aussi... Mais vous allez me compléter ces bagues... selon nos conventions.

Il reposa les bijoux sur le guéridon.

La marchande de poison poussa un involontaire soupir.

— Vous y tenez donc bien?

— Quelle émotion me procurerait la vue de ces bagues, si je ne les savais contenir un poison peut-être élaboré dans l'officine des Borgia? riposta Primson. Je n'emporterai ces bagues que si vous remplissez les cavités que dissimulent les deux pierres.

Le regard de Mme Anselme caressa les billets étalés.

— Il faut vous satisfaire, soupira-t-elle.

Et sa main s'ouvrit, montrant le flacon de métal.

— Voici la fiole dans laquelle j'ai transvasé le contenu des deux bagues. Je n'ai qu'à remettre les choses en leur état primitif.

Et, prenant successivement l'opale et l'améthyste, dont elle découvrit le chaton, elle y versa quelques gouttes d'un liquide limpide.

Puis elle enferma les chatons, reboucha soigneusement le flacon et voulut ramasser les billets.

La main de l'Américain, se posant sur celle qui tenait « l'élixir des Borgia » arrêta le geste.

— Un instant, dit Primson.

— Ne sommes-nous pas d'accord? s'inquiéta Mme Anselme. Les bagues sont à vous. Et j'encaisse les cinquante billets. Donnant, donnant. L'usage est de traiter ces sortes d'affaires de la main à la main, et sans reçu. J'espère que vous ne voyez point en moi une commerçante. Je ne tiens pas boutique.

— Madame, sourit Primson, soyez persuadée que je sais faire la différence et que je vous apprécie à votre valeur... Mais ce n'est pas vous manquer d'égards que de vous poser une petite question. Etes-vous bien sûre que ce liquide, dont vous venez de me céder... à assez bon prix quelques gouttes... soit *réellement* sorti du laboratoire des Borgia?

— Monsieur, répliqua Mme Anselme, avec une certaine vivacité, je ne vivais pas au XVe siècle et je n'ai pas connu personnellement le duc de Valentinois. Force m'est donc de n'affirmer que sous réserve l'authenticité des bagues et de leur contenu. Sur la foi de parchemins anciens, qui les décrivent comme ayant été la propriété des descendants du pape Alexandre VI, je crois pouvoir, dans une certaine mesure, vous garantir leur origine, contenant et contenu. Mais, bien entendu, je n'ai pas assisté à la fabrication de... l'élixir.

— Ce pourrait donc être de l'*aqua simplex*, autrement dit de l'eau pure ou quelque liquide tout aussi inoffensif, insinua Primson. Voilà qui serait une fâcheuse mésaventure pour le collectionneur passionné et maniaque que je suis. Je serais fort mortifié si quelque jour on me prouvait que mes fameuses bagues ne renferment pas le moindre atome du poison légendaire.

— Et comment pourrait-on vous prouver cela? balbutia Mme Anselme dont le visage se congestionnait.

— Par la même expérience qui pourrait prouver le contraire, répliqua Primson. En essayant le poison sur quelque bestiole et en constatant ainsi son innocuité. Chère madame, n'estimeriez-vous pas raisonnable d'ajourner le paiement du prix convenu jusqu'à ce que j'aie pu procéder à cette épreuve?

La marchande de poison se ranima.

— Il n'est pas nécessaire que vous preniez cette peine, dit-elle assez résolument. Nous pouvons sur l'heure et ici même tenter l'expérience que vous réclamez. Je m'amuse à élever quelques cobayes... J'ai la passion des bêtes... Néanmoins, et quoique cela doive être pénible à ma sensibilité, je sacrifierai un de mes élèves pour vous prouver ce dont vous désirez être assuré.

— Apportez votre cobaye. S'il trépasse, je m'engage à vous en offrir une demi-douzaine, pour vous consoler de sa perte, dit Primson.

La sensibilité évoquée par Mme Anselme devait être fort relative. Car ce fut sans manifester la moindre hésitation qu'ayant été chercher dans sa cuisine le cochon d'Inde annoncé, elle lui desserra les dents avec une grande habileté et lui versa sur la langue quelques gouttes du liquide demeuré dans la fiole.

La bestiole, durant cette opération, n'avait cessé de se débattre et de pousser des cris plaintifs. Mais aussitôt, qu'elle eut, contre son gré, ingurgité le poison mélangé à sa salive, elle se roidit et demeura inerte entre les mains de Mme Anselme.

— Voilà, dit simplement celle-ci, en déposant sur la table l'animal privé de vie. Je pense que vous êtes convaincu.

— Entièrement, répondit flegmatiquement Primson, qui avait suivi ce meurtre avec un vif intérêt. Cet essai me semble plus probant que tous les parchemins du monde. Les bagues et leur contenu portent bien la marque des Borgia. Chère madame, les cinquante billets vous appartiennent. Moi, je vais placer ceci dans ma collection.

Il enferma les bagues dans l'écrin et fourra celui-ci dans une de ses poches.

— Surtout, fermez bien la vitrine et ne laissez jamais la clef dans la serrure, recommanda la marchande de poison, en prenant une mine apeurée.

— Soyez sans crainte, répondit l'Américain. Au plaisir, chère madame. Si vous aviez quelques curiosités à me signaler, vous pourriez aisément me prévenir par l'intermédiaire de la personne qui m'a adressé à vous. Mais il faudrait vous presser; car je compte incessamment repartir pour l'Amérique.

Mme Anselme accueillit cette nouvelle avec un visible soulagement.

— Les pièces dignes d'intéresser un amateur comme vous sont assez rares, déclara-t-elle. Je ne vois rien pour le moment. Enfin, on ne sait jamais.

— On ne sait jamais, comme vous dites.

Primson reconduit, la marchande de poison revint compter ses billets.

— Un collectionneur, ricana-t-elle. Il a de l'audace, le monstre. C'est égal, c'est un drôle de commerce que m'a fait faire le père Jacob.

Sorti de la maison qu'habitait Mme Anselme, l'amateur de bagues historiques se retrouva dans la rue Fontaine, qu'il remonta jusqu'à la place Blanche. Il prit alors un taxi et se fit conduire à Auteuil.

— Rue Jasmin.

Un milliardaire venu du pays des dollars n'est point en peine pour se loger. Le taxi arrêta l'Américain devant un coquet petit hôtel, vraisemblablement loué tout installé pour la durée du séjour de Primson.

Un valet de chambre obséquieux vint ouvrir.

— Rien? demanda laconiquement J. Harry Primson.

— Un pneumatique, monsieur.

L'Américain s'en saisit, le décacheta avec empressement et lut, tandis que sa physionomie s'éclairait d'un sourire ironique.

« J'accepte les conditions offertes. — Manon Soleil. »

— Parbleu! ricana Primson. Elle a mis du temps à se décider, les quinze jours prévus, si je sais compter. Notre mère Eve avait été plus prompte à écouter le serpent. N'importe, je tiens mon attraction.

CHAPITRE XVII

LA RANÇON

C'était pourtant sincèrement que l'actrice s'était indignée de l'offre de l'Américain et l'avait repoussée.

— Goujat!... Sauvage! s'était-elle exclamée. S'imagine-t-il, parce que je monte sur les planches, qu'on peut m'assimiler à une courtisane et que je me prêterai à une exhibition du genre de celle qu'il projette? Un spectacle d'art! Je devine de quoi peuvent être composés les goûts artistiques de ce mécène d'outre-Océan: vanité grossière, bête gloriole, besoin d'étonner et de s'offrir à coups de billets de mille ce qui n'est pas à la portée de tout le monde. Il veut pouvoir dire à ses amis: « Voyez, j'ai eu le caprice de contraindre quelques artistes notoires à s'exhiber devant vous, en petit comité. Il m'a suffi d'y mettre le prix. Crésus peut tout se permettre. « Eh bien, non! Il n'inscrira pas sur son programme le nom de Manon Soleil. Quel que soit le prix qu'il y mette! »

L'idée que ce prix pouvait représenter justement la somme qu'exigeait sa libération l'effleura d'un regret.

Primson n'avait pas fixé de limite, avait parlé d'un chèque en blanc. Primson s'était dit milliardaire. Que serait pour lui le total représenté par les dettes de Manon et le chiffre de son dédit? Une somme dérisoire.

— Il peut se permettre une folie, donner deux cent mille, trois cent mille francs, pour le plaisir de m'exhiber, de dire: « Elle faisait la fière. Mais elle est venue quand même! » Deux cent mille! Seulement deux cent mille. Et je pourrais payer et chasser ce vieillard crasseux, qui est venu m'humilier l'autre jour, rompre le contrat qui me lie au music-hall, cesser d'être Manon Soleil, et partir, partir avec Vincent, redevenir Suzy Bourlier.

Puis elle secouait la tête, en repoussant la tentation.

— Pas comme ça!... Ça serait me dégrader davantage... Et je ne veux plus maintenant!

Pendant une semaine, ces pensées alternèrent dans son esprit, renforçant ou faisant faiblir sa résistance.

D'abord, elle s'était répété énergiquement.

— Je n'y consentirai jamais... Il est parfaitement inutile de discuter et d'y penser... Ma beauté doit-elle servir de régal à d'autres yeux que ceux de Vincent? Ce serait profaner mon amour... Cela me porterait malheur.

Mais, bientôt, en dépit de la volonté cent fois affirmée, elle en vint à discuter avec elle-même.

— Pourtant... serait-ce si différent de ce que je fais chaque soir?... Un peu plus vêtue... à peine plus vêtue que ne l'exigerait sans doute le programme Primson... n'est-ce point l'amante de Vincent Dessaintes... sa fiancée... que j'exhibe chaque soir sur les planches, devant un public cent fois plus nombreux que ne le seront les invités de ce Primson? Quelle si grande différence y aurait-il donc et pourquoi mon orgueil se révolte-t-il? J'ai fait cela pendant des années... Et pendant des années encore, peut-être, je continuerai à le faire, sans pouvoir briser ma chaîne. Et je verrai l'amour, le bel amour s'éloigner, découragé ou écœuré. Ne vaudrait-il pas mieux en finir d'un seul coup, en buvant d'un trait le calice?

Cette pensée, une fois née en elle, y bourdonna, comme un de ces insectes bruyants et importuns, dont on ne peut se débarrasser quand ils ont pénétré dans la chambre par une fenêtre ouverte.

Heurtant les vitres, s'accrochant aux rideaux et revenant sans cesse vers le patient qu'ils horripilent, ils imposent leur bourdonnement. On ne saurait plus entendre que lui.

Il en fut ainsi pour Suzy. Pendant des jours et des jours, à toute heure, aux heures détestées de son esclavage, au bruit des applaudissements que, maintenant, elle haïssait, ou à l'heure d'extase durant laquelle, près de Vincent, elle s'efforçait d'oublier la vie, la même petite phrase obsédante piqua sa pensée comme une mouche taquine.

— Je pourrais... Je pourrais... En un seul soir... Et ce ne serait pas une trahison...

Insidieuse, l'idée glissa en elle. Il ne s'agissait pas de se vendre, de subir l'amour dégradant d'un viveur épris de belles filles et prêt à rémunérer leur complaisance. A cela, Suzy n'eût point consenti; elle aimait trop Vincent et avait trop le respect de son amour pour accepter une telle souillure.

Mais redevenir, pour quelques instants, devant les invités de Primson, la statue marmoréenne qu'elle avait été maintes fois au cours des tableaux des revues qu'elle jouait? Subir, un peu plus rapprochée, l'insolence ou la concupiscence de regards qui la détailleraient comme l'avaient détaillée des milliers de spectateurs? Cela serait-il vraiment mal? Ce ne serait qu'une humiliation -- la dernière! — un supplice enduré pour l'amour de Vincent.

En vérité, elle avait eu tort de s'indigner et de repousser l'offre. Si vraiment cet Américain attachait tant de prix à montrer Manon Soleil sur la scène improvisée de ses salons, s'il poussait la folie jusqu'à rémunérer ce caprice d'une fortune, qui serait la rançon de Manon Soleil, celle-ci avait grand tort de refuser. Mieux valait être Manon Soleil, une heure encore, pour le plaisir des yeux d'un Primson et des amis qu'il traitait, que de le demeurer toute une vie, pour la foule, en pleurant un espoir perdu.

— J'ai eu tort... J'ai été orgueilleuse et sotte. Et j'ai été lâche... Ce n'était qu'une humiliation supplémentaire. Et je l'acceptais pour mon amour : un sacrifice. Aurais-je dû en rougir? Que risquais-je? D'avoir à me défendre des galanteries de quelque butor? Manon Soleil, hélas! a appris à tenir à distance les galants trop audacieux. J'aurais posé mes conditions, d'ailleurs, et je ne me serais pas trouvée seule. Il y aura d'autres artistes. Encore une fois, c'était peut-être résumée en une soirée, toute l'amertume, toutes les humiliations, tous les écœurements de ma vie d'artiste. Mais après, c'était l'évasion, la fuite vers la lumière, le bonheur!...

Lancée sur cette pente, elle ne sut s'arrêter. Elle rêva, elle imagina ce départ enivré, cette fuite avec Vincent, en laissant derrière elle, pour toujours, le souvenir de Manon Soleil.

Et peu à peu, la proposition de Primson, si fièrement écartée d'abord, lui apparut comme une chance unique que lui offrait le destin. Si elle ne savait la saisir, c'en serait fini de ses projets d'évasion et de bonheur. Elle n'aurait plus qu'à vivre dans l'angoisse de l'heure inévitable où l'amour mourrait dans le cœur de Vincent Dessaintes, tué par le mépris.

Une chance... une seule chance!

Il fallait la saisir.

Brusquement, elle se décida.

— Suis-je bête d'hésiter pour une chose aussi simple! soupira-t-elle. Il faut, en tout cas, savoir exactement ce que je repousse. Ce Primson est un original ou même un sauvage. Mais il parle d'or et je pouvais l'écouter jusqu'au bout... Au fait, ne m'avait-il pas, en se présentant, remis sa carte, que je me souviens d'avoir machinalement glissée dans mon sac?

Elle l'y retrouva avec l'adresse et son visage se ranima.

— Je puis lui écrire... Qu'importe qu'il se moque et qu'il triomphe, en constatant que je me ravise? Je lui demanderai des précisions et des garanties. Il a parlé de me signer un chèque en blanc... Si vraiment il fait cela, il me semble que ce geste sera d'un assez galant homme ou, tout au moins, d'un Crésus magnifique.

Et la méditation finit par l'envoi du pneumatique que l'Américain devait trouver, au retour de sa visite chez Mme Anselme.

Le même jour, il se faisait annoncer.

Manon Soleil le reçut aussitôt et, sans même essayer de feindre l'enjouement, de masquer sous un caprice de jolie femme l'humiliation de ce revirement, elle annonça d'une voix brève :

— Vous l'emportez. Je suis prête à accepter votre offre... si vous n'avez pas changé d'avis.

— Cela m'arrive rarement, répliqua Primson. Mais plus particulièrement, en la circonstance, je tiens trop sincèrement au plaisir de vous inscrire au programme de ma soirée pour songer un seul instant à modifier en quoi que ce soit les intentions que je vous ai fait connaître.

Il ne se présentait pas en triomphateur et s'abstenait de marquer, par la moindre nuance d'ironie ou de raillerie, qu'il considérait comme une revanche l'acceptation d'une proposition d'abord si fièrement dédaignée. Son attitude affirmait son désir de ne blesser en rien celle qui le rappelait.

S'inclinant devant la jeune femme, il s'assit dans le fauteuil qu'elle lui désignait.

— Il faut que je vous explique quelle grosse déception eût été pour moi votre refus, dit-il, en évitant toute allusion à la façon dont ils s'étaient quittés. J'ai le regret de ne l'avoir point fait l'autre soir. Si mon intention vous avait été mieux connue, vous l'auriez certainement jugée moins sévèrement. Et le haut prix que j'attache à votre présence ne vous eût point été suspect. Il s'agit d'un pari...

Manon écoutait avec indifférence. Elle ne voyait, dans ce préambule, qu'un désir tardif d'atténuer la brutalité d'une démarche mal accueillie et d'apaiser sa susceptibilité d'artiste en vogue.

« A quoi bon? pensait-elle amèrement. Ces excuses viennent trop tard, puisque j'accepte. »

— On a tôt fait, reprit l'Américain, de railler la préférence que, nous autres, étrangers, manifestons pour les spectacles du music-hall. Il est indéniable que tels tableaux qui, par le luxe de la mise en scène, l'harmonie des couleurs et des jeux de lumière, s'adressent exclusivement à nos yeux, ne visent qu'à procurer un plaisir que nous pouvons goûter sans le moindre effort intellectuel. Nous nous trouvons alors sur un pied d'égalité parfaite avec nos voisins français, qui n'ont point occasion de sourire de notre ignorance des finesses de leur langue. Convenons pourtant que le goût le plus raffiné peut se satisfaire de ces poèmes sans paroles qu'on réalise sur les scènes parisiennes avec quelques mètres carrés de toile peinte, servant de fond à un ensemble de jolies femmes idéalisées par les feux des projecteurs. Ce sont des œuvres d'art, des toiles de maîtres, malheureusement éphémères. On ne saurait les accrocher dans une galerie, pour la joie de nos regards. Qu'en reste-t-il, à deux saisons de distance? Un souvenir imprécis, ou quelques photographies qui n'en peuvent restituer le coloris. Eh bien! mademoiselle, c'est une sorte d'exposition rétrospective des plus célèbres de ces « toiles vivantes » que j'ambitionne de réaliser. J'ai établi, en feuilletant la mémoire de mes amis et celle, plus documentée de vos metteurs en scène, une liste de ces « clous » de revues défuntes, qui firent, en leur temps, courir tout Paris. Et j'ai parié que je ferais revivre un soir, devant quelques amis, ces tableaux, exactement reconstitués, chaque rôle étant tenu par l'artiste même qui s'y fit applaudir. Vous êtes sur la liste. Il dépend de vous que je gagne ou perde mon pari. Jetez les yeux sur cet album, où se trouvent réunies les photographies que j'ai pu réunir. Elles vous rappelleront que dans telle revue vous avez été la « Vénus » du « Jugement de Pâris »; dans telle autre, « Cléopâtre », puis « Galathée », puis « Phryné », toutes les beautés de la mythologie, toutes les héroïnes de l'Histoire.

Manon Soleil avait pris l'album et le feuilletait, avec un trouble qu'elle oubliait de dissimuler. Un album? Non! un pilori. Elle y voyait sa beauté exposée presque sans voiles aux regards de la foule. Aux yeux de la foule, Manon Soleil avait été ces amoureuses, ces courtisanes. Elle n'en souffrait pas, alors, marbre vivant qui n'enfermait aucune âme et que la rampe séparait de la masse anonyme des spectateurs.

Pourrait-elle l'être encore?... Elle aimait. La statue s'était animée.

Avec dégoût, elle voulut refermer l'album et le rendre à l'Américain.

— Choisissez vous-même ce que vous voulez être pour mes invités, insista Primson. Choisissez, puisque vous avez consenti.

La jeune femme passa sur son front une main inconsciente et poussa un soupir douloureux. Pour s'évader du passé, enfermé dans cet album, il fallait avoir le courage de choisir.

— Ce sera la représentation d'adieu de Manon Soleil, murmura-t-elle.

Et elle rouvrit l'album. Silencieusement, pendant quelques instants, elle contempla les silhouettes, que révélait chaque page tournée.

Et tout à coup, elle tendit à l'Américain l'album ouvert.

— Celle-ci, la « Dame au Masque », déclara-t-elle résolument.

Anxieuse, elle attendit la réponse.

— J'applaudis à votre choix, acquiesça simplement Primson, en inclinant la tête. Le décor sera aisément réalisable : un fond de velours noir, un cadre de bois doré... un cadre vide, dont vous serez le tableau. Ce sera admirable.

Il se leva.

— C'est convenu.

Allégée, Manon Soleil répéta :

— C'est convenu.

Et elle éloigna son regard de la photographie qui la représentait, évoquant un tableau célèbre, la blancheur d'une silhouette féminine, moulée dans un maillot et qu'un masque noir, appliqué sur le visage, rendait mystérieuse et lointaine.

Une seule pensée dicta son choix : le masque, qui cacherait son visage.

Il lui semblait que c'était se reprendre. Sous le masque, elle ne serait pas elle-même. Une statue anonyme s'offrirait seule aux regards des invités de Primson.

Celui-ci souriait.

— Je compte sur Manon Soleil, dit-il. Une entrée sera spécialement aménagée pour les artistes inscrits au programme. S'il ne vous convient pas de vous mêler à mes invités, vous pourrez donc éviter tout contact avec eux. Au cas où, au contraire, il vous plairait d'être des nôtres et d'assister au souper, mes hôtes et moi-même en serions aussi ravis qu'honorés.

— Je vous remercie... mais je disparaîtrai aussitôt que mon numéro sera terminé, répondit la jeune femme.

— Nous le regretterons, dit courtoisement Primson. Je déposerai donc sur la table du salon qui vous servira de loge le chèque convenu. Quelle somme désirez-vous que j'y inscrive?

Manon Soleil le fixa.

— Vous m'avez fait entendre, l'autre soir, que vous étiez fort au courant de ma situation et de mon désir de retraite, répondit-elle. Je suppose donc que le chiffre que je vais énoncer ne vous surprendra pas. Mes dettes se montent à deux cent mille francs... non compris mon dédit qui est de quarante mille... Cela fait donc...

Sa voix tremblait légèrement. Elle hésita à articuler le total, dont l'énormité l'effraya.

Un cachet de deux cent quarante mille francs!... pour une apparition d'un tableau que tout Paris avait pu applaudir sur la scène d'un music-hall!... N'était-ce pas une folie, devant laquelle reculerait même un milliardaire?

« Une folie inexcusable... Une folie inexplicable! pensait l'angoisse de Suzy. S'il consentait, ne faudrait-il pas hésiter davantage... et trembler? Que cacherait une pareille acceptation? »

Cette pensée ne fit que l'effleurer. Elle ne s'y

arrêta point, dominée, au contraire, que par une crainte unique, celle de voir le rêve s'évanouir, emportant l'espoir de la libération.

Mais Primson acheva pour elle avec calme :

— Cela fait deux cent quarante mille... somme que je n'ai pas besoin de noter pour l'inscrire sur le chèque. Elle est inférieure à mon évaluation... inférieure aussi, bien inférieure, à celle que j'aurais accepté de verser... pour me sauver. Je dis bien : pour me sauver. Vous doutez-vous, mademoiselle, de l'enjeu de ce pari, que votre obstination dans le refus m'eût fait perdre?

— Votre fortune entière? s'exclama la jeune femme, rassérénée par cette explication.

L'Américain sourit.

— Beaucoup plus à mes yeux... bien moins aux vôtres ; ma vie... Je puis vous conter cela, à présent que nous sommes d'accord. Si je n'avais pas emporté l'adhésion de la demi-douzaine d'aimables actrices inscrites au programme par les tenants du pari, si donc le 10 décembre prochain, à minuit, je ne leur avais pas montré, dans un des tableaux dont vous avez vu les photographies, Manon Soleil et les cinq autres étoiles choisies, j'aurais dû consentir à disparaître de la scène du monde... Il est vrai que j'avais le choix du mode de suicide.

— Et qu'auriez-vous choisi? questionna Manon.

Maintenant, elle était persuadée de la sincérité de Primson. A ses yeux, il n'était plus qu'un simple original, trop gâté par la fortune, et que la facilité qu'il avait de réaliser tous ses caprices avait peu à peu blasé et détraqué.

Primson étendit vers elle une de ses mains, dont l'annulaire se cerclait d'une bague d'argent patiné, supportant une opale.

— Ceci, dit-il simplement.

— Ceci? s'étonna la jeune femme.

Avec un sourire, l'Américain expliqua.

— L'opale forme une cavité qui contient un poison foudroyant. Il me suffirait de presser entre mes dents le chaton pour qu'il s'ouvre et me délivre des ennuis de l'existence. En certaines occurrences ne serait-il pas souhaitable d'avoir à sa disposition cette clé qui ouvre l'autre monde?

— Peut-être, murmura Manon, malgré elle.

— Comme la vie semble meilleure, quand on a pareille bague au doigt! affirma l'Américain avec un soudain enthousiasme. Je ne connais pas de plus beau cadeau à faire à un ami... J'ai toujours sur moi la sœur de cette opale, qui est cette améthyste...

« Je la réserve pour l'offrir à la désespérée que le hasard mettra sur mon chemin. »

Machinalement, le regard de Suzy Bourlier se posa sur la petite bague, qu'exhibait complaisamment Primson.

— Votre intention est bonne, soupira-t-elle, en frissonnant légèrement. Mais je souhaite que l'occasion ne se présente jamais pour vous de faire ce cadeau.

— Souhaitons-le, approuva flegmatiquement Primson. Mais cela n'empêche pas la désespérée, à laquelle je fais allusion, d'exister quelque part. Et peut-être se croit-elle heureuse. Qui pourrait, à cette heure, prévoir à quel joli doigt ira, un jour, mon améthyste? Le destin seul pourrait répondre...

CHAPITRE XVIII

LE TRAQUENARD

Devant le grand miroir qui ouvrait trois portes sur trois perspectives semblables, Manon Soleil ferma ses yeux emplis de détresse, pour ne plus voir les trois statues blanches, qui avaient son visage.

Le blanc maillot qui la moulait lui assurait l'aspect d'un marbre.

Derrière elle, Margot l'Amour élevait et présentait à bout de bras une draperie de velours noir, pour permettre à l'actrice de juger de l'effet.

Et elle répétait d'une voix convaincue :

— Oh! madame est merveilleuse!... Madame aura un succès!...

Manon Soleil n'entendait pas, ne voyait plus. Depuis son entrée furtive dans la demeure de Primson, elle s'était évadée d'elle-même, se dévêtant et se maquillant avec des gestes silencieux et sans répondre au bavardage de son habilleuse d'occasion. Visage fermé, regard lointain, pensée absente, elle voulait que son corps seul fût présent. De toute sa volonté tendue, elle repoussait la pensée douloureuse qui lui soufflait :

— Tu en es là. Tu as accepté cette déchéance de n'être ce soir, comme jadis, au temps pénible de tes débuts, qu'un peu de matière plastique, se pliant aux exigences de la pose, comme un simple modèle de Montparnasse. Manon Soleil, ce soir, redevient la figurante de jadis... C'est cela qu'elle a accepté.

Mais, farouchement, elle se répondait :

— Je paie!... Qu'importe la façon? J'achète ma liberté et mon bonheur... Ce sera vite passé...

Sans rouvrir les yeux, elle ordonna,

— Le manteau, Mary...

Lâchant la draperie, la fausse soubrette prit une fourrure préparée dont elle enveloppa Manon.

Celle-ci, dégageant un de ses bras appliqua sur son visage pâle le masque noir.

— Nouez les cordons...

Elle rouvrit les yeux, examina gravement l'énigmatique inconnue dont l'image s'érigeait dans le miroir et approuva d'un hochement de tête.

— Bien... Vous pouvez vous retirer, Mary. Vous resterez dans le corridor et vous viendrez me prévenir quand mon tour viendra. C'est vous qui me guiderez jusqu'à la scène. Je ne veux voir personne. Et vous resterez dans les coulisses avec le manteau, dont vous m'envelopperez dès que le rideau aura été refermé.

— Madame peut compter sur moi.

Son habilleuse sortie, Manon Soleil s'approcha d'une console et souleva le presse-papiers posé sur une enveloppe remarquée dès son entrée.

Elle en vérifia le contenu : une liasse de factures acquittées, accompagnées d'un bordereau mentionnant un quitus général, signé de l'usurier Jacob, mandataire des créanciers, et un chèque de cinquante mille francs.

A travers les trous du masque, les yeux de Suzy Bourlier brillèrent.

— Libre!... Me voilà libre! soupira-t-elle. Ce Primson a fait les choses en galant homme. Il ne me reste qu'à tenir moi-même ma parole. Et Suzy sera rachetée.

Elle enferma dans son sac les papiers libérateurs et alla s'asseoir dans un fauteuil, le dos tourné à la glace et fixant la porte.

Elle ne voulait penser qu'à la joie prochaine, au cri de Vincent Dessaintes, quand elle lui annoncerait le lendemain :

— C'est fait. J'ai brisé mes chaînes. Emporte-moi. Il n'y a plus que Suzy Bourlier. L'*autre* n'existe plus et nous n'en parlerons jamais. Je l'ai chassée de ma vie pour toujours.

Elle dirait cela. Joyeux, les mots résonnaient à son oreille et elle imaginait le regard reconnaissant dont Vincent l'envelopperait.

Elle aurait voulu se lever, courir à la porte et s'élancer tout de suite hors de cette demeure.

Il fallait rester et attendre. Refrénant son impatience, du fond de son inquiétude et de son énervement, une voix montait, lui intimant :

— Pas encore!... Pas encore!... Derrière ces murs, au delà de ces tentures que tu as entrevues en arrivant et qui te masquent ceux qui t'attendent, il y a des yeux avides, des yeux qui guettent l'apparition de l'attraction promise, la « Dame au Masque », incarnée par Manon Soleil. Tu as touché le prix. A ton tour, Il faut être honnête. Il faut payer.

Comme cette attente odieuse constituait un supplice! Une barrière se dressait entre Suzy et sa joie. Il y avait ces minutes, imminentes, ce pilori qui l'attendait. Franchir cela, avoir franchi cela, c'était tout son souhait présent.

— Ne traverserait-on pas un brasier pour courir vers le bonheur? murmura-t-elle. On ne craindrait pas de se brûler, de souffrir... C'est pour Vincent...

Des larmes lui montèrent aux yeux. La grandeur de l'amour qui inspirait un tel sacrifice, Vincent l'aurait-il comprise, devinée? Il n'aurait vu que l'humiliation, la déchéance acceptée. Manon devrait s'en cacher comme d'une honte.

« Je suis à lui dans toute la sincérité de mon cœur. Rien n'existe à mes yeux que lui-même... Et jamais, jamais, je ne pourrai lui livrer toutes mes pensées, tout mon passé, pensa-t-elle avec tristesse. Ceci que je devrais pouvoir lui dire, il me faudra le lui cacher. Je ne pourrai lui montrer la meurtrissure du dernier effort que je fais pour m'arracher à ce qui m'empêche de lui donner toute ma vie... C'est pour lui... Il ne le saura jamais... »

Elle se leva, prit un mouchoir et sécha ses yeux.

Margot l'Amour frappait à la porte.

— Madame... C'est à vous...

— Je viens.

Maintenant, il fallait être une automate; maintenant, pendant quelques minutes, il fallait cesser de penser et faire en sorte que les invités de Primson n'eussent vraiment devant eux qu'une statue de marbre.

Manon Soleil ouvrit la porte, suivit Margot le long d'un étroit corridor et se trouva en face de quelques marches recouvertes d'un tapis.

— Montez, madame... La scène est là...

Un rideau fermé séparait, de la rumeur de la « salle » l'estrade drapée qui servait de scène. Entre ce rideau et la draperie noire devant laquelle se dressaient les montants de bois dorés, figurant un cadre, il n'y avait que peu d'espace.

Muette, Manon Soleil laissa glisser de ses épaules le manteau, dont s'empara la complice de Louis Parvan. Puis elle se plaça dans le cadre, en prenant la pose qu'elle avait étudiée.

— Est-ce bien cela, Mary?

— C'est parfait, madame...

— Alors, prévenez qu'on peut lever le rideau.

Margot disparue, elle demeura seule, statue blanche contre le fond des ténèbres.

Sa pensée était arrêtée, sa vie aussi, lui semblait-il. Les murmures, les chuchotements, les coups qu'on frappait près d'elle, dans la coulisse, ne l'atteignaient qu'assourdis et elle avait l'impression que l'atmosphère, autour d'elle, venait de se transformer en une couche d'ouate, qui l'isolait de la vie.

Au-dessus d'elle une herse s'éteignit, puis,

comme un double rayon de lune, les feux croisés de deux projecteurs l'atteignirent et l'enveloppèrent.

Le rideau s'entr'ouvrait, lui révélant l'atelier, transformé en salle de spectacle et les rangées de têtes des spectateurs.

*
* *

En descendant du taxi, Vincent Dessaintes jeta un bref coup d'œil sur le pavillon devant lequel il se trouvait. Il en vérifia le numéro, puis paya le chauffeur et s'avança vers la porte, en fouillant ses poches.

Il en tira un carton imprimé, qu'il relut.

— C'est bien l'adresse... soupira-t-il. Mais quelle drôle d'invitation... Et pourquoi de la part de Suzy? Elle ne m'en avait pas parlé. C'est comme une farce qu'elle me fait. Je ne le connais pas, moi, ce M. Primson qui m'invite.

C'était bizarre, en effet, cette invitation reçue par pneumatique, et qui portait ces mots, tracés à la plume dans un coin du carton :

« De la part de Mlle Suzy Bourlier. Venir sans faute. »

Sans cette recommandation, qui lui parut émaner de la jeune femme, Vincent Dessaintes aurait simplement déchiré le carton, en croyant à une erreur.

« Qu'est-ce qu'il me veut, cet inconnu? se fût-il dit. C'est quelqu'un qui se trompe d'adresse. Mais je n'ai pas envie de profiter de l'erreur pour aller faire un tour à cette soirée-là. Vrai! ça ne me dit rien. Et quand je serais sûr d'être accueilli comme un prince, je n'irais pas. Le monde de Paris, les salons, les belles madames, tout cela m'importe peu. J'aime mieux Suzy. Et ce n'est que d'elle que je languis, d'elle et du beau ciel bleu sous lequel nous serions si heureux... »

Mais les mots : « de la part de Mlle Suzy Bourlier », tout en l'intriguant, l'avaient persuadé que l'invitation s'adressait bien à lui.

Il avait beau ne pas comprendre, ne pas s'expliquer le caprice de la jeune femme, ne pas découvrir les raisons qui avaient pu la décider à lui faire envoyer cette invitation, il en concluait fatalement qu'il s'agissait d'exaucer un désir de Suzy.

— Elle veut que j'y aille... Allons-y! Tout s'expliquera chez ce M. Primson. Elle y sera peut-être... Autrement, quelle tête ferais-je? Je ne connais personne, moi.

Une chose le chiffonnait encore. La jeune femme, à maintes reprises, lui avait affirmé qu'à Paris nul ne la connaissait sous son véritable nom. Pour lui seul elle était Suzy Bourlier. Pour le reste des Parisiens, elle était *l'autre*, l'actrice probablement célèbre dont elle avait voulu qu'il ignorât tout.

Alors, comment ce M. Primson pouvait-il avoir écrit : « de la part de Mlle Suzy Bourlier »?...

Tout le long du trajet, il s'était posé cette question. Elle lui trottait en tête, tant et si bien qu'il finit par trouver une réponse.

— J'y suis! s'était-il exclamé. C'est elle-même qui m'envoie la carte et qui y a écrit ces quelques mots. Chez ces gens, on ne connaît pas Mlle Bourlier et, sans doute, il faudra que je fasse bien attention de ne pas la nommer ainsi... Mais, cela devient bien compliqué. Je ne connais pas son autre nom. Comment me réclamerai-je d'elle si on me demande de quelle part je viens? Je ne saurai que répondre. Elle n'aura pas dû penser à cela. Ou bien elle compte être là pour me piloter... Enfin, je verrai bien. Le plus clair, c'est qu'elle m'appelle. Inutile de me creuser la tête. Je n'ai qu'à faire ce qu'elle désire.

Bravement, il sonna à la porte du pavillon.

Un laquais majestueux vint lui ouvrir et, sans lui poser la moindre question, s'effaça pour le laisser entrer.

— Si monsieur veut se débarrasser, le vestiaire est à droite.

Déjà intimidé, Vincent Dessaintes avança, fit quelques pas indécis dans le vestiaire et se trouva devant une accorte femme de chambre qui lui prit des mains son chapeau et l'aida à retirer son pardessus.

— Voilà, monsieur...

Elle lui offrait un numéro et un sourire. L'étudiant enfouit machinalement le bout de carton dans la poche de son gilet, en balbutiant un remerciement et pivota gauchement sur lui-même.

Où aller? Comment se présenter? Comment se tenir? Il n'était pas mondain. Cette soirée imprévue constituait ses débuts dans le monde parisien et même, à proprement parler, dans le monde tout court. A Aix, où s'étaient écoulées les premières années de sa vie d'étudiant, il n'avait assisté qu'à des réunions tout à fait intimes, dans des familles de camarades. Et depuis son arrivée à Paris, il partageait son temps entre Suzy et ses cours. Au seuil de l'épreuve, que représentait pour lui l'entrée dans cette pièce ouverte à l'extrémité du vestibule et de laquelle partait un brouhaha joyeux, il se sentait mal à l'aise.

— Si je n'aperçois pas Suzy, que vais-je devenir?

Cette pensée le tracassait. D'un air malheureux, il se dirigea aussi lentement que possible vers l'entrée bruyante. Entre l'obligation de pénétrer dans ce salon inconnu et l'impossibilité de s'éterniser dans ce vestibule, où il sentait peser sur lui les regards moqueurs du laquais et de la femme de chambre, il éprouvait l'impression d'osciller entre deux abîmes : Charybde et Scylla le guettaient.

Il opta pour le salon, avec l'espoir de se perdre dans la foule et de passer inaperçu.

Mais un monsieur élégant, dont le smoking impeccable consterna l'étudiant venu étourdiment en veston, apparut à l'entrée et dirigea sur lui l'éclair de son monocle.

— Monsieur Dessaintes, n'est-ce pas ? demanda-t-il aimablement, en tendant une main cordiale. Entrez donc, cher monsieur. Vous m'étiez annoncé... et particulièrement recommandé. Mes félicitations, jeune homme. Il paraît que vous n'êtes pas indifférent à une de nos plus gracieuses actrices. On ne me l'a pas nommée. Mais l'ami qui m'a prié de vous convier à cette petite fête m'a assuré que vous étiez un grand séducteur et qu'on avait pour vous le sérieux béguin... Ah! jeunesse! belle et heureuse jeunesse! Qu'il est donc agréable d'avoir vingt ans!

Aux amabilités de Primson, Vincent, rougissant, ne répondait que par d'indistincts bégaiements. Les compliments railleurs dont l'accablait l'Américain achevaient de le démonter. Qu'il est donc gênant et pénible pour un amoureux d'entendre plaisanter son amour! Chaque allusion de Primson faisait à Vincent l'effet d'un blasphème. Cela se savait donc qu'il aimait Suzy et que Suzy l'aimait? Que la tendre amie eût livré à d'autres leur cher secret, qu'elle eût proclamé son amour, Vincent n'en ressentait aucune fierté, mais seulement une peine obscure.

Amicalement, l'Américain le poussait dans la pièce, un atelier assez vaste, dont une partie était occupée par une estrade que masquait un double rideau de velours rouge. Disposée au bord de l'estrade et abritée par une suite de réflecteurs, une guirlande d'ampoules électriques embrasait le devant de la scène et étalait ses reflets sur la pourpre du rideau.

Le reste de l'atelier était garni de rangées de fauteuils et de chaises dont, pour la plupart, les spectateurs avaient déjà pris possession.

Primson, entraînant Vincent, l'installa au premier rang des fauteuils, tout contre la scène.

— Vous serez aux premières loges, dit-il. Mais apprécierez-vous mon spectacle? Je crains que vous ne soyez blasé, vous qui avez encore l'âge de Chérubin et qu'on comble secrètement des faveurs que nous achetons si cher... Et peut-être vous soucierez-vous fort peu de revoir ici, embarrassée de voiles, une partie des beautés dont on vous livre ailleurs l'intimité. Jetez pourtant les yeux sur ce programme. Les plus jolies artistes de Paris vont défiler sur cette scène et ces messieurs qui, pour la plupart, sont leurs protecteurs plus ou moins avoués, n'ont point, vous le voyez, dédaigné de venir les applaudir. Imitez-les donc, vous dont ils auraient tant de raisons d'être jaloux...

Les oreilles emplies du bourdonnement de l'assistance, Vincent Dessaintes sentait son malaise grandir. Pourquoi l'avait-on convié à ce spectacle qu'annonçaient les bizarres paroles de son mentor? Etait-il possible que Suzy connût ces gens et qu'elle eût voulu qu'il se mêlât à eux? Ce milieu différait tant d'elle — de la Suzy que Vincent aimait et croyait connaître. N'eût-elle point été choquée, comme lui, des paroles que prononçait Primson et de la légèreté avec laquelle il parlait des jolies filles conviées à sa fête?

Et pourtant, Suzy aussi était une actrice, coudoyait chaque soir celles dont le médisant Primson dénonçait les liaisons. Parlait-on de Suzy comme on parlait de celles-là? Piqué par l'aiguillon d'une jalousie jusqu'alors ignorée, Vincent se révolta contre cette pensée.

— Oh! non! Elle n'est pas la même!... Au théâtre, ce doit être comme dans la vie : il en est des unes et des autres; il y a celles qui font parler d'elles et il y a aussi les modestes... Peut-être, elles ne sont pas beaucoup... Mais, pourvu que Suzy soit du nombre... qu'elle soit ma Suzy!

Il s'affirma cela et resta tourmenté, attendant avec une angoisse dont il ne se rendait pas compte le spectacle annoncé. Il lui déplaisait surtout de penser que le monde qui se révélait à lui, depuis son entrée dans l'atelier, pouvait ressembler à celui dont, chaque soir, son amie devait subir le voisinage.

— C'était donc pour cela qu'elle ne voulait pas que j'aille la voir? Elle sentait que cela m'aurait fait de la peine... Mais alors, pourquoi me faire venir ici, ce soir?...

Inquiet, malheureux, il s'agitait sur son siège, tournait la tête, essayait d'examiner ses voisins, d'entendre leurs propos.

Connaissaient-ils « sa » Suzy?...

Au regard inexpérimenté de l'étudiant, la chambrée réunie par Primson devait paraître brillante : des plastrons, des toilettes, des diamants, des parfums. Mais si Vincent Dessaintes eût mieux connu Paris, il aurait vite classé les invités de l'Américain, réunion douteuse de rastas et de demi-mondaines, pêchés au petit bonheur, pour constituer un public. Aucune silhouette notoire, aucune physionomie bien parisienne, aucun membre classé des colonies étrangères, qu'il eût été naturel de rencontrer chez le milliardaire Primson. Du clinquant, du faux, des figurants recrutés dans les milieux suspects.

Etait-ce là le cercle des amis de l'Américain? Comme Manon Soleil aurait vite cessé de croire à l'histoire du pari si elle avait eu la prudence d'inspecter la société devant laquelle l'attirait la prétendue fantaisie de J. Harry Primson!

Mais le naïf Vincent n'était pas assez informé pour s'étonner. A ses yeux, l'entourage constituait le « monde » authentique.

Il reporta ses regards sur l'estrade. Tandis qu'un orchestre invisible, installé dans un salon voisin, commençait à jouer, le rideau s'écarta.

La Mythologie au music-hall, annonçait prétentieusement le programme que Primson avait placé entre les doigts de Vincent.

Mais où étaient les vedettes célèbres et les éblouissantes reconstitutions de mise en scène féerique si pompeusement promises à Manon Soleil?

A quel piètre spectacle se rapetissaient les ambitieux desseins du milliardaire?

Sur la scène minuscule, entre les trois draperies qui constituaient tout le décor, les invités ne pouvaient contempler que quelques figurantes assez vulgaires. Et certes, il fallait quelque bonne volonté et une puissante imagination pour retrouver, en leurs groupes, les tableaux mythologiques qu'ils voulaient évoquer.

Peut-être de loin, grâce à l'optique de la scène, sous les feux des projecteurs, maniés avec virtuosité et entourées d'une mise en scène somptueuse, ces silhouettes féminines eussent-elles formé d'harmonieux ensembles dont ne se fussent point choqués les yeux du jeune Provençal.

Mais de la place que lui avait assignée l'Américain, l'illusion n'était pas possible. Peu familiarisé avec les déshabillages dont s'accompagnent les revues à grand spectacle, Vincent Dessaintes accueillit d'une moue écœurée les tableaux que commentait Primson.

« Si c'est cela leur théâtre, vrai, ils ont de drôles de goûts, les Parisiens, pensa-t-il, en détournant la tête. Et comment osent-elles se montrer ainsi, ces actrices? Elles n'ont donc pas honte? »

Ce qui le choquait, surtout — et sans qu'il se l'avouât — ce qui causait sa gêne, c'était le rapprochement qu'il faisait malgré lui entre les « artistes » qu'on lui montrait et sa Suzy.

Se pouvait-il qu'elle eût figuré dans des scènes semblables, en costume aussi léger?

— Oh! non... Non! murmurait-il tout bas, en serrant inconsciemment les poings.

Et près de lui, Primson parlait, distillait un poison savamment dosé.

— De belles filles, n'est-ce pas? ricanait-il cyniquement. Ne faites pas le dégoûté, mon petit. Des hommes se sont ruinés pour ces beautés que vous voyez. On les couvre de bijoux. On leur paye l'auto et le petit hôtel. Vous ignorez cela, Chérubin. Patience! Dans quelques années vous aussi vous cesserez d'être aimé pour vous-même ; vous aussi vous offrirez des bagues comme celle-ci qui, ce soir, brillera au doigt de la reine de cette soirée... et de mon cœur. Voilà le prix des sourires de Manon Soleil, dont les rayons brillent pour tout le monde, mais point gratuitement, hélas! sauf pour vous, qui sait?

La main gauche tendue, présentant un écrin ouvert, il frappa de la droite sur l'épaule de Vincent Dessaintes. L'étudiant entrevit le velours violet d'une améthyste enchâssée dans une bague d'un métal qui lui parut être de l'or.

— Je connais des femmes qui ne voudraient pas de ces bijoux-là, balbutia-t-il, la gorge serrée.

Il aurait voulu dire : « Je connais une femme »... Mais l'antipathie qu'avaient éveillée en lui les discours de Primson lui aurait rendu pénible une évocation trop directe de Suzy. Même pour la défendre et la séparer de ces femmes vénales dont parlait l'Américain, il ne voulait pas que sa pensée la nommât.

Une seule réflexion le soulageait, atténuait sa peine.

— Elle n'est pas là... Elle n'est pas venue... Et je suis bien content... Cela me ferait trop de chagrin qu'elle fréquente un monde pareil. J'aime mieux croire qu'elle ne savait pas où elle m'envoyait... En tout cas, j'en ai assez... je m'en vais...

Il tenta de se lever. Emprisonnant son épaule, la main de l'Américain pesa, l'obligeant à se rasseoir.

— Où allez-vous?... Ce n'est pas fini... Il y a un clou... Je veux que vous applaudissiez Manon Soleil... ma Manon!

Il frappa dans ses mains, discrètement. L'orchestre entama un nouveau morceau, couvrant les protestations timides de Vincent Dessaintes.

— Un peu de patience, dit Primson. Le rideau va se lever... Il se lève... Regardez... C'est Manon Soleil... Comment la trouvez-vous?... Mais dites donc, on dirait qu'elle vous regarde... oui, vous seul!... Et de quels yeux! Les sentez-vous briller à travers les trous du masque?...

— Oui! bégaya Vincent en proie à un étrange malaise... Oui... je les sens... Mais qu'a-t-elle donc?... Qu'a-t-elle?

Ce qu'avait Suzy!...

Son regard, d'abord indifférent, son regard douloureux qui voulait ignorer tous ces autres regards levés pour la contempler, s'était involontairement posé sur le premier rang des spectateurs...

Un tressaillement, si violent que tous le virent, la parcourut toute. Elle venait d'apercevoir et de reconnaître Vincent Dessaintes...

Son Vincent... Au premier rang, près de Primson!... les yeux fixés sur elle, avec une expression de dégoût et de mépris...

Il était là, la contemplant, lui à qui elle avait interdit le music-hall, pour n'avoir point à rougir et à souffrir et pour qu'il ne la vît point profaner son sourire...

Il était là ce soir — ce dernier soir — où, pour n'être plus qu'à lui, elle se livrait à tant de regards!

Etait-ce possible qu'il fût là? Etait-il possible que la cruauté du Destin eût consenti à cela?

Elle se sentait devenir folle. Magnétiquement attirés par les yeux de Vincent, ses yeux ne pouvaient plus s'en détacher. N'allait-il pas les reconnaître à travers les trous du masque, sous lequel la honte enflammait ses joues d'une rougeur ardente?

Elle se sentait trembler. Elle eut l'idée de s'enfuir, de se jeter dans la coulisse où sa femme de chambre jetterait sur ses épaules le manteau sauveur...

Mais elle eut peur de se trahir. Elle se sentait mourir à la pensée qu'un soupçon de Vincent pouvait l'effleurer. Elle se roidit, espérant la chute du rideau qui mettrait fin à son supplice et le sang aux joues, les tempes bourdonnantes, elle essaya d'attendre...

Minute horrible! Minute de torture sans équivalent dans toute la vie de Manon Soleil. Elle atteignait au paroxysme de la souffrance et peu à peu, devant ses yeux devenus hagards, tout se mit à tourner... Elle vit deux, trois... dix Vincent Dessaintes montant autour d'elle... Puis un voile noir passa devant son regard et elle s'abattit sur le tapis de la scène, statue foudroyée...

Des cris... un tumulte de gens se dressant, arrêtés par un geste autoritaire de Primson, bondissant auprès du corps étendu de la jeune femme.

— Ce n'est rien... un simple étourdissement... Ne bougez pas...

Aidé par Margot Feyline, sortie de la coulisse, il soulevait le buste de la jeune femme, puis, d'une main sournoise, dénouait les cordons retenant le masque qui s'abattit.

Et le visage de Manon Soleil apparut à Vincent, sidéré.

— Suzy!...

Ce ne fut qu'un bégaiement rauque, une plainte indistincte, dont seuls Primson et Margot Feyline purent saisir le sens.

Mais s'occupaient-ils du pauvre étudiant au cœur déchiré?

Affolé par la révélation qui faisait tomber si bas l'idole placée si haut par lui, Vincent se détourna avec horreur du visage adoré. Plaquant ses mains sur ses yeux, chancelant comme un homme ivre, il s'enfuit, bousculant tout sur son passage...

Primson le vit-il s'élancer hors de l'atelier et disparaître?

Penché sur Manon Soleil, évanouie, il glissait à l'un de ses doigts la bague d'améthyste.

Puis, replaçant le masque sur le pâle visage aux yeux clos, il intima à Margot :

— Aidez-moi. Enveloppez-la dans son manteau. Nous allons la porter dans sa loge. Pauvre jeune femme! Qui donc l'eût crue si impressionnable? J'espère qu'elle va reprendre vite connaissance. Le mieux sera de la laisser seule.

Et il repoussait du geste les invités empressés, qui offraient leurs services.

CHAPITRE XIX

LE RÊVE ASSASSINÉ

— Enfin, le jour! soupira Suzy Bourlier, en voyant une faible lueur blanchir les vitres des fenêtres, dont les persiennes n'avaient pas été fermées.

Toute habillée, telle qu'on l'avait ramenée de chez Primson, elle était étendue sur son lit, brisée par la nuit sans sommeil, le visage pâle et défait, les yeux gonflés par les larmes.

Autour d'elle, la chambre avait son aspect habituel. Emportée par les mains zélées de Margot Feyline, le manteau — le manteau qui avait enveloppé le corps de Manon Soleil — ne traînait plus sur le fauteuil où elle l'avait jeté; rien ne révélait la rentrée tardive, fiévreuse, lasse, les pas trébuchants d'une désespérée lourde de douleur dissimulée, qui va s'abattre, en geignant, sur le premier siège rencontré. Les gants abandonnés, le chapeau, le sac, rejetés par les mains énervées, les soins discrets d'une femme de chambre les avait ramassés et fait disparaître.

Il y avait seulement le lit non défait: aux couvertures froissées, et ce corps prostré et ces oreillers aux dentelles déchirées et trempées de larmes par celle qui, toute la nuit, les avait mordus pour étouffer ses sanglots.

Chaque meuble était à sa place; les mêmes étoffes recevaient l'éclairage habituel. Mais au milieu de ce cadre composé pour elle, adapté à ses goûts, Suzy ne retrouvait plus rien d'elle-même, ni de ses impressions quotidiennes. Elle y était une étrangère dont les yeux, emplis de la stupeur des captives, ne pouvaient interrompre leur promenade inquiète. Le choc douloureux qui venait de la meurtrir l'avait détachée de sa compagnie, en avait fait une épave.

Oh! son désespoir, la veille, quand elle avait repris ses sens et acquis la conviction qu'elle ne venait pas de vivre un épouvantable cauchemar!...

Instinctivement, d'abord, elle avait porté la main à son visage et ne s'était apaisée — pour un instant! — qu'en y rencontrant le velours du masque.

Il ne s'était point détaché... On ne le lui avait point ôté... Elle se raccrocha à cet espoir, comme à la seule planche de salut passant à sa portée,

Puis elle constata qu'elle se trouvait dans le petit salon qui lui servait de loge et que, seule, sa femme de chambre y était enfermée avec elle.

— Madame veut-elle que je l'habille?... Si madame se sent mieux, nous pourrions rentrer?...

— Oh ! oui ! murmura Manon Soleil, d'une voix d'enfant. Habillez-moi, Mary. Et ramenez-moi vite!

Elle recouvra instantanément ses forces pour rejeter le manteau et se vêtir. Elle avait hâte d'être hors de cette demeure maudite où Manon Soleil s'était révélée à Vincent.

Manon Soleil, seulement!... Point Suzy!... Elle espérait encore cela. Et c'était ce qui lui donnait la force et le courage de s'enfuir. Mais un effroi lui restait — celui d'être encore sous le même toit que l'étudiant et de se retrouver en sa présence.

— Nous ne rencontrerons personne, n'est-ce pas, Mary? supplia-t-elle. Nous pourrons sortir sans être vues? Je ne veux prendre congé de personne... Je ne veux pas qu'on me parle...

— M. Primson a dit qu'il se tenait à la disposition de madame si elle avait besoin de quelque chose, répondit Margot l'Amour. Il a dit de le prévenir. Mais si madame préfère, nous pouvons filer sans rien dire. Il n'y a personne dans le corridor et l'auto attend devant la porte.

— Allons.

Elle n'enleva point son masque et le garda jusqu'au moment où l'auto se mit en route. Alors seulement elle le détacha et le lança par la portière ouverte, comme elle eût fait d'un objet maléfique.

Après quoi, elle sombra dans une torpeur accablée. Mais la nuit qu'elle essayait de faire en elle, en fermant ses paupières, s'illuminait sans trêve, comme au cours d'un orage, d'une succession d'images dont chacune secouait la jeune femme d'un frisson d'angoisse.

C'était elle-même, telle qu'elle s'était vue dans le triple miroir, elle, Manon Soleil, statue surmontée d'un masque noir, Manon toute seule, étoile descendue de son ciel et perfidement livrée à la curiosité grossière des hommes.

Et c'était Vincent Dessaintes, tout proche, Vincent et son dégoût...

L'avait-il devinée sous le masque? Savait-il, ou pressentait-il, maintenant que Manon Soleil c'était Suzy Bourlier?

A cette question, la vie de la malheureuse se suspendait. Elle liait son destin à la réponse que le prochain jour lui apporterait. Que lirait-elle sur le visage de l'étudiant quand elle le reverrait? L'écroulement de son rêve, de toute possibilité de son bonheur? Ou bien l'ignorance qui la sauverait?

Le masque l'avait protégée. Elle voulait encore croire à cette chance. Et dans l'alternative d'angoisse et d'espoir qui la bouleversait, toujours elle choisissait l'espoir et repoussait le doute — tous les doutes.

Vincent ne l'avait pas reconnue... Vincent *ne pouvait pas* l'avoir soupçonnée... Il n'était là que par hasard.

Mais ce hasard, qu'elle voulait admettre, était effarant. En repassant les événements, elle ne parvenait pas à comprendre cette présence de son ami. Comment se trouvait-il là? Pourquoi? Qui l'y avait attiré? Il connaissait donc Harry Primson?

Et celui-ci?...

Que de questions encore aurait pu se poser la jeune femme! que de questions terribles, génératrices d'angoisses! Il y avait, dans cette succession d'événements, qui aboutissait à la catastrophe, trop de coïncidences.

Fatalement, parce qu'elles étaient inexplicables, Suzy devait finir par être effleurée du soupçon qu'elles pouvaient être le résultat d'une machination.

Primson entre elle et Vincent, Primson, lien néfaste, apparaissant comme de *deus ex machina* de l'aventure, Primson organisant cette exhibition (et à quel prix! et avec quelle insistance machiavélique!) et y invitant Vincent! Primson réunissant ainsi, dans des circonstances et pour un résultat qui ne pouvaient que sembler combinés, ceux qui ne devaient pas se voir! Vraiment, en y songeant, il fallait bien que Suzy en arrivât à cette conclusion : Primson, qui s'était présenté à elle en tentateur, avait été, sciemment ou non, l'homme de la Fatalité. Primson avait préparé sa perte.

Mais pourquoi?

Manon Soleil se tordait les mains, les joignait pour repousser l'hypothèse.

— Ce n'est pas possible!... Je divague!... Quelles horreurs vais-je imaginer là?

Il est trop effroyable de se sentir en butte à une haine qu'on découvre féroce, impitoyable, manifeste dans son objet, énigmatique dans son origine.

La haine de qui?... Et pourquoi?...

Et pourtant, la haine seule, sournoisement aux aguets, pouvait avoir conçu et aussi froidement exécuté la trame dans laquelle le rêve de Suzy Bourlier et de Vincent Dessaintes se prenait et se brisait les ailes.

Que ce fût Primson, ou *quelqu'un derrière Primson*, il devait bien haïr Manon Soleil, celui qui avait entrecroisé ces fils.

Mais elle ne se connaissait pas d'ennemis. Elle ne voyait point qu'on pût avoir une raison de la haïr à mort.

Donc tout était imagination. Tout était à repousser en bloc.

— C'est moi qui me suis affolée, conclut-elle. Si je pouvais questionner Vincent, il m'expliquerait sa présence de la façon la plus naturelle... En tout cas, il n'était là que par hasard et il ne sait qui est cette Manon Soleil, dont il n'a pas vu le visage et dont, peut-être, on ne lui a même pas dit le nom.

Il fallait bien qu'elle se raccrochât à cette conviction si elle voulait conserver le désir de vivre et la force de souhaiter et d'affronter la présence de Vincent Dessaintes.

— Demain!... Je le verrai demain, et le cauchemar se dissipera... Nous partirons. C'est fini, maintenant! Je suis libre! J'ai payé... j'ai payé plus cher encore que je n'avais prévu... par une torture effroyable, par une meurtrissure dont mon cœur portera toujours la trace. Mais j'ai payé. Mon bonheur est bien à moi, maintenant. Il serait abominable que le destin m'en frustre! J'ai acheté le droit de m'enfuir avec Vincent... Manon Soleil n'est plus... Manon Soleil est morte... Qu'on ne parle plus d'elle... ni de cette soirée néfaste. Suzy l'oubliera dans les bras de Vincent... là-bas, au pays du bonheur où je vais l'emmener...

Avec quelle impatience elle allait attendre le jour, puis l'heure de la venue de Vincent!...

Car il viendrait. Il ne pouvait pas ne pas venir, puisque, à l'aube, il allait recevoir le mot que Suzy avait écrit et fait jeter à la poste avant de se rendre chez Primson: un appel frémissant de joie, qui laissait entrevoir la réalisation du rêve.

« Mon amour! Je suis libre. Je suis à toi. Il faut venir chercher ta Suzy, l'emporter au beau pays de lumière où tu l'as connue... »

Ces lignes, dans quelques heures, Vincent allait les lire et il accourrait.

Ou bien alors, c'est que l'autre hypothèse celle que Manon Soleil se refusait à envisager — l'hypothèse atroce se serait réalisée; cela signifierait que l'amoureux aurait reconnu Suzy, malgré le masque, à travers le masque.

Ne pas croire cela possible, ne pas penser à cela, l'amoureuse le voulait, le souhaitait de toute la force éperdue de sa souffrance.

Mais souhait et volonté demeuraient aussi vains l'un que l'autre.

Enfermée dans sa chambre, après avoir refusé les soins de Margot Feyline et s'être jetée tout habillée sur son lit, l'infortunée se retrouva en tête à tête avec cette crainte.

Si Vincent savait...

S'il avait vu — et jugé — non point l'anonyme, l'inconnue masquée, mais celle dont il rêvait de faire sa femme, et si, ayant vu, il n'éprouvait plus, pour elle, que dégoût et mépris, que ferait-elle? que dirait-elle pour défendre son bonheur?

— Rien... Il n'y aurait rien à dire... rien à faire... qu'à mourir...

Se disculper, plaider sa cause, expliquer à quoi et comment elle avait voulu s'arracher, en face de Vincent méprisant et sévère, ou même les yeux pleins de larmes, mais de toutes façons irréparablement blessé, c'était impossible et inutile. On ne ressuscite pas un rêve frappé à mort.

— Tout serai fini puisque, jamais plus, je ne pourrais être, dans le cœur de Vincent, la pure Suzy qu'il aimait! Pour obtenir mon pardon, pour expliquer comment j'ai été amenée à accepter l'offre de ce Primson, il faudrait raconter la vie de Manon Soleil, depuis la faute de fuir la pauvreté.

Cette confession, elle n'aurait pas le courage de la faire. La faible Suzy, l'imprudente Suzy, si tard éveillée à l'amour, Suzy devenue Manon Soleil pouvait espérer la pitié; elle pouvait attendrir.

Mais contre cette pitié même, elle se révoltait.

— Sa pitié, pourrais-je y croire?... Pas plus sans doute qu'il ne croirait à la sincérité de mes larmes... Il pardonnerait à Manon Soleil, pas à Suzy. Et toujours, il verrait l'image de ce soir... Le masque... l'odieux masque demeurerait collé à mon visage, cachant le visage de Suzy. Je ne veux pas!...

Mais ne rien dire, consentir à mourir et mourir en se taisant, ce serait léguer à Vincent Dessaintes l'image polluée de Manon Soleil, dont rien ne défendrait le souvenir. Ce serait consentir à la condamnation définitive, peut-être au bannissement de la mémoire de Vincent.

Suzy enfouit dans le désordre des oreillers sa face inondée de larmes brûlantes.

— Mon petit Vincent!... Je ne veux pas que tu détestes mon souvenir!... Je ne veux pas que tu ignores comment je t'ai aimé et quel sacrifice avait consenti mon amour! sanglota-t-elle. Manon Soleil, vivante, ne saurait pas plaider sa cause. Mais Suzy morte doit défendre le souvenir qu'elle laissera.

Quittant son lit, elle se traîna comme une agonisante jusqu'à la baie tendue d'étoffes claires dont le retrait abritait une table à écrire, près d'un fouillis de coussins, sous une étagère garnie de livres et de fleurs, s'offrant à la paresse des rêveries entrecoupées de lectures.

Sur un fauteuil au haut dossier capitonné, aux bras accueillants, Suzy s'assit devant la table.

En face d'elle était une psyché, maintes fois interrogée au temps où Manon Soleil ne s'asseyait point là pour étaler son cœur sur le velin chiffré, au temps où elle n'avait pas de rêves à confier au papier, mais seulement des mots menteurs et frivoles, cherchés et assemblés avec ennui.

Elle aimait alors contempler dans la glace le sourire et la radieuse beauté de Manon Soleil. Elle ne demandait à son miroir qu'une certitude de triomphe et de domination, d'où toute préoccupation sentimentale était exclue, l'assurevanche, celle de faire souffrir ceux dont le désir l'avilissait. Esclave-reine, niant l'amour qu'elle ignorait, il plaisait alors à Manon d'être belle et de faire de sa beauté une arme.

Elle n'était pas, alors, agenouillée devant l'amour

Son heure avait sonné.

Devant cette même table, elle avait fait ensuite l'inventaire de sa vie, dressé le bilan de son affranchissement. Elle y avait laissé, éparpillées, les factures apportées par l'usurier Jacob, le soir où elle s'était levée pour aller vers cette rencontre de l'Américain Primson qui devait fixer son destin.

Depuis, elle n'était plus revenue s'y asseoir.

Cette nuit l'y ramenait — nuit de défaite et de désespoir — nuit d'écroulement dont l'angoisse pâlissait ses traits et cernait ses beaux yeux. Elle détourna les yeux de cette image. A quoi bon regarder une morte? Seule l'ignorance de Vincent et ses baisers pourraient ressusciter ce visage.

Mais l'espoir de vivre, si tenace au cœur de toute créature, était, à cette heure, impuissant à détourner Suzy de l'autre perspective : la partie perdue, sa condamnation lue dans les regards aimés.

Exhalant un douloureux soupir, elle prit le stylo d'or et en fit courir la plume sur le papier.

« Pour Vincent... en souhaitant qu'il ne lise jamais cette confession... »

Tout à l'heure, elle tracerait cette suscription sur l'enveloppe. Mais, auparavant, il lui fallait épancher son cœur, dire tout ce qu'elle voudrait avoir dit si elle devait mourir...

« Car je serai morte, mon aimé, morte comme mon trop beau rêve, si tu lis ces lignes, morte pour que tu exauces ma dernière prière, celle que je t'adresse de ne jamais me donner un autre nom que Suzy. Pour toi — il faut que tu croies cela — seule Suzy a existé, Suzy dont tu as été le premier amour.

« Et maintenant, écoute la confession de l'autre et efforce-toi de comprendre et de la plaindre. En vérité, si elle fut imprudente et légère, elle ne méritait point que le destin la frappât aussi cruellement. Et, en cet instant où elle t'écrit ceci, elle ne peut pas croire encore qu'il la frappera. Elle continuera à espérer qu'elle pourra déchirer ces lignes sans que tu les lises. Par cet aveu de l'espoir si fortement ancré dans son cœur, mesure son déchirement, le désespoir dont elle mourra s'il faut que tu lises... »

Elle poursuivit dans la fièvre cette confession qui n'était qu'un long cri d'amour, de désespoir et de regret.

Et quand elle l'eut terminée, pliée et cachetée, sans la relire — à quoi bon? elle n'avait voulu qu'être sincère et elle était certaine de l'avoir été — elle glissa l'enveloppe dans sa poitrine en murmurant avec une confiance feinte :

— Il ne lira pas... Dans quelques heures, je pourrai éparpiller au vent ces feuillets déchirés...

Harassée, elle retourna se jeter sur le lit pour y attendre l'aube. Mais elle ne put trouver le repos du sommeil. L'angoisse la tint éveillée, torturée, frémissante, luttant sans cesse contre l'assaut des doutes et du désespoir.

— Enfin! le jour!...

Salué de ce cri, il ne lui apportait cependant que l'anxiété croissante d'une attente que chaque quart d'heure écoulé allait rendre plus pénible.

Pourtant, elle s'appliquait à se recomposer un visage qui ne la trahît point. A Vincent, ignorant comme elle la tragédie de la veille, à Vincent qui n'aurait point vu Suzy en la dame au masque, pouvait-elle montrer ses yeux fiévreux et rougis, un visage aux traits déformés par les larmes? Il fallait effacer ces traces, sécher ces larmes, apparaître naturelle, libérée, heureuse.

« Ce sera si facile, s'il ne sait pas! » pensa-t-elle.

Et ce fut un nouveau masque qu'elle s'appliqua, au prix d'un douloureux effort. Elle parvint à sourire et à chasser de son front et de ses yeux les vilaines ombres de l'angoisse.

Mais comme ce masque était mince, mal assuré!... Pour le détacher et le faire tomber, elle sentait qu'il suffirait d'un regard de Vincent Dessaintes.

— Mais ce regard que je redoute, il ne l'aura pas s'il ne m'a pas reconnue hier! se répondit-elle pour se rassurer. Je verrai ses yeux tendres, son visage illuminé par la joie. Et le masque n'existera plus : il n'y aura plus qu'une Suzy heureuse, ne redoutant plus rien... Et puis, je serai si vite dans ses bras, s'il les ouvre, qu'il n'aura pas le temps de voir dans mes yeux le reflet de mon angoisse.

Les premières heures de la matinée s'écoulèrent. L'attente de la jeune femme devint fébrile. Elle tressaillait au moindre bruit et se redressait, prête à courir vers la porte.

— Il se lève de bonne heure... Il a reçu ma lettre, calculait-elle. Pourquoi n'accourt-il pas? Juge-t-il l'heure trop matinale encore?... Peut-être est-il dehors, tout près, se promenant devant mes fenêtres sans oser monter.

Elle alla soulever un des rideaux. Mais la silhouette espérée n'était point en vue. Il n'y avait, dans l'avenue, que l'activité de tous les matins, besognes de propreté, allées et venues de fournisseurs.

Découragée, Suzy retourna se pelotonner sur les coussins du retrait.

Des pas enfin, un coup discret contre la porte, puis la voix de la femme de chambre — la voix de Margot l'Amour.

— Entrez, Mary.

L'émotion, dont il fut impossible à Suzy de se rendre maîtresse, altéra la voix et empêcha la jeune femme de se lever comme elle souhaitait de le faire.

Tandis que la porte s'ouvrait et que la camériste apparaissait, elle demeura frémissante, la tête tournée vers l'entrée, le regard fixe, la respiration suspendue.

— Madame est levée?... Madame ne se ressent

plus de son malaise d'hier? demanda Margot l'Amour avec une hypocrite sollicitude. On vient prendre des nouvelles de madame.

— Qui cela? balbutia Suzy haletante.

— M. Primson.

Déçue, l'actrice retomba sur les coussins.

— Je ne veux pas le voir... Qu'il s'en aille... Et qu'il se dispense de revenir, soupira-t-elle. Dites ce que vous voudrez, Mary. Mais débarrassez-m'en.

Pinçant ses lèvres pour contenir un sourire moqueur qui s'y dessinait, la fausse camériste épiait l'agitation de Suzy, le frémissement inconscient de ses mains qui chassaient en Primson le spectre du mauvais souvenir.

Elle attendait Vincent... Et c'était l'auteur de la catastrophe qui se présentait. Instantanément, à cause de l'instant abominable qu'il rappelait, Primson lui devint odieux. Elle ne put supporter l'idée qu'il était là, tout près, respirant le même air qu'elle. Ce fut tout à coup en elle comme une sensation d'étouffement, contre laquelle elle se débattit.

— Qu'il s'en aille!... Qu'il s'en aille!...

— Bien, madame.

Indifférente, en apparence, Margot l'Amour sortit.

— Pourquoi celui-là?... Comment ose-t-il venir? Ne m'a-t-il pas fait assez de mal? gémit la jeune femme, en se retenant difficilement de sangloter.

Il fallait rester belle et apaisée, pour recevoir celui qui pouvait venir d'un instant à l'autre, celui que son cœur appelait.

De nouveau, elle attendit...

La porte se rouvrit enfin. Margot l'Amour reparut.

— M. Dessaintes est là... Il insiste pour voir madame... J'ai dit que je ne savais pas...

Suzy ne la laissa pas achever.

— Qu'il entre...

— Madame le recevra dans sa chambre? s'étonna discrètement Margot l'Amour.

— Oui... je suis souffrante... Amenez-le ici, Mary.

Le cœur bondissant, elle se souleva à demi, rassemblant ses forces, préparant son sourire.

Vincent entra.

CHAPITRE XX

MOURIR

Il entra, pâle et défait, lui aussi, par une nuit d'insomnie et de désespoir; ses yeux étaient égarés; sa bouche tremblante retenait des sanglots et préparait des reproches.

Vincent, pauvre Vincent secoué par une tempête de douleur et de colère, touchant et ridicule dans le déchaînement maladroit de son chagrin, de quel regard apitoyé, désespéré, l'enveloppa Suzy!

Elle poussa une sourde plainte et demeura immobile, attendant le coup sous lequel son cœur ne pourrait souffrir davantage, déjà irréparablement déchiré par la vue du visage de l'amoureux.

— Il sait... Le masque ne m'a pas protégée...

Avant qu'un son fût sorti de la bouche de Vincent, elle se dit cela.

Son espoir s'écroulait et le drame s'abattait sur elle, l'écrasant.

— Je suis venu, dit Vincent d'une voix rauque. Je n'aurais pas dû... Mais voilà, ce n'est pas Suzy que je viens voir : c'est Manon Soleil... Manon Soleil!...

De ce nom, sa pauvre bouche, douloureusement tordue, voulait faire une injure, crachée à la face de la jeune femme. Mais ce fut un cri déchirant, une plainte émouvante qui jaillit.

Manon Soleil! C'était le nom et le visage du bourreau de Vincent Dessaintes. Il évoquait deux visions ineffaçables qui éternisaient en lui une brûlure de fer rouge. Cette statue, dont l'aspect visait à restituer la frigidité du marbre, mais qu'on savait vivante et dont le masque (l'amoureux se le répétait avec horreur) emprisonnait le visage de Suzy; puis, la blancheur écroulée de ce corps et la tête renversée sur l'épaule de Primson et dont le masque se détachait.

Souffrance!... Que sont les tortures des chairs cisaillées et des membres rompus auprès du déchirement d'âme que peut provoquer une telle apparition?

Depuis la minute atroce, Vincent revoyait sans cesse le masque tomber et le visage apparaître; il distinguait en même temps le beau corps dévoilé, profané par les regards. Les odieux propos de Primson retentissaient à son oreille. Et tout cela se résumait en ces syllabes :

— Manon Soleil!...

Le nom caché, brutalement révélé et qui faisait tout à coup Suzy si différente, profanée, trompeuse et perfide, et ne laissait subsister d'elle rien de ce qu'avait adoré Vincent Dessaintes!

Ce nom, il s'imaginait le haïr et détester maintenant celle qui le portait. Il aurait voulu le crier férocement, avec un mépris vengeur. Mais il n'arrivait qu'à le bégayer comme une plainte.

— Manon Soleil!...

Ah! pourquoi n'est-elle plus Suzy? — Suzy qu'il venait inconsciemment chercher, revoir! — derrière la nouvelle apparition de Manon Soleil?

Il sentait bien que l'une des deux images, que l'un des deux noms excluait l'autre. Mais il ne savait pas discerner laquelle de ces images, lequel de ces noms constituaient l'illusion, masquaient le mensonge, pitoyable ou méprisable. Comment aurait-il pu, dans le trouble qui le possédait, y voir plus clair que Suzy? Longtemps elle-même n'aurait pu répondre. Longtemps elle avait cru que Manon Soleil avait effacé Suzy. L'entrée de Vincent dans sa vie lui avait montré son erreur.

Le mensonge, c'était Manon Soleil.

Elle aurait dû dire cela, calmer le pauvre amoureux, pleurant sa désillusion. Pourquoi se taisait-elle? Pourquoi demeurait-elle silencieuse et tremblante, aussi pâle que celles qui arrivent aux portes de la mort?

Hélas! dans la tourmente qui les désunissait et les affolait, ni l'un ni l'autre ne se trouvaient plus. Ils se débattaient et se cherchaient vainement au milieu des ténèbres, que zébraient les éclairs aveuglants. Et chacun d'eux, n'entendant que ses propres plaintes, n'imaginait point que l'autre pût répondre à ses appels.

Vincent continuait, s'efforçant de raffermir sa voix.

— Cette Manon Soleil, que vous ne vouliez pas que je connaisse, je l'ai vue hier soir... Vous savez où et sous quel aspect. Il paraît que ce n'est pas une chose extraordinaire. Vous n'êtes pas la seule à vous montrer et je sais bien que tous les soirs, dans des théâtres, on peut voir de belles filles pas trop habillées. Personne ne s'en déclare choqué... Et j'arrive bien de ma province, n'est-ce pas, pour faire tant d'histoires à propos d'une chose aussi simple!... Mais vous... vous... Suzy!... Je n'aurais jamais cru que vous fussiez de celles-là...

Des larmes jaillirent de ses yeux. Il détourna la tête pour les essuyer, furtivement.

— Non! pas de celles-là!...

Comme Suzy aurait voulu crier cela!

Mais pressant à deux mains son cœur douloureux, elle s'obstinait à se taire, muette, accablée, repliée sur elle-même, et écoutant, en elle, le sourd retentissement des coups qui la meurtrissaient, sans qu'ils lui arrachassent une plainte.

Avec effort, Vincent poursuivit, en entrecoupant ses phrases de soupirs qui n'étaient que des sanglots avortés :

— Cela... de vous découvrir telle que je ne vous aurais jamais imaginée... cela m'a fait de la peine... beaucoup de peine. Mais autre chose m'a encore été plus poignant. Et d'abord, auriez-vous dû me faire inviter à cette soirée, m'exposer à voir, à entendre, ce que j'ai vu et entendu?... C'est abominable. Il me semble que si j'étais entré, malgré votre défense — que j'ai toujours respectée — dans un de ces théâtres où vous ne vouliez pas que j'aille, il me semble que si je vous avais aperçue là, au milieu d'autres actrices, cela ne m'aurait pas fait le même effet. J'aurais eu, je crois, un peu de chagrin. Je me serais dit : « Il ne faut plus qu'elle y retourne. Ce n'est pas sa place. » Mais je n'aurais pas senti quelque chose se briser dans ma poitrine, et mon cœur se glacer, comme si j'étais mort. Hélas! ce n'était pas moi qui mourais : c'était mon adoration, c'était ma confiance, c'était ma foi. C'était Suzy...

Pourquoi jeta-t-il ces mots, qui firent tressaillir la malheureuse? Serrées à se briser, les dents de Suzy arrêtèrent un gémissement. Sa tête se pencha un peu plus sur sa poitrine et cela empêcha Vincent Dessaintes de voir le beau regard se ternir, s'éteindre comme quand commence l'agonie.

L'entendait-elle encore? Il disait, grave :

— Non, il ne fallait pas me faire venir, me faire envoyer cette invitation. Et je n'ai pas compris que vous ayez fait cela... Car c'est vous... ce ne peut être que vous qui me l'avez fait adresser, cette carte...

Une question?... L'obscur espoir d'une réponse, de laquelle naîtrait une explication, un doute, une atténuation?

Peut-être...

Mais Suzy n'était plus en état de répondre. Et surtout de la machination qui se révélait à elle, elle n'aurait pas su extraire l'excuse.

Elle vit seulement le geste de Vincent qui tendait le carton fatal, l'approchait des doigts qu'elle n'avançait pas, l'y insérait presque de force.

Et l'invitation reposa sur les genoux de la jeune femme. Son regard la lut machinalement. Elle y vit ces mots :

« De la part de Mlle Suzy Bourlier. »

Ce fut un nouveau coup. Mais il n'éveilla pas tout d'abord en elle les pensées, les soupçons qui auraient dû lui venir. Et cela, pour cette raison fort simple, qu'elle n'imaginait pas qui, en dehors d'elle et de Vincent, aurait pu tracer ces mots. Il y avait bien Sylvaine. Mais Suzy n'eut pas besoin d'écarter le soupçon de l'innocente cousine. Elle savait que Sylvaine ne pouvait être mêlée à cet incident.

La question restait donc entière : quelqu'un, qui n'était ni Suzy, ni Vincent, ni Sylvaine, connaissait le véritable nom de Manon Soleil. Quelqu'un? Qui donc?

— Personne!... Personne!... gémissait la raison de l'actrice.

Et pourtant, la preuve était sous ses yeux et le germe, duquel devait naître le pressentiment, la preuve de la machination, entrait en elle. Elle était sur la voie de la vérité et le sens de tous les incidents qui l'avait poussée vers le piège se révélait à elle peu à peu.

Primson?... Plus qu'elle ne l'avait supposé, il pouvait avoir été *l'instrument* de son malheur. Mais ce n'était pas le hasard qui l'avait amené. Il y avait *quelqu'un* derrière Primson.

Dire cela à Vincent? Est-ce que cela pouvait atténuer sa peine, modifier la situation? Non!...

Suzy n'y pensa même pas.

— Si je n'étais pas allé dans cette maison, si je n'avais pas vu, pas entendu! gémit Vincent dont la voix trembla de détresse, je n'aurais pas su qui était Manon Soleil, ce qu'elle était... la maîtresse vénale d'un Primson!

— La maîtresse de Primson!... moi!...

Malgré elle, soulevée, Suzy jeta cette protestation, ce cri d'horreur.

Mais, dans une flambée de colère soudaine, la voix de l'étudiant se fit âpre, dure.

— Vous allez nier!... Naturellement... puisque je suis assez stupide pour venir vous dire cela, au lieu de disparaître fièrement, comme j'aurais dû faire... Ce naïf que je suis, n'est-ce pas, croira tous les mensonges? Qu'importe qu'il ait été assis aux côtés de cet homme, pendant cette horrible soirée? Qu'importe qu'il l'ait entendu vanter la toute-puissance de la fortune, qui permet d'acheter même l'amour!... Quel amour!... Vous allez nier... Vous n'êtes pas sa maîtresse... Mais que fait-il chez vous, en ce moment, attendant patiemment votre bon plaisir? Ne l'y ai-je pas vu, tout à l'heure, dans ce salon dont la porte était ouverte, alors que j'attendais moi-même, dans l'antichambre, d'être introduit près de vous pour vous crier mon mépris? Je vous ai trop aimée... Je vous aime trop encore... Je ne peux pas être fier, ni indulgent... Je devrais peut-être remercier Manon Soleil de l'aumône qu'elle a faite au pauvre étudiant que je suis... Ce mensonge d'amour, cette illusion... ce « béguin », comme ils disent, ces vilains hommes... je devrais sans doute vous en être reconnaissant. Mais je ne peux pas! J'aimais trop Suzy... Il ne fallait pas me mentir, ni me laisser croire à votre amour... Il fallait être Manon Soleil et me demander de vous acheter des bagues...

— Des bagues!...

Sous les outrages immérités, elle haletait. Mais Vincent, déchaîné, hors de lui, ne se rendait pas compte qu'il la tuait et n'interrompait pas ses coups.

— Oui, des bagues... comme celle qu'il s'était vanté de vous offrir... et que vous portez au doigt... Oh! je la reconnais bien cette améthyste!...

Des yeux de Vincent, auxquels les siens étaient rivés, Suzy Bourlier abaissa ses regards vers la main que désignait le geste du jeune homme.

Et, avec un tressaillement d'effroi, elle vit la bague que Primson avait glissée à l'un de ses doigts.

Elle la reconnut. Et ces mots tintèrent dans sa mémoire, comme le glas annonçant la mort prochaine du condamné.

— Pour la femme désespérée que le hasard mettra sur mon chemin.

Elle était cette femme. Elle l'admit, en frissonnant. C'était à elle que l'améthyste était destinée. En cette heure, où son agonie atteignait au paroxysme de souffrance et de déchirement, elle n'avait pas à juger l'intention perfide, le calcul diabolique qui plaçait cette bague à sa portée. Elle avait simplement à l'élever jusqu'à sa bouche et à mourir.

Aussi bien ne s'était-elle pas condamnée elle-même, déjà?

Lentement, tout à coup résignée, et résolue, et apaisée, elle fit le geste. Le chaton frôla ses lèvres : elle mordit l'améthyste.

— Mourir!

Et son regard, chargé d'amour, se releva, en quête du regard de Vincent.

Mais, brusquement, il se fixa, changea d'expression, devint terrible.

La porte de sa chambre était ouverte, à deux battants, pour qu'on pût voir. Et sous la lumière jaune tombant d'une vasque qui éclairait le corridor, Primson se tenait debout, contemplant son œuvre, avec le sourire du mauvais ange...

CHAPITRE XXI

LA PREMIÈRE VICTOIRE

Un paquet sous le bras — le paquet contenant la lingerie fine que Suzy lui avait confiée — Sylvaine Pariset descendait l'avenue de La Bourdonnais. Elle se hâtait, non seulement parce qu'elle ne disposait pas de beaucoup de temps et qu'il lui fallait être rentrée chez elle à l'heure voulue, pour préparer le repas de midi, mais aussi parce qu'elle avait hâte de voir sa cousine.

La veille, elle avait reçu de Suzy une lettre exaltée, étrange, un appel pressant, faisant prévoir un imminent départ, un bouleversement total, dans l'existence de Manon Soleil, qui serait la réalisation du rêve de Suzy.

Et celle-ci priait sa cousine de revenir au plus vite, grâce au prétexte du linge brodé à rapporter. Elle avait mille confidences à faire à Sylvaine, elle voulait lui dire ses projets et, surtout, l'embrasser et convenir d'un moyen de correspondre entre elles, en attendant que les circonstances leur permissent de se revoir.

« Qu'elle va être heureuse! pensait Sylvaine, sans jalousie, mais avec une nuance de mélancolie. Elle a su trouver le refuge où rien ne menacera plus son bonheur... Ah! si nous pouvions Milot et moi, être transportés par quelque bon génie, loin de Paris enfiévré, surpeuplé, où la foule narquoise bouscule et meurtrit sans pitié les timides et les faibles, où un humble bonheur comme celui que je souhaite ne saurait se cacher, ni échapper aux railleries... Oui, loin de cette atmosphère nouvelle, empoisonnée de doute et de peine que nous n'osons point nous confier et loin, bien loin, surtout, de ce voisinage inquiétant, qui semble exercer sur notre tendresse une action pernicieuse et néfaste. Partir comme Suzy, c'est cela qu'il faudrait. Ailleurs, je le sens, nous serions délivrés du mauvais sort. Suzy a raison : il faudrait pouvoir partir... »

Elle était arrivée devant la porte de l'immeuble habité par Manon Soleil. Cette fois, elle connaissait le chemin et n'eut pas besoin de s'adresser au concierge.

La porte du service n'était point fermée, mais entr'ouverte, comme pour faciliter l'entrée ou la sortie de quelque visiteur clandestin.

Sylvaine crut simplement à une négligence et sonna pour se faire annoncer. Mais personne ne vint.

Etonnée, la jeune femme sonna une deuxième fois, puis une troisième fois et finit par se décider à pénétrer dans le couloir. Elle s'avança, hésitante, mais sans s'alarmer du silence qui régnait à l'office et dans cette partie de l'appartement occupée par les domestiques de Manon Soleil. Elle constatait leur absence, mais ne supposait point qu'ils eussent été éloignés à dessein, parce qu'il se passait, ce matin-là, chez l'actrice, des événements dont il était préférable qu'ils ne fussent pas témoins.

Margot l'Amour aurait pu la renseigner. Mais elle ne parut point. Elle aussi, sans doute, était occupée ailleurs.

Sylvaine poursuivit sa route et arriva à l'entrée d'un corridor plus large, dont un revêtement de glaces, formant les murs, multipliait à l'infini les proportions.

Et, reflétée dans la paroi qui lui faisait face, Sylvaine aperçut la perspective d'une vaste chambre, révélée par la porte grande ouverte.

Un homme était là, dont la jeune femme ne pouvait voir que le dos. Tout au fond de la chambre, debout dev[illegible] une baie tendue d'étoffes, plus mince, plus juvénile, une autre silhouette faisait face à une jeune femme, à demi affaissée sur des coussins, effroyablement pâle et dont le corps tremblait.

Suzy Bourlier, pressant encore sur ses lèvres le chaton dont elle venait d'absorber le poison, dirigeait sur Primson son regard agonisant, mais rempli de lucidité, confinant à la *voyance* que donne parfois l'approche de la mort.

Lentement, avec un effort visible, elle éloigna de sa bouche la main dont l'un des doigts portait la bague d'améthyste et la tendit dans la direction de l'Américain :

— C'est cela que vous vouliez, n'est-ce pas? balbutia-t-elle. C'est fait... Vous avez réussi... Maintenant, retirez-vous, assassin de mon rêve... N'imposez pas votre présence à celle que vous avez calomniée et perdue pour la jeter plus sûrement dans les bras de la mort...

Celui qu'elle apostrophait, l'Américain Primson recula devant le regard qui le jugeait. Il fit deux pas en arrière et Suzy cessa de le voir. Alors, elle reporta ses yeux sur Vincent Dessaintes, qui ne comprenait pas encore, mais tremblait déjà, pressentant le drame.

Les doigts convulsifs de la jeune femme cherchaient à se glisser dans l'échancrure de sa robe, pour reprendre la lettre qu'elle avait cachée sur sa poitrine. Ils l'en tirèrent et, crispés sur elle, la tendirent à l'étudiant.

— C'est pour toi... Tu liras et tu comprendras, prononça-t-elle avec effort. Mon amour! Si tu savais combien purement je t'aimais... à tel point que je préfère la mort à la douleur de vivre déchue à tes yeux... Oublie Manon Soleil... Pour toi, je n'ai été que Suzy... pour toi seul...

Sa langue, paralysée par l'action du poison, se colla à son palais. Un gémissement indistinct exprima son impuissance à parler davantage. Mais son regard continuait à fixer Vincent et tout l'amour qu'elle lui avait voué y brillait, épuré.

Un cri rauque, un grondement sauvage monta de la poitrine du jeune homme. L'effroi de la mort, la terreur de perdre la bien-aimée triomphèrent instantanément de sa jalousie, de ses doutes, de son désespoir. Il tendit les bras pour saisir le pauvre corps secoué de frissons et s'écroulant à genoux, il clama :

— Suzy!... Ma petite Suzy... Je t'aime toujours... Je ne veux pas que tu meures!...

Paroles éternelles! Paroles impuissantes, follement, vainement tombées des lèvres de tous les amants prosternés devant leur maîtresse expirante!

Un faible sourire essaya de naître sur les lèvres qui devenaient grises. Puis la tête charmante se renversa en arrière, échappant au baiser désespéré de l'amant.

Le dernier souffle... le dernier battement du pauvre cœur torturé... Et Vincent, sanglotant, ne tint plus entre ses bras qu'un corps privé de vie...

Glacée, envahie par une terreur qui la rendait incapable d'avancer d'un pas, Sylvaine avait vu tout cela. Dans la glace, elle avait vu agoniser sa cousine, sans comprendre ce drame qui l'épouvantait.

Elle avait aussi entendu l'apostrophe et vu reculer Primson, dont elle continuait à n'apercevoir que le dos.

Mais il n'avait fait que deux pas en arrière, deux pas seulement. Et caché, séparant encore Sylvaine de la chambre où entrait la mort, empêchant la jeune femme de s'en approcher, il avait attendu le dénouement, la fin de la brève agonie, que lui révélèrent les cris et les sanglots de Vincent Dessaintes, étreignant le cadavre qui avait été Manon Soleil.

Alors seulement, l'Américain abandonna son poste et recula encore dans la direction du couloir, à l'entrée duquel se cachait Sylvaine prête à s'enfuir.

Glissant à pas silencieux sur le tapis du corridor, une ombre surgit et passa devant Sylvaine sans la voir.

Portant encore son costume de soubrette, Margot l'Amour s'approcha de Primson, lui toucha le bras.

— Eh bien? chuchota-t-elle.

L'Américain se retourna, montrant enfin son visage à Sylvaine, qui tressaillit.

— *Monsieur Louis!* balbutia-t-elle, tout bas, frappée d'horreur.

Celui qu'elle ne connaissait que sous ce prénom et qui, aux yeux de Manon Soleil, avait été l'Américain Primson, Louis Parvan montra à Margot l'Amour un visage impassible.

— C'est fini, murmura-t-il. Elle est morte... *Cela fait une!*

— Une!...

Affolée, Sylvaine s'enfuyait.

Pourrait-elle, désormais, apercevoir sans frissonner d'épouvante le personnage énigmatique retrouvé chez la pauvre Suzy, y apportant la mort, après le désespoir, comme il avait apporté l'angoisse et le doute, par sa seule présence, dans l'humble logis de Sylvaine Pariset?

« Une! »... Quel sens terrible, pour cette dernière, pouvait avoir ce mot?

— Oh! gémit-elle tout bas, s'adressant à celle qui n'était plus. Pourquoi nous hait-on?... Pourquoi nous fait-on du mal?

Et, avec la hâte d'être seule pour n'avoir plus à retenir ses larmes, avec la hâte aussi de mettre plus de distance entre elle et le funèbre appartement où l'apparition de M. Louis venait de justifier ses plus sombres pressentiments touchant l'influence néfaste que celui-ci pouvait avoir sur sa destinée, elle se hâta vers le Métro.

Hâte bien inspirée. A peine avait-elle tourné le coin de la rue voisine, que Louis Parvan et Margot Feyline sortaient à leur tour de l'immeuble.

— Viens, avait dit le premier à sa complice. Ton rôle est fini. Il vaut mieux laisser le petit Dessaintes se débrouiller tout seul. Il possède une lettre qui, certainement, établira le suicide. On n'aura donc pas besoin de recourir au témoignage de la femme de chambre Mary et de l'Américain Primson. Ceux-là peuvent disparaître... Personne ne mettra la justice sur leurs traces.

— C'est probable, approuva Margot l'Amour. Il y a bien le père Jacob, qui nous a mis en rapport avec Mme Anselme, et cette dernière, à qui tu as eu affaire. Ceux-là, ou le premier tout au moins, pourraient soupçonner notre rôle. Mais, à cause de la bague, Mme Anselme se taira. Et l'intérêt du père Jacob n'est pas de nous dénoncer.

— D'ailleurs, il n'y a pas de crime, conclut froidement Louis Parvan. Ce n'est qu'un suicide... un fait-divers. Nous en lirons le récit dans les journaux.

Deux jours plus tard, en effet, les quotidiens publiaient ces lignes :

« *Une étoile disparaît.*

« Nous apprenons la mort navrante d'une de nos plus jolies artistes, la divette Manon Soleil. La pauvre petite s'est empoisonnée, sans révéler à personne la cause de son geste désespéré. La pitié d'un ami lui a assuré dans un village du Midi, où, paraît-il, elle désirait reposer, des obsèques discrètes. Aucune cérémonie n'a eu lieu à Paris. »

Vers le pays ensoleillé, qui avait été le berceau de son amour, Vincent Dessaintes emportait la chère dépouille.

Le rêve de Suzy Bourlier se réalisait dans la mort...

DEUXIEME PARTIE

LA BRUNE

CHAPITRE PREMIER

L'AUTRE POISON

Un vacarme de musiques, des rafales, des cascades de notes, simultanément moulues par les orchestrions des manèges, des sifflets, des rugissements, se heurtant et se mêlant, dominés par des lambeaux d'airs populaires, de refrains en vogue, des tournoiements d'animaux peinturlurés, des envols de balançoires au-dessus des têtes, des montées et des descentes bruyantes de véhicules affectant toutes les formes, et entre tout cela, agité de remous, un double courant de foule défilant sans répit ; la fête du « Lion de Belfort ».

— Le cirque, papa Milot !... Le cirque !... C'est la parade! Vois les « gugusses » !

Surexcité, « Cinq-et-Trois », accroché à l'une des mains de son père adoptif, le tirait de toutes ses forces. Résigné, docile aux caprices de l'enfant, mais la pensée absente, Milot se laissait entraîner. Que lui importait d'aller ici ou là? On est dans la foule comme dans la vie, coudoyé, bousculé, rudoyé par des gens qui vous ignorent. Ils ne sont que des passants; on n'est pas davantage à leurs yeux.

Mais ce tapage et cette cohue avaient leur réplique dans le crâne du jeune ouvrier. Là aussi, des pensées se heurtaient et se bousculaient, comme les badauds de la fête. Là aussi, c'était un tournoiement éperdu, des envolées qui semblaient se perdre dans le ciel et des chutes qui paraissaient s'écraser contre le sol. Pensées confuses comme la clameur indistincte, qui résumait tous les bruits retentissant aux oreilles du mari de Sylvaine. Il allait de l'une à l'autre, sans en arrêter aucune, simplement pour fuir une autre pensée, une autre peine trop précise qui était en lui.

Une douleur aiguë. Il lui préférait le malaise latent qui serrait son cœur et n'avait point de nom. Sa peine? Comment la définir sans penser à sa Sylvie et conclure que le mal ne pouvait qu'empirer? Si Milot avait su exprimer ce qu'il sentait, comme il aurait été vite guéri! Son plus grand mal était de douter de lui-même et de se croire impuissant à s'élever jusqu'au niveau souhaité.

Il se répétait tristement, en regardant se déchaîner autour de lui la grosse gaieté populaire :

— Bien sûr, il y autre chose... d'autres manières, d'autres goûts... Sans le vouloir, faute de savoir, on peut choquer même ceux qu'on aime. Il faudrait être autrement et on ne sait pas, puisqu'on n'a pas appris... Est-ce notre faute?

Il pensait :

— Est-ce ma faute?

Et de gros soupirs s'échappaient de sa poitrine.

Ne pas comprendre Sylvaine, ne pas être compris d'elle, quel malheur et quel chagrin! Et n'en pouvoir parler à personne, pas même à celle qui le causait! Car elle eût pu prendre pour un reproche la timide allusion faite par Milot au changement qu'il remarquait en elle.

Un reproche à Sylvaine! Milot ne se reconnaissait pas le droit de lui en adresser. Elle était si fine! et tellement au-dessus de lui! Il aurait voulu que l'explication vînt d'elle et qu'elle lui fît comprendre ce qui, maintenant, l'éloignait de lui. Mais peut-être était-elle découragée.

— Pourtant, il n'y a pas si longtemps, elle m'aimait encore... Nous étions si heureux!... Et puis il y a eu quelque chose qui s'est mis entre nous... Cela a commencé depuis qu'elle s'est imaginé que j'avais bu... Oh! elle n'aurait pas dû. C'est comme si moi, je croyais des choses sur elle... des choses qu'on me glisserait comme ça, sans avoir l'air d'y toucher... Moi, je ne crois rien; je n'écoute même pas. Je la connais trop, ma Sylvaine... Et puis, je l'aime! Je l'aime!...

Il ferma les yeux, pour être, au milieu de la foule, seule avec l'absente.

Près de lui, « Cinq-et-Trois » trépignait.

— T'as vu, papa Milot?... T'as vu?... Quelle claque il a reçue, le gugusse!... Ce qu'on rigole!... Elle aurait dû venir, maman Sylvaine, pas?

— Bien sûr, qu'elle aurait dû! soupira Milot, gonflé de peine.

Il ne savait pas, l'innocent « Cinq-et-Trois », quelle blessure douloureuse il effleurait. Jusqu'alors, tous les dimanches de Milot, ses jours de liberté complète, étaient consacrés à Sylvaine, qui en acceptait l'hommage. Tout un jour près d'elle, à la regarder, à lui sourire : c'était le bonheur.

Et puis, on sortait. Oh! pas du côté des fêtes, bien sûr! Sylvaine n'aimait pas la foule et Milot respectait ses goûts. Mais, selon l'époque et le temps qu'il faisait, on s'en allait vers le bois de Vincennes, en quête d'allées solitaires, ou bien on se promenait dans les rues les moins fréquentées.

Mais toujours, Milot tenait, serré sous le sien, le bras de sa Sylvaine.

Pourquoi, aujourd'hui, l'avait-elle privé de ce plaisir? Pourquoi avait-elle refusé de sortir, en prétextant un malaise, et pourquoi n'avait-elle pas voulu qu'il restât à lui tenir compagnie? On aurait dit que la présence de Milot lui pesait, qu'elle avait hâte d'en être délivrée. Et c'était bien la première fois qu'elle laissait deviner de tels sentiments.

— Oh! elle change!... Depuis quelques jours, elle est toute drôle! avait soupiré le pauvre garçon quand il était sorti de la cité, emmenant seulement « Cinq-et-Trois », innocemment joyeux. Si, au moins, elle me disait ce qu'elle a, je ne me ferais pas d'idées! C'est terrible de penser que, peut-être, je l'obsède, et qu'elle ne peut plus me supporter.

Depuis quelques jours, en effet, l'accablement de Sylvaine était visible. Quand Milot était là, elle détournait les yeux et demeurait passive, parlant à peine et tressaillant à chaque parole qu'il lui adressait, comme s'il la tirait d'un songe douloureux.

Mais pouvait-elle lui confier la cause de cette sorte de neurasthénie qui s'était brusquement emparée d'elle? C'était un grand chagrin d'abord et puis c'était aussi de l'effroi, le tout amené par la fin dramatique de la pauvre Suzy.

Cela, Sylvaine devait le cacher à Milo Pariset. Le secret de Manon Soleil, sa parenté avec Sylvaine, il fallait laisser tout cela enfermé dans la tombe et n'en plus parler jamais. Sur ce point, la volonté de silence de la jeune femme était inébranlable. Mais le chagrin, dont elle refoulait l'aveu, demeurait en elle, la plongeait dans une sorte de stupeur, lui faisait un regard fixe et comme égaré, dont Milo devait fatalement s'inquiéter.

Et alors, pour expliquer ces absences, ces yeux rouges de larmes secrètement versées et trop hâtivement essuyées, il fallait mentir, répondre aux questions inquiètes, frémissantes d'affectueuse sollicitude :

— Je n'ai rien... Je me sens seulement un peu souffrante... Rien qu'une migraine... Mais laisse-moi... Cela me fatigue de parler... Va prendre l'air avec le petit...

Elle avait besoin d'être seule avec elle-même, pour pleurer la morte et pour trembler. Que devait-elle craindre de l'homme à qui Suzy, mourante, avait jeté la terrible accusation? Était-ce par hasard qu'il était venu vivre près d'elle? Il y avait là une coïncidence effrayante : elle se savait la cousine de la victime de « Monsieur Louis » et elle ne pouvait s'empêcher de se rappeler l'impression de malaise et d'angoisse que lui avait causée, dès le premier jour, l'arrivée de l'énigmatique voisin.

Il l'espionnait. Elle en était sûre. Que lui voulait-il? Était-elle donc, elle aussi, sa victime désignée? Avait-il une raison de la haïr, comme Suzy?

Confier cette peur à Milot, était-ce possible? Il aurait fallu lui tout dire, lui livrer le secret des derniers instants de Manon Soleil — de Suzy Bourlier. Sylvaine avait trop tardé devant cette confidence. Maintenant, il lui semblait qu'elle ne pouvait plus la faire.

D'ailleurs, même si elle s'y était décidée, qu'aurait pu faire Milot? Un homme — et surtout chez les simples — fonce sur le danger, le prend au collet, au risque de se mettre dans un mauvais cas. Qu'arriverait-il si le jeune ouvrier cherchait querelle au mystérieux voisin, en lui jetant à la face une accusation difficile à prouver?

Sylvaine préférait se taire et trembler seule. C'était pour s'enfermer dans sa douleur et dans son effroi qu'elle paraissait aspirer à la solitude et qu'elle éloignait son mari.

Tout cela, Milot ne pouvait le deviner. Il ne s'expliquait l'attitude de Sylvaine que par un changement profond survenu dans les sentiments de la jeune femme, détachée de lui et en arrivant peut-être, peu à peu, à prendre en horreur le compagnon imprudemment accepté pour la vie.

— S'il en était autrement, nous aurait-elle envoyés promener tout seuls, comme deux pauvres chiens? se désolait Milot. Elle voulait à tout prix que je sorte... pour un malheureux dimanche que je pouvais passer auprès d'elle! Ah! comme elle est changée!

Cette pensée revenait sans cesse, dansait au milieu des autres, parmi le tumulte de la fête où Milot promenait sa mélancolie et le ravissement de « Cinq-et-Trois ».

Avec Sylvaine, il ne serait pas venu là. Mais son chagrin, à lui, avait peur de la solitude. Le bruit qui l'entourait l'empêchait de penser, agissait sur lui comme un stupéfiant, engourdissant son affliction.

Mais pouvait-il échapper aux cris de joie, aux exclamations de « Cinq-et-Trois » qui toutes associaient l'absente à leur promenade?

— On lui racontera, à maman Sylvaine, dit papa Milot, tout ce qu'on a vu... Et puis, on lui rapportera une gaufre...

— Elle s'en moque bien, maman Sylvaine... Nous ne l'intéressons plus, pensait Milot navré tout en acquiesçant aux naïves propositions du bambin.

Timidement il annonça :

— On va rentrer, Bébert... Il se fait tard, tu sais.

Mais un promeneur leur barrait le passage, s'exclamant, railleur :

— Monsieur Pariset!... Sans Madame! Vous avez donc divorcé? Ce que vous paraissez malheureux!

Balbutiant, rougissant, Milot essaya de rire.

— Ce n'est tout de même pas à ce point, monsieur Louis... On est sorti seuls, le petit et moi, parce que la bourgeoise avait la migraine...

— Vous dites bien, la bourgeoise! ricana « M. Louis ». C'est une maladie pour les dames du grand monde, la migraine. Un vrai luxe qu'elle s'offre là, Mme Pariset!... Mais vous, comment se fait-il que vous ne soyez pas resté à lui tenir compagnie?

— C'est à cause de « Cinq-et-Trois », bredouilla Milot, mal à l'aise. Le garder enfermé tout un dimanche, vous pensez, ç'aurait été dur.

— Ah! bon, tant mieux! Vous me rassurez, fit « M. Louis » d'un air paterne. En vous voyant errer comme une âme en peine, avec une figure toute retournée, je me disais : « Est-ce qu'il y aurait de la brouille dans le ménage du camarade? Ce serait dommage. »

— La brouille ne vient pas comme ça! protesta Milot, en affectant de plaisanter.

Le ton de « M. Louis » se fit sentencieux.

— Sait-on jamais? répliqua-t-il. Les ménages? On en voit flancher de solides, qu'on aurait cru incassables. Et puis, un beau jour, chacun tire de son côté. C'est la vie... Il ne faut pas s'en faire... Par exemple, quelqu'un aurait pu monter la tête à Mme Pariset...

— Elle ne voit personne, protesta Milot en haussant les épaules.

— Dans la cité, riposta cauteleusement l'associé de Margot l'Amour, mais ailleurs?... Elle est fière, votre petite femme. Et elle a raison, parce que ça lui va bien. Elle choisit ses fréquentations. C'est son droit. Mais une femme, n'est-ce pas, il faut que ça bavarde... ici ou là... Elle a des parents, Mme Pariset?

Milot secoua la tête.

— Non, répondit-il brièvement.

— Alors, c'était sans doute chez une cliente, fit « M. Louis » comme s'il se parlait à lui-même. Ou des amis peut-être... Cela fait plusieurs fois que je la rencontre avenue de La-Bourdonnais, où j'ai affaire. Alors j'en ai conclu qu'elle connaissait quelqu'un par là et qu'elle allait de temps en temps tailler une petite bavette.

— Elle allait reporter de l'ouvrage, trancha Milot, décisif.

— Je ne lui ai pas vu de paquet, insinua doucement « M. Louis ». Du moins, je ne crois pas, continua-t-il en feignant de se reprendre. Je n'étais pas là pour l'inspecter, naturellement... Elle va où elle veut, Mme Pariset... Cela ne me regarde pas. Ce que j'en disais, c'était pour parler. Mais vous savez mieux que moi chez qui peut aller votre femme... Alors, vous faites votre petit tour, monsieur Pariset? Vous promenez votre jeune homme? Il a de bonnes joues... Et puis, au moins, il a l'air de s'intéresser à la fête, lui. C'est de son âge... Qu'est-ce que je peux lui payer?

— Rien de rien, et merci la même chose, refusa Milot poliment. Il faut que nous rentrions.

— Vous prenez le Métro?

— Oui. De revenir à pied, ce serait un peu trop long pour les jambes du petit.

— En effet, du Lion de Belfort à la place d'Italie, il y a une promenade... Ma foi, je vais faire comme vous, monsieur Milot, si toutefois ma compagnie ne vous ennuie pas.

De risquer d'être aperçu par Sylvaine en compagnie de M. Louis ne plaisait guère à Milot. Mais il n'existait pas de moyen poli de l'éconduire. Milot accepta ce qu'il n'osait refuser et l'on s'en fut vers la station Saint-Jacques.

Aux abords de la cité Jeanne-d'Arc, Louis Parvan, prétextant un achat à faire dans une boutique voisine, laissa Milot et « Cinq-et-Trois » rentrer seuls.

Pas plus que Milot Pariset, il ne tenait à laisser soupçonner à Sylvaine la régularité de ses rencontres avec le jeune ouvrier. Trop fin pour n'avoir pas deviné la secrète antipathie de la cousine de Suzy Bourlier, il ne voulait pas qu'elle arrachât Milot à son influence, en mettant son mari en garde contre de trop fréquents rapports avec le voisin suspect.

Soulagé et bien qu'il n'eût guère été content de la rencontre et des propos échangés, Milot quitta M. Louis sur une cordiale poignée de main.

Il rapportait pourtant un peu plus de tristesse — un peu plus de poison dans le cœur — à cause de certaines phrases négligemment tombées des lèvres de M. Louis.

Elles obsédaient Milot, malgré lui. Il aurait voulu les oublier, ne leur accorder aucune attention. C'était impossible. Pour s'y opposer, il y avait cette question, d'apparence inoffensive, mais qui le poursuivait :

— Pourquoi m'a-t-il parlé de cette avenue où il a rencontré Sylvaine... plusieurs fois? Il avait l'air de sous-entendre des choses...

Quelles choses?

Dans l'état d'esprit où se trouvait le pauvre Milot, point n'était besoin de pouvoir les préciser pour se sentir malheureux.

— Elle reçoit des lettres qu'elle me cache... Elle voit du monde que je ne connais pas... Elle est toute ma vie; mais moi, je ne suis plus toute la sienne. Et peut-être bien que c'était, de ma part, une folie de croire que je pourrais l'être.

Il rentra triste et inquiet, derrière « Cinq-et-Trois », joyeux et enthousiaste, pressé de conter les merveilles de la fête à « maman Sylvaine » qui ne l'écoutait guère.

Elle était telle qu'au départ, distraite, absorbée par des pensées qu'elle ne livrait pas. Où était le tendre sourire qui, peu de semaines auparavant, ravissait Milot Pariset? Où était la clarté des yeux de Sylvaine, illuminés par un paisible bonheur?

Elle ne s'était pas levée pour embrasser Milot, dans un élan de tendresse jeune, ainsi qu'elle ne manquait jamais de le faire auparavant à chacune des rentrées du jeune ouvrier.

Au contraire, elle avait détourné la tête du côté de la fenêtre, près de laquelle elle était dolemment assise. C'était pour cacher ses yeux embués de larmes. Milot crut que c'était pour ne pas le voir.

N'osant s'approcher d'elle, il alla s'asseoir à distance, sagement, en étouffant un gros soupir.

— Nous nous sommes bien promenés, annonça-t-il d'un ton contraint. Te sens-tu mieux, Sylvaine?

— Guère, répondit-elle brièvement. Il faut me pardonner de n'être pas très gaie.

— Je ne te fais pas de reproches, assura Milot d'une voix un peu tremblante. Je sais que chacun a ses mauvais jours... Seulement, j'aimerais mieux te voir bien portante... et heureuse.

Elle se leva.

— Il faut pourtant que je vous fasse dîner, soupira-t-elle. Ne vous impatientez pas. Je vais courir aux provisions.

— Donne-moi la commission, proposa Milot. Cela m'est égal de ressortir.

— Non, refusa la jeune femme. Je puis bien y aller moi-même. Je n'ai pas bougé aujourd'hui.

— C'est pour compenser les jours où tu vas loin reporter de l'ouvrage, répondit Milot.

Et, presque malgré lui, il ajouta, en s'efforçant de poser sa question sans intention et tout à fait par hasard :

— Quand tu vas avenue de La-Bourdonnais, par exemple...

Il vit Sylvaine tressaillir, puis pâlir et le regarder avec une expression telle qu'il resta interdit.

— J'avais... une cliente dans ce quartier-là, prononça Sylvaine d'une voix profonde. Elle est morte et cela m'a fait beaucoup de peine. Ne m'en parle jamais, veux-tu, Milot?

Et sans attendre la réponse, elle sortit précipitamment, sentant venir une crise de larmes.

— Sylvaine, balbutia Milot. Sylvaine! Je n'ai pas voulu te chagriner, tu sais bien.

Mais la jeune femme avait déjà refermé la porte.

Désemparé, il soupira :

— Elle a un secret... C'est sûr!... C'est sûr!...

CHAPITRE II

PAUV'CŒUR

Après s'être séparé de Milot Pariset et du petit « Cinq-et-Trois », Louis Parvan était revenu sur ses pas, vers le boulevard de la Gare, moins encombré que la rue Nationale.

Son visage était redevenu froid et sombre. C'était le visage qu'avait connu Margot Feyline le jour où l'héritier déçu de Jean-Pierre Bourlier avait prononcé, devant elle, la condamnation des trois cousines, dont l'existence venait de lui être révélée.

Plus semblable, en dépit du costume, à l'Américain Primson qu'au familier et gouailleur M. Louis, il promenait, au milieu du flot des promeneurs dominicaux regagnant leur logis, sa méditation tragique. Et ceux qui le frôlaient au passage ne se doutaient guère qu'ils croisaient un homme hanté de pensées farouches, de désirs féroces, de cruelle résolution.

Ce n'était pas un crime — au sens ordinaire du mot — que méditait l'amant de Margot l'Amour : c'était cent fois plus terrible. S'il se refusait au geste, ou s'il y répugnait, le déchu qui se cachait sous le nom de Louis Parvan n'en enfermait pas moins en lui une implacable volonté de meurtre. Il *voulait* la disparition de Sylvaine Pariset, comme il avait voulu la mort de Suzy.

Suffit-il de souhaiter?...

— En somme, récapitulait-il rageusement, tout en marchant, les yeux fixes et les coudes agressifs, il serait vain de me bercer d'illusions. Je ne tiens pas cette Sylvaine comme je tenais l'autre. Il ne faut pas compter l'amener au suicide. Plus facile à désespérer et à dégoûter de la vie serait le petit Milot. Je l'ai mis en bon chemin et pour peu que je prenne la peine de le pousser, il dégringolerait bien vite la pente... A condition que sa femme m'en laisse le temps. C'est là le point faible du travail que j'ai entrepris. Les nuages dont j'ai réussi à voiler leur horizon de bonheur sont factices. Il suffirait, pour les crever, d'une scène de larmes, suivie d'une réconciliation et les tourtereaux seraient plus sûrs que jamais de la force de leur amour. Peut-être cette petite n'est-elle pas femme à laisser empoisonner son bonheur. Elle réagira... Pour le moment, elle est désemparée. Le suicide de sa cousine doit y être pour quelque chose. Mais elle se reprendra. Il ne faut pas lui en laisser le temps... Mais que faire? On ne déclenche pas un drame sur des apparences aussi fragiles. Et ce drame, il me le faudrait rapide, brutal... Si je pouvais rendre ce Pariset jaloux, l'amener à voir rouge?... Oui, sans doute. Mais jaloux de qui? Il ne faut pas compter sur la femme pour me fournir le prétexte. Alors?... Il me manque un personnage... le principal... un pantin dont je puisse tirer les ficelles... Où le trouver?

Il était revenu sur ses pas et se retrouva dans la rue Nationale, tout près de l'entrée de la cité. Sylvaine en sortait. Elle l'aperçut, frissonna involontairement et détourna la tête avec une horreur manifeste.

Louis Parvan fronça le sourcil.

— Oh! oh! nous n'en sommes déjà plus à l'antipathie instinctive! grommela-t-il. Dans le regard qu'elle vient de me jeter, il y avait l'effroi qu'on éprouve seulement devant un ennemi démasqué. Que soupçonne-t-elle? Ou qu'a-t-elle découvert? Elle ne peut cependant avoir deviné que je suis pour quelque chose dans le suicide de sa cousine... En tout cas, il devient urgent d'agir. Autrement, elle me brûlera auprès de son Milot, comme je le suis déjà vis-à-vis d'elle. Voyons! voyons! il est impossible que je ne l'emporte pas... que je ne réussisse pas à créer l'orage qui doit affoler et désespérer ces amoureux... Ils ont vingt ans... l'âge où l'on meurt d'un trahison... Déjà, tous les doutes sont dans le cœur de l'un... Si je pouvais leur fournir un aliment, inventer un soupirant qui compromette cette Sylvaine.

Il la suivait des yeux, qui se hâtait pour s'éloigner de lui, peut-être.

Elle croisa un être sordide et contrefait, un de ces pauvres hères chétifs et misérables, pour qui la vie réserve tous ses coups et à qui elle a même refusé d'inspirer la pitié. Ils répugnent ou ils gênent; on les écarte de son chemin avec des bourrades ou des moqueries; on les malmène et on les raille; ils sont la risée de tous.

Celui qui venait, un de ces traîne-pavé, voués aux besognes les plus rebutantes, portait la livrée des gueux, haillons crasseux, chaussures éculées. Il devait sentir la crasse et la misère. Jeune encore, il était sans âge précis, avec un visage osseux de bossu; sur ses joues creuses, la broussaille clairsemée d'une barbe incolore poussait à regret; d'humbles yeux craintifs s'ouvraient en clignotant, au fond des orbites.

En passant devant Sylvaine, il souleva sa casquette et bredouilla un bonsoir, qu'elle accueillit d'un sourire et d'un petit signe amical — une aumône au mendiant quotidiennement rencontré. Et elle continua son chemin, sans voir que, derrière elle, l'homme demeurait figé dans une contemplation muette. Ses yeux fiévreux s'allumaient, reflétant la même convoitise que le gueux accordait ordinairement aux victuailles des devantures interdites à sa misère.

Louis Parvan surprit ce regard, étrangement éloquent. Il écarquilla les yeux comme on peut faire devant la révélation d'un phénomène déconcertant.

— Mais c'est Pauv'Cœur! s'exclama-t-il. Pauv'Cœur décochant à la petite Pariset, qui ne s'en doute guère, un de ces regards énamourés que ne désavouerait pas un jeune premier!... Oh! oh! Ceci mérite d'être examiné de près.

Et brusquement il s'avança dans la direction du pauvre diable, perdu dans son extase.

— Eh bien, Pauv'Cœur! lança-t-il d'une voix moqueuse. Je t'y prends, à faire de l'œil aux petites femmes! Qu'est-ce que tu espères donc, mon pauvre gars? Tu ne t'imagines pas avoir la bobine d'un don Juan?

Eveillé en plein rêve, brutalement l'infirme tressaillit et reporta sur M. Louis un regard où tremblait de la douleur et de la rage.

— J'sais bien! murmura-t-il amèrement.

J'suis Pauv'Cœur, le mal fichu. Mes poches sont vides plus souvent qu'à mon tour et il m'arrive de n'avoir seulement pas de quoi bouffer... Alors, j'ai pas le droit de regarder une femme et de la trouver gentille... J'ai pas le droit d'avoir un cœur, comme tout le monde... C'est ça que vous voulez dire, n'est-ce pas?

Son ton était presque agressif. La violence est le masque ordinaire de certaines douleurs secrètes, qu'un choc importun fait déborder, comme un liquide d'un vase trop plein.

En face de Louis Parvan, auquel ses modestes vêtements de petit employé n'enlevaient pas son cachet d'élégance et dont la silhouette et le visage agréable attiraient les yeux des femmes, l'effleurant au passage de caresses sournoises, Pauv'Cœur, dressé sur ses jambes maigres, trop longues pour son torse étriqué et dévié par une scoliose, Pauv'Cœur tremblait de fureur.

Ce spectacle ne parut pas déplaire à M. Louis. Il aurait pu, d'un revers de main, envoyer le pauvre diable rouler dans le ruisseau et le rendre à son humilité habituelle. Il se contenta de sourire bizarrement.

— Ne te fâche pas, répondit-il placidement. Je te blague. Mais le sentiment ne se commande pas... Après tout, tu es un homme, Pauv'-Cœur. Pourquoi n'aimerais-tu pas et ne rêverais-tu pas d'être aimé? C'est la nature. Personne n'y peut rien... Je te comprends, va.

Il parlait doucement, sans raillerie et sa mine était apitoyée.

Pauv'Cœur, détendu, attacha sur lui un regard de chien pelé, de chien battu qu'un passant caresse. Surpris et reconnaissant, il soupira.

— Bien sûr!... C'est pas drôle... Et c'est pas juste... Dans la vie, faudrait chacun sa part... de ça et du reste... Tout le monde se fiche de moi, m'envoie dinguer, parce que je ne suis pas costaud... Ça m'est égal : j'y suis fait... Et ceux qui font tant leur malin vis-à-vis de moi et qui se couchent quand ils se trouvent devant un plus fort qu'eux, je les méprise, si vous voulez le savoir. Oui, moi, Pauv'Cœur, je crache sur eux. Voilà!

Il se frappa la poitrine, orgueilleusement, tout fier d'être écouté avec bienveillance et pris au sérieux par ce garçon solide que les passants évitaient de heurter.

— Mais les femmes, c'est autre chose! soupira-t-il lamentablement. Dire que dans ma chienne de vie, il n'y en aura pas une qui m'ait reluqué... A leurs yeux je ne suis pas plus qu'un chien errant... parce que je ne suis pas frusqué et puis que je suis timide. Les gonzesses, il faut savoir leur parler... Et puis, qu'est-ce que je dirais? J'suis Pauv'Cœur. A la niche, Pauv'Cœur! On ne te demande pas de faire le beau. Tu ne comptes pas... Ah! elles ont tort, celles qui disent ça ou qui le pensent!

— Certainement, elles ont tort, approuva complaisamment Louis Parvan.

Il marchait maintenant à côté du pauvre diable qu'il avait entraîné, sans s'occuper des regards étonnés ou ironiques qu'on lui jetait.

Pauv'Cœur était connu dans le quartier. Il en était un peu le souffre-douleur, chacun s'égayant à ses dépens, le houspillant ou lui faisant des farces, selon l'heure et la circonstance.

Mais le traiter en égal et perdre son temps à converser avec lui, c'était une idée qui ne serait venue à personne.

L'intérêt que semblait prendre M. Louis à la conversation de l'infirme n'était pourtant pas simulé. Se serait-il penché avec autant de condescendance sur ce cœur de paria si sa curiosité n'avait eu un but, imprécis encore, pressenti déjà?

Il eût pu retenir l'attention d'un observateur plus désintéressé, ce Pauv'Cœur à qui sa laideur et sa misère interdisaient toutes les joies et toutes les illusions dont se leurrent les humains. Il errait dans la vie, chien famélique, tenu à distance de toutes les joies convoitées. Il passait furtif et humble, n'ayant pas de crocs à montrer, n'ayant pas la force de mordre. Chassé de partout, fouaillé de désirs et tremblant de peur, depuis combien de temps enfermait-il en lui cette rancœur et cette rage secrètes, qu'il laissait entrevoir ce soir à ce confident de rencontre?

Il ne s'apercevait pas qu'il suivait M. Louis comme un chien sans maître suit le passant qui lui a fait l'aumône d'une caresse; et il ne s'inquiétait pas de savoir dans quelle direction ce passant l'entraînait et dans quel but il écoutait si patiemment les doléances du pauvre diable.

Pauv'Cœur, le cœur débondé, laissait couler le flot douloureux qui l'étouffait. Jamais il n'avait tant parlé.

— Tout le monde ne gagne pas le gros lot à la loterie de la vie. D'accord. Mais, tout de même, m'sieu, faut voir les choses comme elles sont. Des gars comme moi, aussi malheureux, aussi méprisés, je crois qu'il n'y en a guère... Et je ne suis pas une brute, vous savez. Je raisonne, je vois clair et je sens les choses... Ça, c'est le pire! Je fais l'abruti, j'encaisse tout, les coups, les blagues; je fais le paillasse. Faut bien. Si je me fâchais, on cognerait plus fort... Allez, si j'étais plus solide sur mes guibolles, ils ne riraient pas deux fois ceux qui me font des misères.

Il serra ses poings frêles et soupira.

— Pas la peine de faire le malin. Du courage, je n'en ai point. Je pense que ça ne vient qu'aux costauds. Pour dire aux autres : « Viens-y donc! » et crâner, faut pas être sûr d'aller par terre au premier coup qu'on encaissera. Moi, la rage ne me prend que quand je suis tout seul. Dans la nuit, quand il n'y a personne pour me voir, je me battrais, m'sieu! Oui, je me battrais. C'est une idée que j'ai... Mais dans le jour, devant tous ces badauds qui me regardent et qui se tordent, j'aime mieux filer doux et me garer des coups. N'empêche que j'en emmagasine. Ah! vous parlez d'un stockage! Si je déballais tout ça, je deviendrais fou furieux. J'aime mieux ne pas y penser. C'est trop, voyez-vous. Etre comme une bête, qui n'est à personne et que chacun a le droit d'assommer, dites un peu, faut être maudit pour avoir attrapé ce numéro-là. Il y en a qui sont laids, des vraies caricatures. Est-ce qu'ils s'en aperçoivent? Ils finissent par l'oublier. Moi, je ne peux pas : c'est tous les jours qu'on me le rappelle...

Dans une rue déserte, le long d'un trottoir mal éclairé par les becs de gaz raréfiés, ils déambulaient et l'ombre enhardissait Pauv'Cœur.

Devant une terrasse de marchand de vin, vide de clients, Louis Parvan arrêta son compagnon.

— Il se fait tard, dit-il. On va casser la croûte. Je t'invite, Pauv'Cœur.

Sceptique et dégrisé, le pauvre hère redevint méfiant.

— Vous voulez me faire marcher... Ou bien vous voulez me préparer une blague, soupira-t-il. Quand on me paie un verre, c'est rare que je puisse le boire tranquille.

— Je ne me moque pas de toi, Pauv'Cœur. Tu viens de me parler comme à un copain. C'est en copain que je veux te traiter. Assieds-toi en face de moi.

Il appela le patron, commanda des huîtres et une assiette de charcuterie, accompagnées d'un litre de vin blanc.

— Mince de balthazar! balbutia l'infirme ébloui. C'est pas possible que vous me donniez une part. Ce serait bien la première fois que je tomberais sur un type pareil!

Mais les huîtres étaient devant lui et M. Louis emplissait les verres.

— A la tienne, Pauv'Cœur! A tes amours! Et régale-toi!

— Pour ce qui est de me régaler, c'est couru, murmura l'affamé, la bouche pleine. Mais ne blaguez pas mes amours, vous me gâteriez ce festin-là et ça serait dommage.

— Tu es donc amoureux, mon pauvre gars? questionna l'amant de Margot Feyline.

Pauv'Cœur venait de lamper un verre de vin blanc, dont la chaleur lui mettait du rouge aux pommettes. Enhardi, il répliqua :

— Faut pas rire! C'est peut-être plus vrai et plus sérieux que vous ne croyez.

— Alors, c'est de la petite que tu reluquais tantôt sur le trottoir? s'enquit Louis Parvan, penché en avant, pour recueillir les confidences de l'infirme. Elle n'est pas mal, la femme à Milot Pariset.

— Elle est... Elle est... bégaya Pauv'Cœur, impuissant à exprimer son admiration. On voudrait se mettre à genoux devant elle. Je vais vous dire un secret, parce qu'avec vous, je me sens en confiance. Eh bien, celle-là je me cache pour la regarder quand elle est à sa fenêtre. Ou bien je me balade pendant des heures devant la cité pour la suivre quand elle sort et lui dire bonjour. Ah! oui, j'en suis amoureux. Je ne le dirais à personne... Il a fallu vous... A moi-même, tenez, je n'en ai jamais tant dit que ce soir. Elle, je sentais bien quelque chose quand je l'apercevais... quelque chose qui m'attirait sur son chemin... Mais je ne voulais pas savoir que c'était de l'amour... A quoi bon? L'amour de Pauv'Cœur! Ce qu'elle rigolerait si on lui racontait ça!

— Qui sait? fit gravement Louis Parvan. Les femmes sont bizarres. Le plus malin ne pourrait se vanter de connaître le fond de leur cœur.

— Allez, c'est tout vu! riposta le miséreux. Un autre pourrait lui lancer des boniments. Comme vous dites, on ne sait pas comment elle prendrait ça. Mais moi! Sûr qu'elle appellerait les agents. Pas la peine d'y penser... Y a rien à faire... Rien de rien!... Avec aucune, je vous dis. Toutes, toutes, elles me chasseraient si j'osais leur parler... Mais il n'y a pas de danger que j'ose. Pourquoi? On donne à des purotins, on les fait bouffer... à preuve vous ce soir... Mais mendier l'amour, ça ne s'est jamais vu. Ah! le pauvre type qui implorerait la charité pour son cœur, qui demanderait l'aumône d'un peu de tendresse... ou l'illusion... personne ne lui donnerait, personne... s'il était un pauvre bougre comme vous me voyez!... Faudrait qu'il prenne... Faudrait qu'il vole!... Et ça ne se vole pas, l'amour!

Il buvait... Il buvait... Ses yeux brillaient; ses maigres joues s'enfiévraient.

Et des rêves accouraient vers son ivresse, des rêves que guettait Louis Parvan, étudiant Pauv'-Cœur.

— Qui sait?... Qui sait?... répétait-il de temps à autre, en couvant des yeux le paria. C'est ton physique qui te décourage? Mais on en a vu de plus vilains que toi qui ont réussi à plaire... Tu ne connais pas les femmes. Tel que te voilà, si tu pouvais troquer ta mauvaise veste contre la pelisse d'un millionnaire et si tu pouvais leur apparaître rasé, parfumé, éblouissant d'élégance, mais elles t'adoreraient, mon ami. Elles verraient en toi le Prince Charmant!

— Possible! soupira le pauvre diable. Mais ce ne sera pas demain que je pourrai m'offrir cette expérience-là!

— Qui sait? répéta M. Louis.

Et lui aussi, comme son convive engourdi par l'ivresse, sourit à un rêve...

CHAPITRE III

L'HOMME ET LE PANTIN

— Ecoute ça, Pauv'Cœur... C'est pour toi...

Sur la minuscule estrade, qui élevait ce cabaret de faubourg à la dignité de café-chantant, près du piano malaxé par l'accompagnateur somnolent, un « amateur » venait de monter et annonçait, en promenant sur l'assistance un regard assuré :

— Le *Noël des gueux sans amour.*

Sur la banquette usée, devant la petite table supportant leurs consommations, l'infirme était installé près de M. Louis.

Autour d'eux, dans un brouillard de fumée de tabac, c'était un entassement de tables, îlots perdus au milieu d'une mer de consommateurs. Un public de buveurs, augmenté de quelques femmes venues pour les chansons : des ouvriers et des ouvrières d'usine; quelques jeunes apaches aussi. Mais lasses de labeur ou flétries par le vice, dans ce café, toutes ces faces prenaient la même expression, se fondaient dans un ensemble, avouant le même besoin inconscient de rêve; et pareils, les corps tassés s'abandonnaient sur leurs sièges. Les cigarettes séchaient aux bords des lèvres; les dents mâchonnaient les cigares; des mains soutenaient le fourneau des pipes; d'autres serraient entre leurs doigts le verre à demi vide. Gestes machinaux qui ne s'achevaient pas et demeuraient suspendus. Au-dessus, les regards, noyés de brume, suivaient de vagues pensées, accrochées à la chanson comme des fils de la vierge aux premiers rayons de l'aube.

Un chant montait, qui les berçait... Et peu importaient les paroles.

Pauv'Cœur aussi se laissait bercer — un Pauv'Cœur nouveau, requinqué, fier de l'amitié que lui manifestait M. Louis.

Un Pauv'Cœur, dont un commencement d'ivresse, habilement entretenu, alourdissait la tête et gonflait le cœur. Pour griser Pauv'C ur et anéantir sa raison, il n'y avait pas que l'alcool, généreusement versé, il y avait les discours de Louis Parvan et, par-dessus tout, la chance extraordinaire qui se poursuivait pour le gueux, depuis que M. Louis s'était intéressé à lui.

Il n'en était plus à s'étonner de l'aubaine ni à en chercher le pourquoi. Il faut prendre ce qu'on vous offre, quand on n'est qu'un pauvre hère. Un verre par-ci, quelques sous par-là; et puis tout ce qui se jette. On est celui qui utilise ce dont personne ne veut plus.

Mais les largesses de Louis Parvan se présentaient différemment. Elles ne semblaient ni capricieuses, ni passagères; elles se continuaient et se complétaient de jour en jour, comme si elles visaient à exécuter le programme de repêcher le paria de sa misère excessive. Vêtu d'un complet donné par son bienfaiteur, un vieux complet, mais propre encore et tel que le gueux n'en avait jamais porté, faisant régulièrement ses deux repas par jour et retrouvant chaque soir son nouvel ami dans un cabaret accueillant, Pauv'Cœur, d'abord ébloui, prenait peu à peu de l'assurance, presque de la dignité. Il était prêt à croire la voix insidieuse qui lui affirmait qu'il était un homme comme les autres et il s'indignait qu'on eût pu, si longtemps, le traiter comme une bête errante... Son existence dégradée devenait un mauvais rêve. Sur ses épaules difformes, il redressait sa maigre tête et ses yeux défiaient l'univers.

Qu'il se sentait donc en confiance, près de son protecteur! Avec quelle gratitude et quelle déférence, il écoutait ses conseils, ses ordres!

— Ecoute ça, Pauv'Cœur!...

Il écoutait, dodelinant de la tête, approuvant de confiance, les paroles que le chanteur lançait d'une voix convaincue.

Nous, les bossus, les chétifs, les timides,
Gueux sans amour que l'on raille là-bas
Chantons Noël! On ne nous aime pas!

Mais M. Louis, une main posée sur son bras, insistait, lui faisait remarquer combien le sens des paroles s'appliquait à sa détresse sentimentale.

— Ecoute-ça... C'est pour toi...

Le chanteur attaquait un autre couplet.

C'est nous qu'on voit par les places joyeuses
Glisser, furtifs, nos visages amers;
C'est nous qu'on voit frôler les amoureuses,
En murmurant de misérables vers.
Gueux sans amour, que dédaignent les femmes,
Tristes au coin des foyers méprisés,
Veillons la joie ironique des flammes
Réchauffant mal nos chambres sans baisers...

Soudain réveillé, surexcité, Pauv'Cœur applaudit, frénétiquement.

— C'est vrai!... C'est vrai!... Ce qu'il envoie là, on dirait que c'est fait pour moi. Juste ce que je vous disais l'autre soir, m'sieu Louis. Le gueux sans amour, c'est moi... Pauv'Cœur!... Pauv'Cœur le bien nommé!... Ecoutez!... Ecoutez!...

Et il répéta passionnément les deux derniers vers, clamés par le chanteur :

Entendez-vous, dans l'ombre, notre plainte,
Amants émus, qui nous jetez du pain?

— Ah! je voudrais qu'elle entende ça, celle à qui je pense! Peut-être que cela la ferait réfléchir et qu'elle aurait pitié. Elle comprendrait pourquoi je la regarde, pourquoi je suis toujours sur son passage... Elle comprendrait... Il faudrait qu'elle comprenne...

— Ecoute! intervint encore M. Louis, d'une voix plus pressante. Ecoute la fin, Pauv'Cœur. C'est le plus beau.

Le chanteur achevait, sur un mode lugubre, la face sombre et crispée, les poings serrés et tendus vers l'auditoire :

...La faim d'aimer rend aussi les gueux blêmes.
Las de souffrir, nous sortirons du noir,
Eclaboussant l'azur de vos poèmes
Avec le sang de notre désespoir...

Les pauvres mains maigres du paria se nouèrent. Un frisson secoua son corps chétif. La colère, la douleur, le désespoir et la haine transparurent sur son visage.

— Il a raison, celui qui a fait cette chanson! murmura-t-il. L'amour, c'est comme le pain : tout le monde y a droit... Faut pas pousser à bout les gueux sans amour... Un jour... un jour, ça pourrait finir par du drame... Faut plus dédaigner Pauv'Cœur!... S'il ne fait pas pitié, il fera peur... Il faudra qu'on m'aime... Il faudra... ou bien...

C'était un pauvre diable à moitié ivre, qui bégayait des propos incohérents, de vagues menaces ne s'adressant à personne. Y songerait-il encore le lendemain?

Peut-être si quelqu'un se chargeait de l'en faire souvenir.

M. Louis feignit de ne pas entendre. Mais il n'en prêtait pas moins l'oreille et ne perdait pas un mot des phrases bredouillées par Pauv'Cœur.

Un méchant sourire effleura ses lèvres, puis s'effaça.

Baissant la voix et se penchant vers son compagnon, il murmura :

— Alors, Pauv'Cœur, tes amours? Ça ne va donc pas?...

L'infirme poussa un profond soupir.

Ses amours!...

Il y avait une huitaine de jours que Louis Parvan jouait ce jeu, montait quotidiennement la tête au pauvre hère, dont la cervelle n'était déjà pas tellement solide.

Sylvaine Pariset? Assurément elle éblouissait Pauv'Cœur et c'était sincèrement que ses regards s'attachaient sur elle avec une expression de convoitise. Mais n'en était-il pas ainsi de toutes les femmes qui passaient à portée de ses yeux? Et toutes lui paraissaient si lointaines! Jusqu'au jour où il avait rencontré M. Louis et où, dans une minute d'exaltation, il lui avait révélé un Pauv'Cœur ignoré, secrètement concupiscent, le gueux n'avait jamais songé qu'il pourrait un jour tendre les bras vers une de celles qu'il admirait. L'idée ne lui serait même pas venue de les effleurer du bout des doigts. Il se savait en dehors de l'amour et s'il en éprouvait, secrètement, une douleur humiliée, aucune pensée de révolte et de violence ne prenait naissance en lui.

Cette fureur, cette rage de faible tout à coup galvanisé et prêt à se ruer et à tuer, c'était Louis Parvan qui l'avait éveillée, lentement, savamment.

En ce qui concernait Sylvaine Pariset, certes, il n'eût pas, sans l'aide de son perfide bienfaiteur, songé à l'honorer d'un culte particulier. Le grand amour que, désespéré, il avait confessé n'était né que dans la minute même où la plaisanterie de M. Louis le lui avait suggéré. Si Louis Parvan l'avait rencontré regardant une autre femme, c'eût été de celle-là que Pauv'Cœur se serait déclaré l'esclave secret.

Telle était la situation au soir où le tentateur s'était trouvé sur le chemin du pauvre diable. Mais depuis, elle s'était modifiée du tout au tout. Un savant travail de suggestion avait persuadé à Pauv'Cœur qu'il se consumait d'amour pour la belle Sylvaine, pour la seule Sylvaine et qu'en elle s'incarnaient toutes les joies dont un destin barbare frustrait Pauv'Cœur.

Hier il admettait comme une chose douloureuse, mais normale et conforme à l'ordre naturel de la vie, que les femmes — et Sylvaine — ne fissent guère plus attention à lui qu'à un chien. Aujourd'hui, cette pensée faisait flamber ses yeux et y allumait des éclairs de haine. C'était là l'œuvre de Louis Parvan.

Ses paroles, ses flatteries, les espoirs qu'il faisait luire, l'alcool qu'il versait généreusement, autant de poison versé. Et c'était du poison encore, cette chanson réclamée par lui à l'intention de Pauv'Cœur, pour achever de troubler le faible cerveau.

« La faim d'aimer rend aussi les gueux blêmes... Las de souffrir, nous sortirons du noir », chantonnait-il perfidement, pour prolonger en Pauv'Cœur l'impression passagère, qu'il voulait transformer en obsession.

Ces vers, il fallait les associer à l'image de Sylvaine pour que celle-ci devînt, dans la pensée de Pauv'Cœur, amoureux méprisé, l'objet de sa haine et de son obscur désir de vengeance.

— Voyons, tu l'as bien revue?... Tu t'es montré à elle depuis que tu as fait toilette? insista-t-il.

— Oui, soupira Pauv'Cœur. Mais c'est pareil, voyez-vous. Elle passe devant moi sans me voir. On dirait qu'elle pense à autre chose... Je ne m'attendais pas à l'éblouir. Mais j'espérais qu'elle s'apercevrait du changement, qu'elle me complimenterait. J'avais préparé ma phrase : « C'est pour vous plaire »... Mais elle n'a rien dit... Elle n'a rien vu... Elle est passée...

— Et toi?

Le malheureux baissa la tête.

— Moi? Je n'ai pas bougé, ni soufflé... J'étais comme une pierre... Je vous l'ai dit, pour faire du boniment aux femmes, impossible... J'suis Pauv'Cœur. La pelure que vous m'avez donnée n'y change rien. Elles me verront toujours comme j'étais avant.

— Mais non! protesta doucement Louis Parvan. Il ne faut pas te mettre ces idées-là dans la tête. De l'aplomb, on en a quand on en veut... quand on est las d'être méprisé... Pour être entendu, vois-tu, il ne faut pas balbutier tout bas d'humbles prières... Il faut s'imposer, être arrogant, menacer. Moi, je sais bien que si tu te présentais d'une certaine façon, on t'écouterait.

— Vous avez peut-être raison. En ce moment je dis comme vous et ça me paraît facile... Mais amenez-moi en face de la gonzesse et il n'y aura plus personne. Je flancherai... parce que le culot c'est pas mon affaire. Ah! si on pouvait m'en donner... rien que pour une heure... Si je pouvais la forcer à m'écouter, lui dire tout ce que je voudrais lui dire, alors oui, ça changerait! On ne rirait plus de Pauv'Cœur! On ne se moquerait plus de Pauv'Cœur!...

Il se frappait la poitrine, essayant de redresser son buste dévié, pitoyable et grotesque à côté de Louis Parvan, dont le voisinage l'écrasait.

— Allons, je veux faire quelque chose pour toi, murmura l'associé de Margot l'Amour en tournant vers Pauv'Cœur son sourire mystérieux. Patiente, Pauv'Cœur! Quelque jour je me déciderai à t'apporter un cadeau... un talisman qui fera de toi un irrésistible séducteur... Ce jour-là, mon garçon, si tu veux suivre mes conseils et suivre de point en point les instructions que je te donnerai, tu seras l'égal de don Juan!

La minable figure s'éclaira; les yeux, que l'ivresse faisait briller, fixèrent M. Louis avec une confiance extasiée.

— Vous feriez ça?... Vous pourriez?... Quand?... Quand?...

— Bientôt, répondit Louis Parvan. Laisse-moi réfléchir et calculer tes chances, Pauv'Cœur. Mais ce sera bientôt, va... Je n'ai pas l'intention de te faire languir.

Il se leva, serra la main du pauvre diable et quitta le cabaret pour regagner son logement de la cité Jeanne-d'Arc.

— Bientôt, se répéta-t-il pensivement. Certes, il faudrait que ce soit bientôt. Mais il ne faudrait pas échouer par trop de hâte. Seule une circonstance favorable me permettrait de risquer ce coup... et encore à condition d'avoir préparé le terrain. Pauv'Cœur est à point. Mais l'autre? Il y a un certain état d'esprit indispensable à la réussite; je ne suis pas certain qu'il l'ait atteint. Je ne veux pas en être pour mes frais de mise en scène. D'autant plus que cela ne pourrait se recommencer.

Réfléchissant ainsi, il était entré dans la cité et arriva devant sa porte.

Alors il vit surgir de l'ombre une silhouette qui s'avança vers lui.

— C'est moi, chuchota Milot Pariset. Je vous attendais. Je voudrais vous demander un service...

A la clarté du briquet qu'il avait allumé, Louis Parvan examina le pauvre visage tourmenté, les yeux malheureux du mari de Sylvaine.

Son visage, à lui, n'exprimait plus que la cordialité.

— Entrez, voisin. Je suis tout à votre disposition, répondit-il en poussant devant lui le jeune ouvrier.

CHAPITRE IV

CŒUR DÉSESPÉRÉ

Quand il eut installé son visiteur sur une chaise et qu'il se fut lui-même assis, M. Louis le regarda de nouveau, d'un air apitoyé, puis s'exclama :

— Mais que vous est-il donc arrivé, mon pauvre gars? Il s'agit d'un malheur, bien sûr?

— Oui, bégaya Milot d'une voix sourde en baissant la tête. Il s'agit d'un malheur...

Sa physionomie sympathique était tiraillée

par ces tics nerveux, qui trahissent une lutte contre les larmes. Prêt à crever, un gros chagrin, un chagrin de gosse, contre lequel il ne savait pas se défendre, mettait son âme en détresse. Qu'il paraissait donc jeune et désemparé! Et comme il aurait eu besoin qu'on le remontât et qu'on lui rendît du courage!

Mais quelle folie le poussait à venir se confier à Louis Parvan, à espérer de lui du réconfort ou un appui? Ne se souvenait-il plus des défiances de Sylvaine et de l'antipathie que lui inspirait leur voisin?

Hélas! à cette heure où il doutait d'elle, où, subissant sans s'en rendre compte la pernicieuse suggestion de l'ennemi, il en arrivait à croire aux calomnies, à supposer sa jeune femme complètement détachée de lui, c'était vers le calomniateur qu'il se dirigeait d'instinct, c'était à lui qu'il venait confier sa peine, parce qu'il le supposait averti et qu'ainsi la confidence lui coûterait moins.

Depuis huit jours que Sylvaine, accablée par la mort de Suzy Bourlier et prostrée dans son chagrin, ne savait plus voir ni comprendre la détresse des regards de Milot, depuis huit jours qu'elle s'enfermait en elle-même au lieu d'ouvrir les yeux et de lutter contre ce qui menaçait son bonheur, le malentendu dont souffrait Milot Pariset n'avait fait que s'aggraver. Sans qu'elle y prît garde, sans qu'elle s'en aperçût, elle avait, par son attitude, confirmé les insinuations perfides de Louis Parvan.

Elle n'avait pas deviné le travail qui se faisait dans l'esprit de Milot, les progrès du mal, les idées qu'il se forgeait et qui le poussaient à conclure, désespérément :

— Elle ne m'aime plus... Je suis de trop dans sa vie... Comme elle serait soulagée! Comme elle reprendrait goût à la vie si je disparaiss[illegible]!...

Parce qu'il l'aimait de toute son âme, jalousement, il ne s'était pas seulement senti malheureux, mais aussi indigné. Cette désaffection de sa Sylvaine, n'était-ce pas comme une trahison? Il avait failli éclater en reproches.

C'eût été le salut.

Mais, à ses yeux, Sylvaine — son idole! son bonheur! son amour! — demeurait toujours « Mlle Sylvaine », celle que, tout enfant, il avait appris à considérer comme étant d'une essence supérieure.

Elle était tout en haut, lui tout en bas.

Un jour, elle était descendue jusqu'à lui. Mais cela effaçait-il la distance? Milot, loyalement, admettait qu'il ne pouvait prétendre à Sylvaine que du libre consentement de celle-ci; il admettait que, s'étant donnée, elle pouvait se reprendre. Lui n'avait qu'à se taire et à souffrir, pour se punir d'avoir accepté trop vite le sacrifice qu'elle avait consenti, dans un élan, peut-être éphémère, de pitié et de reconnaissance.

Puisqu'il n'avait pas su voir, alors, que quelque chose les séparait toujours — ou puisqu'il n'avait pas voulu voir cela, par manque de courage, l'aimant trop, c'était tant pis pour lui. Il attendrait qu'elle parlât et qu'elle lui dît :

— Je me suis trompée... Mon bonheur n'était pas ici... Il faut me rendre ma liberté, Milot.

Il la lui rendrait Il la laisserait partir... Il était fier : il lui cacherait ses larmes et il ne les laisserait couler qu'après qu'elle se serait éloignée.

Mais alors, quel désespoir! Quelles ruines dans son cœur et quel vide! Aurait-il encore le courage de vivre?

— Sans elle?... Sans elle?... Est-ce que ce serait possible?

A l'atelier, pendant des journées entières, il s'était répété cela, en étouffant des sanglots dans sa gorge.

Et le soir, revenu près de Sylvaine, muette et dolente, si loin de lui en apparence, et qui, pour cacher le deuil de son cœur, lui jouait une comédie dont il n'était point dupe et sur la cause de laquelle il se méprenait, il avait envie de crier :

— Ne mens plus!... Parle!... Aie pitié de toi et de moi... Cesse de nous faire du mal à tous deux en te taisant. Mieux vaut en finir, quitte à me briser le cœur!

Sylvaine ne parlait pas. Elle ne révélait pas le secret que Milot croyait avoir deviné.

Il en vint à penser qu'elle n'osait pas, par pitié, et qu'elle lui faisait l'aumône de sa présence sans pouvoir y ajouter son amour.

Elle serait malheureuse? Par lui? Toujours?

Il se révolta.

— Non, Sylvaine!... Je ne veux pas d'un sacrifice... S'il faut qu'un de nous pleure et souffre, que ce soit moi, moi seul. Je ne t'aimerais pas vraiment, Sylvaine, si j'étais incapable de me sacrifier pour te rendre cette liberté à laquelle tu aspires secrètement et que tu n'oses me réclamer... D'ailleurs, que serait ta présence sans ton amour? C'était ton cœur que je voulais.

Il pensa cela et il ajouta, résolu :

— Je la délivrerai...

Comment? Oh! Milot, quand il se posa cette question, ne dramatisa point. Ce n'était pas à un suicide qu'il songeait. Sa tendresse délicate se refusait à imposer ce remords à Sylvaine.

Doux et timide, il méditait un départ discret. Il s'effacerait simplement, rentrerait dans l'ombre, pour ne plus gêner celle dont il se persuadait qu'il était indigne.

Il s'éloignerait sans phrases, sans faire connaître à l'avance son dessein, par peur de s'attendrir, d'abord, et de laisser voir son chagrin, puis aussi par peur de contraindre Sylvaine à un dernier mensonge, à une dernière comédie.

S'il l'avertissait, ne se croirait-elle pas obligée de le retenir et ne s'imaginerait-elle pas ensuite qu'il n'avait simulé ce faux départ que pour l'attendrir? La fierté native de Milot Pariset se refusait à encourir ce soupçon.

Mais partir sans un adieu, sans avoir fait comprendre à Sylvaine de quel grand amour était fait ce renoncement, s'enfuir en s'exposant à la suprême injustice d'un jugement qui méconnaîtrait ses mobiles généreux et l'accuserait peut-être de s'être simplement dérobé à une vie qui lui pesait, parce que ses goûts instinctifs y étaient contrariés? C'était trop dur. Milot voulait au moins emporter la certitude qu'à défaut de l'amour, il conserverait l'estime de Sylvaine.

Il songea à écrire. Dans une lettre, qu'il laisserait et que sa Sylvaine trouverait après son départ, il souhaita mettre son cœur, tracer cet adieu qu'il s'interdisait et demander pardon à la jeune femme de l'avoir fait involontairement souffrir, par son impuissance à la faire vivre dans le milieu pour lequel elle était née et où lui, pauvre Milot, n'aurait su tenir sa place.

Il se souvint d'avoir, étant enfant, rendu la liberté à un oiselet qui dépérissait dans la cage où Milot l'avait placé. Il ne voulait pas l'y voir mourir. Mais quand l'oiseau s'était envolé, joyeusement, Milot avait pleuré de n'avoir pas d'ailes pour le suivre. Il en serait ainsi de Sylvaine et de lui. Elle reprendrait, ranimée et joyeuse, son ascension et, lui, pleurerait de ne pouvoir s'élever avec elle.

Mais exprimer tout cela, même naïvement, était au-dessus du savoir du jeune ouvrier. Devant une feuille de papier, la plume entre ses doigts malhabiles, il sentait ses idées se disperser; il suait d'angoisse à ne point les retrouver dans les mots rebelles qu'il assemblait péniblement. Son instruction était rudimentaire. Il n'avait pas eu le loisir d'aller longtemps à l'école. Il lui avait fallu travailler de ses mains pour aider sa mère à gagner sa vie et celle de Sylvaine. Y avait-il de quoi rougir? Ce n'était pas sa faute.

Cette infériorité ne lui en avait pas moins été pénible, surtout depuis qu'il était le mari de Sylvaine. Il évitait les occasions de laisser voir son ignorance. Moitié honteux, moitié riant (parce qu'alors il croyait à l'amour de Sylvaine) il lui tendait la plume, quand il fallait faire des comptes ou, par hasard, répondre à une lettre.

— Ecris, toi qui es savante...

Quel écolier appliqué il eût fait, si elle avait voulu devenir son professeur! Mais il n'osait l'en prier et, de son côté, Sylvaine craignait de le blesser en lui offrant de lui donner des leçons.

Après quelques essais infructueux, jugés par lui trop imparfaits, Milot renonça à écrire.

Ce fut alors que l'idée lui vint de confier à M. Louis le soin d'instruire Sylvaine de son départ et des motifs qui l'y avaient déterminé.

Lui se contenterait de tracer cet adieu :

« C'est pour que tu puisses être heureuse. Adieu, je t'aimais bien et t'aimerai toujours. Je t'aimerais mal si je restais. »

M. Louis dirait le reste. Il saurait, lui, que le jeune ouvrier sentait, instinctivement, d'une instruction et d'une éducation supérieures.

Malgré le jugement défavorable de Sylvaine, Milot faisait confiance au voisin et ne le supposait pas capable de ne pas remplir scrupuleusement une telle mission. Il ne voyait pas, d'ailleurs, quel intérêt pourrait avoir M. Louis à trahir sa confiance.

Il s'était donc décidé à venir le trouver, en cachette de Sylvaine, en s'esquivant sous le prétexte d'une emplette à faire au bureau de tabac, pendant qu'elle couchait « Cinq-et-Trois ».

Et maintenant, gauche, malheureux, luttant contre une violente envie de fondre en larmes, il était devant M. Louis, dont le regard clairvoyant semblait lire en lui.

— Un malheur? répéta lentement l'amant de Margot l'Amour après le gémissement de Milot. Allons, petit gars, un peu de courage. Dites-moi ce qu'il y a de cassé chez vous... Je devine bien des choses.

Milot Pariset en était persuadé. C'était ce qui l'avait décidé à venir. Avec M. Louis, il n'aurait pas à trop s'expliquer, à prononcer des mots trop pénibles. Sa détresse serait comprise, puisque M. Louis l'avait prévue, prédite.

Et qu'il avait donc été prophète à bon compte, le misérable empoisonneur de bonheur! N'était-ce pas lui qui avait peu à peu glissé dans l'esprit du jeune ouvrier tous les doutes, toutes les craintes qui aboutissaient à la crise présente? La détresse de Milot? La cause de sa peine? Mais ils les devaient à Louis Parvan, qui les lui avait suggérées. Elles n'existaient qu'en son imagination et parce que M. Louis avait fait tout pour cela.

Milot bégaya.

— Ce que vous m'aviez fait entendre un jour... qu'il ne fallait pas prendre une femme trop au-dessus de soi... parce que ça pouvait tourner mal... c'était vrai...

— Ah! diable! fit Louis Parvan, en accentuant l'expression de commisération de son regard. Il y a donc du nouveau? Vous vous êtes aperçu de quelque chose?... Mme Pariset...

— Elle est malheureuse, coupa précipitamment Milot, rougissant de deviner la pensée offensante de M. Louis. Elle est malheureuse à cause de moi... parce que n'est-ce pas, elle n'a pas été élevée pour être la femme d'un simple ouvrier... Elle ne se plaint pas... Mais elle est triste... Elle dépérit... Je le sens... Et cela me fait trop de peine... Je ne peux plus le supporter. Alors, il faut en finir... prendre une résolution...

— Laquelle? questionna Louis Parvant, perplexe.

La tournure que prenaient les choses le surprenait et le déconcertait. Il escomptait bien une crise de désespoir, un éclat, mais à l'heure choisie par lui et dans des conditions qu'il avait l'ambition de déterminer lui-même. L'exaltation devinée sous la tristesse de Milot l'inquiétait. Il n'était pas prêt à l'exploiter.

— Il va falloir combattre cet incendie qui se déclare trop tôt, pensa-t-il.

Et il insista.

— Quelle résolution? Il ne faudrait pas vous emballer. Une bêtise est vite faite... Après, on la regrette.

— Elle est prise, répondit Milot en se raffermissant. Allez, ce n'est pas un coup de tête. Voilà des jours et des jours que je rumine et maintenant je sais ce que je dois faire. Je ne veux pas que Sylvaine soit malheureuse... Puisque je la gêne et qu'elle ne peut plus m'aimer (un sanglot déchira sa voix) je vais partir...

— Partir! s'exclama Louis Parvan, en fronçant le sourcil. Pour aller où?

— N'importe! répondit Milot d'un air sombre. Ce qu'il faut, c'est que Sylvaine ne me revoie plus et qu'elle puisse refaire sa vie comme elle l'entendra. J'ai songé à une chose : elle a peut-être retrouvé des parents qu'elle voit en cachette. Cela expliquerait ce que vous m'avez dit et qu'elle me cache, ses visites dans cette avenue où vous l'avez rencontrée plusieurs fois... Il y a aussi des lettres qu'elle reçoit et qu'elle ne me montre pas... Je ne lui en veux pas... Ce n'est pas de mon monde. On se moquerait d'elle si elle me présentait comme son mari. C'est pour cela qu'il faut que je parte... Je suppose qu'alors elle retournera dans sa famille et qu'elle ne manquera de rien. Mais si je me trompais, il faudrait que je le sache pour ne pas la laisser dans l'embarras. Il y a aussi le pauvre « Cinq-et-Trois ». Si elle ne le gardait pas, je voudrais être averti. Voilà le service que je viens vous demander : surveiller tout ça et me tenir au courant, si c'est nécessaire. Si je ne recevais rien de vous, ce serait signe que tout marche bien. Je vous donnerai une adresse pour m'écrire. Mais il faudra la garder pour vous.

Louis Parvan écoutait avec une stupéfaction croissante. Il était visible que la résolution de Milot le surprenait désagréablement et qu'elle contrariait ses projets.

— Mais ce n'est pas tout, reprit le mari de Sylvaine, en rougissant un peu. Il y a autre chose qui me tracasse et là encore je compte sur vous. Je veux disparaître sans rien dire... pour éviter de m'attendrir bêtement... Vous pensez bien que cela me crève le cœur de quitter Sylvaine... et même le petit « Cinq-et-Trois ». Je ne pourrais pas me retenir de pleurer. Il ne faut pas... Donc je m'en irai sans rien dire... Mais après... quand je serai parti, je voudrais tout de même que quelqu'un... un ami... aille expliquer à ma femme pourquoi je suis parti... bien que je l'aime toujours... Comprenez-vous?

Il s'arrêta, les yeux à terre, comprimant, de ses deux poings serrés contre sa poitrine, sa peine qui l'étouffait.

— Je comprends, mon pauvre petit! fit M. Louis.

Il réfléchissait. Devant ce désespoir, si naïf! il aurait pu s'attendrir, éprouver un peu de remords. Mais il était de marbre : une seule volonté tendait toutes les forces de son être, l'héritage qu'il voulait conquérir, l'héritage qu'il ne pouvait s'assurer qu'en faisant le vide autour de la tombe future de Jean-Pierre Bourlier. Lui seul devait survivre — lui seul. Il n'avait engagé la lutte que pour cela. Alors pourquoi s'attendrir.

Mais cette douleur qui se confiait si candidement, pouvait être une occasion, une chance. Il fallait l'exploiter.

Quand il releva la tête et posa lentement, cordialement sa main sur l'épaule de Milot, son plan était arrêté.

— Compte sur moi, mon petit! dit-il d'une voix grave et en tutoyant Milot. Tout ce que tu me demandes, je le ferai. Quand pars-tu?

— Demain! soupira le pauvret. Demain soir, je ne rentrerai pas et Sylvaine sera débarrassée.

— Mais que deviendras-tu?

— Je m'en moque! sanglota Milot, impuissant à dissimuler davantage son désespoir. Je m'en moque du moment que je n'aurai plus Sylvaine. Elle était ma vie. Et moi, je ne pouvais pas être la sienne. Voilà le malheur... Demain tout sera fini pour moi... Qu'est-ce que je ferai bien, pour tâcher d'oublier, pour ne pas trop penser à Sylvaine?

— Ecoute, dit M. Louis avec autorité. Il faut voir clair en cette affaire. Tu ne peux pas partir comme cela, sans avoir regardé derrière toi, sans savoir si celle pour laquelle tu te sacrifies est digne de ton sacrifice...

— Si elle en est digne! protesta Milot, dans un cri.

— Ou si, tout au moins, elle le comprend. D'ailleurs, reconnais-le, il te serait trop pénible de t'éloigner définitivement, de quitter Paris sans savoir comment ta femme a accueilli ma visite et la communication que je lui ferai de ta part; tu voudras savoir si elle a manifesté quelque regret, un peu de chagrin. Bien des choses peuvent sortir de l'entretien que j'aurai avec elle. Ce que je t'en dirai pourrait être susceptible, sinon de modifier ta décision, tout au moins de régler ta ligne de conduite.

Sans approuver, mais sans protester, Milot écoutait. Ce que le tentateur lui offrait c'était la possibilité de demeurer encore, pendant quelques heures, en contact indirect avec tout ce qu'il méditait de laisser derrière lui. Si faible que fût cette consolation, il s'y raccrochait.

— Ecoute, poursuivit M. Louis. Je t'ai dit que je consentais à être ton porte-parole et aussi, par la suite, ton correspondant. Tu feras donc comme tu veux : demain soir, tu ne rentreras pas chez toi. Mais tu ne quitteras pas encore Paris. Tu m'attendras près de la place d'Italie, dans un petit café que je vais t'indiquer. J'aurai vu la Sylvaine, je lui aurai parlé. Je viendrai te rendre compte et tu sauras au moins comment l'entrevue se sera passée. Crois-moi, ce sera mieux ainsi. Tu te ferais trop d'idées et de tourment si tu partais sans savoir.

— Ce serait mieux, balbutia Milot.

Il se leva en chancelant.

— Je vais faire un tour dehors avant de rentrer, murmura-t-il. Il ne faut pas que Sylvaine devine ce que je veux faire. Et peut-être me questionnerait-t-elle si elle voyait que j'ai pleuré.

— Alors, à demain, mon petit. Je te verrai demain matin et nous prendrons un rendez-vous pour le soir, si tu n'as pas changé d'avis, dit cordialement M. Louis en accompagnant Milot jusqu'à la porte.

— C'est décidé. Je ne changerai pas, soupira le mari de Sylvaine.

Quand il eut refermé la porte et entendu s'éloigner le jeune ouvrier, Louis Parvan se dirigea vers une armoire, de laquelle il sortit un paquet volumineux.

Son visage était sombre.

— Maintenant, il va falloir décider Pauv'-Cœur, murmura-t-il. Demain soir ou jamais... C'est l'occasion.

CHAPITRE V

ANGOISSE

Tout à coup, Sylvaine parut s'éveiller d'un songe. Elle jeta un regard vers le réveil qui, sur la cheminée, tenait lieu de pendule. Alors, elle s'effara. Comme Milot tardait, ce soir! Les autres jours, à pareille heure, il était rentré depuis longtemps.

Elle reporta ses regards sur « Cinq-et-Trois » assis sur le plancher, près d'un jouet abandonné. L'enfant paraissait attendre tristement.

— Mais à quoi songe-t-il, ton papa Milot, mon pauvre petit? s'exclama-t-elle, en se baissant pour embrasser « Cinq-et-Trois ». Huit heures bientôt et il n'est pas là! A quelle heure souperons-nous? Tu dois mourir de faim... En vérité, je me demande où j'avais la tête pour ne pas m'apercevoir de l'heure... Cela devient inquiétant.

Silencieusement, le petit la regardait, l'observait, aurait-on pu dire.

Sylvaine s'était levée et marchait à travers la pièce, comme on fait pour se réveiller et se dégourdir, après un travail ou une méditation absorbante. Elle s'était oubliée. Toujours les images et les pensées obsédantes : Suzy mourante... M. Louis... sa terreur et sa fuite... Et depuis, l'angoisse qui l'emportait hors de la vie et faisait d'elle, près de ceux qu'elle aimait, une éternelle absente.

— Mon Milot... et ce pauvre petit... que doivent-ils penser? se reprocha-t-elle. Je manque de courage; je n'aurais pas dû me laisser aller... Est-ce que je ne devais pas m'inquiéter plus tôt? Huit heures! Que fait donc Milot? Où s'est-il attardé?... Et c'est par ma faute, peut-être... parce que ma tristesse, pour lui incompréhensible, parce que mes rêveries continuelles lui rendent son intérieur maussade, lui donnent l'impression de ne plus m'y trouver... Oh! j'ai tort!... J'ai tort!

Elle remarqua tout à coup les yeux de « Cinq-et-Trois » attachés sur elle, avec une expression qui l'émut.

— Et toi, mon petit Bébert? Qu'as-tu donc? Pourquoi me regardes-tu ainsi? s'inquiétait-elle. Tu parais tout triste. Est-ce que tu as du chagrin?... Pourquoi?... Personne ne t'a fait de la peine, dis, mon « Cinq-et-Trois »?

Tremblante un peu, la voix du petit s'éleva :

— Dis, maman Sylvaine, est-ce que tu nous aimes encore?

— Qui?... Pourquoi demandes-tu cela? s'écria Sylvaine, saisie, en soulevant l'enfant qu'elle serra dans ses bras.

— Papa Milot et moi, expliqua « Cinq-et-Trois » en nouant instinctivement ses deux bras autour du cou de sa mère adoptive.

Les baisers plurent sur ses joues.

— Mais tu es fou, mon mignon!... Quel petit bêta tu fais! protesta la jeune femme, bouleversée. Et pourquoi ne vous aimerait-elle plus, maman Sylvaine?

— Parce que nous ne sommes pas assez pour toi... parce que tu as honte de nous, prononça candidement « Cinq-et-Trois », comme s'il récitait une leçon.

Sylvaine eut cette impression et se troubla. De tels propos, une telle question ne pouvaient être nés dans cette cervelle d'enfant. Il fallait que Bébert les eût entendus, ou qu'on les lui eût suggérés.

— Qui t'a dit cela? s'exclama-t-elle, avec une angoisse soudaine. Tu devrais bien savoir que ce n'est pas vrai, mon petit... Est-ce que le cœur de maman Sylvaine peut changer? Est-ce qu'elle pourrait voir son Milot, son Bébert avec d'autres yeux?... Moi, avoir honte de vous!... Moi, trouver que vous n'êtes pas assez pour moi... alors que vous êtes tout... toute ma vie!... Ah! méchant petit, qui va imaginer des choses pareilles!...

Elle pleurait... Il y avait en elle tant de larmes retenues!

Ce fut au tour de « Cinq-et-Trois » de s'émouvoir. Il se mit à supplier et à embrasser Sylvaine.

— Pardon, maman Sylvaine!... On avait cru, papa Milot et moi... C'était le monsieur qui le disait...

— Quel monsieur? bégaya la jeune femme, en tressaillant.

« Cinq-et-Trois » montra la porte ouvrant sur le palier.

— Le monsieur qui habite là, expliqua-t-il. Celui qui fait toujours de la peine à papa Milot et qui veut toujours lui parler... J'ai bien vu, va!... C'est sa faute si on a cru que tu ne nous aimais plus...

Sylvaine était devenue pâle. Par la bouche de l'innocent, c'était toute la machination de l'ennemi pressenti qui se dévoilait. Elle voyait la trame ourdie dans l'ombre; elle avait l'impression d'y être prise et de se débattre en vain.

Pourquoi avait-elle pleuré et tremblé, au lieu de veiller? Le petit Bébert lui révélait inconsciemment sa faute.

— Aussi, tu ne nous parlais plus... On aurait dit que tu t'ennuyais... que tu aurais voulu ne pas être avec nous... Papa Milot te regardait et tu ne le voyais pas... Il était triste, papa Milot. Et tu ne le consolais pas.

Sylvaine gémit.

— Mon pauvre petit! Mais ce sont des idées qu'on vous a fourrées dans la tête! Ce n'était pas à cause de vous que je paraissais triste... Vous auriez dû me secouer, me réveiller. Et, surtout, vous n'auriez pas dû écouter le méchant homme. Il disait cela exprès pour vous faire de la peine et m'en faire à moi-même... Comprends-tu?... C'est cela qu'il faudra dire à papa Milot quand tu le verras triste...

— Comme à midi, quand il est parti avec le monsieur, confia « Cinq-et-Trois » d'un air de mystère.

Un effroi subit se leva dans l'âme de Sylvaine Bourlier.

— Mon Dieu! gémit-elle.

Et l'angoisse, précisée, dirigea de nouveau ses yeux vers la cheminée et le cadran du réveil.

Comment ne pas rapprocher ce retard inexplicable de ce que venait de révéler l'enfant et de ce départ, en compagnie de l'ennemi?

Elle en était certaine, maintenant : la même besogne accomplie auprès de la pauvre Suzy, pour l'acculer au désespoir et la jeter dans les bras de la mort, cette même besogne, silencieusement, sournoisement, terriblement, M. Louis l'accomplissait près d'elle. Lentement, irrésistiblement, il la poussait vers le désespoir.

Et Milot, son Milot, qu'elle se reprochait d'avoir négligé, était parti avec cet homme. Ne fallait-il pas trembler?

C'est une chose cruelle que le réveil d'une mémoire assoupie. Implacablement, elle accuse tous les détails demeurés dans l'ombre, enchaîne les faits qu'on avait accueillis séparément et avec indifférence. Chaque fragment du paysage pouvait être négligé. La perspective d'ensemble épouvante.

Sylvaine, brusquement, se rappela la façon dont Milot les avait quittés, elle et « Cinq-et-Trois », après le repas de midi. Pourquoi ne s'en avisait-elle que maintenant? Il était bizarre, nerveux, préoccupé. Il dissimulait quelque chose, un chagrin, une émotion. Et ce regard qu'il avait jeté vers elle au moment de franchir la porte, ce regard navré, timide, *qui contenait comme un adieu!*

Elle l'avait reçu, ce regard; il l'avait atteinte à travers la dolente passivité de sa tristesse. Elle se souvenait d'avoir été troublée par une sorte de pressentiment et d'avoir voulu se lever pour rappeler Milot.

Pourquoi était-elle demeurée inerte, un peu plus accablée seulement? Quelle force néfaste avait paralysé sa volonté?

Milot avait appelé « Cinq-et-Trois », était descendu avec lui. Elle se souvint aussi de ce détail.

Frémissante, elle questionna.

— Que t'a-t-il dit, papa Milot? Que t'a-t-il dit, quand il est parti?

— Il m'a embrassé, soupira l'enfant. Oh! comme il m'a embrassé fort! Et il avait des larmes dans les yeux, tu sais, maman Sylvaine.

— Pourquoi ne m'as-tu pas dit cela? balbutia la jeune femme, dont les longs cils bruns s'humectaient eux-mêmes de perles tremblantes.

« Cinq-et-Trois » soupira.

— J'osais pas, maman Sylvaine... Je t'ai expliqué pourquoi tout à l'heure.

L'épouse de Milot Pariset poussa un gémissement de détresse. La Fatalité l'enserrait.

— Il m'a gardé un moment contre lui, poursuivit l'enfant. Il disait : « Mon petit Bébert!... Mon brave petit gosse!... Je t'aime bien, va!... Je *vous* aime bien! »... Et puis, il m'a encore embrassé et il est parti. C'est après que le monsieur l'a rejoint.

Chaque mot tombé des lèvres enfantines faisait saigner davantage le cœur de Sylvaine. Que Milot eût prononcé de telles paroles, manifesté une telle émotion, cela signifiait bien quelque chose, un chagrin, certainement, que l'épouse aurait eu le devoir d'apaiser — ou bien un pressentiment.

Ses craintes n'allaient pas au delà. Elle n'imaginait pas que Milot eût pu former un dessein tel qu'en partant il savait *qu'il ne reviendrait pas.*

Sans doute les tardives confidences de « Cinq-et-Trois » lui révélaient la gravité du malentendu qu'elle avait laissé naître sans le soupçonner. Elle savait maintenant que son mari croyait être moins aimé, ou ne l'être plus, et qu'il attribuait ce changement à des sentiments dont Sylvaine se défendait avec horreur.

Et à Milot, comme au petit Bébert, elle adressait mentalement le même reproche.

— Pourquoi ne m'a-t-il rien dit? Je l'aurais obligé à voir clair en moi et en lui. J'aurais dissipé ses craintes, chassé ses doutes... l'œuvre de ce misérable, dont je ne sais rien et qui agit comme s'il me haïssait. C'est par Milot qu'il veut m'atteindre. Je le sens. Mais il n'est pas trop tard pour m'en apercevoir. Que Milot revienne, seulement... Qu'il revienne vite et je le rassurerai... Je lui dirai tout... oui, pour le mettre en garde et pour désarmer cet homme... Plus de secret entre nous. J'ai eu tort... Un secret pour mon Milot, quelle sottise! Suzy ne voulait pas cela.

De plus en plus, elle ancrait en elle cette conviction qu'elle tenait le remède. Pour rendre vaines les obscures menées de M. Louis, il devait suffire de reprendre Milot dans ses bras et de lui ouvrir son cœur.

N'était-il pas dupe d'une apparence, infernalement suscitée, comme elle-même avait pu l'être en un certain soir, dont elle se souvenait maintenant avec regret? Eclairée soudain, elle revoyait la rentrée titubante de Milot, *ramené par l'indéchiffrable voisin.* La trame, maintenant, lui apparaissait. Et tardivement elle accueillait les protestations d'innocence du jeune ouvrier, que son injuste sévérité avait alors désespéré. C'était de ce jour-là qu'un nuage s'était élevé entre eux, cachant leur tendresse, qui n'avait pas décru. Le résultat apparaissait à Sylvaine : ses doutes injustes, ses craintes, le muet reproche de son regard; et, du côté de Milot, un fier silence blessé, une révolte secrète contre le soupçon immérité. C'était l'œuvre de M. Louis.

— Lui... c'était lui qui avait rendu Milot malade pour le dégrader à mes yeux! pensa Sylvaine avec repentir. Mon pauvre Milot!

Puis une pensée — et c'était presque un espoir — lui vint ensuite. Le retard du jeune mari n'était-il pas, ce soir, causé par une machination de même ordre? N'était-ce pas M. Louis qui le retenait loin de Sylvaine, profitant peut-être de son chagrin pour le griser sournoisement et renouveler sa ruse?

— Oh! mais, cette fois, je ne serai pas dupe! pensa la jeune femme. Et demain, M. Louis ne sera plus à craindre. Ce qui lui livrait Milot, c'était ma défiance et c'était aussi mon abattement. C'est bien fini. Milot et moi, nous chasserons le mauvais génie...

Elle évitait de regarder du côté du réveil, pour ne pas nourrir son anxiété. L'heure s'avançait et Milot ne rentrait pas.

Elle se décida à faire dîner « Cinq-et-Trois » et à le coucher. Elle-même ne toucha pas aux aliments. Elle était trop inquiète.

— Viens mon petit. Il faut aller au dodo...

— Pas encore, maman Sylvaine, supplia l'enfant. Papa Milot n'est pas rentré...

— Il ira t'embrasser dans ton lit, promit la jeune femme.

Elle déshabilla « Cinq-et-Trois », le mit au lit et reprit ses vêtements pour les brosser et les plier. Dans la poche du tablier, elle sentit le froissement d'un papier qu'elle tira. C'était une enveloppe.

— Qu'est-ce que cela? s'étonna Sylvaine.

— Sais pas... murmura l'enfant, dont les yeux se fermaient.

Il ne vit pas trembler les mains qui tenaient l'enveloppe. Devenue pâle, la jeune femme regardait l'adresse, tracée d'une grosse écriture enfantine, qu'elle reconnaissait.

Pourquoi Milot avait-il glissé dans la poche de « Cinq-et-Trois » une enveloppe adressée « à Mme Sylvaine Pariset »?

Elle n'osait pas ouvrir. Elle ne s'y décida qu'au bout de plusieurs minutes, quand son anxiété commença à lui suggérer des craintes telles que la réalité ne pouvait être pire.

Sur le papier, la main malhabile avait écrit ces lignes :

« Je pars pour que tu puisses être heureuse... Je t'aimais bien... M. Louis t'expliquera... »

Les mots dansaient devant les yeux, qu'obscurcissaient des larmes. Anéantie par le coup qui la frappait, la pauvre petite bégayait :

— Il part... Pourquoi?...

Elle ne comprenait pas. Elle n'admettait pas que Milot eût pu se tromper à ce point et s'imaginer qu'elle pouvait être heureuse sans lui.

Pour elle, aux questions qu'elle se posait, il n'y avait qu'une réponse, une seule. Elle se la fit, en gémissant :

— M. Louis... M. Louis...

Et elle demeura accablée, incapable d'ordonner ses pensées et de se tracer une ligne de conduite, incapable d'agir. Elle était déchirée, elle se sentait sans forces. Mais son désespoir n'éclatait pas; il n'était encore qu'une stupeur, mêlée de doute. Ce n'était pas possible. Milot n'avait pu quitter ainsi sa Sylvaine. Il avait écrit cet adieu dans un moment de folie, peut-être sous la pression de l'être maléfique dont la néfaste influence s'ingéniait à torturer Sylvaine. Mais il n'aurait pas le courage d'exécuter son projet. Il allait revenir.

Justement, des pas s'entendaient au dehors, sous la fenêtre. Ils montèrent pesamment l'escâlier, s'arrêtèrent devant la porte. Une main tâtonnante chercha la clef sur la serrure, essaya d'ouvrir.

Ranimée, joyeuse, Sylvaine s'élança.

— C'est lui... C'est Milot...

Pas un doute! C'était une certitude.

Elle ouvrit...

Une silhouette titubante se dressa devant elle.

CHAPITRE VI

LE POISON AGIT

Devant l'usine, mêlé au flot de la sortie, qui se divisait en deux courants contraires, Milot Pariset hésita.

Irait-il à droite ou à gauche? Il avait brisé le fil qui le dirigeait dans la vie. Il était devenu un sans-gîte.

Quelqu'un le poussa, l'obligea à avancer. Alors il se mit à marcher, la tête baissée, sans savoir où il allait.

Le gros des ouvriers avait déjà pris les devants. Il ne restait plus que les lambins et les retardataires, dont le nombre se raréfiait et qui finissaient par dépasser le mari de Sylvaine. Bientôt, il n'y eut plus autour de lui que les passants ordinaires.

Aujourd'hui, il ne devait pas rentrer. Et tout à l'heure, Sylvaine, prévenue par M. Louis, cesserait de l'attendre, ne l'attendrait plus jamais.

A cette pensée, quelque chose se brisa dans la poitrine du pauvre garçon. Il poussa un gémissement douloureux.

Comme il se sentait seul et perdu! Lui, habituellement si alerte, prenait tout à coup, instinctivement, la démarche lasse et l'attitude voûtée du vagabond condamné à errer sans but et sans fin.

Il l'avait voulu. Cette idée l'étourdissait et le consternait. Maintenant qu'il se trouvait devant le fait accompli et qu'il était trop tard pour revenir sur sa décision, *puisque M. Louis devait être en train de l'annoncer,* il se sentait aussi penaud que l'enfant qui, par coup de tête, s'est enfui du domicile paternel.

Avait-il bien réfléchi? N'avait-il pas agi puérilement, comme un enfant boudeur qui se cache pour qu'on le cherche et le rappelle?

Il secoua la tête. Non! Sa décision était prise. Il avait agi comme il devait agir et de la seule façon qui pût libérer Sylvaine d'une existence qui la choquait et lui était un fardeau. Milot seul la séparait sans doute d'une autre vie plus brillante. Candidement, il supposait qu'il était l'obstacle et que les riches parents retrouvés par Sylvaine accourraient la chercher dès qu'ils la sauraient seule.

— Elle ne me cherchera même pas, sanglota-t-il. Dans quelques jours je pourrais bien retourner chez nous; je ne l'y trouverais plus... Elle sera redevenue comme avant et elle oubliera son pauvre, trop pauvre Milot.

La tête basse, il sentait des larmes se détacher de ses cils. Son désespoir grandissait, mais sa volonté de sacrifice demeurait entière.

Il croyait errer au hasard, se considérant comme une épave, dont rien ne peut plus diriger la course. Et, tout à coup, il s'aperçut qu'il s'était machinalement rapproché de la place d'Italie. Le petit café dans lequel il devait attendre M. Louis était devant lui. Il y entra.

Pourtant deux grandes heures le séparaient encore de l'instant où pourrait apparaître son confident. Mais il était las de marcher sans but. Il lui semblait qu'attendre au lieu du rendez-vous c'était en rapprocher l'heure. Il ne pouvait penser qu'à Sylvaine. Là, il entendrait encore parler d'elle; il apprendrait de M. Louis ce qu'elle avait dit et si elle avait manifesté de la peine ou de la joie.

Il s'installa dans un coin, commanda un apéritif, l'avala et en redemanda un autre.

Cela seul dénotait le trouble dans lequel son chagrin le jetait. Il cherchait à s'étourdir, pour ne plus sentir sa peine et, machinalement, à chaque élancement, à chaque réveil de la douleur, il renouvelait la dose, espérant que l'alcool agirait comme un stupéfiant et l'insensibiliserait.

Tout de suite, les anis, auxquels il n'était pas habitué, l'assommèrent et il s'enfonça dans une torpeur hébétée, emprisonnant à la fois sa pensée et son chagrin, lueur vacillante et point douloureux, enfouis au plus profond de son être et dont les révoltes n'atteignaient plus la surface.

En cet état de morne inconscience, il ne s'intéressait même plus à l'heure. Autour de lui, des gens jouaient aux cartes, péroraient, plaisantaient. Les coudes sur la table, la tête dans ses mains, en face de son verre vide, il les considérait stupidement, sans les voir ni les entendre. Devant ses yeux s'étendait un brouillard qui l'isolait de la vie. Et au sein de ce brouillard naissait, s'effaçait, puis réunissait constamment une seule image, toujours la même : le visage de Sylvaine.

Quelqu'un s'approcha de sa table: c'était Louis

Parvan, arrivant enfin. Milot le reconnut, poussa un gros soupir, mais ne bougea pas. Pourtant, son regard se ranima et parvint à exprimer une interrogation anxieuse.

Ce fut le seul signe de conscience que donna le malheureux. Le moindre geste, la moindre parole lui auraient coûté trop d'efforts.

M. Louis sourit. Il préférait avoir affaire à ce Milot engourdi par l'ivresse. La besogne qu'il venait accomplir eût été moins aisée si le jeune ouvrier avait gardé sa lucidité habituelle. Le chagrin n'aurait pas suffi.

« Il a bu : c'est parfait! pensa le mauvais génie, en s'asseyant en face de Milot. Ma tâche s'en trouve simplifiée. Je n'aurai pas besoin de le griser. »

Puis, autant pour répondre à la question lue dans les yeux de Milot Pariset que pour s'assurer du degré de conscience que lui laissait l'ivresse, il se pencha et murmura :

— Je l'ai vue... Votre commission est faite.

Milot oscilla. Sa face conserva son expression morne, mais quelques larmes s'échappèrent de ses paupières.

— Vous... lui avez... dit? tenta-t-il de bredouiller d'une voix pâteuse.

Louis Parvan nota cet indice avec une satisfaction croissante.

« Tout à fait à point!... Il comprend encore vaguement... juste ce qu'il faut pour souffrir et être capable de colère. Une émotion violente le galvaniserait; mais les réflexes joueraient seuls. Il ne raisonnerait pas... C'est parfait. »

Et il répondit tout haut, en inclinant la tête :

— Oui, je lui ai dit... tout ce que tu désirais que je lui dise, mon petit gars. Je lui ai annoncé ta résolution, ton sacrifice. J'ai tâché de lui faire comprendre à quel point c'en était un et quelle admiration il méritait... Mais voilà... Peux-tu me comprendre?

— Ou...i! bégaya Milot, en agitant péniblement, de haut en bas, sa tête.

— C'est que je vois bien en quel état tu es, dit M. Louis avec une feinte pitié. Oh! je ne te blâme pas! Je te comprends. Tu as trop de chagrin... Tu cherches à le noyer... Pauvre gosse!... C'est que j'ai des choses sérieuses à te dire... des choses graves. Il faut bien que tu saches ce qui se passe là-bas... ou ce qui se passera... dans ce foyer que tu abandonnes. Ta Sylvaine!... Eh bien, veux-tu que je te l'avoue? Elle m'a fait de la peine, ta Sylvaine... Elle est encore bien jeune, vois-tu, trop sans défense et à la merci du premier venu... Tu l'abandonnes... Tu crois agir pour son bien... Tu veux son bonheur. Mais devines-tu ce qu'elle en fera, de la liberté que tu lui rends? Te doutes-tu de ce qu'elle deviendra... peut-être, si elle écoute bêtement le premier venu? Elle ne trouvera pas que des Milot Pariset sur son chemin. En te rencontrant, toi, si brave garçon, elle avait eu trop de chance. Et la chance se paie, mon petit. Écoute, je l'ai vue, et j'ai bien compris des choses... Je l'ai un peu confessée, si tu veux le savoir. C'était dans son intérêt et dans le tien... Eh bien, cela m'a donné à penser... à réfléchir... Tu t'imaginais qu'elle allait rejoindre sa famille... Ce n'est peut-être pas cela qu'elle médite, vois-tu... Que dirais-tu si tu apprenais, dans quelque temps, que tu as cédé simplement la place à un autre... qui ne te vaudrait pas?...

Pendant que M. Louis parlait, Milot avait fait des efforts pour comprendre et triompher de l'ivresse qui engourdissait son cerveau. Il n'arrivait qu'à s'énerver et à souffrir.

Dans le discours du calomniateur, à travers les réticences, les mots de pitié, il pressentait un danger, un nouveau malheur menaçant Sylvaine. Il avait d'abord cru cela, désespéré de ne pouvoir retenir au passage les mots qui s'engloutissaient dans son hébétement et qui l'auraient sans doute éclairé. Il avait tort d'abandonner sa femme : elle avait encore besoin d'être protégée. Voilà ce qu'il avait tout d'abord compris, confusément.

Mais la fin perfide le traversa comme une douleur fulgurante, atteignit les profondeurs douloureuses de sa chair et de son cœur, cingla d'un coup de fouet son ivresse, au point qu'il put se dresser et se croire subitement dégrisé.

— Un autre? rugit-il. Quel autre? Que voulez-vous dire?

M. Louis avait escompté ce sursaut. Il ne fit que le simulacre de gestes apaisants.

— Là!... Là!... Calmons-nous. Il ne s'agit encore que d'une supposition, point d'une certitude... Je voulais simplement savoir comment tu prendrais ça, si quelqu'un te chipait ta Sylvaine... Je le sais... Tudieu! mon petit gars! Il ne ferait pas bon être ton rival heureux... Et tu as raison! Elle est encore ta femme, Mme Pariset; elle porte encore ton nom. C'est ton honneur que tu défendrais.

Haletant, Milot était retombé sur la banquette. De grosses gouttes de sueur coulaient sur son visage; ses mains tremblaient.

Mais déjà ses membres et tout son corps redevenaient de plomb et les idées, dans sa tête, recommençaient leur sarabande échevelée. De la douleur, de la colère, une jalousie furieuse, un désespoir sans bornes, oui sans doute; Mais tout cela pêle-mêle sans qu'aucun sentiment fût capable de dominer les autres et d'inspirer une suite de gestes ordonnés en acte.

M. Louis tira sa montre, regarda l'heure et dit posément :

— Petit, il ne faut pas t'en aller comme ça. Quelqu'un tourne autour de ta Sylvaine... Je ne dis pas qu'elle y soit pour quelque chose, ni que cela lui fasse plaisir. Mais on ne sait pas. Le plus simple est de ne pas l'exposer à la tentation. Partir, je te le répète, c'est peut-être céder la place à un autre. Veux-tu encore partir? Moi, je te dis qu'il faut rester, ou plutôt qu'il faut revenir... Et pas demain, ce soir... si tu ne veux pas risquer de la trouver dans les bras d'un autre.

Milot n'était plus capable d'un second sursaut. Le premier l'avait épuisé. Il poussa seulement une plainte déchirante, qui fit tourner toutes les têtes et se concentrer sur lui tous les regards.

Il ne les voyait pas; il s'en souciait moins encore. Il se mit à pleurer comme un enfant.

M. Louis le prit par le bras et l'obligea à se lever.

— Viens! dit-il avec autorité.

Hébété, larmoyant, Milot se laissa tirer d'entre la table et la banquette, et soutenir et emmener au milieu des sourires et des plaisanteries, lancées sur son passage, et auxquelles répondaient les coups d'œil de M. Louis.

— Ne faites pas attention... C'est un copain que j'emmène... un copain qui a bu un coup de trop, semblait-il dire.

Et il fit sortir Milot du cabaret.

Rangé le long du trottoir, un taxi attendait. Vivement, Louis Parvan ouvrit la portière et poussa sa victime à l'intérieur.

— Cité Jeanne-d'Arc, dit-il au chauffeur.

Il monta près de Milot et referma la portière. Le taxi démarra.

La tête appuyée dans un angle, le corps affaissé, le jeune ouvrier sanglotait :

— Sylvaine!... Sylvaine!...

Le seul mot, la seule pensée échappés au naufrage de sa raison, la seule image emplissant son cerveau embrumé. Sylvaine, éperdument aimée jusqu'au sacrifice, aimée jusqu'à la limite de la souffrance, contre laquelle le malheureux avait inconsciemment souhaité le refuge de l'ivresse.

Refuge perfide, qui le livrait à M. Louis triomphant et dont le sourire impitoyable guettait, dans l'ombre, ce désespoir.

Milot se rendait-il compte qu'il allait vers Sylvaine?... vers Sylvaine qu'il ne croyait plus revoir?

Non. L'éclair que les paroles de Louis Parvan avait fait jaillir en lui s'était éteint. Il était retombé dans son apathie.

S'il avait compris l'intention de son guide, il se serait révolté ou il aurait frémi. Tout lui interdisait de revoir Sylvaine. Il ne l'avait pas quittée pour revenir si vite et il n'aurait pas voulu se montrer à elle avant d'avoir retrouvé sa raison.

Quant aux motifs allégués par M. Louis pour justifier ce retour, il en avait également perdu le souvenir. Il y avait eu en lui une douleur atroce, un déchirement subit dont la cause lui échappait. Des images terribles, suscitées par les phrases de M. Louis, s'étaient présentées, provoquant une sorte de crise furieuse. Mais elles étaient rentrées dans le noir, avec la douleur et la fureur et il n'en restait, dans la conscience de Milot, qu'une impression d'anéantissement plus complet et de lassitude plus grande. Physiquement, il était brisé; moralement, il se sentait sans volonté. Et il ne savait plus pourquoi il pleurait.

— Sylvaine!... Sylvaine!...

Oh! ce qu'avait dit M. Louis n'était pour rien dans ce grand chagrin qui exhalait cette plainte. Ou si quelque chose en subsistait, ce ne pouvait être que dans la partie la plus secrète et la plus obscure de l'âme — dans l'inconscient.

Demain ou plus tard, cela pourrait émerger. Mais pour l'instant le jeune ouvrier ne souffrait que comme on peut souffrir pendant le sommeil, passivement.

Le taxi s'arrêta.

— Nous y voici, annonça Louis Parvan à demi-voix, comme s'il craignait de réveiller son compagnon.

Il descendit et régla le chauffeur, avant de tirer Milot hors de la voiture.

Dès qu'il lui eut fait prendre pied sur le trottoir, devant une des entrées de la cité, il l'entraîna rapidement en le soutenant. Milot n'avait fait qu'entrevoir la rue, pas encore endormie, mais où les passants étaient plus rares, et plus clairsemées les nappes des lumières, évadées des devantures et étalées sur le trottoir. Tout de suite, il se trouva perdu dans l'ombre des ruelles étroites, qui se coulaient entre les maisons sombres, d'où sortaient des relents de caserne.

C'était le chemin qu'il suivait quatre fois par jour.

L'instinct le lui fit reconnaître, en même temps que la fraîcheur de la nuit, enveloppant sa tête enfiévrée, le réveillait un peu.

Il s'inquiéta, voulut s'arrêter, bredouilla :

— Où m'avez-vous amené?... Je ne veux pas...

— Viens! répéta Louis Parvan, en l'entraînant de force. Ta présence est nécessaire... Tu vas comprendre...

Le soutenant presque, il l'obligea à monter deux marches et à pénétrer dans un couloir obscur. Sans faire craquer d'allumette, il se dirigea à tâtons vers un escalier.

— Je ne veux pas... répétait Milot Pariset en résistant. Pas ce soir!

Il se dégrisait. Louis Parvan le brusqua :

— Avance, entêté. Je te dis qu'il le faut... Je ne t'ai pas amené jusqu'ici pour te permettre de reculer... Tiens, monte seulement jusqu'à cette lueur qui filtre sur le palier... Tu n'auras pas besoin d'aller plus loin, et je ne te demanderai pas d'autre effort. Ne veux-tu pas savoir pourquoi cette porte est entr'ouverte à pareille heure et qui a oublié de la fermer?

Troublé, le jeune ouvrier se laissa pousser et gravit les marches.

Il arriva sur le palier, s'arrêta devant la porte entre-bâillée, que M. Louis ouvrit toute grande.

— Regarde! souffla-t-il.

Milot était chez lui, dans la petite entrée

qu'éclairait une porte vitrée, le séparant de la salle à manger illuminée. Et comme deux ombres chinoises projetées sur le rideau recouvrant la vitre, il vit se découper deux silhouettes enlacées : sa Sylvaine, dont un inconnu cherchait les lèvres... Une plainte rauque s'étrangla dans sa gorge : rugissement de colère ou sanglot de douleur.

— Tiens... Venge-toi...

Milot sentit que M. Louis lui glissait dans sa main droite un objet qu'il serra instinctivement.

C'était un revolver.

CHAPITRE VII

LA FOLIE DE PAUV'CŒUR

Quand la chance le favorisait, c'est-à-dire pendant les hauts de son existence, qui comportait beaucoup plus de bas, Pauv'Cœur logeait en garni. Le reste du temps, il couchait où il pouvait, à l'asile de nuit, dans les gares ou simplement sur un banc.

Depuis que M. Louis s'était intéressé à lui, cette disgrâce lui était épargnée. Son existence était devenue plus régulière et il avait pu s'offrir le luxe d'une chambre payée à la semaine, dans un hôtel de la rue Nationale.

Appeler chambre le gîte de Pauv'Cœur était se servir d'un mot pompeux. Son logeur le nommait plus modestement « cabinet ». Il y avait tout juste la place du lit — une paillasse posée à même le plancher — et une chaise dépaillée, supportant une cuvette de fer autrefois émaillée.

Pour l'eau, il fallait aller la quérir sur le palier. Mais Pauv'Cœur n'en devait pas faire un usage immodéré, ni même quotidien, car le fond de sa cuvette était parfaitement sec et recouvert d'une généreuse couche de poussière.

Ce cabinet ne possédait naturellement pas de fenêtre et ne s'éclairait point à l'électricité. Le prix qu'on en demandai ne pouvait comporter un tel luxe. Pour y voir clair, il fallait donc laisser ouverte la porte du couloir, afin que pût entrer un peu de la lumière qui éclairait celui-ci. Mais a-t-on besoin d'y voir pour dormir? La plupart du temps, Pauv'Cœur ne prenait même pas la peine de se déshabiller et se jetait tout vêtu sur sa paillasse.

Il sortait aussitôt après son réveil. On ne pouvait s'attarder en un gîte aussi exigu. Le défaut de lumière ne le privait donc guère.

Mais, ce soir-là, il n'était pas rentré pour dormir. Il attendait M. Louis qui lui avait annoncé sa visite.

Evénement sensationnel et qui avait de quoi faire rêver le paria. En présence de M. Louis, excité par lui, Pauv'Cœur se sentait un autre homme, ou, pour mieux dire, il se sentait un homme.

Sa parole ouvrait au vagabond des horizons fabuleux. Elle était écoutée avec la foi des simples, même quand elle promettait des miracles.

Mais il fallait que l'enchanteur fût là. Lui parti, le décor éblouissant s'éteignait et Pauv'-Cœur se retrouvait dans le noir de la réalité. Il redevenait lui-même, un pauvre diable, calamiteux et repoussé de tous. Sa jactance tombait; il ne songeait plus à se révolter contre son destin, contre la vie, contre le mépris et les railleries. Une chanson grise. On applaudit et on s'exalte. Mais passer des applaudissements aux actes, c'est une autre affaire. Pauv'Cœur, rendu à la solitude, n'y entendait que la voix de la sagesse, qui lui murmurait :

— Bien sûr, c'est injuste de n'être qu'un gueux difforme, dont les regards féminins se détournent... C'est terrible d'envier tous les bonheurs et de savoir qu'on n'en aura point sa part... Si misérable, si déchu qu'on soit, on a conscience de ce qui vous sépare des autres hommes et on en souffre. Il y a des jours où on se sent si las de traîner ce boulet de misère et de laideur qu'on souhaiterait ne pas exister ou disparaître. On ne sait pas pourquoi on vit. Mais on continue quand même, comme si quelque chose d'invisible vous poussait... Que faire? A qui se plaindre? Si encore ça suffisait à vous transformer en millionnaire ou en Adonis! Mais chacun son lot et toutes les paroles du monde n'y changeront rien.

Ces réflexions, il se les faisait encore, étendu sur sa paillasse, en attendant la visite de M. Louis. Mais il attendait. Ce serait tout de même une aubaine. On irait boire de compagnie, bien au chaud dans une atmosphère saturée de fumée de tabac et de vapeurs d'alcool. Boire, c'était encore ce qu'il y avait de meilleur. Chaque gorgée absorbée se transformait en rêve. L'important, ce n'est pas de vivre, c'est de s'imaginer qu'on vit.

Un pas retentit dans le couloir. Une voix appela.

— Où perches-tu, Pauv'Cœur?

Le vagabond se souleva sur un coude et avança sa face souffreteuse dans l'ouverture de la porte qu'il avait laissée entre-bâillée.

— Par ici, m'sieu Louis... Mais je ne vous offre pas d'entrer. La place manque. Restez dans le couloir, vous serez mieux et, au moins, vous verrez clair.

— Arrive... Je me suis fait donner une chambre. Nous serons mieux pour causer.

Pauv'Cœur obéit, se leva et sortit en frottant ses paupières clignotantes. M. Louis l'attendait dans le couloir.

— Suis-moi, commanda-t-il. C'est à l'étage en dessous.

- Vous vous mettez bien, constata le vagabond, sans s'étonner. On voit que vous êtes rupin.

A la suite de M. Louis, il entra dans la chambre — une vraie chambre, avec un lit, une table de toilette surmontée d'une glace, une table recouverte d'un tapis et deux chaises rembourrées.

— Mince de luxe! admira Pauv'Cœur, ébloui.

Il n'accorda aucune attention à un paquet volumineux que Louis Parvan avait déposé sur le lit. Mais son regard, brillant de convoitise, s'arrêta sur un plateau garni de deux coupes et d'une bouteille de champagne.

— C'est pour rire? demanda-t-il avec un respect soudain. Elle n'est pas pour « bibi », cette « sauteuse »-là? Vous attendez une princesse? En ce cas, si je suis de trop, faut me le dire. Je ne veux pas vous gêner.

— Tu n'es pas de trop, Pauv'Cœur, répondit M. Louis. Et c'est en ton honneur que je vais faire sauter le bouchon de cette bouteille. Nous trinquerons à tes amours.

— A mes amours! répéta Pauv'Cœur, avec un ricanement amer.

Mais M. Louis décoiffait le bouchon et coupait les fils. La détonation arracha à l'infirme un petit rire de plaisir. Goulûment, il saisit la coupe que son bienfaiteur emplissait et y trempa ses lèvres qui se barbouillèrent de mousse.

— C'est la noce! proclama-t-il, les yeux pétillants, après avoir lampé le liquide. Pour être aussi généreux, qu'est-ce que vous pouvez avoir à me demander? Si j'étais plus costaud, je croirais que vous venez me proposer un coup.

— Je t'ai promis de faire ton bonheur, répliqua Louis Parvan, en remplissant pour la seconde fois la coupe de Pauv'Cœur et en la poussant vers le pauvre hère. Bois. Tu vas assister à une étonnante transformation.

Il se leva et prit sur le lit le paquet dont il se mit à dénouer la ficelle.

Pauv'Cœur, les yeux au niveau de la coupe qu'il dégustait, le regardait faire.

— Mon bonheur? Je veux bien, approuva-t-il, entre deux gorgées. Vous pouvez y aller. Ce n'est pas moi qui m'y opposerai. Mais vous savez, je ne suis pas facile à contenter. A ma place, j'en connais qui vous demanderaient des rentes, ou une maison de campagne... Moi, c'est autre chose que je veux...

Le pétillement du champagne se prolongeait, dans sa bouche piquait sa langue et se répercutait dans sa tête. Il n'était déjà plus le timide Pauv'Cœur, faisant humblement honneur à une aubaine. Hardiment, il empoigna la bouteille et se versa une nouvelle rasade.

— Autre chose! répéta-t-il d'une voix chantante. Une chose qui ne s'achète pas... l'amour... Pauv'Cœur veut être aimé!

Il but et poussa un grand éclat de rire douloureux.

— Il le sera, répondit gravement M. Louis, achevant de déballer le contenu de son paquet.

Interloqué, le pauvre diable cessa de rire.

— Sans blague? soupira-t-il.

— Viens voir, Pauv'Cœur. Admire.

Déférant à l'invitation, le vagabond abandonna la table et la bouteille vide et s'approcha du lit. Un costume de soirée y était étalé : pantalon et gilet, smoking aux revers de satin, chemise au plastron immaculé, cravate, chaussettes de soie et escarpins vernis, rien n'y manquait, ni les gants, ni le chapeau, ni la fleur pour la boutonnière. Un confortable pardessus complétait cette garde-robe.

— C'est pour toi, annonça M. Louis. Je l'ai pris à ta mesure... Habille-toi, Pauv'Cœur et nous verrons si tu te reconnais.

Le miséreux était devenu tout rouge.

— Moi, que je mette ces frusques-là? Moi?... moi?... balbutia-t-il effaré. C'est pas carnaval, tout de même!

— Obéis-moi, insista M. Louis. Te souviens-tu de ce que je t'ai dit l'autre soir? Suis mes conseils, tente l'expérience que je te propose et tu verras que tu peux avoir du succès tout comme un autre.

Sournoisement, il avait remplacé la bouteille vide par une autre, débouchée presque sans bruit. De nouveau, le champagne coula dans la coupe de Pauv'Cœur.

M. Louis l'apporta au gueux.

— Comment représente-t-on, au théâtre, les fêtards? reprit-il. En habit et sablant le champagne. Dans dix minutes, tu pourras être semblable à eux. Ta timidité s'envolera. Tu te sentiras devenir éloquent, irrésistible. Tant d'autres voudraient être à ta place. Je t'offre une chance. Vas-tu bêtement la repousser?

D'un trait, l'infirme vida la coupe.

— Non! s'écria-t-il avec une résolution soudaine. Vous avez raison, m'sieur Louis. Sous ce déguisement-là, je dois faire autant d'effet qu'un autre. Il n'y aura plus de Pauv'Cœur. En tout cas, on peut toujours voir.

Fiévreusement, il se dépouilla de son costume et revêtit, aidé par son bienfaiteur, les différentes pièces de la toilette apportée par celui-ci.

Quand il fut prêt, M. Louis l'amena devant la glace.

— Doutes-tu encore de toi? demanda-t-il simplement. Crains-tu encore de ne pouvoir plaire?

Pauv'Cœur se contemplait avec un ébahissement mêlé de fierté. Il poussa un cri d'extase.

— Vêtu comme ça, un gorille serait beau! s'exclama-t-il avec lyrisme. Ah! pour sûr que je dégotte et qu'il faudrait être rudement jaloux pour soutenir le contraire! Je suis un milord! Je suis un prince! On me prendrait pour un ministre!

Il ne voyait que le plastron, la cravate et le smoking. Comment juger sa pauvre face aux yeux fiévreux, sa face de gueux, hâve et flétrie? Elle lui était trop familière.

Devant sa silhouette grotesque, qu'il ne se lassait pas de contempler, il tremblait de joie, persuadé que la métamorphose était complète.

— Hein! Pauv'Cœur, insinuait le tentateur, en ce moment, tu n'hésiterais plus à dire à une femme que tu l'aimes?

— Sûr que non, je n'hésiterais pas! déclara superbement le gueux, riant à son image. Si *elle* pouvait me voir comme ça!

— Sylvaine? chuchota M. Louis.

— Oui... Croyez-vous qu'elle ferait encore la dédaigneuse et la fière, camme elle a toujours fait? Croyez-vous qu'elle ferait encore semblant de ne pas s'apercevoir que j'en pince pour elle? C'est elle, cette fois-là, qui me reluquerait d'un air timide... C'est elle qui pousserait des soupirs... Et moi...

— Tu réaliseras ton rêve, Pauv'Cœur... Pour la première fois, tu pourrais dire à une femme : « Je vous aime! » sans craindre qu'on te rie au nez, ou qu'on te chasse... Et quelle surprise! Car, d'abord, elle ne te reconnaîtrait pas... Elle se figurerait avoir affaire à un de ces godelureaux qui suivent les femmes qu'ils ont remarquées, et qu'elles finissent presque toujours par écouter, parce qu'elles sont flattées... Tu vois ça d'ici... Et pour toi, quel triomphe, quelle revanche quand tu pourrais dire : « Je suis Pauv'-Cœur... »

Champagne et compliments, l'infirme les buvait avec des mines gourmandes, en riant tout bas.

— Si c'était possible de lui faire cette surprise-là.

« ...Mais ce n'est pas possible et c'est bien dommage! soupira-t-il.

— Mais si, c'est possible, Pauv'Cœur, dit brusquement Louis Parvan. Ecoute bien : dans une heure, Sylvaine sera seule. Je me charge d'emmener son mari et de le retenir... Dans une heure, tu peux te présenter chez elle et frapper. Je te garantis qu'elle t'ouvrira... Oseras-tu y aller de ta déclaration?

— J'oserai! affirma le gueux avec l'assurance d'un homme dont cinq ou six coupes de champagne ont compromis l'équilibre mais renforcé l'aplomb.

. . . .

Une heure plus tard, ayant achevé de noyer sous de nouvelles rasades de mousseux les dernières lueurs de sa raison et les hésitations de sa peur, il apparaissait, grotesque et titubant, aux yeux de Sylvaine, troublée, mais plus stupéfaite qu'effrayée.

Car dans ce fêtard carnavalesque, elle reconnaissait Pauv'Cœur, le vagabond lamentable et inoffensif qu'elle rencontrait tous les jours, Pauv'Cœur, risée du quartier, jouet et souffre-douleur des mauvais plaisants.

Elle voyait bien qu'il était gris. Elle crut à une farce; on avait déguisé le pauvre diable, pour s'en moquer; on l'avait fait boire et poussé dans la cité, pour s'y faire admirer. C'était par hasard que le gueux, transformé en caricature, avait frappé à sa porte. Ou bien on l'avait amené là. Il se pouvait que des farceurs fussent cachés dans l'ombre du palier, retenant leurs rires.

Ah! certes, le moment était mal choisi pour une pareille farce! Sylvaine se sentait le cœur trop endolori et la plaisanterie même ajoutait à sa peine. Elle avait cru, elle avait espéré voir apparaître Milot.

Et ce n'était que Pauv'Cœur.

Mais Sylvaine était charitable. Sa pitié et son indulgence étaient acquises à ce pauvre diable, si peu gâté par le destin et dont chacun s'ingéniait à rendre la misère plus grotesque. Elle ne voulut pas le rudoyer et ne tenta point de lui fermer la porte au nez.

Elle murmura seulement avec un sourire triste.

— Comme vous voilà beau, monsieur Pauv'-Cœur! Je ne vous aurais pas reconnu, vous savez. Qui est-ce qui vous a si bien habillé?

— Il n'y a plus de Pauv'Cœur! bégaya le vagabond.

Le clair regard, si doux et si grave, fixé sur lui perçait le brouillard d'ivresse qui enveloppait Pauv'Cœur et l'intimidait. L'audace factice qu'il devait au champagne de Louis Parvan s'envolait, il avait envie de battre en retraite et s'il ne l'avait pas fait, dès qu'il avait vu Sylvaine, c'était qu'il avait été comme paralysé.

Instinctivement, il avait baissé la tête. Mais alors il revit les souliers vernis, les gants, la tache blanche de son plastron, tous les détails de l'élégant costume qu'il devait à la munificence de son protecteur. Fallait-il donc douter de l'évidence? Il avait sous les yeux les preuves de sa merveilleuse transformation. Qui donc pouvait n'en pas être ébloui comme il l'était lui-même.

Avec plus d'assurance, il répéta.

— Il n'y a plus de Pauv'Cœur, madame Pariset. C'est cela que je suis venu vous apprendre.

Résolument, il fit un pas en avant. Un peu surprise, mais compatissante encore, Sylvaine recula devant les gestes de l'infirme qui s'était mis à gesticuler et s'avançait peu à peu jusque dans la salle à manger, en repoussant les portes derrière lui.

D'abord bredouillant, puis s'affermissant à mesure que Pauv'Cœur s'excitait et s'attendrissait sur lui-même, un plaidoyer jaillissait de la bouche grimaçante, dont la lèvre inférieure, pendante, laissait couler un peu de salive entre les poils pauvres du menton.

L'infirme se frappait la poitrine, roulait des yeux larmoyants, qui tantôt se révulsaient et ne laissaient plus voir que le blanc, tantôt s'immobilisaient, flamboyant de douleur et de haine.

— Pauv'Cœur!... Pauv'Cœur!... Savez-vous qui c'était, Pauv'Cœur? Personne ne le savait!

Inquiète de cette exaltation subite, mais sachant qu'il ne faut point exaspérer un ivrogne, Sylvaine subissait ce flot de paroles, qu'elle ne savait comment endiguer. Repousser Pauv'Cœur sur le palier et fermer la porte, elle en avait eu à la fois l'idée et le désir. Mais si chancelant et chétif que fût le pauvre diable, la jeune femme craignait de ne point réussir à l'expulser et de déchaîner une crise de fureur, qui l'eût rendu dangereux. Il était préférable de paraître l'écouter, puis de l'apaiser avec de bonnes paroles et peu à peu de l'éconduire.

Mais comment écouter sans une stupeur croissante, bientôt transformée en terreur, les étranges discours de Pauv'Cœur?

Montant soudain à ses lèvres, c'était une longue plainte, un cri de douleur et de colère, où se retrouvaient, plus exaltées, les confidences faites à M. Louis.

— C'était ça, Pauv'Cœur! C'était ça!... Un pauvre type, plus malheureux qu'un chien et que tout le monde prenait pour moins qu'une bête... Vous, madame Pariset, est-ce que vous le regardiez comme un homme? Est-ce que vous l'auriez consolé, écouté, si vous aviez deviné sa peine? Non, n'est-ce pas! Un Pauv'Cœur, ça ne comptait pas à vos yeux... Et pourtant, il vous aimait, Pauv'Cœur! Il vous aimait d'amour, entendez-vous? Il rêvait de vous... Et il en était malade de ne pas vous le dire, parce qu'il avait peur d'être battu et chassé par tous ceux que vous auriez ameutés... Mais c'est fini, Pauv'-Cœur, vous voyez. C'est un autre, c'est un « monsieur », qui vient vous trouver. Il paraît qu'il faut en être un pour vous plaire. Eh bien, je veux vous plaire, madame Pariset. Je veux vous voir me sourire, comme vous souririez à un amoureux... Est-ce que je ne vous fais pas honneur? C'est pour vous que j'ai fait toilette! Pour vous!...

Son exaltation croissante le rendait effrayant et hideux. Sa voix, qui montait, devenait rauque. Il croyait sourire et c'était un rictus de bête qui balafrait son maigre visage, tandis que ses yeux fiévreux brillaient sauvagement.

Sylvaine poussa un cri aigu et recula tremblante. C'était un pauvre fou qu'elle avait en face d'elle et sa folie se révélait dangereuse. Toute pitié s'évanouissait; il ne restait plus en elle que l'horreur et une invincible répugnance.

Pauv'Cœur grinça des dents.

— Oh! faut pas faire la fière! gronda-t-il avec rage. Hier, il vous aurait suffi d'un geste pour me chasser. Mais ce soir, il y a une différence. Vous devriez bien voir que je ne suis plus le même et qu'il faut m'écouter.

— Allez-vous-en! réussit enfin à proférer la jeune femme, terrifiée. Allez-vous-en, ou j'appelle. On vous mettra en prison. Vous êtes fou... Vous êtes ivre... Je veux bien vous pardonner. Mais il faut que vous sortiez...

— Alors, rien ne vous fait? bégaya le vagabond, furieux et humilié. J'aurais beau changer pour vous je serai toujours Pauv'Cœur?... Ah! ne dites pas ça, voyez-vous... Je vous tuerais... Je ne veux plus être méprisé, humilié. Je veux qu'on m'aime. Je veux! Quelqu'un m'a dit que c'était possible, que j'y avais droit comme tout le monde... ou bien que, si on continuait à me traiter en paria, je serais excusable de me venger... Ne tremblez pas, Sylvaine!... Ma jolie Sylvaine!... Je vous aime!... Ce n'est pas terrible!...

Si! c'était terrible, tellement effroyable que la jeune femme se sentait défaillir. Pauv'Cœur sanglotait, rugissait, tendait les bras, repoussé par Sylvaine, affolée.

Il était lancé, il ne voyait pas cet effroi prêt à se traduire en cris d'appel, ce dégoût qui l'écartait. Il continuait à pérorer.

— Vous vous figuriez donc que je ne savais pas parler ou que je n'étais pas capable de me montrer galant? ricanait-il. Allez, ce n'est pas si difficile d'imiter les beaux messieurs... On fait toilette... On roule des yeux comme ça... On place sa main sur son cœur... Dites voir un peu si ce n'est pas ça?

Grotesquement il s'agenouillait devant la jeune femme et prenait la pose qu'il indiquait.

Cela eût pu être comique, cette attitude de Pauv'Cœur, empêtré dans ses trop beaux habits, de Pauv'Cœur au visage et à la silhouette simiesques, s'essayant à parodier les gestes et les mines d'un jeune premier. Mais il n'y avait pas que sa laideur. Sylvaine voyait les yeux farouches qui la fixaient; elle entendait la voix rauque et haletante, bégayant des supplications ressemblant à des menaces.

— Un baiser... rien qu'un baiser et je m'en irai... Vous donneriez un sou à un pauvre. Allez-vous refuser un baiser à Pauv'Cœur?

Convulsivement, elle repoussait la tête grotesque et la supplication des yeux levés vers elle.

Mais Pauv'Cœur s'était remis debout et lui enlaçait la taille de ses deux bras, cherchant à l'attirer à lui.

— Mais vous êtes fou!... Laissez-moi!... Au secours!...

Dégageant ses bras, elle leva une de ses mains pour frapper le vagabond. Mais son geste demeura suspendu, tandis que ses regards pleins d'effroi se fixaient sur la porte vitrée, qui venait de s'ouvrir, laissant voir, dans l'ombre de l'entrée, un spectacle plus terrifiant encore que la folie de Pauv'Cœur.

C'était une main, tenue par une autre main et braquant un revolver dans la direction de Pauv'-Cœur et de Sylvaine.

Et, au-dessus de ces mains, un peu en arrière, s'apercevait le visage hébété de Milot Pariset, que frôlait le visage glacial et énigmatique de M. Louis.

Sylvaine poussa un cri déchirant :

— Milot!...

Au même instant, le coup partit.

CHAPITRE VIII

APRÈS LE DRAME

— Eh bien, Loulou?... Enfin du nouveau? demanda Margot l'Amour, en tournant la tête et en tendant les bras.

La pendulette placée au chevet du lit marquait minuit. Au dehors, les bruits s'étaient éteints et le taxi qui s'était arrêté devant la porte du petit hôtel de Margot Feyline, pour déposer Louis Parvan, roulait déjà dans le lointain.

Assurément ce ne pouvait être que le désir de communiquer à sa complice une bonne nouvelle, un progrès nouveau, qui ramenait à pareille heure Louis Parvan dans la chambre parfumée.

Mais que pouvait-on lire sur le visage indéchiffrable? Le regard volontaire des grands yeux noirs se posa sur Margot et un léger sourire desserra les lèvres de l'amant.

Il inclina la tête, avec condescendance. Puis s'approchant du lit, il se pencha et embrassa la jeune femme.

— C'est du bon, dis? questionna-t-elle avidement.

Dans une boîte posée sur une console, il prit une cigarette, l'alluma au briquet d'or, aspira une bouffée et répondit.

— Je l'espère.

Un fauteuil était sur son chemin. Il le poussa vers le lit, s'y assit, étendit les jambes, renversa sa tête contre le dossier et ferma à demi les yeux.

— Je viens d'assister à un drame, reprit-il, d'un ton détaché. Demain, les journaux auront un fait-divers de plus, assez banal : jalousie conjugale. Un mari rentre chez lui à l'improviste, se trouve en face d'un rival. Et comme, en notre douce époque, on a toujours un revolver sur soi, il le sort et tire...

— Sur l'homme? questionna Margot, en sondant du regard son amant.

Celui-ci haussa les épaules.

— *J'aurais été bien maladroit,* scanda-t-il. C'est la femme qui a été atteinte.

Il prit un temps et acheva.

— Cela s'est passé chez les Pariset... tantôt...

— Raconte! murmura passionnément la jeune femme.

La cigarette braisillait entre les lèvres calmes de Louis Parvant. Sans la retirer, il articula :

— Je t'ai tout dit. Ce n'est qu'une série de coïncidences assez remarquables. D'une part, ce petit idiot de Milot Pariset, s'imaginant être un obstacle au bonheur de sa femme, avait résolu de la quitter. Et pour ne pas être tenté de revenir au gîte, il était allé s'assommer d'alcool dans un cabaret où un ami est allé le dénicher.

— Un ami! souligna ironiquement la jolie fille. Ne me dis pas le nom de cet ami, Loulou. Je suppose qu'il avait quelque chose d'intéressant à montrer à ce Pariset?... Comment s'y est-il pris pour le décider à rentrer chez lui?

— Il n'a pas eu à se mettre en frais d'imagination. A quoi bon fournir des explications à un inconscient? Il s'est contenté de l'emmener d'autorité. Et ce ne fut pas très difficile. Le délicat était de choisir l'instant du retour. Mais je te répète que notre ami ne ramenait qu'un inconscient. Dès lors peu importait que les apparences ne fussent point tout à fait de celles qui eussent porté un homme raisonnable à des extrémités regrettables. Une certaine mise en scène était nécessaire, mais principalement pour le public... et la justice, si elle doit se mêler de cette histoire. Sous ce rapport, tu peux m'en croire, la version que je t'ai donnée tout à l'heure sera universellement admise. Milot Pariset a eu le tort de rentrer chez lui au moment où un galant trop entreprenant se risquait à conter fleurette à la jolie Sylvaine.

— Mais... ce galant était de mèche?... Où l'as-tu pris et comment l'as-tu décidé à accepter un rôle aussi dangereux? s'exclama Margot.

— Mon petit, je t'ai déjà dit que je n'employais point de complices. Ce serait trop compromettant pour celui que je puis redevenir bientôt. Mon galant était un galant authentique, bien que fort peu séduisant. Il y allait franc jeu. Moi je n'ai eu que le mérite de pénétrer « le secret de son âme » et de lui persuader que l'amour éternel qu'il avait conçu pouvait être payé de retour... avec un peu d'audace.

Bref, j'ai décidé Pauv'Cœur, c'est le nom de mon Adonis... averti par moi de la solitude de Sylvaine, à profiter de cette circonstance favorable pour aller déclarer sa flamme. Je l'avais naturellement stylé avec soin pour lui faire respecter l'horaire adopté par moi. Si bien que les trois personnages qui m'étaient nécessaires se sont trouvés en présence à l'heure dite.

— Mais comment cette Sylvaine avait-elle reçu le galant? Raconte donc, Loulou! pressa Margot l'Amour.

— Oh! elle l'aurait splendidement mis à la porte si, d'une part, il ne lui était apparu comme une sorte de fou, assez effrayant, qu'il fallait tâcher d'apaiser, et si, d'autre part, je n'avais pris soin d'interrompre rapidement la scène. Nous sommes intervenue au moment où mon petit fripon de Pauv'Cœur prétendait voler un baiser... L'ambitieux! Si tu connaissais cet Apollon, l'évocation d'une semblable scène déchainerait en toi un irrésistible fou rire. Mais tu ne connais pas Pauv'Cœur!

— Milot Pariset n'a pas ri, observa sérieusement Margot Feyline. Mais est-ce bien lui qui a tiré?

— C'est lui, affirma froidement Louis Parvan. Je me suis contenté de lui glisser discrètement un revolver, comptant que le « doping » de jalousie que j'avais eu soin de lui administrer et la vue d'un quidam en train d'embrasser sa femme suffiraient à provoquer le réflexe que j'attendais. Mais, comme il demeurait inerte et que je n'étais pas certain qu'il y vît fort clair, j'ai aidé à son geste en le forçant à lever le bras et en dirigeant son tir.

— Sur Sylvaine? demanda Margot, en baissant involontairement la voix.

— Les deux silhouettes étaient rapprochées, répondit froidement Louis Parvan. En visant l'une, on risquait fort de toucher l'autre. Et c'est ce qui s'est produit. J'ai eu l'impression fort nette que, cédant à un sentiment assez naturel, c'était sur Pauv'Cœur que Milot Pariset dirigeait son arme.

— Cela n'aurait pas fait notre affaire, soupira Margot.

— J'avais prévu cela. Je n'avais pas lâché son poignet. Au moment où il a pressé la détente, j'ai rectifié son tir.

— En faisant dévier le coup sur... la femme, dit tout bas Margot l'Amour.

— Mais c'est Milot qui a tiré, souligna le misérable, avec un calme effrayant. Et il n'a pas pu se rendre compte de la pression que j'ai exercée sur son bras. Demain, quand il sera dégrisé, il sera incapable de comprendre comment le malheur est arrivé. Il jurera que c'est la fatalité.

— Elle aura bon dos, murmura Margot l'Amour avec un sourire félin. Tu es épatant, Loulou. Mais tu ne m'as pas dit le principal. Cette petite... ta cousine... Est-elle...

Elle hésita, un peu gênée. Il est tant de choses qu'on pense, sans honte, et qui ne se formulent point honnêtement.

Louis Parvan savait s'enfermer dans une armure de froideur, qui lui évitait peut-être des éclaboussures. Dédain aristocratique, ou simplement cynisme, son calme, ignorant scrupule ou pudeur, n'en tenait pas moins à distance les infamies qu'il évoquait.

— Morte? acheva-t-il délibérément. Ma foi, je n'en sais rien. Tu penses bien que je ne me suis pas attardé après le... geste indispensable. Il fallait craindre l'arrivée des voisins. Pauv'Cœur, épouvanté, courait autour de la pièce, sans trouver la porte et poussait des clameurs capables d'éveiller tout le voisinage. Il y avait aussi un enfant, un orphelin adopté par les Pariset qui, probablement éveillé par le bruit, était accouru en chemise et s'était mis à pleurer, en appelant sa « maman Sylvaine ».

— Qui ne lui répondait pas?

— Et pour cause. Je t'ai dit que le coup de revolver, bien dirigé, l'avait atteinte. Je l'ai vue s'affaisser en portant la main à sa poitrine, aussitôt empourprée. Puis elle n'a plus bougé... J'en ai conclu qu'elle était bien touchée. Et je n'ai plus songé qu'à prendre la poudre d'escampette. Aurais-tu vu M. Louis, témoin principal de ce drame, obligé de décliner son identité et de fournir des précisions à la police? Il aurait été plutôt gêné. Sans compter que Pauv'Cœur pouvait bavarder et faire apparaître, sous un jour assez suspect, mon rôle en toute cette histoire. Il y avait aussi Milot Pariset, dont les souvenirs eussent pu se réveiller.

— En effet, reconnut Margot. Une confrontation et un interrogatoire immédiats eussent pu le compromettre.

— Tandis que demain, il en ira tout autrement, conclut légèrement Louis Parvan. Les voisins ne m'ont pas aperçu. Mon nom ne sera vraisemblablement pas prononcé.

— Mais Milot se rappellera?

— Quoi exactement? L'ivresse, le drame et le choc consécutif auront singulièrement embrouillé ses souvenirs. Il n'osera rien affirmer... D'ailleurs, le retrouvera-t-on?

— Que veux-tu dire?

— Simplement ceci... qu'après être resté un instant stupéfié, en voyant tomber sa Sylvaine, qu'il a pu croire tuée sur le coup et qui n'en vaut vraisemblablement pas mieux, il a ressenti tant d'horreur qu'il n'a pu supporter la vue de ce qu'il croyait être un cadavre. Il s'est enfui comme un fou, les mains sur les yeux, se cognant aux murs et poussant des gémissements lugubres. Fou, il est possible qu'il le soit devenu... L'important est qu'il ait disparu. C'est peut-être pour toujours. Car si la conscience lui revient, il aura tellement horreur de lui-même et éprouvera un tel désespoir que la pensée du suicide lui viendra peut-être.

— Pauvre type! murmura machinalement Margot l'Amour.

— Un caillou de moins sur mon chemin, répondit dédaigneusement Louis Parvan. Un caillou sur lequel j'aurais pu trébucher. Ne le regrette pas. Restait Pauv'Cœur.

— C'est vrai...

La voix de Margot Feyline marquait une appréhension.

Son amant la rassura d'un sourire.

— Ne crains rien. Il ne s'est pas attardé, lui non plus. Ayant fini par retrouver la porte, il s'est précipité hors du logement. Je l'ai entendu dégringoler les escaliers et galoper dans la nuit, où il s'est perdu. Je pense qu'on ne le reverra pas de sitôt. Il a dû avoir une telle peur qu'il va se terrer dans quelque trou, dont il ne sortira que plus tard, quand le drame sera oublié. Ce témoin-là n'est pas à craindre.

— Et les voisins?

— Je n'étais plus là quand ils sont venus. Enfermé chez lui, M. Louis, dont personne ne pouvait soupçonner la présence derrière sa porte, prêtait l'oreille. Il a entendu des exclamations, des cris d'indignation et de pitié, tout un remue-ménage qui s'est terminé par un exode général. On devait emporter la victime à l'hôpital.

— Alors, elle n'était pas morte?

— Cela ne signifie rien. Elle a pu rendre le dernier soupir en cours de route. C'est un rite qu'accomplissaient ces gens. Dans ces quartiers, et dans ces milieux, quand il y a une rixe, on porte la victime à l'hôpital.

— Et la police? On ne l'a donc pas prévenue?

— Je ne pense pas. On ne l'aime guère. Elle questionne trop. Ce sont des dérangements, des perspectives d'enquête, des ennuis auxquels on préfère n'être point mêlé. L'hôpital est plus accueillant et moins curieux. Si la petite respirait encore, on a pu essayer de l'y porter, sans prévenir le commissariat. Mais je ne puis rien affirmer. Je me tenais coi et ne me suis risqué à remettre le nez dehors que longtemps après que le silence se fût rétabli. Je me suis alors glissé hors de la cité, en prenant soin de ne pas me laisser apercevoir et me voilà.

Margot l'Amour restait soucieuse.

— C'est ennuyeux que tu ne saches pas, soupira-t-elle. Tu t'imagines avoir réussi. C'est peut-être une fausse joie... Si elle n'est que blessée... et pas mortellement?

Le beau visage impassible s'assombrit. Un éclair de férocité traversa le regard de Louis Parvan.

— On recommencerait, grommela-t-il entre ses dents.

Puis, à voix plus nette, il reprit :

— Je ne crois pas que cela soit à redouter. *Songe que je tenais la main qui a tiré. Milot n'a pas pu manquer sa Sylvaine.* En tout cas, nous serons fixés demain. J'irai aux nouvelles. Les journaux parleront sans doute du drame. Je saurai dans quel hôpital on a transporté la victime.

Margot approuvait.

— Ah! si tu pouvais avoir fait mouche, mon petit comte; soupira-t-elle langoureusement.

Etendant une de ses mains soignées, le pseudo-Parvan en bâillonna la bouche de sa maîtresse.

— Chut! dit-il. Ne parle pas de celui-là. Actuellement, c'est encore Louis Parvan qui est à l'ouvrage. Plus pour longtemps, j'espère.

— Tu penses? questionna vivement Margot l'Amour.

— Je pense, répondit froidement le jeune homme, que si demain j'apprends que Sylvaine Bourlier est allée rejoindre sa cousine Suzy dans l'autre monde, nous pourrons considérer que Louis Parvan a terminé la tâche qui lui était dévolue. Il pourra disparaître. Car, si j'en crois le dossier de Jean-Pierre Bourlier et les renseignements que j'ai recueillis moi-même, ce sera l'affaire du comte d'achever la besogne.

Un coup d'œil, comme lui seul savait en lancer, avertit la jolie fille de ne point poser d'autres questions.

— J'ai confiance en toi, Loulou, murmura-t-elle docilement. Ce que tu feras sera bien fait. Et puis, tu as la veine, je le sens.

— Nous saurons cela demain, répondit Louis Parvan flegmatiquement.

Le lendemain, d'assez bonne heure, n'ayant pas trouvé dans les journaux mention du fait-divers qui l'intéressait, il se décidait à se diriger vers la cité Jeanne-d'Arc.

Comme il en approchait, il vit venir de loin un homme et un enfant.

C'était Milot Pariset, qu'accompagnait « Cinq-et-Trois ».

CHAPITRE IX

LES VICTIMES

Louis Parvan avait eu raison de dépeindre Milot Pariset s'enfuyant, comme s'il avait été frappé de folie, après avoir vu tomber Sylvaine.

Il croyait l'avoir tuée. Et c'était lui qui avait tiré. N'y avait-il pas de quoi perdre la raison? Œdipe, se découvrant parricide, ne ressentit pas une horreur plus grande que celle qui accabla l'involontaire meurtrier de la pauvre Sylvaine.

C'était un insensé qui s'enfuyait, le plus loin possible du lieu qui avait été le théâtre de ce qu'il appelait son crime. Il courait droit devant lui, cherchant l'ombre, en poussant des gémissements inarticulés.

Sorti de la cité, il descendit le boulevard de la Gare, puis se perdit dans les rues désertes, qui avoisinent la Salpêtrière. Instinctivement, il avait ralenti son allure et s'était mis à marcher, la tête basse, en pressant, de temps en temps, son front entre ses mains fiévreuses.

Il lui semblait que son cerveau allait éclater. Mais ce n'était plus l'ivresse, c'était le désespoir qui lui causait cette sensation. Sa tête demeurait lourde et ses jambes flageolantes. Mais les fumées de l'alcool n'engourdissaient plus sa pensée. Elle s'était réveillée et c'était pour souffrir, en revivant le sanglant épilogue du drame qui venait d'éclater.

— Sylvaine! Ma petite Sylvaine. Ma pauvre Sylvaine. Est-ce possible?

Il était encore trop bouleversé, trop pénétré d'horreur pour démêler les détails de la scène et chercher à la reconstituer. Il ne comprenait ni ne cherchait à comprendre comment il avait pu tirer et tirer sur Sylvaine. Il était seulement certain qu'à aucun moment et sous l'empire de n'importe quelle colère il n'avait pu vouloir cela.

Pourtant, il avait vu Sylvaine tomber et demeurer étendue, tandis qu'une tache rouge s'étalait sur sa poitrine.

Cette image dominait toutes les images, s'opposait à tous les souvenirs. Il était impossible au jeune ouvrier de penser à autre chose. Et en même temps, il repoussait frénétiquement cette vérité atroce : la mort de Sylvaine, causée par lui. Il préférait croire qu'il était fou, qu'il était le jouet d'un effroyable cauchemar et que rien de tout cela n'était vrai. C'était pour se réfugier dans cette conviction qu'il s'en allait ainsi dans la nuit, sous la pluie froide de janvier, sans oser retourner vers la cité Jeanne-d'Arc, pour s'assurer de la réalité.

Le doute était préférable. Il s'y raccrochait désespérément.

— Je suis fou... fou!... Je m'imagine des choses qui ne sont pas... des choses impossibles.

Il se répétait cela, les dents serrées, en gémissant sourdement et il continuait à s'éloigner, frissonnant à la simple idée de revenir en arrière. Une terreur d'enfant tenait captive son âme désemparée.

Il erra ainsi pendant des heures, titubant, sanglotant, mais se refusant à penser et à raisonner. De temps à autre, comme un éclair, une pensée lucide traversait son cerveau et lui arrachait un cri de douleur.

— Si j'ai tué Sylvaine, je n'aurai plus qu'à me jeter à l'eau...

Puis la brume se reformait, estompant les images, qui reculaient et redevenaient imprécises.

— Un rêve!... Ce n'est qu'un rêve! murmurait Milot. Il s'envolera quand je m'éveillerai.

Harassé, il finit par s'écrouler contre la palissade d'un terrain vague et sombra dans un sommeil libérateur, dont il ne s'éveilla qu'au petit jour, transi et courbaturé.

Il se redressa en chancelant. Mais il était dégrisé et aussitôt les souvenirs terribles le harcelèrent, avec une précision telle qu'il frissonna.

— Sylvaine!... sanglota-t-il.

Il jeta autour de lui un regard désespéré. Sa présence en pareil endroit était une preuve de la réalité du drame. Pourquoi se serait-il enfui et serait-il venu tomber là s'il n'avait pas été poussé par l'horreur de lui-même? D'ailleurs, tout ce qui s'était déroulé depuis l'instant où le coup de revolver était parti, atteignant Sylvaine, se représentait à son esprit avec une précision troublante. Le reste, et notamment les raisons qui l'avaient ramené cité Jeanne-d'Arc et la façon dont le fatal revolver lui avait été remis, demeurait imprécis. L'ivresse, les paroles de M. Louis, ce qu'il avait pu faire pour entraîner Milot, enfin l'arrivée, les ombres sur la porte vitrée, la présence constatée de cet inconnu, en qui le jeune ouvrier n'avait pas reconnu Pauv'-Cœur, tout cela ne lui revenait que par bribes impossibles à assembler et sans qu'il fût certain de l'exactitude des détails.

Par exemple, du rôle de M. Louis, il gardait une impression de malaise. Le vague souvenir des accusations portées contre Sylvaine le gênait et l'indignait. Il était, d'ailleurs, certain que ces accusations, si vraiment elles avaient été formulées, ne pouvaient être que calomnieuses. Des attitudes respectives de la jeune femme et de Pauv'Cœur, la mémoire de Milot retrouvait maintenant une vision fort nette et qui absolvait Sylvaine : elle se défendait contre les violences d'un misérable qui avait réussi à s'introduire chez elle par la ruse ou par la force.

Elle était innocente. C'était une raison de plus pour pleurer et désespérer.

« Et je me suis enfui au lieu de la soigner et de lui demander pardon! pensa Milot, le cœur broyé. N'aurais-je pas dû lui crier que je n'avais pas voulu l'atteindre? que c'était un malheur inexplicable, un mouvement dont je n'ai pas souvenir qui avait détourné le coup?... Elle n'était peut-être que blessée... »

Cette phrase entra en lui et ranima l'espoir. C'était si doux que même la pensée, qui lui vint ensuite, de l'interprétation que Sylvaine avait pu donner à sa fuite ne put l'assombrir.

— Ah! pourvu qu'elle survive et qu'elle puisse guérir, je lui expliquerai et je lui demanderai pardon!... Vite! Vite! Il faut y aller.

Il n'était plus question de ne plus revoir Sylvaine. Les résolutions de la veille étaient en déroute. Même si elle aimait moins Milot, était-ce une raison pour lui laisser croire qu'il ne l'aimait plus? Il voulait obtenir son pardon, être rassuré. Ensuite, si c'était nécessaire au bonheur de Sylvaine, il repartirait et cette fois pour toujours.

Mais, d'abord, savoir.

Pressant le pas, il se dirigea vers le boulevard de la Gare, puis vers la cité.

Il y rentra en rasant les murs, surveillant anxieusement les portes et les fenêtres, avec l'angoisse d'y voir apparaître des silhouettes. Le drame de la nuit n'avait-il pas été ébruité, colporté par toute la cité et probablement déformé? Les grandes douleurs sont susceptibles. Milot Pariset voulait cacher la sienne, à laquelle se mêlait tant de honte. Il ne voulait pas s'entendre reprocher d'avoir tiré sur sa femme, si le bruit s'en était répandu. Et, autant que les questionneurs, il redoutait ceux qui pourraient le renseigner. Apprendre d'une bouche indifférente ce qui était advenu de Sylvaine lui aurait été intolérable.

Mais la plupart des habitants de la cité l'avaient déjà quittée et, par contre, la marmaille n'était pas encore dehors. Milot arriva devant le bâtiment dans lequel il logeait et put s'y glisser sans avoir fait la moindre rencontre.

Il monta sur la pointe des pieds, en retenant son souffle. Sa détresse était à son comble Qu'allait-il apprendre? Le Destin lui aurait-i fait grâce ou s'apprêtait-il à l'accabler?

Arrivé devant sa porte, il s'arrêta pour prêter l'oreille et n'entendit aucun bruit. Un silence de mort régnait dans le petit logement.

Milot fut saisi d'horreur. Où était Sylvaine? Qu'avait-on fait de sa Sylvaine? Sanglotant et ne se sentant pas le courage d'ouvrir, il voulut appuyer son front contre la porte, qui céda.

Elle n'était qu'entre-bâillée, comme la veille au soir. Et pareillement la porte vitrée de la salle à manger était demeurée ouverte. Tout donnait l'impression d'un départ, d'un abandon.

Le mari de Sylvaine ressentit un coup au cœur.

— Elle n'est plus là... On l'a emportée...

L'idée jaillit en lui, accablante. L'aspect des choses changea subitement. Une atmosphère de glace enveloppa le malheureux qui frissonna.

Geignant douloureusement, il se traîna comme un blessé à travers la salle à manger, revit avec effroi la place où, la veille, était tombée Sylvaine, s'en détourna avec un gémissement et pénétra dans la chambre.

D'abord, il la crut vide. Le lit n'était pas défait. Mais, dans un angle, près de la porte du cabinet, dans lequel couchait habituellement « Cinq-et-Trois », Milot aperçut une petite forme blottie, un dos d'enfant que des tressautements convulsifs secouaient.

— « Cinq-et-Trois »!...

C'était lui, écroulé là, tout le poids de son petit corps reposant sur ses jambes repliées, la tête cachée dans ses bras croisés et appuyés contre la muraille et pleurant silencieusement.

Enfoui dans sa douleur, se refusant à voir et à entendre, tout seul et plus abandonné qu'il ne l'avait jamais été, le pauvre petit n'avait pas entendu venir Milot Pariset. Il fallut que celui-ci se penchât et le secouât en répétant son appel.

— Bébert, mon petit gosse, que fais-tu là?

« Cinq-et-Trois », relevant la tête, découvrit un visage lamentable, dont les yeux étaient pleins de larmes et dont les joues étaient zébrées de plis, imprimés par ceux des manches sur lesquelles elles avaient reposé.

— Papa Milot! sanglota-t-il, en se soulevant et en tendant ses petits bras.

Milot le prit dans ses bras et l'embrassa.

— Papa Milot!... Maman Sylvaine!... Pauvre maman Sylvaine! répéta l'enfant, en pleurant plus fort.

— Où est-elle? balbutia le jeune mari, avec appréhension.

— On l'a portée... à l'hôpital... à Broca, expliqua « Cinq-et-Trois » d'une voix entrecoupée. Elle avait mal... mal! Ça saignait... C'est l'homme... le vilain homme...

Il n'avait rien compris au drame. Eveillé en sursaut, par la détonation d'abord, puis par les cris épouvantables de Pauv'Cœur, il n'avait aperçu que ce dernier et point Milot Pariset, qui s'était enfui. A ses yeux, c'était donc Pauv'Cœur qui avait tiré sur « maman Sylvaine ».

Mais ce qu'il savait bien, c'était le terrible spectacle qu'il avait eu sous les yeux, sa « maman Sylvaine » étendue toute blanche et les yeux fermés, les hurlements, puis la fuite de Pauv'Cœur et l'entrée des voisins, s'exclamant et s'agenouillant près de la victime.

Serrant contre lui l'enfant, qu'il avait assis sur ses genoux, Milot, pâle et tremblant, parvint à prononcer la terrible question.

— Dis, mon Bébert, elle n'était pas... tuée?... Dis?

Un rauque sanglot, une supplication dans la voix. Puis, Milot attendit, le souffle suspendu.

— Non, soupira « Cinq-et-Trois ». Elle a ouvert les yeux. Et puis elle m'a vu et elle m'a souri. Et elle m'a dit de ne pas avoir peur, que ce n'était rien. Seulement, ça la fatiguait de parler. Les voisins lui ont dit de se taire. Avant, ils lui avaient demandé des choses, comment c'était arrivé et le nom de l'homme qui avait tiré sur elle. Mais elle n'a pas voulu répondre. Elle a dit que ça ne regardait qu'elle, qu'elle ne voulait pas que la police s'en mêle. Puis, elle s'est mise à pleurer, en t'appelant. Et elle a encore fermé les yeux... Alors les voisins l'ont emportée.

— A l'hôpital, gémit Milot, se meurtrissant les yeux de ses deux poings fermés.

Ainsi sa Sylvaine l'avait appelé et il n'était pas là pour la soigner et la réconforter, en lui expliquant le drame. Il s'était enfui comme un lâche, par peur de la voir mourir.

— Moi, je voulais la suivre, continua « Cinq-et-Trois ». Je m'accrochais à elle. Mais les voisins m'ont repoussé. Ils m'ont commandé de rester bien tranquille en me disant qu'ils viendraient me chercher. Et ils sont partis... Mais moi, j'ai eu peur qu'on ne m'emmène d'ici. Alors, je me suis caché sous le lit... Mais je ne crois pas qu'ils soient revenus. Ils ont dû m'oublier... Dis, papa Milot, emmène-moi voir maman Sylvaine.

— Oui, mon Bébert! pleura Milot en embrassant le petit. Oui, nous allons y aller...

Il emporta Bébert, accroché à son cou. De savoir que Sylvaine n'était pas morte sur le coup lui rendait du courage. Elle avait pu parler: Milot voulait espérer qu'elle n'était pas grièvement blessée.

— Elle sera contente de te voir, tu sais, reprit « Cinq-et-Trois ». Elle avait eu bien du chagrin parce que tu ne revenais pas... Elle avait pleuré, tu sais... surtout quand elle a lu le billet qui était dans la poche de mon tablier... Oh! pauvre maman Sylvaine! Comme elle avait l'air d'avoir de la peine!

Milot Pariset tressaillit.

— Elle a pleuré? bégaya-t-il.

— Oui... Pourquoi étais-tu en retard, papa Milot? Si tu étais venu comme d'habitude, tu aurais chassé le vilain homme... ou bien celui-ci n'aurait pas osé se montrer... En tout cas, maman Sylvaine n'aurait pas eu de mal...

Le jeune ouvrier baissa la tête. L'enfant avait raison; c'était son absence qui avait causé tout le mal.

— C'est que, tu sais, nous avons causé, maman Sylvaine et moi, poursuivit « Cinq-et-Trois ». Je lui ai demandé pourquoi elle paraissait nous aimer moins... ou peut-être plus du tout. Et je lui ai demandé si c'était vrai que nous n'étions pas assez pour elle... Tu sais, comme t'avait dit le monsieur d'en face?... Eh bien, ce n'était pas vrai... Si tu avais vu! Elle était devenue toute pâle et elle s'est mise à m'embrasser... mais là, du fond du cœur... pour de vrai... Et elle t'aurait dit, comme à moi, que nous étions des méchants de penser des choses pareilles... Elle nous aime toujours. Le monsieur est un menteur. Voilà!

— Un menteur, répéta Milot, presque humblement.

Pourquoi de telles paroles qui, la veille, l'eussent bouleversé de joie, tombaient-elles des lèvres de l'enfant après le drame? Le chagrin et le ravissement se disputaient son cœur, mais inégalement. Le chagrin l'emportait, parce que toujours nos peines étouffent nos joies.

Cette conviction que Sylvaine l'aimait encore, l'aimait toujours et que toutes ses craintes avaient été chimériques, cette possibilité de voir se dissiper le nuage et reparaître l'azur ensoleillé de leur bonheur, tout cela ne pouvait plus qu'engendrer en lui l'amertume et le regret.

Si « Cinq-et-Trois » disait vrai, quelle folie avait été celle de Milot? Il aurait été l'artisan de son propre malheur. Pourquoi n'était-il pas resté paisiblement au logis, en confiant ses doutes à Sylvaine?

— Trop tard. Trop tard.

Etait-ce certain ? Il restait l'espoir de voir guérir Sylvaine.

Prenant « Cinq-et-Trois » par la main, Milot prononça :

— Viens!...

Ils partirent pour l'hôpital, la main dans la main, unissant leur chagrin, leurs craintes et leur espoir. Boitillant, sautant accroché à la main de Milot, « Cinq-et-Trois » se hâtait tant qu'il pouvait, pour ne pas retarder la marche de son père adoptif. Il peinait, le pauvre « Cinq-et-Trois ». Involontairement Milot faisait de si grandes enjambées! Heureusement, le Métro n'était pas loin.

— On descendra à la Glacière. Il ne nous restera pas beaucoup de chemin à faire à pied.

Puis, ils ne parlèrent plus, suivant chacun le fil de leurs pensées qui se réunissaient au chevet de Sylvaine. Et la menotte de l'enfant serrait bien fort celle du jeune homme.

Ni l'un ni l'autre n'avaient remarqué M. Louis qui s'était mis à les suivre de loin depuis qu'il les avait aperçus.

Derrière eux il prit aussi le Métro et s'arrangea pour monter à l'autre extrémité du wagon dans lequel ils prirent place. Il devinait qu'ils allaient vers Sylvaine. Il suffisait de se laisser conduire.

Quand ils descendirent, toujours suivis par lui, et qu'ils se dirigèrent vers l'hôpital, Louis Parvan était fixé : c'était à Broca qu'on avait transporté la blessée.

Alors se décidant, aux abords de l'hôpital, il pressa le pas et les rattrapa.

Il jugeait le moment venu de payer d'audace. D'ailleurs, il était persuadé que Milot, dégrisé, ne pouvait conserver du drame que des souvenirs imprécis et que la partie suspecte de l'intervention de M. Louis lui avait échappé.

— Pariset! appela ce dernier en frappant sur l'épaule du jeune ouvrier. Où allez-vous, Pariset?

CHAPITRE X

LE LIT TRENTE-QUATRE

Milot et « Cinq-et-Trois » se retournèrent en même temps et tous deux eurent le même mouvement d'instinctif recul, en reconnaissant M. Louis.

« Cinq-et-Trois », particulièrement, prit une attitude franchement hostile et se mit à tirer de toutes ses forces la main de Milot Pariset, en murmurant :

— Viens, papa Milot... N'écoute pas le monsieur...

Le jeune ouvrier n'était pas éloigné de partager cette antipathie et de la manifester. La vue de M. Louis éveillait en lui des souvenirs inconscients, des impresssions imprécises, mécaniquement enregistrées et qui se traduisaient par un malaise. L'homme qui paraissait devant lui avait été la veille trop étroitement associé à toutes les phases du drame pour qu'une horreur instinctive ne résultât point de son seul aspect. Cette sorte d'aversion soudaine, Milot aurait été incapable de la justifier. Mais il la sentait en lui.

Mais, d'autre part, à son engourdissement physique de la veille avait succédé une prostration qui le rendait peu apte à réagir contre l'influence du calomniateur de Sylvaine. Son anxiété et son chagrin ne lui laissaient pas la vigueur morale nécessaire à une révolte.

Louis Parvan se rendit compte à la fois de cette hostilité latente et de l'abattement qui en paralysait l'expression. Payant d'audace, il en profita, certain de dominer aisément sa victime.

— Eh bien! mon pauvre garçon, dit-il avec un apitoiement feint, vous venez aux nouvelles? Je ne vous demande pas comment vous avez passé la nuit, ni ce que vous êtes devenu depuis que vous vous êtes sauvé, hier soir. Votre mine me le dit que trop. Vous aviez perdu la tête, n'est-il pas vrai? Et, dame, je conviens qu'il y avait de quoi. Qui donc aurait pu s'attendre à un malheur pareil? Je comprends que vous ayez été retourné, en voyant ce gueux menacer votre pauvre femme. Quand je vous ai prêté le revolver, je pensais que vous alliez vous contenter de faire peur à l'intrus et de le mettre en fuite. C'est ce que j'aurais dû faire moi-même, si j'avais réfléchi. Mais, encore une fois, je n'ai pas cru que vous alliez tirer... et tirer de travers. Vous dire le souci que je me suis fait toute la nuit! Je n'en ai pas dormi. Je me considère comme un peu responsable de ce qui est arrivé. C'est pour cela que je me suis mis à votre recherche et que je suis venu ici, aux nouvelles. Mon pauvre garçon, il va peut-être falloir du courage.

Milot chancela, prêt à s'effondrer. Cette parole, qui chassait son espoir et l'obligeait à envisager le pire, l'atteignait en plein cœur et faisait du même coup s'évanouir toutes ses velléités de rebuffade.

Louis Parvan hocha la tête d'un air grave.

— J'en ai peur, soupira-t-il. Elle a été sérieusement touchée, votre Sylvaine. Dès cette nuit, on craignait pour ses jours. Aussi, je me demande ce que nous allons apprendre.

Il vit pâlir Milot, qui s'appuya inconsciemment sur l'épaule de « Cinq-et-Trois ».

M. Louis s'avança pour le soutenir.

— Vous n'êtes guère en état d'aller questionner les gens de là-dedans, dit-il en désignant la porte de l'hôpital. Saurez-vous vous en tirer? Il faut avoir l'habitude. Les administrations sont partout les mêmes. Pour leur arracher un renseignement, on doit parler haut. Je ne vous vois pas employant le ton qu'il faut. Et puis, vous êtes trop impressionnable. Ils vous verront si troublé qu'ils ne vous répondront pas, ou qu'ils vous éconduiront sous un prétexte quelconque. Voulez-vous que j'y aille pour vous? C'est un service que je puis parfaitement vous rendre. Je ne me laisserai pas intimider. Attendez ici. Dans quelques minutes, je vous rapporterai des nouvelles et aussi, je l'espère, une autorisation en règle pour voir votre Sylvaine.

Cette promesse décida Milot Pariset.

— Vous avez raison, soupira-t-il. Entrez seul, cela vaudra mieux. J'ai tant de chagrin et d'angoisse que je ne saurais pas m'expliquer.

Satisfait de s'être fait donner la mission qu'il souhaitait, et qui allait lui permettre de se renseigner sans se compromettre, Louis Parvan estima inutile de continuer à effrayer le jeune ouvrier. Il redevint optimiste.

— Allons, ne vous en faites pas trop en m'attendant, conseilla-t-il. Tant qu'il y a de la vie il y a de l'espoir, et les chirurgiens sont habiles. Ils vous remettront Mme Pariset sur pied et toute l'histoire de cette nuit n'aura été qu'un mauvais rêve, que vous oublierez vite.

— Oh! oui, un mauvais rêve! murmura plaintivement le pauvre mari.

Quittant Milot et le petit Bébert, l'associé de Margot l'Amour franchit la porte de l'hôpital.

Un employé grognon accueillit assez mal sa requête.

— Vous voulez des nouvelles d'une femme Pariset, amenée cette nuit? répéta-t-il d'un ton hargneux. A quel titre demandez-vous cela ? Etes-vous son parent?

— Je viens au nom de son mari, qui attend dehors. répondit Louis Parvan, en réprimant un geste d'impatience.

— Eh bien, qu'il vienne lui-même, répliqua l'employé. Nous n'avons pas à fournir de renseignements à une personne étrangère et non régulièrement mandatée.

— Bien... Je vais le chercher, répondit Parvan, en se contenant.

Quelques instants plus tard, il ramenait Milot Pariset, auquel s'accrochait « Cinq-et-Trois ».

— On ne veut pas me répondre. Il faut que ce soit vous qui formuliez la demande, avait expliqué M. Louis. Vous avez des pièces d'identité sur vous?... Oui? Tant mieux, parce qu'on va certainement vous en demander. On m'a paru à cheval sur le règlement. Mais n'ayez pas peur, je suis là pour vous soutenir.

Ce n'était pas de peur que tremblait le pauvre Milot. Mais son émotion le servit; car elle attendrit le fonctionnaire qui venait de le prendre de si haut vis-àvis de Louis Parvan.

Voyant qu'il avait affaire à un malheureux tremblant d'angoisse et de chagrin et à un enfant qui pleurait, il s'humanisa.

— C'est votre femme? questionna-t-il plus doucement. Bien. Vous dites Pariset? C'est bien le nom... Salle Nélaton, lit trente-quatre. Je ne sais pas comme elle va. Mais je vais tâcher de vous avoir une autorisation exceptionnelle. On vous conduira auprès d'elle... Attendez un peu...

Il passa dans un autre bureau et revint, après un temps qui parut mortellement long à Milot et à M. Louis.

— On l'a hospitalisée. Donc elle vivait, pensait ce dernier. C'est un coup manqué!...

L'employé reparut, tenant un papier. Il s'approcha d'une porte et appela une infirmière, qui traversait la cour.

— Tenez, mademoiselle, conduisez donc ce jeune homme et cet enfant auprès du lit trente-quatre, salle Nélaton. Ils sont autorisés.

Il poussa dehors Milot qui bégayait un remerciement.

Le visage assombri, Louis Parvan suivit, mais en conservant une certaine distance pour ne pas attirer l'attention, car il doutait d'avoir été compris dans le permis de visite.

Le groupe, guidé par l'infirmière, traversa plusieurs cours, puis s'engagea dans un labyrinthe de couloirs qui sentaient la pharmacie.

Soudain, l'infirmière arrêta Milot et « Cinq-et-Trois ».

— Attendez... Laissez passer.

Louis Parvan, à quelques pas, se colla contre le mur.

Une porte venait de s'ouvrir et deux infirmiers parurent, emportant sur un brancard une forme immobile recouverte d'un drap : un cadavre qu'on portait à l'amphithéâtre.

L'infirmière de la salle était sortie derrière le lugubre cortège. Sa collègue l'appela d'un signe :

— Une visite pour le lit trente-quatre, annonça-t-elle en montrant ceux qu'elle accompagnait.

L'autre infirmière sursauta.

— Le lit trente-quatre!... Mais...

Elle baissa la voix et désigna, d'un geste à peine esquissé, les infirmiers qui s'éloignaient avec le fardeau.

— On l'emporte... Elle vient de « passer ».

Une plainte déchirante l'interrompit. S'appuyant à la muraille, Milot sanglotait.

Le malheureux avait compris.

Navrées de l'incident, les deux infirmières s'empressèrent.

— Mon pauvre petit... C'était quelqu'un de vos parents? Oui, c'est dur d'apprendre comme cela... Si nous avions pu nous douter...

— Quand est-elle morte? balbutia le jeune ouvrier, sans découvrir son visage.

— Tout à l'heure... Mais depuis hier elle était perdue, vous savez.

Doucement, doucement, profitant de ce que les infirmières, occupées à consoler Milot Pariset et le petit garçon, lui tournaient le dos, Louis Parvan recula jusqu'à l'angle du couloir.

Alors, hors la vue du groupe, il s'éloigna à pas rapides.

Pourquoi serait-il resté? Il savait ce qu'il voulait savoir. S'intéresser à la douleur de Milot lui eût paru du temps perdu.

Dissimulant sa joie, il quitta l'hôpital.

Dans le couloir, Milot pleurait toujours. Tout à coup, il se redressa.

— Je veux la voir... l'embrasser une dernière fois! supplia-t-il.

Les infirmières hésitèrent... pas longtemps. Ce désespoir leur faisait pitié.

— Venez, dit l'une en le prenant par le bras. Mais il faudra être raisonnable.

L'autre s'élançait et arrêtait les infirmiers.

Chancelant, soutenu par la jeune fille, Milot arriva devant le brancard que ses porteurs avaient posé à terre. Silencieusement, l'un d'eux écarta un peu le drap, découvrit le visage.

Milot s'était penché. Il se releva brusquement, les yeux hagards.

— Mais ce n'est pas Sylvaine!... Ce n'est pas ma femme! balbutia-t-il, en détournant les yeux de la face inconnue, dont la pâleur venait de lui apparaître.

— Ce n'est pas?...

Interdites, les infirmières se regardèrent.

— Lit trente-quatre. Femme Bourlier, lut à demi-voix la première, consultant le bulletin qu'elle tenait à la main.

— Bourlier? Il y a erreur, s'exclama vivement la seconde. Ce n'est pas le lit trente-quatre, c'est le vingt-quatre qu'a occupé la nommée Bourlier, qu'on a apportée blessée d'une balle de revolver.

— C'est cela! cria Milot qui passait par de successifs paroxysmes de douleur et d'espoir. Où est-elle?

— Elle a quitté l'hôpital... Sans cette erreur de numéro, on vous l'aurait dit tout de suite. Quelqu'un est venu la réclamer. Comme elle n'était que légèrement blessée, on l'a laissée partir. D'ailleurs, la personne qui est venue la chercher était accompagnée d'une voiture d'ambulance automobile et elle a annoncé son intention de faire soigner la malade dans une clinique.

— L'adresse?... Est-ce que vous avez l'adresse?

— L'adresse?... Il faudrait voir au secrétariat.

Bouleversé, Milot se laissa conduire. Il ne savait plus s'il était heureux ou malheureux, s'il devait se réjouir ou s'inquiéter. Sylvaine était vivante; elle n'était que légèrement blessée; elle guérirait.

Mais où était-elle?... Et qui pouvait être ce mystérieux personnage qui était venu la réclamer et lui avait fait quitter l'hôpital moins d'une heure après son entrée?

Pourquoi avait-il agi ainsi? Etait-ce un protecteur ou un génie malfaisant?

A ces questions qu'il se posait involontairement, Milot Pariset ne pouvait répondre. Un quart d'heure plus tard il quittait l'hôpital, avec « Cinq-et-Trois », sans avoir pu obtenir de renseignements précis sur le visiteur qui avait enlevé Sylvaine. Assurément, il avait su inspirer confiance, puisque la jeune femme, ainsi qu'en témoignait l'exeat, avait donné son adhésion à cette sorte d'enlèvement.

— Elle a voulu me fuir... Elle ne m'a pas pardonné! gémit le pauvre Milot accablé par ce dernier coup.

Comment retrouverait-il la trace de l'épouse adorée? Etait-elle donc perdue pour lui?

CHAPITRE XI

LE REPÊCHEUR D'ÉPAVES

— Encore de l'argent!... J'ai déjà beaucoup trop risqué dans cette affaire! grogna le père Jacob.

C'était, cette fois, dans une médiocre chambre d'hôtel de cinquième ordre qu'il recevait son élégante emprunteuse.

Mais Margot Feyline ne songeait ni à s'en offusquer, ni à s'en étonner. Elle connaissait l'homme et son avarice sordide.

L'aspect de l'usurier n'avait guère changé; il demeurait aussi négligé qu'à l'époque où, dans son petit bureau du faubourg Saint-Denis, il recevait sa clientèle douteuse.

— Je n'avancerai pas un sou de plus! déclara-t-il d'un air têtu.

L'envoyée de Louis Parvan ne s'émut guère. Elle n'en était pas à sa première discussion avec leur bizarre commanditaire. Elle savait que d'une telle poche les billets de banque ne pouvaient sortir sans être précédés de gémissements.

— Vous auriez tort, riposta-t-elle froidement. Ce n'est pas quand on touche au but qu'il faut reculer.

— Voilà deux mois que vous me répétez cela, en accompagnant chaque fois votre affirmation d'une nouvelle saignée à ma pauvre bourse. Je commence à en avoir assez, dit rageusement l'usurier.

— Nos demandes étaient justifiées et chaque fois un pas en avant a été fait. Mais aujourd'hui, père Jacob, c'est beaucoup mieux. Je puis vous jurer que nous n'aurons plus recours à vous. La somme que je vous demande est la dernière qu'il vous faudra lâcher avant la récolte.

— La récolte. La récolte. Est-elle tellement sûre?

— Infaillible maintenant. Un petit effort encore, père Jacob.

Le sourire, ordinairement irrésistible, de Margot l'Amour n'arrivait pas à dérider l'usurier.

— Je ne prêterai plus rien sans garantie nouvelle, protesta-t-il. Vous m'avez fait dépenser deux cent mille francs pour l'histoire de l'actrice. Une belle créance. Elle s'est suicidée.

— Mais quelqu'un payera pour elle, répliqua

l'associée de Louis Parvan. Et vous avez ma signature et celle de mon ami.

— Une fameuse garantie. La vôtre, passe encore. Mais celle d'un Louis Parvan, un garçon sans sou ni maille.

— Je vous ai dit qu'il avait derrière lui...

— Un mystérieux personnage que vous ne voulez pas nommer et qui, prétendez-vous, refuse de se compromettre. Eh bien! je n'y crois plus, à votre héritier invisible et anonyme. Vous ne me ferez plus marcher avec des bourdes pareilles. Si vous voulez l'argent, apportez-moi un billet signé de lui et portant, bien entendu, une adresse que je puisse vérifier.

— Ne demandez donc pas l'impossible, répondit Margot l'Amour, en haussant les épaules. Je vous ai expliqué cent fois les raisons qui obligent ce monsieur à rester dans l'ombre. Parvan et moi, nous répondons pour lui. Quoi que vous en disiez, cela doit vous suffire. Vous serez remboursé avant trois mois.

— Avant trois mois, ricana le père Jacob.

— Oui, répéta énergiquement la jeune femme. Avant trois mois tout sera liquidé et nous pourrons toucher chacun notre part. La route est déblayée, maintenant : deux des cohéritières sont mortes. Ne prenez pas cet air soupçonneux. Il n'y a pas eu de crimes. Le hasard était dans notre jeu. Vous l'avez bien vu pour l'actrice.

— Le hasard. Enfin, je consens à ce que vous l'appeliez le hasard, fit ironiquement l'usurier. Et je vous dispense de me dire comment est morte la seconde héritière.

— Cela ne m'embarrasserait pas. Elle est morte d'une façon assez tragique. Mais on ne saurait soupçonner mon ami d'avoir quoi que ce soit de commun avec le meurtrier, puisque celui-ci n'est autre que le mari de la victime. Il s'agit d'un drame de la jalousie.

— Qui doit rappeler par certains points le drame de désespoir qui a abouti au suicide de Manon Soleil, répliqua froidement l'usurier. Laissons cela, dont vous avez seuls, vous et votre associé, la responsabilité. Moi, je veux simplement savoir quelles chances j'ai de rentrer dans mon argent et d'encaisser un honnête bénéfice.

— Cent contre zéro. Il n'y a plus qu'une toute petite formalité à remplir.

— Une dernière héritière à liquider? ricana l'usurier.

— Vous êtes bête! dit Margot, d'un air froissé. Oui ou non, voulez-vous nous avancer cette dernière somme, indispensable au comte?...

— Ah! c'est un comte?

— Oui, là!... Et il va entrer en scène, pour revendiquer ses droits. Mais il ne peut pas se présenter en trop pauvre équipage. Surtout, il ne veut pas... Ne vous ai-je pas laissé entendre que c'était surtout par fierté qu'il se tenait aussi obstinément dans l'ombre? Il ne veut pas déchoir.

— J'admire cette délicatesse de sentiment!... lança le père Jacob d'une voix mordante. Gueux comme Job et fier comme Artaban. On rougirait de se montrer mal vêtu et les poches vides; on veut pouvoir tenir son rang... Mais, pour y parvenir, on utilise les services de Mlle Margot Feyline et ceux du père Jacob. Bizarre orgueil! Et plus bizarre conception de l'honneur!

Vous n'y connaissez rien, riposta la jolie fille d'un ton rogue. Qu'allez-vous discuter là? Les nobles, voyez-vous, père Jacob, ont un épiderme plus délicat que le vôtre.

— Et la conscience aussi?... A leur aise. Moi, c'est mon argent que je défends et pas autre chose. Mais puisque vous avez tant de confiance et que vous êtes si dévouée à ce monsieur le comte, pourquoi ne faites-vous pas la somme vous-même? Vous le pourriez... Il vous reste de beaux bijoux...

— C'est que je pourrai en avoir prochainement besoin, répliqua la jeune femme. Moi aussi, il faudra prochainement que je fasse figure dans le monde.

— Ah! ah! souligna le père Jacob, en l'étudiant. *Vous aussi?* Vous allez faire votre entrée dans le monde?

— Mais, moi, ce ne sera pas une rentrée, plaisanta Margot en rougissant un peu. Je ne me pique pas de noblesse. Ce n'est pas à un vieil ami comme vous que je conterai de pareilles blagues. Je suis née dans une arrière-boutique... et pas grande!... Et j'y ai reçu plus de taloches que de leçons de morale. Quant aux belles manières, à supposer que je n'en sois pas tout à fait dépourvue, je les dois aux amis que j'ai eus et qui ont fait mon éducation. Entre nous, ce n'est qu'un vernis et ça ne tient guère. Mais je ne suis pas sotte et je puis faire illusion. Si j'ai un rôle à jouer dans la comédie qui se prépare, je saurai le tenir... Allons, père Jacob, vous voyez que je me laisse aller aux confidences. On ne se tient pas à carreau vis-à-vis d'un ami comme vous. Puisque vous voilà un peu au courant de nos projets, soyez chic : ne m'obligez pas à réaliser à perte. Avancez-nous la somme dont nous avons besoin. Je vous répète que c'est la dernière.

— Si c'est vraiment indispensable, je ferai encore ce sacrifice, soupira l'avare en tirant de la poche intérieure de sa redingote un portefeuille crasseux, mais honorablement bourré.

Il compta des billets qu'il remit à Margot.

— Bonne chance, ma belle. Je ne vous demande pas de m'envoyer de vos nouvelles, ni de me tenir au courant au jour le jour. Mais quand vous aurez quelque chose de décisif, pensez tout de même au père Jacob.

— Il sera prévenu le premier que la partie est terminée... et gagnée, promit Margot Feyline.

Elle sortit sur ces mots.

Dix minutes plus tard, le père Jacob quittait

à son tour son hôtel, montait dans un taxi et se faisait conduire cité Jeanne-d'Arc.

Arrivé là, il se dirigea, en homme qui connait le chemin, vers le logement des Pariset et frappa à la porte.

« Cinq-et-Trois » vint lui ouvrir. Milot Pariset était assis, les coudes sur la table et la tête dans ses mains.

Depuis qu'il était rentré avec le petit Bébert dans le logement que n'animait plus la présence de Sylvaine, le jeune ouvrier gardait cette pose accablée.

Comme le logis, où tout lui rappelait l'absente, lui semblait vide et morne, privé d'elle! Il n'y avait pas un meuble de moins, tout demeurait tel que la jeune femme l'avait laissé, et pourtant les pièces avaient un aspect nouveau, hostile et décourageant. Comme une buée sur les vitres, comme une poussière recouvrant les meubles et les ternissant, la tristesse de Milot avait tout envahi; elle éteignait les rayons venus du dehors. On aurait dit vraiment qu'il entrait moins de lumière.

Pourtant, cette tristesse n'était plus du désespoir. Sylvaine vivait. Après l'alerte de l'hôpital, après ses craintes de la nuit et du matin, cette pensée s'imposait sans cesse et détendait les nerfs de Milot... Il avait frôlé de trop près l'abîme pour ne pas éprouver, malgré lui, une impression de soulagement.

Ne pas savoir où était Sylvaine, ne pas l'avoir revue, c'était une source d'inquiétude et de chagrin. Mais cela n'excluait pas l'espoir.

Ce n'était même pas l'abattement de la veille, quand, après avoir quitté volontairement la jeune femme et s'être en quelque sorte retranché de sa vie, le malheureux ne voyait plus devant lui que le vide désolant d'un avenir dévasté.

Alors, il avait pleuré et souhaité la fin de sa douleur. Maintenant il se contentait de soupirer, sans chercher à échapper à son chagrin.

Il conservait un but : attendre le retour de Sylvaine et, si elle ne revenait pas, la chercher.

Mais pourquoi ne reviendrait-elle pas d'elle-même, une fois guérie? Pour l'encourager dans cet espoir, une petite voix répétait de temps à autre :

— Elle t'aime bien, maman Sylvaine!... Elle t'aime bien, papa Milot! Elle n'est pas partie pour toujours.

Comme c'étaient bien les mots qu'il fallait pour empêcher la détresse de Milot Pariset de se changer en un affreux désespoir!

Caressant la tête du petit être affectueux, qui partageait sa peine, il répondait machinalement :

— Oui, elle nous aime... Et elle reviendra, mon Bébert. Mais si seulement nous savions où elle est pour aller la voir!

Un gros soupir de « Cinq-et-Trois » approuvait. A lui aussi, maman Sylvaine manquait. Les heures, loin d'elle, lui semblaient longues... longues... Il ne songeait pas à jouer, ni même à rappeler à papa Milot qu'il aurait tout de même fallu songer à se nourrir. Sans se plaindre, sans avouer sa faim, il restait dans le voisinage de Milot Pariset, faisant le moins de bruit possible, pour ne pas troubler les méditations de son père adoptif.

Il voulait qu'au retour de maman Sylvaine papa Milot pût déclarer :

— Bébert a été bien sage.

S'il avait pu se rendre utile, faire les commissions, préparer les repas, comme faisait maman Sylvaine! Malheureusement, il était trop petit.

Du moins avait-il décidé qu'il lui appartenait d'aller ouvrir quand il entendit frapper le père Jacob. Et il prit une petite mine sérieuse pour examiner le grand vieillard morose.

Que voulait-il? Ce n'était guère le moment de venir ennuyer papa Milot.

Mais le père Jacob n'accorda à « Cinq-et-Trois » qu'une fugitive attention. Tout de suite, écartant l'enfant, il s'avança vers Milot qui n'avait même pas levé la tête.

— Tu as du chagrin, petit? C'est à ta femme que tu penses? Je t'apporte de ses nouvelles.

Ah! la voix du visiteur avait beau être bourrue et plus faite pour gronder que pour apporter de bonnes nouvelles, elle n'en eut pas moins, aux oreilles de Milot Pariset, toute la suavité d'une musique céleste.

Redressant son buste, le jeune ouvrier regarda l'usurier et se leva vivement.

— Vous l'avez vue? Vous savez où elle est? cria-t-il sans même songer à s'enquérir du nom du visiteur.

Pourtant, il était sûr de le voir pour la première fois. Il aurait pu se demander d'où le père Jacob pouvait les connaître, lui et Sylvaine.

— Bien sûr que je le sais, puisque c'est moi qui l'ai fait sortir de l'hôpital et amenée là où elle est, répondit le père Jacob.

— C'est vous, bégaya Milot, en ouvrant de grands yeux.

— J'ai agi dans son intérêt, précisa l'usurier. Mais il est inutile que je t'explique maintenant mes raisons. Tu ne pourrais pas les comprendre. Pour le moment, réponds à mes questions. C'est sérieux et urgent. Tu es allé à l'hôpital?

Ses yeux perçants, dont l'habituelle dureté s'atténuait visiblement, fixaient Milot et l'inspectaient. Ils imposaient leur ascendant, que le jeune mari de Sylvaine subit sans révolte et presque à son insu.

— Oui, répondit-il docilement.

— Tu y es allé seul? insista le père Jacob.

— Non... Bébert m'accompagnait.

Au même instant, Milot s'avisa que l'étrange

visiteur pouvait ne pas connaître « Cinq-et-Trois ». Il le désigna.

— Bébert, c'est ce petit.

— Et il n'y avait personne d'autre avec toi? s'enquit le père Jacob, scrutant toujours le visage du jeune homme.

— Si... un voisin... M. Louis... Il nous avait rejoints devant la porte de l'hôpital. Il est entré avec nous... Et puis tout à coup il a disparu... Je ne sais pas ce qu'il est devenu. Je ne l'ai pas revu depuis.

— A quel moment t'a-t-il quitté?

Sans s'étonner de ce bizarre interrogatoire, ni s'enquérir de son but, Milot fouillait consciencieusement sa mémoire. Ses réponses semblaient obéir à la volonté du questionneur.

— C'est au moment où j'ai eu si peur et tant de peine. On venait de me dire que Sylvaine était morte. On me l'avait montrée sur un brancard, recouverte d'un drap... Ce n'était pas elle, heureusement! heureusement!... Mais sur le moment, je l'ai cru...

— M. Louis était là? interrompit brusquement le père Jacob.

Milot, instinctivement, interrogea du regard « Cinq-et-Trois » qui fit un signe de tête affirmatif.

— Il y était et il écoutait, renseigna l'enfant.

Le père Jacob lui effleura la tête d'une caresse maladroite.

— Et après? demanda-t-il.

— Après, j'ai demandé à voir celle qu'on emportait, balbutia Milot d'une voix étranglée par l'émotion, que ravivait cette évocation des minutes pénibles. On m'a emmené près du brancard.

— Et M. Louis suivait-il?

— Non, intervint « Cinq-et-Trois ». Il s'était sauvé.

— Tu en es sûr?

— Oui, m'sieu.

— Donc, il n'était pas là quand on t'a expliqué l'erreur, dit le père Jacob avec une visible satisfaction en se retournant vers Milot Pariset. Car il y avait eu erreur, n'est-ce pas?

— Une erreur de numéro...

— Oui, je sais... je sais beaucoup de choses... tout ce qu'il faut que je sache. Mais le principal est que ton voisin soit moins bien renseigné et qu'il ait emporté la conviction que Sylvaine était morte.

Il frottait ses mains sèches, dont les phalanges craquaient. Milot le regardait d'un air stupéfait, ne comprenant pas la cause de cette jubilation.

— Il fallait cela... Il fallait cela... répéta l'usurier.

Puis, posant ses deux mains sur les épaules du jeune homme et le regardant bien en face, il lui demanda :

— Milot, aimes-tu vraiment Sylvaine? Pour assurer son bonheur, te sacrifierais-tu?

Le jeune mari frissonna.

— J'ai voulu me sacrifier, soupira-t-il.

Mais le père Jacob lui coupa la parole.

— Je sais cela, dit-il. Et je sais pourquoi tu avais décidé d'agir ainsi. C'est bien. Mais le sacrifice que je vais te proposer n'est pas aussi terrible... Il ne s'agit que de consentir à ne pas revoir Sylvaine maintenant, à rester éloigné d'elle pendant quelques mois et à te soumettre pendant ce temps à la ligne de conduite que je te tracerai... Ecoute et pèse bien mes paroles, petit. Si tu consens, dans quelques mois ta Sylvaine te sera rendue pour toujours. *Et tu auras gagné le bonheur, parce que tu seras digne d'elle...*

Milot était devenu tout rouge. Inconsciemment, il serrait la menotte de « Cinq-et-Trois », qui se serrait contre lui.

Puis, fixant de ses yeux clairs le père Jacob, comme celui-ci l'avait fixé à son entrée, il dit d'un ton grave :

— J'accepte.

— Bien! dit le singulier vieillard. A partir de cet instant, Milot Pariset, je me charge de toi et de cet enfant. Si tu as ici quelque chose que tu tiennes à emporter, fais-en un paquet. Je te donne un quart d'heure pour te préparer. Dans un quart d'heure il faudra me suivre...

Milot Pariset inclina la tête et se dirigea vers la chambre, dans laquelle il s'apprêta à entrer, suivi pas à pas par « Cinq-et-Trois », qui continuait à tenir une de ses mains.

Mais, près de la porte, il hésita et se retourna.

— Et Sylvaine? questionna-t-il. Qui se chargera d'elle et qui la protégera, pendant ces quelques mois?

— Rassure-toi, répondit le père Jacob. *Quelqu'un veillera sur elle,* quelqu'un qui a intérêt à ce qu'elle vive, parce que ce quelqu'un joue contre l'ennemi de ta femme.

— M. Louis? bégaya instinctivement Milot, subitement éclairé.

— Il n'y a plus de M. Louis, répondit lentement l'usurier. Il n'y a plus de Louis Parvan... C'est un autre qui va continuer la partie, un autre qui, à cette heure, se figure tenir tous les atouts en main, l'imbécile! Il a compté sans le père Jacob. Et maintenant qu'il croit Sylvaine morte, il a perdu d'avance. Retiens cela, petit. Celui qui gagnera, c'est celui qui a fait un pacte avec Sylvaine Bourlier, avec ta femme... C'est le père Jacob!...

Milot écoutait-il? Comprenait-il?

Non!...

Il se murmurait tout bas :

— Devenir digne de Sylvaine?... Ne plus trembler de perdre son amour? Sera-ce possible?... Ah! que cet homme tienne sa promesse, dût-il me demander de risquer ma vie pour mériter ce miracle!...

TROISIÈME PARTIE

LA BLONDE

CHAPITRE PREMIER

LE VISITEUR

Installé dans son fauteuil, près de la baie ouverte, un havane entre les dents, la cave à liqueurs à portée de main, Xavier Callian de Seillans poussa un soupir d'aise.

Il savait apprécier la vie, pourvu qu'elle fût bonne et capitonnée de confort et de luxe.

Cette heure d'après-midi était telle que la souhaitait sa paresse, amie des jouissances matérielles. Il digérait béatement, exposant au jeune soleil de mars — déjà chaud en cette région, qui bordait la Côte d'Azur — sa corpulence et sa face congestionnée, dont les gros yeux gris saillaient, au-dessus de deux boursouflures de chair blette. Noire, mais parsemée de fils d'argent par l'approche de la cinquantaine, une courte barbe frisottante entourait ses bajoues et rejoignait la moustache, entre le nez épaté et la bouche lippue.

Il envoya au ciel bleu une bouffée de fumée, étendit à sa droite une main nonchalante et la referma sur le col d'un flacon aux flancs ambrés par une liqueur d'or, dont il emplit une corolle de cristal. Puis il but, en fermant à demi ses lourdes paupières.

Du premier étage de cette villa blanche, dont les jardins s'étageaient à mi-hauteur de la colline de Grasse, il pouvait contempler les hauts eucalyptus, les palmiers verts, les mimosas d'or, puis, au delà, la plaine parfumée des senteurs des roses et des violettes, des jasmins et des tubéreuses, et l'horizon de petites collines et de champs d'oliviers, qu'il savait cacher la mer et toutes les villes de plaisir de la côte.

Mais cet admirable paysage formait pour lui un tout qu'il ne détaillait plus. Il n'en détachait pas plus la luxueuse villa et sa domesticité attentive que les perspectives de parties fines, de jolies femmes et de joyeux compagnons vers lesquelles pouvaient l'emporter l'une des deux autos, attendant dans le garage son bon plaisir. La mer n'étincelait au soleil, le ciel n'était radieux que parce que leur merveilleux décor encadrait cela : les plaisirs de Cannes, de Nice ou des salles de jeux de Monte-Carlo. Du tout, il jouissait en bloc.

Du ciel, empli de rayons, sur les massifs et les verdures du jardin, M. de Seillans laissa complaisamment descendre son regard.

Des rires s'envolaient, clairs, jeunes et c'était d'entre le grillage d'un « court » de tennis qu'un rideau de plantes exotiques dissimulait aux regards.

Entre les feuilles, pourtant, trois silhouettes s'apercevaient, dont deux se déplaçaient sans cesse, tandis que la troisième se tenait immobile, oubliée dans un coin. C'était celle d'une dame fluette et fanée, assise à l'ombre, ombre elle-même, jouant là, — comme auprès de son corpulent mari — un rôle silencieux et effacé; Mme Callian de Seillans.

Chaperon probable, mais ayant tout juste l'importance d'un accessoire obligé ou d'un motif de décoration, sa présence restait parfaitement négligée des deux joueurs : un jeune homme aux cheveux châtain clair et une jeune fille blonde, tous deux vêtus de flanelle blanche.

Sur cette blancheur, puis sur les cheveux dorés s'agitant devant le filet, M. de Seillans arrêta ses regards qui s'assombrirent :

— Laurette!... Et ce Jacques!...

Un point noir dans sa béatitude.

A Laurette d'Antheroche, sa pupille, appartenaient la belle villa et les deux autos, à elle aussi la fortune — tout ce dont Xavier profitait en qualité de tuteur.

Et en face de ces vingt ans joyeux, bondissaient aussi souples les vingt-deux ans de Jacques Ary-Gueydan, l'ami d'enfance, le compagnon de jeux, le fiancé de Laurette.

Un soupir souleva la poitrine mamelue du tuteur. Posé sur les jeunes gens, son regard devint trouble et maussade. Comme il aurait préféré voir sa jolie pupille entourée de vingt coureurs de dot — contre lesquels il eût été légitime de la défendre — plutôt que courtisée par ce Jacques inattaquable, dont les parents possédaient une des plus belles fortunes de la région.

Des fiançailles? Elles n'étaient point officiellement reconnues, ni annoncées. Mais c'était tout comme et même s'il avait eu l'humeur et le tempérament d'un Bartolo, M. de Seillans eût été, en vérité, bien en peine d'éconduire cet ami d'enfance, dont la venue quotidienne faisait briller de tendresse les beaux yeux bleus de Laurette d'Antheroche. Il fallait tolérer les parties de tennis, les promenades en auto, les causeries, au cours desquelles s'évoquaient tant de projets désagréables à Xavier, s'échafaudait un avenir qu'il exécrait d'avance comme la venue d'une ombre glaciale, prête à l'ensevelir; il fallait tolérer les regards, les chuchotements, les tendres pressions de main, les baisers furtifs, reçus ou donnés à la dérobée, tout le jeu puéril et charmant de fiancés juvéniles, dont les cœurs à peine viennent de s'éveiller.

Il fallait tolérer tout cela, heureux encore d'avoir pu éluder, retarder en arguant de la jeunesse du couple, tout accord définitif, toute demande nécessitant une réponse immédiate et officielle.

Plus tard... Encor plus tard... Et le temps coulait, dont profitait sournoisement le tuteur.

Mais combien de mois encore pourrait durer cette existence de plaisirs? La majorité de Laurette d'Antheroche arriverait; elle se rapprochait chaque jour. La jeune fille, alors, n'aurait plus à solliciter l'agrément de son tuteur — qui cesserait de l'être — pour laisser tomber sa main dans celle de Jacques. La demande? La fameuse demande, que la diplomatie de Xavier de Seillans s'employait à éviter, ne lui serait plus adressée que pour la forme et ce serait Laurette qui y répondrait elle-même. Sa réponse était connue d'avance.

Mais les conséquences?... Il faudrait céder la place au jeune mari, abandonner la villa, restituer la fortune. Calamité! Xavier Callian de Seillans se voyait, partant les mains vides, banni de ce paradis et entrant dans l'ombre sans joie d'une vie pauvre et terne.

Ses yeux se plissèrent. Il chassa, d'un geste de sa courte main velue, une mouche précoce et importune.

Pourquoi songer maintenant à ces choses? Il avait encore le temps de vider son verre et bien d'autres. Il voulait épuiser la coupe des plaisirs, avant que sonnât l'heure déplorable. Portant la liqueur à ses lèvres, il but, les yeux mi-clos.

Un lointain coup de cloche, appelant un domestique à la grille, puis le passage, dans une allée, d'une silhouette inconnue, qui disparut à l'intérieur de la villa, détourna mieux l'attention de M. de Seillans.

Il pensa, sans trop d'étonnement, car il était, au nom et avec l'argent de Mlle d'Antheroche, fastueusement accueillant :

« Une visite?... Qui cela peut-il être? Je n'ai pas reconnu... »

Puis il attendit les pas du valet et son entrée dans la bibliothèque, présentant sur un plateau la carte du visiteur.

L'ayant prise, le tuteur de Laurette d'Antheroche lut ce nom : « Comte de Travenières. »

Une moue esquissée et un hochement de tête indiquèrent que ses souvenirs ne s'éveillaient pas.

— Faites entrer ici, se décida-t-il à ordonner.

Et il se leva péniblement et marcha vers la porte, tant pour se désengourdir que pour faire honneur au visiteur titré. Un Callian de Seillans, qui se souvenait encore de l'époque à laquelle une particule complaisante avait adjoint à son patronyme le nom d'une terre dont il tirait vanité, ne pourrait être indifférent à une authentique couronne de comte.

François de Travenières entra.

Jeune — il avoisinait tout juste la trentaine — un beau garçon brun, dont les yeux noirs devaient être aussi prompts à toiser un homme qu'à envelopper de leur caresse magnétique toutes les femmes passant sur leur chemin, il avait cette élégance discrète et sûre qui, mieux que son titre, affirmait sa race.

Il s'inclina légèrement devant Callian de Seillans et articula sans attendre la question prévue :

— Je vois, monsieur, que mon nom ne vous a point expliqué ma visite. Nous serions, en effet, des inconnus l'un pour l'autre, si nous ne nous trouvions rattachés par une parenté commune avec Mlle d'Antheroche, dont je suis le très lointain cousin. C'est de ce titre que je m'autorise pour venir faire aujourd'hui sa connaissance et celle de son tuteur.

Un peu interloqué, vaguement inquiet, Xavier de Seillans tendit machinalement au comte de Travenières une main molle, qui ne s'abandonna point.

— Charmé, monsieur, répondit-il. Je m'excuse de n'avoir pas eu la généalogie de Laurette suffisamment présente à la mémoire pour reconnaître en vous un parent. Vous n'en êtes pas moins le bienvenu chez moi.

— Et chez elle, rectifia doucement François de Travenières.

Puis, sans laisser au tuteur le temps de se remettre de l'émotion soudaine qui empourpra son visage, il poursuivit :

— Pour tardive que puisse vous en paraître la manifestation, l'esprit de famille auquel j'obéis en venant m'enquérir de ma jeune cousine est assez vif. Et je me suis assez souvent reproché mon apparente indifférence pour ressentir aujourd'hui un vrai plaisir à pouvoir enfin réaliser cette démarche.

— Sans doute n'êtes-vous point de nos pays, hasarda M. de Seillans, en désignant un siège à son hôte et en s'écroulant lui-même dans le plus proche fauteuil. Il vous a fallu attendre l'occasion d'un voyage sur la Côte d'Azur.

— Ne croyez ni à un hasard, ni à une occasion, rectifia posément le comte. Je réside, en effet, fort loin du Midi. Mais c'est uniquement le désir de m'enquérir de Mlle d'Antheroche et de poser quelques questions à son tuteur qui m'a décidé à entreprendre ce voyage. Descendu du rapide à Cannes, je me suis fait conduire directement ici. En voulez-vous une preuve? Mes valises sont encore dans l'auto qui m'attend à votre porte.

— En ce cas, cher monsieur, vous me permettrez de les faire immédiatement prendre, répliqua Xavier avec une lourde amabilité. Votre jeune cousine ne me pardonnerait pas de laisser descendre à l'hôtel un parent qui a fait tant de chemin pour venir manifester l'intérêt qu'il lui porte. Je vais faire avertir Laurette, que vous souhaitez certainement voir le plus promptement possible.

Il faisait mine de se lever. Un simple regard de François de Travenières le cloua dans son fauteuil.

— Cher monsieur de Seillans, répondit le comte avec un flegme assez impertinent, nous échangerons, si vous le voulez bien, tout à l'heure, les politesses et effusions d'usage entre parents. Auparavant, je désirerais avoir avec le tuteur de Laurette d'Antheroche un entretien confidentiel, touchant les intérêts de ma jeune cousine.

Sous le regard qui le fixait, Callian de Seillans commençait à ressentir un véritable malaise. Il se renfrogna et feignit de le prendre d'assez haut.

— Un tuteur est précisément le défenseur vigilant des intérêts de sa pupille, riposta-t-il d'un ton moins amène. Je ne comprends pas très bien sur quoi porte votre sollicitude. De quels intérêts vous inquiétez-vous et... à quel titre prétendez-vous me poser les questions que vous m'annoncez? Mlle d'Antheroche est, vous le pensez bien, pourvue d'un conseil de famille, qui aurait seul qualité pour me questionner.

François de Travenières partit d'un éclat de rire ironique.

— Je connais la composition de ce conseil de famille et aussi son fonctionnement, répliqua-t-il. Avouez, monsieur, que la loi protège bien mal les mineurs et que la douzaine d'amis complaisants ou de parents effacés que vous rassemblez quand bon vous semble ou dont vous sollicitez les procurations selon les besoins de votre gestion, constitue un contrôle peu efficace.

Xavier bondit de son siège.

— Monsieur de Travenières, grogna-t-il, avec une colère qu'il ne songeait pas à contenir, vous dépassez les bornes. Quels que soient les sentiments qui vous font agir, je ne saurais tolérer des paroles qui frisent la suspicion et que je juge insultantes. J'étais prêt à accueillir cordialement un parent de ma pupille. Mais il n'en sera pas de même d'un censeur, qui ne justifie point de sa qualité. Qu'est-ce qui me prouve, en somme, ce cousinage dont vous vous prévalez tout à coup? Ni moi, ni Mlle d'Antheroche n'avions jamais entendu parler de vous avant ce jour.

— Vous en retrouveriez les traces et la preuve dans les papiers de famille de votre pupille, vraisemblablement en votre possession, répondit le comte d'un air moqueur. Mais c'est là une discussion fort inutile et mes questions vont être suffisamment précises pour que vous n'hésitiez pas à y répondre. Est-il vrai, monsieur Callian de Seillans, que, sans fortune personnelle, vous souteniez, depuis l'époque à laquelle vous fut confiée la tutelle de Mlle d'Antheroche, un train de millionnaire? Est-il vrai que vous jouiez habituellement dans les casinos de la région un jeu d'enfer et pas toujours heureux? Sur quel argent ont donc été payées certaines « culottes » fastueuses, qui vous ont donné à Cannes et à Monte-Carlo une certaine célébrité? Voudriez-vous m'affirmer qu'il vous sera possible, dans huit mois, de rendre à Mlle d'Antheroche... ou à son mari, d'irréprochables comptes de tutelle et une fortune intacte? N'éprouvez-vous à ce sujet aucune inquiétude?

— Monsieur!... monsieur!... Je ne vous permets pas... Je vais vous faire jeter dehors...

Bégayant, exaspéré et terrifié, bondissant de son siège, puis y retombant, dominé par le regard du visiteur, Xavier de Seillans offrait un aspect lamentable. Tantôt suffoqué, tantôt accablé, il sentait la nécessité de jouer la comédie de l'indignation. Il voulait donc se redresser et s'emporter, fermer la bouche accusatrice, écarter comme de vaines calomnies, dont sa dignité lui interdisait de se justifier, les précisions que Travenières lui jetait au visage.

Mais en même temps, confondu par l'apparition de cet accusateur si bien renseigné, il tremblait devant lui. Des gouttes de sueur coulaient sur son front et sur ses joues empourprées et ses grosses mains s'agitaient devant son visage, comme pour empêcher le comte François de lui arracher un masque et de faire apparaître sur ses traits décomposés l'aveu de sa terreur et de son indélicatesse.

Instants terribles! Chaque parole souffletait le tuteur indigné et atterré.

— Monsieur de Seillans, répondit froidement le comte de Travenières, ce serait affronter un inutile scandale et commettre une grosse sottise que de me faire jeter dehors. Il ne sera point besoin d'ailleurs, de recourir à pareille extrémité, dont vous vous repentiriez assez vite. Je suis prêt à quitter de mon plein gré cette demeure. Réfléchissez cependant, avant de me laisser m'éloigner. Qu'y gagneriez-vous? Quelques mois à peine de répit, en admettant que je vous les laisse. Mais, ce laps écoulé, pensez-vous vraiment faire meilleure figure devant ce jeune homme, que j'aperçois par cette baie et que me semble écouter avec un intérêt assez tendre ma jolie cousine Laurette? Monsieur, qui reculez devant Scylla, ne craignez-vous point Charybde? Je le vois sous la forme d'un fiancé imminent, dont les parents et le notaire vous obligeront à rendre des comptes et à confesser votre déficit. Aurez-vous gagné au change? Dans quelques mois, au plus, monsieur le tuteur, on ne vous menacera peut-être pas de prison, mais on vous priera de disparaître discrètement et d'aller crever de misère dans quelque coin. Que de privations attendent Xavier de Seillans, ce joueur, ce jouisseur! Pourra-t-il se passer de ce luxe, de cette bonne table, de tous ces plaisirs que payait la fortune de Mlle d'Antheroche? Ou sera-t-il, en dépit des grelottements de sa chair, tant choyée, acculé au geste brutal du suicide? Vous imaginez-vous le doigt sur la détente d'un revolver, dont le canon touchera votre front, ou s'enfoncera dans votre bouche, monsieur de Seillans? C'est pourtant le sort qui vous attend et que vous n'éviterez pas en me mettant à la porte.

Le tuteur de Laurette d'Antheroche poussa un gémissement et fléchit sur ses courtes jambes. Reculant jusqu'au fauteuil qu'il avait quitté, il s'y laissa tomber, en essuyant machinalement la sueur qui inondait ses tempes.

Il n'essayait plus de nier, ni de se révolter. Devant le destin si proche que l'obligeait à contempler la voix implacable, il demeurait anéanti. Il disait vrai, ce malencontreux Travenières, c'était vainement que Xavier avait cherché à se faire illusion, refusé de voir l'évidence. Il était en marche vers l'échéance fatale; chaque jour, chaque heure, chaque minute l'en rapprochaient, le conduisaient vers le déshonneur et la pauvreté. Aucune ruse ne pouvait le sauver. Il savait bien, lui, que le comte de Travenières n'exagérait pas la situation et qu'elle était bien telle qu'il se plaisait à la dépeindre.

Mais une rage soudaine le saisit, l'étrangla. Il bégaya, tremblant de fureur et de rancune.

— En admettant que j'en sois là et que je côtoie un précipice, au fond duquel il me faudra faire le saut, pourquoi venez-vous m'obliger à y songer aujourd'hui? A vous je n'ai pas de comptes à rendre. J'ai encore huit mois à vivre... huit mois de fête, huit mois durant lesquels je pourrai me gorger de tout ce que j'aimais. Pourquoi venez-vous empoisonner mon plaisir?

— Parce qu'il dépend peut-être de vous et de moi d'allonger indéfiniment ce délai et d'écarter de vous le péril de cette échéance trop proche, répondit froidement François de Travenières.

— Comment cela? bégaya M. de Seillans en attachant sur le visiteur le terne regard de ses gros yeux.

Le comte se leva et vint se placer devant lui.

— Dans la situation où vous êtes, prononça-t-il lentement, n'estimeriez-vous pas une chance de voir se présenter un candidat à la main de Mlle d'Antheroche? Un candidat qui ne serait pas Jacques Ary-Gueydan et s'engagerait à remettre au tuteur, avant la signature du contrat de mariage, un quitus antidaté de tous comptes de tutelle?

Xavier de Seillans se ranima un peu. Son regard brilla.

— Ce candidat... balbutia-t-il.

— Ce candidat non seulement ne vous demanderait aucune restitution, mais vous abandonnerait même tout ce qui reste de la fortune de Mlle d'Antheroche, répondit François de Travenières. Est-ce clair?

Lentement, M. de Seillans inclina la tête. Puis, il poussa un gros soupir.

— Il n'y a aucune chance que cette éventualité puisse se produire, murmura-t-il. Laurette est presque fiancée à Jacques Ary-Gueydan.

— Presque? souligna froidement Travenières.

— Elle l'aime...

— Elle croit l'aimer... A son âge, sait-on ce que c'est que l'amour?

— Il ne s'agit point d'une amourette et Jacques, d'ailleurs, ne se laisserait pas évincer.

— Qu'importe Jacques Ary-Gueydan? riposta Travenières avec impatience. Jusqu'à la majorité de Mlle d'Antheroche, vous avez le pouvoir de l'écarter d'elle et de tout faire pour la détacher de lui.

— Je me heurterai à une volonté inébranlable. Je connais Laurette.

Les yeux noirs de François de Travenières jetèrent un éclair.

— Mais vous ne connaissez pas le prétendant que je vous proposerais, répliqua-t-il. Encore une fois, votre intérêt ne serait-il pas de le favoriser, de l'aider à conquérir Mlle d'Antheroche... de l'aider secrètement, mais sans restriction, en vous associant à tout ce qu'il pourrait décider de tenter?

Son regard durci, volontaire, pesait sur Xavier et le dominait.

— C'est un marché? bégaya le gros homme.

— Vous en connaissez les conditions, répondit froidement le comte. Il dépend de vous de vous assurer un allié qui vous sauvera. Car, avec votre appui, il est sûr d'arriver à ses fins. Promettez-lui de lui accorder la main de Mlle d'Antheroche. Facilitez-lui la conquête qu'il veut entreprendre et, avant trois mois, avant deux peut-être, il aura écarté Jacques Ary-Gueydan et triomphé des résistances de ce cœur novice. Il en sera ainsi parce qu'il le veut et que sa volonté doit l'emporter.

Mal apaisé, tremblant encore de la chaude alerte qu'il venait d'éprouver, Xavier Callian de Seillans regarda l'homme qui parlait avec tant de calme assurance. Une involontaire admiration apparut dans ses yeux gris.

— Monsieur de Travenières, dit-il d'une voix qu'il fit effort pour raffermir, je suis prêt à favoriser de tout mon pouvoir votre candidat. Quand vous plaira-t-il de me le présenter.

— C'est moi, répondit le comte François. Le pacte est conclu. A vous la fortune. A moi l'épouse.

— Vous l'aimez donc? s'étonna le tuteur.

Un sourire glissa sur les lèvres du cousin de Laurette d'Antheroche.

— L'amour n'a rien à voir en cette affaire, répliqua-t-il. Je suppose que Laurette est blonde parce que j'aperçois derrière ces feuillages un éclair d'or. Mais je n'ai point encore vu son visage.

— Alors qu'est-ce donc qui vous pousse à manifester tant de désintéressement? s'étonna et s'inquiéta peut-être Xavier de Seillans.

La réponse du comte le rassura.

— Ne cherchez pas... Sachez seulement que j'ai un intérêt puissant à devenir sans délai le mari de Laurette d'Antheroche, répondait celui-ci.

— Bien, enregistra le tuteur. Vous plaît-il maintenant de m'accompagner jusqu'au tennis pour y faire la connaissance de votre cousine?

— De ma future épouse, rectifia François de Travenières avec un accent de volonté implacable. J'allais vous en prier, monsieur mon cousin.

Et les deux hommes, descendant dans le jardin, se dirigèrent vers le rideau de verdure et de fleurs derrière lequel, inconscients du danger, s'envolaient les rires de Jacques et de Laurette.

Pressentiment? Instinctive antipathie? Ils s'éteignirent brusquement au moment où le regard de Laurette d'Antheroche rencontra celui de François de Travenières, s'avançant vers elle.

CHAPITRE II

PRESQUE AU BUT!...

Au milieu du hall, François de Travenières s'arrêta pour attendre Xavier de Seillans qui descendait derrière lui pesamment.

Il était en redingote, sobrement élégant, la boutonnière fleurie. M. de Seillans, plus congestionné que jamais, présentait une silhouette épaissie.

Les deux hommes se serrèrent la main.

— Comment va Laurette? demanda négligemment le comte.

— On l'habille, annonça le tuteur. Dans une heure vous serez marié.

Le comte fouilla dans sa poche et en tira un papier qu'il remit au tuteur de Mlle d'Antheroche.

— Alors, conformément à nos conventions, il ne me reste plus qu'à vous remettre ceci.

Avidement, Xavier de Seillans saisit la feuille, la déplia et la lut. C'était une décharge antidatée, et signée par Travenières au nom et comme se portant fort pour Laurette, *son épouse*, de tout reliquat de compte de tutelle, avec engagement de donner, à première réquisition de M. de Seillans, la forme notariée à la présente approbation de décharge.

Le tuteur respira fortement.

— C'est parfaitement en règle. Je vous remercie, murmura-t-il, en repliant le papier qu'il enferma ensuite dans son portefeuille. Nous voici quittes.

— Nous le serons définitivement au retour de la mairie, souligna Travenières.

Et il sourit.

Aucune émotion ne se lisait sur sa physionomie. Ce jour allait pourtant lui assurer la victoire, en faisant de lui l'époux de Mlle d'Antheroche, héritière unique de Jean-Pierre Bourlier.

Il triomphait, repassant en son esprit les phases de la machination réalisée, avec la complicité du tuteur : Jacques Ary-Gueydan écarté, banni de la vie de Laurette; puis celle-ci publiquement compromise par les assiduités de son beau cousin François de Travenières et le mariage imposé par M. de Seillans.

Ici, une anicroche. Le désespoir, brusquement, et la contrainte odieuse dont elle était l'objet, semblaient faire sombrer la raison de la jeune fille et rendre impossible le mariage projeté.

Mais, une infirmière appelée de Paris et installée auprès de Laurette acquérait un jour, sur la malade, une influence extraordinaire, si bien que, pressentie habilement par Xavier Callian de Seillans, elle se portait garante de la docilité de la jeune fille et assurait qu'on pouvait célébrer la cérémonie.

Ils entrèrent dans le salon et s'approchèrent d'une des fenêtres pour guetter la sortie de la mariée.

Celle-ci apparut bientôt sur le perron, causant avec son infirmière, dont Travenières n'apercevait que de dos la silhouette qui était celle d'une nurse vêtue de bleu sombre.

Mlle d'Antheroche portait une robe de crêpe Georgette, à godets de dentelle rapportés tout autour de la jupe; un léger manteau, de ligne princesse, et un turban de satin blanc complétaient sa toilette, qui était une toilette de ville et ne révélait point la mariée.

Elle tourna légèrement la tête vers la façade de la villa et François de Travenières put constater l'expression parfaitement naturelle et calme de sa physionomie, de même qu'il vit le geste affectueux dont elle prenait le bras de son infirmière pour l'entraîner vers l'auto, stoppée au bas du perron.

D'une aussi touchante entente, le comte augura la réussite. L'ascendant de l'infirmière sur la jeune malade semblait incontestable.

Xavier de Seillans, près de lui, faisait les mêmes réflexions.

— Accord parfait, vous le voyez, remarqua-t-il à demi-voix. Ce sont deux amies, dont l'une dit : « Amen! » à tout ce que suggère l'autre, ou répète docilement tout haut les mots que sa compagne lui souffle à voix basse. Vous verrez cela tout à l'heure et vous joindrez ensuite vos félicitations aux miennes. Notre alliée aura consciencieusement gagné son argent.

Les deux jeunes femmes étaient montées dans l'auto. Celle-ci partit.

— A mon tour, reprit le tuteur. J'entends Mme de Seillans. A tout à l'heure, mon cher. Il vaut mieux que nous arrivions séparément. Nous serons moins remarqués.

— Je vous suis, promit Travenières.

Il attendit le départ de la voiture qui emmenait M. et Mme de Seillans, puis sortit à son tour.

Une troisième voiture était venue se ranger devant le perron.

François de Travenières descendit les marches et s'apprêta à prendre place dans l'auto.

Mais, tout à coup, il s'arrêta et fronça les sourcils, en dirigeant son regard volontaire sur une silhouette qui venait d'apparaître à la grille et s'avançait vers lui en lui adressant des signes.

— Margot!... Que vient-elle faire ici? Qu'y a-t-il de cassé? murmura-t-il, saisi d'une soudaine inquiétude.

C'était bien Margot l'Amour qui accourait, haletante.

— Tout est perdu! cria-t-elle. Nous avons été joués par cette vieille canaille de père Jacob... Suzy Bourlier a échappé au poison... Elle vit... Elle est heureuse... Je l'ai vue!...

CHAPITRE III

LE RÉVEIL SOUS LES BAISERS

Suzy vivante? Suzy heureuse? Suzy, que François de Travenières, et Sylvaine, et Margot l'Amour avaient vue mourir! Suzy, dont Vincent Dessaintes, ivre de douleur, avait vainement cherché à ranimer sous ses baisers les lèvres glacées par la mort!...

Le poison enfermé dans la bague d'améthyste avait-il donc pardonné?

Mais alors, comment les journaux avaient-ils pu annoncer le suicide et la mort de Manon Soleil, en ajoutant au récit la touchante histoire du cercueil emporté vers une sépulture méridionale par un jeune amant en pleurs, dont la douleur égoïste n'avait voulu tolérer personne auprès de la dépouille chérie?

Tous ces détails émouvants avaient-ils été inventés par la plume imaginative d'un informateur en mal de « sensationnel »?

Le désespoir de Vincent, demeuré seul auprès du corps de son amie, pendant que Sylvaine fuyait devant la sinistre apparition de « Monsieur Louis » et que les complices s'éloignaient à leur tour du théâtre de leur crime — ce désespoir, qui se traduisait en sanglots déchirants, n'avait pas été une comédie.

Quand il eut senti la chaleur de la vie déserter les belles mains qu'il pressait entre les siennes, quand il eut vainement soulevé la tête pâle, qui retombait toujours, inerte, quand il se fut convaincu qu'il ne suppliait plus qu'un cadavre, insensible et sourd à ses appels, alors son désespoir éclata, effrayant.

Effondré près des coussins, dont l'entassement constituait la couche funèbre, tenant embrassé le corps de Suzy, il sanglota violemment.

Il ne songeait même pas à appeler. Il ne s'effrayait pas de cette solitude, ni de ce silence étrange qui régnait dans la chambre funèbre.

Que faisaient les gens de Manon Soleil? Pourquoi n'accouraient-ils pas? Qu'était devenu ce Primson, qu'avant de mourir Suzy avait apostrophé et chassé? Où était la femme de chambre qui avait introduit Vincent? N'allait-elle pas venir lui poser des questions, troubler son tête-à-tête avec la morte? Que dirait-il?...

Mais rien de tout cela ne l'inquiétait. Il avait tout oublié, hormis que Suzy était morte. S'il avait senti près de lui la présence de l'homme qui avait provoqué la catastrophe et poussé Suzy à mourir, il se serait probablement relevé pour lui sauter à la gorge.

Mais le faux Primson avait disparu avant que la jeune femme eût rendu le dernier soupir et l'excès de sa douleur avait fait oublier à Vincent qu'il pouvait avoir à la venger.

Suzy était morte... Rien ne comptait plus, rien n'existait plus aux yeux de Vincent. S'il avait eu une arme à portée de sa main, ou s'il avait pensé que la funeste bague contenait encore un peu du poison qui lui avait pris sa Suzy, il se serait peut-être tué. Le désir de ne pas survivre à son amie était sans doute en lui. Mais parce qu'il tenait encore entre ses bras la forme de Suzy et que le beau visage, pacifié et idéalisé, demeurait inaltéré, l'étudiant nourrissait sa douleur de cette contemplation et ne songeait pas à y mettre fin.

Un bruit de pas, assourdis par le tapis du corridor, puis par celui de la chambre, un bruit de pas s'approchant de lui ne le fit pas sortir de la prostration qui, peu à peu, avait remplacé la première explosion de son désespoir.

Quelqu'un lui toucha l'épaule, sans plus de résultat. Alors deux mains lui relevèrent doucement la tête et l'obligèrent à voir celui qui venait troubler sa douleur.

C'était le père Jacob.

Mais Vincent Dessaintes ne connaissait pas le singulier vieillard que successivement, Milot Pajeot et Sylvaine devaient trouver sur leur chemin, protecteur rude et énigmatique dont il était impossible de discerner l'intention véritable.

Il vit seulement la face ascétique, la barbe blanche, les yeux caves, le regard aigu. Il lut dans ce regard ordinairement inquisiteur et froid, comme une pitié réchauffante et il balbutia inconsciemment, en désignant Suzy inanimée :

— Elle s'est tuée!...

Rauque, mais avec une volonté de douceur qui atteignit l'étudiant et le conquit, presque à son insu, la voix du père Jacob prononça :

— Tu l'aimais bien?

— Oui, gémit l'étudiant dont les larmes se remirent à couler.

— Elle était digne de ton amour, affirma le vieillard avec une force de conviction qui s'imposa à Vincent et accrut son trouble.

Il se baissa et ramassa sur le tapis la lettre éperdue, la confession passionnée que les doigts tremblants de l'amoureux avaient laissé choir.

— As-tu lu cela? demanda-t-il, presque rudement.

— Non! avoua Vincent, en baissant la tête, comme pris en faute.

L'agonie de Suzy, puis sa mort et le chagrin qu'il en avait éprouvé lui avaient fait oublier la recommandation suppliante.

— Il faut lire, ordonna le père Jacob. Il faut lire comme elle le souhaitait... Ensuite...

Sa main se posa sur les cheveux noirs de l'étudiant, agenouillé à ses pieds.

— Ensuite, scanda-t-il d'une voix pénétrante, il faudra que tu l'emportes là-bas, dans ton pays, comme elle le souhaitait...

— Elle est morte! gémit Vincent, le cœur en détresse.

— Il faut l'emporter... Il n'y a rien de changé. Tu dois exaucer son vœu. Y consens-tu?

— Oui, répondit Vincent Dessaintes avec soumission.

La main posée sur sa tête s'appuya davantage, paternellement.

— C'est bien, dit le père Jacob. Je ferai le nécessaire. Toi, reste auprès d'elle et lis sa lettre. Quand tu sera prêt, je viendrai te chercher et tu l'emporteras comme elle voulait que tu l'emportes.

Comme s'il se sentait sûr d'être obéi, sûr d'avoir asservi la volonté de Vincent Dessaintes, il se retira et referma doucement derrière lui les deux battants de la porte.

Dans l'office, il trouva rassemblés, la cuisinière, le maître d'hôtel et le chauffeur de Manon Soleil. Seule, la femme de chambre dont Margot l'Amour avait joué le rôle, manquait à l'appel.

Ils ne marquèrent aucun étonnement à la vue du père Jacob, mais parurent, au contraire, attendre respectueusement ses ordres.

— Avez-vous tout préparé comme je vous l'ai indiqué? demanda le vieillard.

— La voiture sera à la porte à l'heure convenue, répondit le chauffeur.

— Tout a été fait comme vous l'avez ordonné, ajouta le maître d'hôtel.

— J'ai prévenu la concierge, dit à son tour la cuisinière. Elle répondra à ceux qui viendront l'interroger ce que vous voulez qu'elle réponde.

— Bien! enregistra l'usurier. Suivez de point en point mes instructions. J'en prends la responsabilité entière et je vous affirme que vous n'aurez aucun ennui. Demain, chacun de vous pourra toucher la somme que je lui ai promise. En attendant, souvenez-vous que vous ne devez ouvrir à personne. Demain, vous fermerez tout et vous quitterez l'appartement dont vous remettrez les clés à la concierge.

— Monsieur peut compter sur nous.

Satisfait, le père Jacob se retira.

...Tard dans la soirée, il rouvrit la porte de la chambre où reposait Manon Soleil.

Vincent était toujours là, pressant ses lèvres sur les lignes qu'avait tracées, la nuit précédente, la main tremblante de Suzy.

— Il est temps, dit le père Jacob. Veux-tu toujours emmener ta fiancée, Vincent Dessaintes? Et maintenant que tu as lu sa confession et que tu as compris, la considères-tu encore comme ta fiancée?

Penché sur celle qu'il veillait et posant ses lèvres sur les mains blanches, le jeune homme répondit d'une voix tremblante :

— Si elle m'avait dit elle-même ce qu'elle a écrit, rien ne serait arrivé.

— Il fallait que cela se passât ainsi, répliqua le père Jacob d'un ton grave. Tu ne tarderas pas à le reconnaître toi-même... Mais pressons-nous. Nous allons l'envelopper dans ce manteau et je t'aiderai à l'emporter.

— Je la porterai seul, dit Vincent d'un ton résolu.

Et soulevant Suzy, avec autant de tendre précaution que s'il avait craint de l'éveiller, il la déposa dans le manteau que le père Jacob avait étalé. L'en ayant enveloppée, il la reprit dans ses bras et se redressa.

— Je vous suis.

Le vieillard passa devant, ouvrant les portes. Ils descendirent l'escalier et sortirent sans avoir rencontré personne. Seul, le concierge veillait derrière la porte vitrée de sa loge. Mais il ne l'entr'ouvrit point.

Une auto puissante attendait devant l'immeuble. Le père Jacob ouvrit la portière et fit signe à Vincent de déposer Suzy sur la banquette du fond.

Quand ce fut fait, il fit monter Vincent et s'installa auprès de lui.

— Et maintenant, écoute, dit-il après avoir refermé la portière. Tu as obéi sans t'étonner. C'est bien. Mais crois-tu qu'on emporte ainsi une morte?... Pose ta main sur ce cœur qui va se réveiller : tu le sentiras battre.

. . . .

Il battait, en effet, bien faiblement encore, le pauvre cœur désespéré; il battait sans que Suzy s'en rendît compte encore.

Et pourtant, peu à peu, elle se dégageait de l'anéantissement de ce sommeil, si pareil à la mort, qui l'avait engourdie des heures.

Le beau réveil!...

Avant même d'être rentrée dans la vie, avant d'avoir repris conscience et retrouvé la mémoire, Suzy, demeurée sur cette limite imprécise où le rêve n'a point encore cessé d'être un rêve, sentit la pression de deux bras tendres; une bouche promenait des baisers sur ses yeux clos et sur ses lèvres; sa tête reposait sur une épaule protectrice.

Elle soupira :

— Vincent chéri!...

Et elle rendit les baisers, avant de se souvenir qu'elle avait voulu mourir et de se rendre compte qu'elle vivait toujours.

Elle pensait :

« Je fais un beau rêve!... »

Puis, la réalité s'y glissa; les baisers ne cessaient point; les bras ne desserraient pas leur étreinte et une voix répondait à la sienne :

— Suzy adorée!...

Elle ouvrit les yeux : le visage de Vincent était là, tout près du sien, souriant, infiniment tendre.

Elle était près de lui, dans ses bras, assise dans le fond d'une auto rapide, qui les emportait, serrés l'un contre l'autre.

Derrière les glaces des portières, le jour naissant révélait des silhouettes fuyantes d'arbres et de maisons; des prairies défilaient en sens contraire de la course de l'auto, plus lentement accompagnée par une rivière parallèle, dont le miroir reflétait un ciel imparfaitement débarbouillé des ombres nocturnes. Très loin, à l'horizon, annoncé par des lueurs roses, le soleil cherchait à naître.

Suzy s'effara, s'effraya, repoussa presque Vincent.

Simultanées, toutes les images des scènes qui s'étaient succédé depuis quarante-huit heures, jusqu'au moment où elle avait sombré dans une inconscience, qu'elle avait souhaitée définitive, se présentèrent à son esprit et l'accablèrent : la soirée chez Primson, la catastrophe, le désespoir, la nuit de larmes, puis la venue de Vincent et les paroles terribles qu'il avait prononcées, le suicide enfin — la mort tirée comme un rideau noir sur la sinistre apparition de l'Américain? Avait-elle rêvé tout cela? Pourquoi la vie et l'épreuve recommençaient-elles? Pourquoi Suzy se réveillait-elle dans les bras de son ami?

Elle jeta sur sa main droite un regard anxieux : l'améthyste ne s'y trouvait plus.

N'osant interroger Vincent, elle se rejeta contre lui, se blottit sur sa poitrine, cacha son visage contre celui du jeune homme et gémit :

— Ai-je rêvé?... Je ne sais plus... Qu'est-il arrivé?... Si ce dont je me souviens a été autre chose qu'un rêve, je devrais être morte... Je voudrais l'être...

Vincent lui saisit la tête entre ses deux mains et plongea le regard de ses yeux noirs dans les beaux yeux dorés que l'angoisse emplissait encore.

— Je t'emporte comme nous en avions caressé l'espoir... Je ramène Suzy au pays de son enfance... Suzy seulement. Comprends-tu? murmura-t-il avec tendresse.

— Ah! gémit la jeune femme, en tentant d'échapper à l'étreinte de son ami. Je comprends que le bonheur est impossible et qu'il ne fallait pas m'éveiller... Tu sais... Quelle honte! On t'a montré Manon Soleil...

Elle voulut couvrir de ses mains son visage, pour en dérober la détresse aux regards de Vincent. Mais l'amoureux l'en empêcha.

— Je sais que derrière Manon Soleil, il y a toujours eu, cachée, douloureuse, découverte par moi seul, la pure Suzy de mon rêve, ma Suzy bien-aimée, maintenant délivrée.. Celle-là est digne de mon amour et c'est elle que j'emporte et que je défendrai contre le souvenir de l'autre... Ecoute : il n'y a plus de Manon Soleil... Elle est morte : le poison de la bague l'a tuée. Mais il n'était un poison que pour elle. Grâce à l'intervention d'un bon génie, qui a fait échouer la machination d'un misérable, il a seulement endormi Suzy pendant quelques heures — le temps nécessaire pour me permettre de l'emporter, en laissant à tous l'illusion du suicide de Manon Soleil. Voilà ce qu'a fait le bon génie dont je te parlais. Ce rêve que tu faisais, il l'a réalisé. Il a rompu tous les liens qui t'attachaient à cette vie que tu détestais. Il t'a libérée pour te rendre à l'amour. Moi je n'ai eu qu'à t'emporter. Ma chérie!... Ma chérie!... Oublie hier!... Oublie tout ce que nous laissons derrière nous et ne te retourne jamais plus vers ce passé. Nous allons vers le soleil... Regarde-le monter, là-bas, éblouissant. Consens à vivre, petite Suzy! à vivre pour ton Vincent qui t'aime plus que jamais.

Et ses lèvres recueillirent sur celles de la jeune femme le « oui! » éperdu, ravi, qui monta du cœur de Suzy.

CHAPITRE IV

CŒURS CONVALESCENTS

Quand Suzy, par la suite, évoquait ce voyage qui l'avait graduellement dégagée de l'ombre pour l'amener dans la splendeur de la lumière et l'émerveillement du bonheur, elle revivait les impressions d'une malade qui se rattache à la vie, après avoir frôlé la mort. De cette résurrection, elle avait traversé toutes les phases.

Il y avait d'abord eu les premières heures, durant lesquelles, encore endolorie, elle reposait entre les bras de Vincent, sans oser bouger, ni ouvrir les yeux. Une crainte persistait en elle, celle des meurtrissures que le destin pouvait tenir en réserve; cette crainte dissipée, la douleur ressentie demeura et il lui fallut longtemps pour s'engourdir. Elle ne sentit vraiment se dissiper son effroi et la méfiance qu'elle conservait contre les traîtrises de la vie, qu'en reconnaissant la petite villa provençale devant laquelle l'arrêta l'auto.

Elle était de nouveau dans cette campagne d'Arles où était né son amour. Comme les murs de cyprès dressés contre les vents balayant la vallée, les tendres souvenirs ranimés allaient la protéger contre les rafales du désespoir. Elle sourit au mas, aux oliviers, à Vincent Dessaintes.

— C'est donc vrai que la tourmente a épargné notre amour et que je pourrai encore être heureuse? soupira-t-elle.

Pour toute réponse, son ami la serra dans ses bras.

Les premiers jours, leur tendresse demeura un peu grave et craintive; frileusement, Suzy se blottissait contre Vincent et demeurait des heures entières à interroger silencieusement le regard du jeune homme. Ils se parlaient peu et seulement pour échanger des phrases sur des sujets indifférents. Aucun d'eux ne faisait allusion aux événements qui les avaient ramenés là et ils laissaient à leurs yeux le soin de se rassurer réciproquement. Puis, ils se sourirent timidement.

— Comme je t'aime! murmura Suzy.

— Comme nous sommes heureux! répondit Vincent.

Et la jeune femme, enfin convaincue de la

réalité du miracle et rejetant d'un seul coup ses doutes et ses craintes, lui tendit ses lèvres, dans un élan de reconnaissance éperdue.

Vincent prit dans ses mains la jolie tête, dont le soleil incendiait la chevelure :

— Tu seras ma femme, petite Suzy, dit-il tendrement. La vie n'a rien pu contre notre rêve et nous avons payé le droit d'être heureux...

— Avec des larmes! balbutia la jeune femme.

— Elles l'ont libérée, répliqua doucement Vincent Dessaintes. Tu n'appartiens plus au passé, qui n'a pas été le tien, mais celui d'une autre dont nous ne parlerons plus jamais, parce qu'elle a cessé d'exister. Une vie nouvelle commence.

— Une vie nouvelle commence! répéta Suzy avec ferveur, en étreignant passionnément le jeune étudiant.

Elle ne sollicita plus d'autre explication; elle s'abandonnait au bonheur présent, sans regarder en arrière. Et peut-être n'aurait-elle plus jamais parlé du passé, par effroi d'en ressusciter, en l'évoquant, les peines et les larmes, si Vincent Dessaintes ne l'avait lui-même priée de consentir à s'arracher à leur extase.

Ce ne fut qu'au bout de quelques jours, quand il la vit apaisée et sûre de sa délivrance.

— Suzy chérie, dit-il doucement, nous avons sauvé notre amour. Mais ne jugerais-tu pas égoïste de fermer ton cœur et tes yeux à d'autres souffrances que les nôtres? N'est-il plus au monde personne dont tu puisses désirer connaître le destin et essuyer les larmes? N'as-tu pas vu, non loin du tien, un autre cœur menacé, peut-être, de souffrir par son amour?

Suzy Bourlier tressaillit.

— Sylvaine? murmura-t-elle, avertie par une sorte de pressentiment.

Jamais, pourtant, elle n'avait prononcé ce nom devant son ami et elle pouvait penser qu'il l'ignorait. Elle ne fut cependant point surprise de le voir incliner la tête affirmativement.

Il sortit d'une de ses poches une lettre qu'il remit à la jeune femme.

— Lis, ma Suzy... Et si cette lecture t'inspire le désir de te consacrer à une tâche que je pressens, sache que je ne demande qu'à m'associer à ton œuvre. Il faut essayer de faire pour d'autres ce qu'on a fait pour nous.

Suzy avait déplié la lettre et la lisait. Elle serra la main de Vincent.

— Nous partirons ce soir, décida-t-elle. Nous pouvons être là-bas demain matin.

— Tu acceptes? demanda l'étudiant.

— En avais-tu douté, mon Vincent?

Le soir même, ils prenaient à Arles l'express de Marseille et Nice. A l'aube, ils descendaient devant la petite gare de Golfe-Juan.

Entre les maisons, aux magasins encore fermés et dont quelques-unes seulement s'éveillaient à peine, ils descendirent la petite rue qui conduit au port. Bras dessus, bras dessous, comme deux amoureux qu'ils étaient, ils allaient, penchés l'un vers l'autre, aspirant la fraîcheur du matin et regardant se dégager des ombres attardées la masse de l'Estérel et la colline de Vallauris. A leurs pieds, la mer clapotait doucement, tandis qu'ils suivaient le trottoir macadamisé, d'où sortaient, de distance en distance, les fûts vigoureux des palmiers.

Le long de la jetée, un yacht blanc était amarré. Vincent Dessaintes le montra à Suzy.

— Ce doit être là, dit-il.

Et le couple se dirigea vers la légère passerelle qui reliait le quai au bateau.

Il y avait plusieurs mois que ce yacht intriguait par sa présence les promeneurs du Golfe. Arrivé un beau jour, il n'était plus ressorti du port et paraissait avoir été transformé, par la volonté de son propriétaire, en une sorte de villa posée sur l'eau.

De ce propriétaire, on ne savait rien, sinon que ce devait être un vieil original. Ce n'était pas par le matelot discret qui gardait le bord qu'on aurait pu obtenir des renseignements. Il n'avait lié connaissance avec personne et ne descendait à terre que pour aller aux provisions.

Longtemps, il avait été l'unique habitant de ce yacht sédentaire. Mais, depuis quelques jours — et vraisemblablement arrivés de nuit, puisque personne ne les avait vus monter à bord du yacht — on apercevait sur le pont un jeune homme et un enfant.

Le jeune homme était grave et triste; il passait ses journées à écrire ou à lire avec application. Le petit garçon jouait sagement et silencieusement à quelques pas de lui, sans jamais s'écarter. Cette humeur paisible et cette absence de turbulence s'expliquaient peut-être par l'infirmité dont il était atteint : une claudication assez accentuée.

Quand Suzy Bourlier et Vincent Dessaintes prirent pied sur le pont, le jeune homme et l'enfant, compagnons inséparables, y faisaient leur apparition. Visiblement intimidés, ils eurent un instinctif mouvement de retraite à la vue des visiteurs.

Mais, souriante et la main gentiment tendue, Suzy s'avança :

— Vous êtes Milot Parisel, n'est-ce pas? fit-elle. Moi, je suis une cousine de Sylvaine.

Le visage de Milot s'empourpra aussitôt. Une violente émotion apparut sur ses traits. En même temps, son attitude embarrassée révélait à quel point il était intimidé.

Pourtant, il voyait Vincent Dessaintes, aussi jeune que lui, lui sourire comme on sourit à un ami. Et l'attitude de Suzy était franchement sympathique, inspirée par un évident désir de le mettre à l'aise.

— Et voilà le gentil « Cinq-et-Trois »? continua-t-elle, en se baissant pour embrasser le petit boiteux. Vous voyez que nous nous connaissons et que nous savons quelle place vous tenez dans le cœur de Sylvaine, qui vous aime comme vous l'aimez.

Un involontaire soupir s'échappa de la poitrine de Milot Pariset.

— Il ne faut pas douter de la tendresse de Sylvaine, ni croire qu'il ait jamais été au pouvoir de quelqu'un de l'affaiblir, reprit énergiquement Suzy.

Elle s'approcha du jeune mari et lui prit la main.

— Quelqu'un que vous connaissez a voulu nous réunir, poursuivit-elle. Et Sylvaine a également souhaité cette réunion qui en prépare une autre. Nous allons donc vivre ensemble, en attendant le jour où pourra prendre fin l'épreuve que vous avez courageusement acceptée pour l'amour de Sylvaine. Elle sait cela et elle en est infiniment touchée. C'est ce qui l'a décidée à se montrer aussi courageuse que vous et à remplir, de son côté, ce qu'elle estime être son devoir. Nous avons tous le nôtre. A partir de ce jour, considérez-moi comme votre sœur et considérez comme votre frère Vincent Dessaintes, aujourd'hui mon fiancé, demain mon mari. Nous vous conterons notre histoire et vous admettrez que nul mieux que nous ne pouvait comprendre ce que vous avez souffert, ni vous plaindre davantage. Comme vous, nous avons été les victimes de l'homme qui a tenté de vous faire du mal. C'est pour réparer ce mal et en rendre le retour impossible que nous venons à vous. Nous vous apportons notre aide pour ce que vous ambitionnez de réaliser. Voulez-vous, Milot, que nous devenions, Vincent et moi, vos professeurs de bonheur?

Le visage du mari de Sylvaine s'illumina. Gauchement, mais avec une émotion touchante, il serra les mains tendues.

— J'accepte! balbutia-t-il. Rendez-moi digne de ma Sylvaine. Aucun effort ne me coûtera...

Professeurs de bonheur!... C'était bien là le rôle qu'ils étaient venus tenir, les deux amants dont François de Travenières avait tenté d'empoisonner l'amour. Ils y étaient mieux préparés que tous autres, puisqu'il faut avoir été frôlé par la mort pour connaître le prix de la vie, avoir pleuré pour goûter pleinement la détente du rire.

Mais quel élève docile et studieux avaient trouvé Vincent Dessaintes et Suzy Bourlier!...

Cette existence dura des semaines — jusqu'à ce qu'apparut, un matin, sur le pont du yacht, la silhouette morose du père Jacob.

D'un même élan reconnaissant, les trois jeunes gens et le petit garçon s'avancèrent au-devant du vieillard.

— Notre sauveur! balbutia Vincent Dessaintes, tandis que Suzy faisait mine de porter à ses lèvres la main desséchée de l'usurier.

L'étrange bonhomme repoussa cette explosion de gratitude.

— Avant de remercier, il faudrait savoir si vous m'êtes vraiment redevables de quelque chose, ricana-t-il d'une voix bourrue. Si vous me connaissiez mieux, vous hésiteriez davantage. Le père Jacob n'a pas pour habitude de rendre gratuitement des services et ses intérêts ne sont jamais négligés. Si je suis intervenu pour vous défendre contre les menées de celui que madame (il montrait Suzy) a connu sous le nom de Primson et que ce pauvre garçon (son doigt désigna Milot) appelait « monsieur Louis », j'avais mes raisons pour cela. Il existe un certain M. de Travenières qui jugerait sans doute moins désintéressée la protection que j'accorde à Sylvaine et à Suzy Bourlier, ainsi qu'à une troisième, dont vous apprendrez vraisemblablement le nom un jour. Je tiens à ce qu'elles vivent et à ce qu'elles échappent aux pièges qu'on peut leur tendre. Encore une fois je n'agis point sans but... Mais puisque vous croyez devoir me manifester votre reconnaissance, je vais en profiter pour vous assigner un rôle dans une comédie que je prépare. Le père Jacob va s'amuser. Il a assez trimé pour en avoir un peu le droit... Suzy... Suzy Bourlier... c'est particulièrement de votre collaboration que j'ai besoin.

Il emmena la jeune femme à l'écart et lui parla longuement.

— Je compte sur vous, dit-il en la quittant.

L'instant d'après, il descendait à terre et se dirigeait vers une auto qui paraissait l'attendre.

Suzy était revenue vers Vincent et Milot.

— Un bourru bienfaisant! prononça le jeune étudiant.

La cousine de Sylvaine hocha la tête.

— Je ne sais pas... Il est impénétrable... Pourquoi semble-t-il s'intéresser à nous? S'y intéresse-t-il vraiment? Et quelles raisons a-t-il de nous prendre sous sa sauvegarde? Autant d'énigmes. Je ne me charge pas d'en trouver le mot. Je veux me contenter d'obéir... Il m'a chargée d'une commission bizarre.

— En quoi consiste-t-elle? questionna Vincent.

— Vous le verrez tous les deux, tantôt... répondit Suzy. Il s'agit de jouer un rôle de fantôme et d'éveiller, dans les âmes de deux misérables, la crainte à défaut du remords.

...Et quelques heures plus tard, elle terrifiait Margot l'Amour, en lui apparaissant...

CHAPITRE V

TOUT S'ÉCROULE

— Suzy vivante!...

Ce n'était pas de la terreur, c'était de la colère que déchaînait en Travenières les paroles de Margot l'Amour.

De la colère contre le sort qui le trahissait et contre tous ceux qui avaient été les instruments — les visages — du Destin. Avant de savoir, avant de comprendre, il rugissait de rage, il haïssait de toutes les forces malfaisantes de son être ces adversaires encore anonymes, qui consommaient sa défaite.

Margot avait jeté un nom qu'il inscrivait aussitôt dans sa mémoire vindicative : le père Jacob.

Ce qu'avait été le rôle du prêteur, quels étaient les mobiles secrets qui l'avaient poussé à agir contre Travenières, ce dernier ne le devinait point encore. Et pas davantage il ne comprenait comment le vieil usurier avait pu s'y prendre pour le duper. Mais la conclusion suffisait à attiser sa rage : la mort de Suzy Bourlier n'avait été, n'avait pu être qu'une comédie.

Et quoi qu'il tentât de ce côté, il était désarmé. Car de telles tentatives ne se recommencent pas deux fois.

« Parbleu! je suis brûlé! pensa-t-il rageusement. Celle-là peut être tranquille : il faudra la laisser toucher sa part d'héritage... »

Puis il se mit à questionner Margot Feyline. Etait-elle bien certaine d'avoir vu Suzy? Ne s'était-elle pas laissé abuser par une ressemblance?

Mais le récit que lui fit la jeune femme mit en déroute, avec ses derniers doutes, ses derniers espoirs. Non seulement les détails que fournissait la complice de François de Travenières confirmaient l'existence de Suzy, réconciliée avec la vie par la joie d'aimer et la certitude d'être délivrée de ce qui menaçait son amour, mais la façon dont elle avait échappé à la mort apparaissait aussi clairement. C'était au père Jacob qu'elle le devait — au père Jacob qui avait résolument pris position contre Travenières et contreminé son plan.

« Il a joué contre moi. Pourquoi? » se demandait le comte atterré.

Comme si elle devinait sa pensée, Margot l'Amour, de son côté, se répandait en invectives contre l'usurier.

— C'est ce vieux gredin qui est cause de tout. Comprends-tu, Loulou? Il nous a trahis d'un bout à l'autre. J'aurais dû me méfier quand je l'ai vu insister pour connaître le fin mot de tes affaires et nous arracher nos secrets. La commission que nous lui promettions? Il s'en moquait bien. Il voulait tout. Qui sait ce qu'il a machiné et de quel prix il a fait payer à ta cousine l'appui qu'il lui a prêté? Elle est entre ses mains, je parie. Ou bien il a pris ses dispositions pour la rouler comme il te roule et la frustrer de l'héritage. Vieux traître! Quand je pense que c'est à lui que j'ai eu la bêtise de demander l'adresse de cette femme qui t'a vendu le poison! Fallait-il être naïve! Dis, Loulou, ce n'est pas étonnant que ce poison n'ait pas produit plus d'effet. Nous avons été dupes d'une comédie; nous avons pris le sommeil pour la mort. Et pendant que tu continuais l'affaire, persuadé d'avoir au moins supprimé une des héritières, le vieux grippe-sous emmenait quelque part la Manon Soleil et répandait le bruit de sa mort. Il la tenait en réserve, le vieux filou!

— Mais pourquoi la ressort-il maintenant? demanda d'une voix brève le comte de Travenières, toute son intelligence tendue pour résoudre le problème qu'il se posait. Pourquoi maintenant? C'est trop tôt ou trop tard. J'ai travaillé pour Suzy Bourlier en la débarrassant de Sylvaine Pariset. Mais il reste une cousine... celle que je vais épouser.

— Justement. Le vieux Jacob prétend t'interdire de t'occuper d'elle désormais. Il t'ordonne de la laisser tranquille et de disparaître.

— Il m'ordonne? gronda Travenières avec un ricanement farouche.

— C'est pour cela qu'il m'a relâchée et qu'il m'envoie vers toi. Il pense te tenir avec l'histoire des bagues.

Peu à peu, le comte de Travenières maîtrisait sa colère et reprenait son sang-froid. Il haussa les épaules.

— Quelle preuve a-t-il? railla-t-il froidement. Je le défie d'établir qu'il y avait identité entre l'Américain Primson et François de Travenières. D'ailleurs, en quoi cette affaire serait-elle justiciable des tribunaux? Est-ce donc un crime que d'avoir invité une belle actrice à venir figurer, contre paiement d'un cachet assez coquet, au programme d'une fête que j'offrais à quelques amis? Est-ce un crime que d'avoir, ce même soir, invité le tendre fiancé de la belle? Allons donc! Primson avait le droit d'être original et de distribuer des bagues contenant un poison mortel. Il n'obligeait personne à s'en servir. Si ton Jacob s'imagine m'intimider par la menace de révélations plus ou moins scandaleuses, il se trompe. Ses petites histoires n'intéresseront pas la justice et c'est moi qui le ferai arrêter pour chantage, s'il se risque à colporter ses perfides calomnies.

— Tu es sûr qu'il ne pourra pas te nuire, Loulou ?... demanda craintivement Margot l'Amour. Il parlait avec une telle assurance qu'il m'a intimidée.

— Tu étais déjà démoralisée par l'apparition qu'il t'avait servie. Avec moi, il n'en ira pas de même. Il ne me reste qu'un moyen de parer le coup que m'a porté ce vieux gredin, et c'est précisément ce mariage qu'il ose m'interdire. Plus que jamais, il faut que j'épouse Laurette d'Antheroche. Il le faut, puisque Suzy est vivante.

Et, poussant Margot vers l'auto, il se décida brusquement.

— Assez tardé. Mon salut est là-bas. Dans une heure, Laurette d'Antheroche sera devenue comtesse de Travenières, et je me moquerai des menaces du vieux Jacob. Alors, je pourrai songer à lui rendre la monnaie de sa pièce et à faire éclairer Suzy Bourlier sur le désintéressement de son sauveur. Ce serait drôle de démolir à son tour la combinaison du vieux gredin, comme il a fait pour la mienne!... Mais courons au plus pressé. A la mairie. Je vais épouser une démente. Nul ne s'en doute, à part son tuteur et l'infirmière qui la soigne. Voilà un secret que le père Jacob paierait sans doute un bon prix. Mais je ne lui laisserai pas le temps de l'acheter.

Ils étaient revenus près de l'auto. Le comte fit monter Margot et prit place auprès d'elle.

— En route! cria-t-il au chauffeur.

Pendant le trajet, les deux complices gardèrent le silence. Margot l'Amour revivait ses terreurs des jours précédents et luttait contre les appréhensions qui l'assaillaient. Le père Jacob s'était révélé un rude adversaire et la jeune femme, au moment où son amant bravait l'interdiction du vieillard et entrait en lutte directe avec lui, ne parvenait point à partager sa confiance. Elle redoutait la riposte que tenait sans doute en réserve l'usurier. Il avait bien dû prévoir l'entêtement de François de Travenières.

Ce dernier, aussi sombre, concentrait son énergie. Il s'accrochait à l'espoir d'être avant une heure le mari de Laurette d'Antheroche, comme à la seule chance qui lui restât de sauver partiellement la partie engagée contre le destin. Il roulait vers ce but avec une hâte fébrile. Il aurait voulu prendre la place du chauffeur et accélérer le cours de l'auto.

Ils arrivèrent.

— Attends quelques instants, recommanda de Travenières. Mieux vaut qu'on ne remarque pas que nous arrivons ensemble. Tout à l'heure, tu pourras entrer et te faire indiquer la salle des mariages. Ces sortes de cérémonies étant publiques, tu pourras assister à mon mariage, en te tenant discrètement dans le fond de la salle.

Il affectait l'assurance. Mais ses jambes lui paraissaient avoir acquis une lourdeur étrange, tandis qu'il montait les marches de la mairie. L'air, autour de lui, semblait avoir pris une consistance matérielle. Il avait l'impression de devoir, à chaque nouveau pas en avant, faire un effort pour fendre la résistance. Les dents serrées, il se répétait :

« Je gagnerai!... Je gagnerai!... Quand j'aurai épousé Laurette, je serai à égalité avec les autres. Je materai l'usurier. »

Il arriva devant l'entrée de la salle et fut surpris de la voir remplie de monde. Il n'avait pas compté sur un tel concours de curieux.

— La province, parbleu !... Tout se sait, grommela-t-il, mécontent.

Assez rudement, il tenta de se faire place, afin de gagner l'endroit où officiait le maire. Mais les curieux ne paraissaient point prendre garde à lui. Les cous se tendaient et des voix chuchotaient.

— Ils ont signé... Ils sont mariés... C'est fini...

Un remous de foule porta Travenières au premier rang. Alors, il découvrit sur la rangée de fauteuils avoisinant la table, derrière laquelle se tenaient le maire et le secrétaire de la mairie, Callian de Seillans, effondré et lamentable, puis parmi d'autres visages Laurette, radieuse, et près d'elle, à la place que lui, François de Travenières venait occuper, Jacques Ary-Gueydan.

. . . .

Lorsque, comme le comte de Travenières, Xavier de Seillans s'était présenté à la porte de la salle, suivant sa femme, il avait été arrêté au passage par un monsieur goguenard, se détachant tout à coup d'un groupe qui semblait attendre.

Stupéfait et déconcerté, le tuteur de Laurette reconnut le père du jeune Ary-Gueydan.

— Venez vite, monsieur de Seillans, lui dit celui-ci avec une amabilité manifestement ironique. On n'attend plus que vous pour commencer.

— Pardon ! rectifia Xavier, s'efforçant de faire contenance. Il manque encore quelqu'un dont la présence est plus indispensable que la mienne : le marié.

— Mais il est là! répliqua en souriant le père de Jacques.

Et il désigna son fils à Callian de Seillans, aussitôt effaré.

— La plaisanterie est d'assez mauvais goût, bégaya le tuteur avec effort. Je comprends, cher monsieur Ary-Gueydan, que vous éprouviez, ainsi que Jacques, quelque contrariété à voir s'évanouir définitivement l'espoir de réaliser le projet d'union que vous aviez caressé. Mais les circonstances commandent. Vous n'ignorez pas les raisons que j'ai de presser le mariage de Mlle d'Antheroche avec son cousin, ni la façon dont ma pupille a cru devoir manifester sa préférence. Il y a eu scandale. Nous sommes ici pour le réparer. Vous eussiez fait preuve de tact en comprenant la situation et en vous abstenant de paraître.

— Que racontez-vous là, cher monsieur de Seillans, s'exclama railleusement le père de Jacques. Vous avez rêvé, certainement. Ou bien quelque chose s'est dérangé dans votre cerveau. Il y a justement, auprès de Mlle d'Antheroche, une personne qui s'entend à soigner ce genre de maladie. Voulez-vous que nous l'appelions pour vous confier à elle? Vous me paraissez en avoir plus besoin que votre pupille.

Le visage de Callian de Seillans s'empourpra. Le gros homme s'agita et balbutia, démonté.

— Je ne comprends pas... Qu'insinuez-vous là?...

Il ne comprenait que trop, au contraire. Ou, plus exactement, il avait peur de comprendre. Qui donc avait renseigné M. Ary-Gueydan? Et quelle vengeance celui-ci s'apprêtait-il à tirer du tuteur félon?

Sa présence et celle de Jacques étaient aussi singulières qu'inquiétantes.

Sans se départir de son calme ironique, M. Ary-Gueydan se pencha vers Seillans et dit à demi-voix :

— Puisqu'il faut rafraîchir vos souvenirs, apprenez qu'avec votre consentement, c'est Jacques qui va épouser Mlle d'Antheroche. Tout est en règle; les publications ont été faites; les papiers fournis...

— Au nom du comte de Travenières! protesta le tuteur.

— Était-ce vraiment votre intention? Voyez comme les choses s'arrangent. L'erreur d'un scribe a tout remis en ordre et sur toutes les pièces, *grâce à quelqu'un qui est intervenu*, c'est le nom de mon fils qui a remplacé celui de M. de Travenières. Il ne reste plus qu'à célébrer le mariage.

— Halte-là! s'écria Callian de Seillans rouge de colère. Si ce que vous dites est exact, il y a eu supercherie et abus de confiance. Je ne laisserai pas surprendre mon consentement. Ce mariage ne se fera pas et je porterai plainte contre les auteurs de cette machination.

— Vous ne porterez pas plainte et vous laisserez faire, prononça soudain un des inconnus dont Xavier de Seillans avait pu remarquer la présence derrière M. Ary-Gueydan.

C'était le père Jacob.

Il fit un signe et Xavier, alarmé, vit se rapprocher de lui Laurette d'Antheroche et son infirmière.

— Vous vous garderez de porter plainte et de protester, répéta le père Jacob, en scandant les syllabes et en fixant le tuteur. Vous allez m'en donner l'assurance, sinon je vous fais arrêter par ces deux messieurs que vous voyez et qui sont des agents de la sûreté.

— Et pourquoi m'arrêteraient-ils ? balbutia Xavier, en portant la main à son col pour le desserrer.

Il avait la sensation d'étouffer.

— Les motifs ne manqueront pas, riposta l'usurier. Il y a d'abord une plainte en séquestration, formée par Mlle d'Antheroche. Il y a ensuite le cas beaucoup plus grave dans lequel vous vous mettez aujourd'hui en amenant devant l'officier de l'état civil, pour contracter mariage, une jeune fille que vous pensez être privée de raison.

— C'est faux! bégaya Xavier dont les jambes fléchirent.

— Je suis témoin, prononça doucement l'infirmière, en posant sur le tuteur indigne son tranquille regard. Cet homme m'a promis dix mille francs pour s'assurer ma complicité.

— Vous voyez, constata simplement le père Jacob. Je n'ai qu'un mot à dire pour qu'on vous mette la main au collet. Ne préferez-vous pas éviter cette mésaventure... et ses suites, en assistant sagement au mariage de Mlle d'Antheroche avec M. Jacques Ary-Gueydan?

Vaincu, Xavier de Seillans poussa un grognement qui devait être un acquiescement.

— Très bien, enregistra le père Jacob, en le poussant vers les fauteuils. Venez donc prendre place. Le maire est à notre disposition.

Atterré, le tuteur de Laurette ne résista plus. La fatalité pesait sur ses épaules. Il sentait bien qu'il n'avait plus qu'à subir les événements, parce qu'il était entre des mains qui pouvaient le broyer.

Jetant un regard chargé de rancune sur l'infirmière qui l'avait trahi, il se laissa tomber dans un fauteuil et y demeura, les oreilles bourdonnantes. Un brouillard s'interposait entre ses yeux et l'assistance, de sorte qu'il ne voyait que confusément le sourire heureux de Laurette et la joie de Jacques.

Et pas davantage Callian de Seillans n'entendait les paroles que le jeune homme chuchotait à l'oreille de sa fiancée, lui contant sans doute les émotions de la journée de l'Estérel et celle aussi que lui avait value l'intervention du père Jacob, après le plongeon de Margot Feyline. Il n'avait pas dû tarder à être rassuré, puisque c'était de cet instant que datait, entre lui et le vieux prêteur, l'entente qui avait abouti à préparer le mariage, en bernant Travenières et Seillans.

Mieux que le tuteur, alourdi de graisse et trop vite abattu, Travenières aurait pressenti tout cela et retrouvé dans ce nouveau coup de théâtre la main du mystérieux usurier.

Mais Travenières, en ce moment retenu par l'arrivée de Margot, s'attardait à écouter les nouvelles décevantes que lui apportait sa maîtresse.

Et pendant ce temps, le maire prononçait les paroles qui lient les destinées.

— Monsieur Jacques Ary-Gueydan, prenez-vous pour femme Mlle Laurette d'Antheroche?... Mademoiselle Laurette d'Antheroche, prenez-vous pour mari M. Ary-Gueydan?

De quel cœur tous deux répondirent oui, encouragés par le doux sourire de l'infirmière.

Ils se levaient alors, suivis des parents et des témoins, pour signer l'acte.

Le père Jacob tirait Xavier de son fauteuil — Xavier presque aussi ahuri que sa passive épouse, qui assistait sans comprendre à ce changement de marié — le poussait vers la table, lui glissait un porte-plume entre ses gros doigts.

— Signez...

C'était fait. Stupide, le tuteur déchu se reculait, ayant paraphé son abdication.

Pensait-il à la déception de Travenières — son associé, son complice?...

CHAPITRE VI

HALLUCINATION

Il arrivait, Travenières!

A son tour, il entendait, voyait, comprenait, blême de rage. Une vérité, maintenant évidente, se révélait soudainement à lui : médecin, infirmière, notaire, employés de mairie, tous étaient complices, tous avaient trempé dans la comédie destinée à le duper. Et que de comparses, mieux renseignés encore et qui pensaient avoir dans l'aventure un intérêt direct, s'étaient joints à ce lot! Les parents de Jacques Ary-Gueydan, Callian de Seilans lui-même, peut-être, tous étaient au courant, tous avaient uni leurs efforts pour laisser croire à François de Travenières qu'il touchait au but et préparer dans l'ombre ce mariage qui le frustrait de sa dernière chance.

Quelqu'un tenait les fils — quelqu'un qui, seul de tous, connaissait le véritable but à atteindre et s'en approchait d'un pas sûr.

En vérité, un seul homme — le seul qui, par Margot l'Amour, avait pu être tenu au courant jour par jour des projets et des actes de M. de Travenières — un seul homme avait pu jouer cette machiavélique partie et servir les desseins du comte en préparant son propre triomphe et en se forgeant sans cesse de nouvelles armes.

Un seul homme avait pu (et Travenières devinait par quelle promesse, puisqu'il avait sous les yeux la réalisation) décider Jacques Ary-Gueydan à disparaître pendant trois semaines, pour laisser le cousin de Mlle d'Antheroche croire à sa renonciation. Un seul homme avait pu introduire dans la villa celle qui, sous les apparences d'une infirmière, devait à la fois le renseigner et entraîner Travenières et Xavier de Seillans à l'audacieuse tentative qui tournait à leur confusion.

C'était le même qui avait machiné la fausse mort, puis la réapparition de Suzy Bourlier, le même qui venait de séquestrer la maîtresse de Travenières — c'était l'usurier diabolique, dont le jeu se démasquait peu à peu et qui, bientôt sans doute, allait rafler toute la mise.

— Ce père Jacob!... Oui, ce père Jacob, que cette stupide Margot a fourré dans l'affaire et dont j'ai eu la naïveté d'accepter le concours! pensa François de Travenières.

Sa fureur cherchait un exutoire. Il eût voulu éclater, apostropher violemment son lamentable complice, ce lâche et sournois Seillans, qu'il accusait de s'être ligué avec son adversaire.

Mais le comte de Travenières pouvait-il provoquer un scandale, dont le principal ne pouvait manquer de retomber sur lui? Ses invectives eussent révélé sa vilenie. Un Travenières ne se donne point en spectacle. L'ami de Margot l'Amour hésita et se contint.

Dissimulant sa rage sous une froideur correcte, il s'approcha de Xavier de Seillans et murmura, les dents serrées :

— Que se passe-t-il? Que signifie cette comédie? Etes-vous dupe ou complice?

Le tuteur de Laurette d'Antheroche leva vers lui ses yeux troubles, saillant dans la face congestionnée et vacillante. Son aspect était celui d'un homme qui vient de recevoir un coup formidable et en demeure assommé.

Sa main droite quitta le genou sur lequel elle reposait et se souleva dolemment, pour désigner Laurette et Jacques, occupés à recevoir les félicitations du maire.

— Ils sont mariés! geignit-il.

— Mais c'est inconcevable! Comment a-t-on pu exécuter ce tour de passe-passe?... Et comment avez-vous laissé faire?

— Ils avaient tout combiné, bredouilla M. de Seillans. Nous avons été joués... Laurette n'est point folle. Et c'est leur mariage, point le vôtre, qui avait été publié. Le coup était bien monté.

— Mais votre consentement était indispensable... Vous pouviez vous opposer à cet escamotage.

La tête de Xavier de Seillans retomba sur sa poitrine.

— Ils m'ont menacé de me faire arrêter, bégaya-t-il. Et il y a aussi l'autre affaire, les dix mille francs promis à l'infirmière, qui est de mèche avec eux. Elle est prête à nous dénoncer et à témoigner contre nous. Il y a quelqu'un derrière elle qui a tout manigancé.

— Je sais, soupira amèrement François de Travenières. Oui, vous avez raison de trembler. Celui-là est fort qui a su se dresser si terriblement sur mon chemin.

Tout à coup, il s'avisa qu'il ne connaissait pas ce père Jacob, qu'il avait accepté pour allié et qui l'avait trahi. Il n'avait traité avec lui que par l'intermédiaire de Margot. A quoi lui avait servi cette prudence? Avait-il empêché son mystérieux ennemi de percer son incognito et de découvrir le secret du comte de Travenières?

« A cette heure, il sait tout de moi et j'ignore tout de lui! pensa François avec rage. Comment me vengerai-je? »

Involontairement, il prononça à demi-voix cette dernière phrase, que Xavier de Seillans entendit.

— De qui voulez-vous vous venger? gémit-il. Il est trop tard. Nous ne pouvons plus rien.

— Si! répondit rudement le comte. Celui à qui nous devons notre échec n'est pas à l'abri de mes coups. Vous pensez bien que ce n'est pas sans arrière-pensée qu'il s'est fait le protecteur de Laurette... La partie n'est pas finie pour lui. Je connais son jeu, vous dis-je. Ce sont mes cartes qu'il reprend. Ah! si seulement je pouvais me trouver face à face avec lui!

Son regard s'attacha à la cape bleue d'infirmière qui, debout près de Laurette, lui tournait le dos.

— Celle-là doit savoir, murmura-t-il.

Il fit, dans la direction de la jeune femme, deux ou trois pas indécis. Mais comme il allait l'atteindre, il s'immobilisa brusquement.

En face, mais séparé de lui par la masse compacte des curieux qui obstruaient la porte et derrière lesquels il se tenait, le père Jacob érigeait sa haute taille, et sa face émaciée, entourée d'une barbe blanche, s'apercevait dominant les autres têtes.

Il fixait Travenières, qui pâlit en l'apercevant.

— Oh! qui donc est cet homme? murmura-t-il, d'une voix altérée.

Machinalement, Xavier de Seillans avait suivi la direction de son regard.

— C'est celui qui m'a menacé, chuchota-t-il. C'est l'inspirateur du complot dont nous sommes les victimes... Mais, qu'avez-vous donc? La vue de cet individu vous produit-elle tant d'effet? Vous tremblez...

Effectivement, un frisson convulsif agitait tout le corps du comte, dont les yeux semblaient ne plus pouvoir se détacher du visage du père Jacob.

Tout à coup, celui-ci, abandonnant la porte disparut aux regards de Travenières.

Alors, le comte, délivré de l'étrange fascination qui l'avait cloué sur place, s'élança tout à coup, fendant brutalement la masse des curieux.

Mais quand il eut réussi à s'en dégager et à sortir de la salle, la silhouette de l'usurier n'était plus en vue et le comte la chercha vainement aux alentours de la mairie.

Se pressant le front à deux mains, hagard, si troublé qu'il ne prenait pas garde aux passants qui le contemplaient avec surprise, il murmura :

— Ai-je eu une hallucination?... Oh! il faut que je sache!...

Et courant vers l'auto, arrêtée devant la mairie et dans laquelle l'attendait Margot Feyline, il y monta en criant au chauffeur.

— A la gare, tout de suite... Vite!... Vite!...

Du haut d'une des fenêtres de la mairie, deux regards surveillaient cette fuite, celui de Sylvaine et celui du père Jacob, rentré dans la salle des mariages, au moment où Travenières s'élançait hors de la mairie.

— Il s'en va, murmura la petite épouse de Milot Pariset. Il est vaincu... Ah! fasse le ciel que ni moi, ni mes cousines ne le revoyions jamais!

— Je sais où il va, dit le père Jacob d'un ton bizarre. Et j'ai un dernier compte à régler avec lui, moi.

Quittant la fenêtre, il se rapprocha de Laurette et de Jacques Ary-Gueydan.

— J'ai tenu ma promesse... Tiendrez-vous la vôtre? demanda-t-il.

Sans hésiter, les deux jeunes gens lui tendirent la main.

— Vous avez notre parole, répondirent simplement Jacques, avec une déférence respectueuse.

— Suivez-moi donc, décida l'usurier.

Puis, avec un pâle sourire, il ajouta :

— Ah! mes pauvres petits, c'est à un bien singulier voyage de noces que je vous convie! Mais, il le faut, voyez-vous. Sans vous, le père Jacob ne pourrait pas réaliser son dernier vœu!...

CHAPITRE VII

LA CHAMBRE-TOMBEAU

Le soir venu, la rue Vaneau n'est pas des plus passantes et le couple, qui longeait les façades silencieuses, pouvait librement s'avancer sur le trottoir mouillé de pluie, en tenant toute la largeur, sans avoir à céder le pas.

Un homme et une femme, deux silhouettes qui, dans la nuit, ressemblaient à des ombres, tellement leurs chaussures à semelles caoutchoutées rendaient leur marche silencieuse et tellement les imperméables de couleur sombre, qui les enveloppaient, de la tête aux pieds, les impersonnalisaient de voir leurs visages. A peine distinguait-on, à certaines différences de taille et de largeur d'épaules la silhouette masculine de la silhouette féminine.

Ils avançaient côte à côte, fouillant la perspective de la rue, couloir de brume, troué de distance en distance par les taches de lumière des becs de gaz, reflétés par les pavés humides. A voix assourdie, de temps à autre, ils échangeaient quelques mots, sans se regarder.

— Tu as bien réfléchi! murmurait la femme.

— Je veux savoir, répondait l'homme, obstinément.

— A quoi cela te servira-t-il, maintenant?

L'homme haussa les épaules et s'arrêta.

Il était arrivé devant le vieil hôtel fermé que Jean-Pierre Bourlier était sensé avoir abandonné un soir.

Sur un signe de l'homme, la femme alla se blottir dans l'ombre du portail. Lui s'approcha de la petite porte et sonna.

Une longue minute s'écoula. De nouveau, sans impatience, l'homme fit tinter la sonnette. Peu après, des pas traînants s'approchèrent de la porte et un guichet s'ouvrit.

— Qui est là? demanda une voix cassée de vieillard.

De la lueur de la lanterne levée de l'autre côté de la grille du « judas », celui qui avait frappé approcha son visage.

— Une visite, père Jacques, répondit-il. Un ancien ami qui vient prendre de vos nouvelles et vous demander si vous en avez reçu de M. Bourlier... Est-ce que vous ne me reconnaissez pas?

— Monsieur Parvan! s'exclama la voix du concierge-jardinier. Attendez que je vous ouvre... C'est que je ne suis pas habitué à recevoir des visites, voyez-vous. C'est plus que rare qu'on sonne à notre porte depuis que l'hôtel est vide. Déjà, avant, il ne venait pas grand monde, vous vous souvenez?

La petite porte s'entr'ouvrit, laissant passer François de Travenières redevenu, pour un soir, Louis Parvan. Prévenant le geste du père Jacques, il repoussa lui-même la porte qu'il feignit de refermer.

En même temps, pour occuper l'attention du vieux jardinier, il questionnait familièrement :

— Les scellés y sont toujours?

— Toujours, monsieur Parvan. Depuis qu'il est parti, je n'ai pas revu monsieur et je n'ai pas reçu de ses nouvelles. Mais entrez donc un instant.

Vers sa loge, dont la porte demeurée ouverte laissait voir l'intérieur faiblement éclairé par une vieille lampe à pétrole, il emmena le comte, dont les yeux, rapidement, inspectaient la cour déserte et la masse sombre de l'hôtel.

— Cela n'a pas changé, murmura-t-il en pénétrant dans le logement du jardinier-concierge.

Celui-ci entra derrière Travenières et referma la porte, sans soupçonner que celle de la rue se rouvrait au même moment pour laisser passer une ombre furtive qui se glissa dans la cour et la traversa silencieusement pour aller se blottir dans l'angle du perron.

Dans la loge, Travenières s'était assis en face du père Jacques, manifestement gêné de l'honneur que lui faisait l'ex-secrétaire de Jean-Pierre Bourlier. C'était en vain que, reprenant les façons amicales et un peu réservées de Louis Parvan, le comte s'efforçait de le mettre à l'aise.

Il ne s'attarda pas d'ailleurs. Le but avoué de sa visite — et peut-être aussi de son secret — n'était que de venir s'assurer que le père Jacques continuait à ignorer le destin de Jean-Pierre Bourlier.

C'était fait. Le vieux jardinier ne savait rien, n'avait reçu aucune nouvelle. Il s'en excusait presque.

— Vous l'avez connu, notre monsieur, monsieur Parvan, soupira-t-il en tourmentant le bout de son nez. Vous savez comment il était. N'est-ce pas, il n'était pas homme à s'inquiéter de personne ni à se tourmenter pour vous écrire. Ses affaires, il les faisait lui-même, en cachette de tout le monde... Si à cette heure il était autrement, cela signifierait un rude changement.

— Certainement, père Jacques, acquiesça François de Travenières. Je ne suis venu que par acquit de conscience, vous savez, et le plaisir de vous serrer la main. Mais je me doutais bien que vous n'étiez pas plus au courant que moi-même des faits et gestes de M. Bourlier.

Seulement, que voulez-vous? On espère toujours. Je suis sans place et la vie est dure. Alors je n'aurais pas été fâché d'apprendre que votre patron allait revenir. Et, dans ce cas, j'aurais voulu être le premier à lui offrir mes services.

— Bien sûr!... Bien sûr!... approuva le jardinier.

— Il n'en est rien. Tant pis pour moi... Et pardon de vous avoir dérangé, père Jacques.

Accompagné par le concierge, l'amant de Margot Feyline quitta la loge et reprit le chemin de la petite porte.

— Au revoir, père Jacques, à tout hasard, je reviendrai vous voir de temps en temps.

— C'est ça, monsieur Parvan. A votre disposition.

Sur le trottoir, ayant feint de s'éloigner, François de Travenières écouta le père Jacques refermer la porte, puis rentrer dans la loge.

Alors, il se rapprocha doucement de la porte qui se rouvrit silencieusement, juste assez pour lui permettre de se glisser de nouveau dans la cour. Sortie de sa cachette, Margot Feyline était venue ouvrir à son complice. A pas assourdis par leurs semelles caoutchoutées, tous deux traversèrent la vieille cour et montèrent les marches du perron.

Devant la porte, dont ses mains tâtaient la serrure, le comte de Travenières marqua une dernière hésitation. Cette porte, il pouvait l'ouvrir aisément puisque le trousseau de clés pris au vieux Bourlier était dans sa poche. Mais une fois dans le vestibule, il se trouverait devant les portes fermées par des scellés. Briserait-il ceux-ci, pour pousser plus avant sa visite domiciliaire? Il prévoyait la nécessité d'une effraction plus grave et dont il ne pourrait dissimuler les traces.

Il haussa les épaules. La crainte qui l'amenait dans le vieil hôtel et transformait le comte de Travenières en un vulgaire cambrioleur lui faisait estimer négligeable les risques qui pouvaient être les conséquences de sa visite nocturne.

Résolument, il tira le trousseau de sa poche, chercha la clé, l'essaya et ouvrit.

— Entre! souffla-t-il en poussant devant lui sa maîtresse.

Elle obéit avec une répugnance visible.

— J'ai peur, Loulou, murmura-t-elle.

Et elle répéta, en soupirant, la phrase qu'elle lui avait déjà dite.

— A quoi cela te servira-t-il, maintenant?

— Qui sait? se contenta de répondre Travenières.

Derrière lui, doucement, il repoussa la porte, sans la fermer complètement.

— Impossible d'allumer. Je risquerais d'attirer l'attention du père Jacques, qui ne manquerait pas de venir voir ce qui se passe et d'ameuter la police, expliqua-t-il. Tant pis. Je monterai à tâtons. Toi, Margot, tu vas rester là à m'attendre...

— Toute seule dans ce noir? Je mourrai de frayeur, protesta la jeune femme.

— Aimes-tu mieux monter là-haut et voir ce que je t'ai dit? demanda sourdement le comte.

Un geste de répulsion échappa à sa maîtresse.

— Oh! non! gémit-elle. Je ne veux pas voir cela!

— Alors, attends-moi ici. Ce sera moins effrayant... D'ailleurs, je ferai vite.

Il s'éloigna vers le fond du vestibule et la jeune femme vit sa silhouette se perdre dans les ténèbres de l'escalier.

Immobilisée par l'effroi, elle se tint contre la porte, jetant de temps à autre, pour se rassurer, de brefs coups d'œil à la cour, devinée plutôt qu'aperçue à travers le vitrail que protégeaient extérieurement des losanges de fer forgé. Le reste du temps, habituant son regard aux ténèbres, elle en interrogeait anxieusement le vide et celui de la cage de l'escalier. Autour d'elle, le silence, descendu, semblait-il, comme une brume glaciale des combles mêmes du lugubre hôtel, pénétrait Margot d'un froid mortel. Elle en sentait les frôlements. Il était autour d'elle, comme une masse envahissante, dont le battement perceptible de son cœur agitait les ondes.

Avidement, elle tendait l'oreille. Mais il n'y avait vraiment d'autre bruit que ces chocs sourds dans la poitrine de la jeune femme.

Mais une telle attente ne s'évalue ni en minutes, ni en secondes. Elle forme un bloc d'anxiété et de tension nerveuse, suspendant la vie. Ainsi fut Margot Feyline durant l'absence de Travenières et jusqu'à ce qu'elle entendît du côté de l'escalier les heurts d'une descente saccadée, qu'accompagnait un halètement rauque.

Elle courut vers les marches, en poussant un gémissement d'effroi. Chancelant, s'accrochant à la rampe que secouait son étreinte désespérée, Travenières descendait...

Mais était-ce encore l'inflexible, le volontaire François de Travenières?...

Il était monté d'un pas ferme. Et il souriait, dans l'ombre, d'un dédaigneux sourire, parce qu'il se rappelait le jour où il avait gravi ce même escalier, portant sur son épaule le corps de Jean-Pierre Bourlier.

Il s'arrêta au second étage et alluma enfin la lampe électrique dont il s'était muni.

— La deuxième porte... C'était là...

Il s'approcha pour examiner la serrure, la seule qui ne portât point de scellés.

Derrière cette porte, il avait laissé le cadavre de Jean-Pierre Bourlier. Pourquoi revenait-il vers lui, comme un assassin revient au lieu de son crime? Pourquoi revenait-il, alors qu'il avait perdu la partie et qu'il ne pouvait espérer la recommencer?

Son visage sombre s'était encore durci. Il prit la poignée de la porte et tenta d'ouvrir.

— Elle est toujours fermée, murmura-t-il. Et la clé se trouve à l'intérieur.

Tout était bien dans l'état où il l'avait laissé, quand il avait refermé cette porte, en la tirant à lui, pour qu'on pût croire, plus tard, quand on découvrirait le cadavre, que Jean-Pierre Bourlier avait bien été surpris par la mort dans cette pièce où lui-même s'était enfermé.

De nouveau, Travenières hésita. Puis, il répéta le geste qu'il avait eu sur le perron au moment de pénétrer dans le vieil hôtel.

— Tant pis si tout se découvre et si je complique la besogne de la police en lui permettant de croire à la visite d'un malfaiteur. De toutes façons, je serai hors de cause.

Il se rua contre la porte. Elle céda au troisième coup d'épaule.

Le comte de Travenières dirigea alors sur les ténèbres qui emplissaient la pièce le rayon de sa lampe électrique. Il l'arrêta sur le divan et poussa un soupir.

Un corps y était couché, dans la position où François de Travenières avait laissé le corps de Jean-Pierre Bourlier.

— Rien n'est changé, balbutia-t-il. Qu'avais-je donc imaginé?...

Lentement, il s'approchait de l'homme étendu. Mais, à mesure qu'il avançait, il pâlissait davantage.

— Ce n'est pas possible! bégaya-t-il.

Il s'arrêta net. Le prétendu cadavre se redressait et fixait sur Travenières, chancelant et livide, le regard ironique du vieux Bourlier.

— Evidemment, prononça ce dernier d'une voix railleuse. Il serait impossible que la mort eût respecté mon visage... Mais vous attendiez-vous à trouver ici un cadavre? Non, n'est-ce pas? Ce n'est que le doute entré en vous, l'autre jour, qui vous ramène ici, *où je vous attendais*, mon cousin François de Travenières. Pourquoi Louis Parvan est-il parti si vite, le jour où il a cru à ma mort et où lui est venu la diabolique idée de faire de cette pièce un tombeau? S'il avait réfléchi, il se serait dit qu'une attaque ne tue pas toujours et qu'il est des syncopes qui plongent dans une insensibilité fort semblable à celle de la mort. Il aurait dû attendre, me donner le temps de revenir à moi... Il se serait épargné la peine de poursuivre de sa perfidie les trois héritières... Ou bien il eût pu m'étrangler, comme l'envie vous en vient en ce moment...

Effectivement, une rage confinant à la folie jetait en avant l'amant de Margot l'Amour, prêt au meurtre.

Mais Jean-Pierre Bourlier s'était mis debout. Et au même instant le bouton tourné d'un commutateur alluma les trois ampoules d'un plafonnier. La pièce s'emplit de lumière, révélant au misérable, écrasé de honte, trois silhouettes enlacées.

— Suzy... Laurette... Sylvaine! bégaya-t-il, en reculant.

— Sylvaine... Suzy... Laurette... les trois victimes que je vous ai disputées et que j'ai sauvées de vos embûches, poursuivit d'une voix glaciale Jean-Pierre Bourlier. Je vous ai épargné deux crimes... Je ne vous épargnerai pas le châtiment. Devant vos trois cousines, que vous avez voulu vouer à la mort ou au désespoir, par cupidité, pour leur voler mon héritage, écoutez ma sentence : ce n'est pas Louis Parvan, beau garçon famélique, méprisable, déchu, vivant aux crochets d'une Margot l'Amour, ce n'est pas ce Parvan anonyme que je dénoncerai demain à la justice, c'est le comte de Travenières... à moins que, préférant la mort au déshonneur, il ne décide de se faire justice lui-même, en acceptant ceci, qui est la seule chose qu'il recevra jamais de moi.

La main sèche présentait une bague, que reconnut Travenières, frissonnant. C'était l'améthyste jadis glissée au doigt de Manon Soleil évanouie.

— L'aspect reste le même... Seul, le contenu a changé, dit à demi-voix Jean-Pierre Bourlier. Il ne faut pas compter sur ma pitié.

Un instant, François de Travenières affronta le regard implacable. Puis, sans prendre la bague, il éleva sa main droite dont l'annulaire droit portait une opale.

— Je n'avais besoin ni du conseil, ni du cadeau, prononça-t-il d'une voix à peine altérée. Mes précautions étaient prises et, cette fois, ce n'est pas à Mme Anselme que je me suis adressé. J'ai perdu la partie; je paierai. Vous n'aurez point à démasquer demain l'incognito de celui qui n'est plus que Louis Parvan.

Et se détournant, il sortit, roidi dans son orgueil, accompagné par le regard de Jean-Pierre Bourlier, qui refusait de voir le geste suppliant des trois cousines, implorant la pitié pour leur bourreau.

Hors de la pièce où il venait de voir surgir, accusateurs, les trois visages qu'il avait imaginés glacés par la mort — la face rigide du vieux Bourlier, les beaux visages bouleversés de Laurette, de Suzy et de Sylvaine — son masque de fermeté tomba brusquement. Livide et chancelant, il saisit la rampe et commença, voûté et secoué de frissons, une descente trébuchante.

C'était un vaincu, aux traits décomposés, qu'accueillit, au bas des marches, Margot Feyline, s'élançant pour le soutenir.

Alors, s'accrochant à elle, dans un souffle, il avoua sa défaite.

— Il vit... Le père Jacob, c'était lui!...

Un gémissement lui répondit. Pourtant, la révélation que venait d'avoir François de Travenières de l'identité véritable du mystérieux usurier n'ajoutait rien à l'horreur de sa situation.

Que le vieux Bourlier — Bourlier l'avare, comme l'avaient surnommé longtemps ceux qui le connaissaient — eût mené une double existence et qu'il se fût dissimulé sous l'apparence d'un humble prêteur pour satisfaire sa passion du gain et qu'il eût, à son insu, préparé le piège dans lequel Margot Feyline devait pousser involontairement Travenières, qu'est-ce que cela pouvait maintenant faire à ce dernier?

Mais que la fatalité eût conduit la jeune femme de ce côté et qu'elle l'eût amenée à confier à Jean-Pierre Bourlier lui-même, sous l'apparence du père Jacob, le secret de la machination de son complice, François de Travenières y voyait une sorte de manifestation surnaturelle, l'intervention du doigt du Destin.

Egaré, entraînant sa maîtresse, aussi accablée que lui-même, il sortit de l'hôtel. Ils se retrouvèrent dans la cour, sans songer à s'étonner d'apercevoir, près de la porte ouverte, le père Jacques qui paraissait les attendre et les regarda passer sans leur adresser un mot.

Ils s'en furent, épaule contre épaule, la tête basse, couple frissonnant de coupables condamnés. Ils ne se parlaient pas. Ils n'en avaient pas le courage. Au hasard, ils suivaient des rues cherchant l'ombre.

Et tout à coup, François de Travenières s'arrêta.

— Loulou! balbutia Margot, tressaillant de crainte.

Elle n'obtint qu'un signe et ce murmure :

— Il est temps... Laisse-moi... Eloigne-toi vite...

Il porta une de ses mains à sa bouche et s'écroula en gémissant :

— C'est Parvan, qui meurt... Parvan!... Souviens-toi...

Elle avait compris. Saisie d'horreur, elle courut, fuyant la vision du cadavre lamentable qu'elle abandonnait, épave tragique, allongée en travers du trottoir.

Des hoquets, des sanglots, un torrent de larmes, un dernier cri déchirant : — Loulou!...

Et Margot l'Amour disparut dans l'ombre d'un tournant de rue, comme venait de disparaître de la vie ce mort anonyme qui avait été le beau François de Travenières...

EPILOGUE

— Venez, mes petites, dit le vieux Bourlier, d'une voix que personne ne lui avait jamais connue.

Et son visage sévère, comme sa voix, s'adoucissait, changeait, prenait une expression attendrie.

D'un même mouvement, les trois cousines, encore tremblantes, encore bouleversées par la scène dont elles venaient d'être les témoins, se pressèrent autour du vieillard.

Dans le regard bleu de la blonde Laurette, dans les yeux noirs de Sylvaine et dans ceux pailletés d'or de la rousse Suzy, il lut le même apitoiement, le même émoi.

— Il n'a pas eu pitié de vos trois jeunesses, petites, soupira-t-il. Il n'a pas eu pitié de tes beaux yeux tendres, ma Sylvaine, ni de la pureté de tes yeux d'azur, petite Laurette, ni de ton regard émouvant, pauvre Suzy meurtrie. Comment aurais-je eu pitié, moi, qui si tard, apprends à vous aimer, moi le solitaire, moi le cœur dur, qui fus si rude à tant de misère? J'ai été le père Jacob, mes petites...

— Le père Jacob s'est fait notre bon ange, notre protecteur, notre sauveur! dit doucement Sylvaine.

— Pour se racheter, soupira Jean-Pierre Bourlier. Mais ne lui demandez pas de pardonner à ce Travernières qui a voulu, le croyant mort, le dépouiller du seul geste de bonté qu'il avait rêvé d'accomplir : donner un peu de joie à trois petites orphelines, dont deux pouvaient lui devoir leur libération et leur bonheur. Ne pensez plus à votre indigne cousin, mes enfants. Il est parti vers son destin. Et venez avec moi, récolter ma moisson de joie, la moisson réparatrice. Vos jeunes yeux ont assez versé de larmes.

Il les poussait vers la porte.

— On vous attend... Et vous savez qui, insista-t-il paternellement.

Une même lueur reconnaissante anima les trois regards. Dociles, les trois cousines avancèrent.

L'escalier était encore plein de ténèbres. Le vieillard s'approcha de la rampe et prêta l'oreille.

Soudain, du vestibule, la voix du père Jacques monta.

— Ils sont partis, monsieur.

— Bien, répondit Jean-Pierre Bourlier. Nous descendons.

Une lampe s'alluma, dissipant l'ombre. Elle monta, tenue par le vieux jardinier.

Eclairés par lui, le vieux Bourlier et son escorte descendirent les deux étages.

— Entrez...

Et Jean-Pierre Bourlier, ouvrant toute grande la porte d'un vaste salon, dont tous les lustres étaient allumés, fit avancer Suzy, Sylvaine et Laurette.

Des voix heureuses les accueillirent, des bras se tendirent, tandis qu'elles-mêmes, se précipitant, balbutiaient :

— Vincent!...

— Jacques!...

— Mon petit Milot!...

Trois étreintes, des baisers, des pleurs de joie, des rires de bonheur. Trois couples réunis, trois couples encore tremblants se dévoraient des yeux, osant à peine croire que la tempête les avait épargnés et qu'ils se retrouvaient pour ne plus se perdre.

C'étaient Vincent Dessaintes et Suzy... Laurette d'Antheroche et Jacques Ary-Gueydan... Sylvaine et Milot.

Et près de ce dernier, délirant de joie, le petit « Cinq-et-Trois » répétait :

— Maman Sylvaine!... Papa Milot!... Quel bonheur!...

— Sylvaine, dit Jean-Pierre Bourlier, en posant sa main sur l'épaule de Milot, je te rends ton mari qui te sera plus cher encore, parce qu'il a su se hausser jusqu'à toi, pour l'amour de toi. Prends-le par la main et achève de le guider et d'en faire l'homme qu'il a souhaité d'être, pour que tu ne puisses jamais regretter de lui avoir donné ton cœur. C'est un Milot transformé que je te présente; mais, je puis te le dire, en s'affinant pour devenir ton égal, en voulant s'instruire pour que tu n'aies jamais à rougir de son ignorance, il n'a pas eu besoin de changer son cœur... Et maintenant, soyez heureuses toutes trois. Qu'au moins les millions inutiles, amassés par Bourlier l'avare servent maintenant à protéger et à assurer votre bonheur. C'est le seul souhait que forme votre vieux parent. Et peut-être qu'en récompense du bonheur rendu à vos trois pauvres cœurs, le mien, mon vieux cœur durci, s'ouvrira un jour à la tendresse...

— Pas un jour!... Ce soir!...

Et les trois cousines, entraînant leurs maris, vinrent tour à tour incliner devant le vieillard leurs têtes, blonde, brune et rousse, et appuyer leurs lèvres sur les mains ridées qui tremblèrent soudain...

FIN

L'HÉRITAGE DE TANTE AMOUR

Roman dramatique

Par Maxime LA TOUR

PREMIERE PARTIE

LES TROIS COUSINES

CHAPITRE PREMIER

LE TESTAMENT

Boulevard des Invalides, un jeune homme descendit du train et tourna dans la rue de Varenne.

C'était encore un jeune homme; mais il devait approcher de la trentaine. Il avait la beauté du mauvais ange, servie par une élégance un peu râpée, trahissant l'impossibilité de renouveler assez fréquemment sa garde-robe.

Vêtu d'un complet plus neuf et chaussé de bottines moins fatiguées, il eût pu être pris pour un professeur de tango. Il en avait la souplesse et la vigueur, l'allure un peu aussi. Alternativement câlins ou durs, sous de noirs sourcils, selon qu'ils dévisageaient les plus jolies passantes ou qu'ils étaient au repos, ses yeux mettaient leur lumière au service d'un visage harmonieux et mâle, encadré de cheveux bruns rejetés en arrière. Les mains étaient fines et blanches, très soignées, l'allure aisée, l'ensemble distingué.

Mais la mise de ce beau garçon révélait la médiocrité de ses ressources; il devait végéter dans quelque emploi modeste et mal rétribué dont il supportait la servitude avec une impatience difficilement réprimée.

Il prit la rue Vaneau et s'arrêta devant la petite porte d'un vieil hôtel au portail fermé.

Demeure majestueuse et maussade, dont la façade ne livrait rien aux regards des passants, des rares passants de ce quartier somnolent.

La petite porte s'entr'ouvrit au coup de sonnette du jeune homme. Il pénétra dans la cour aux pavés verdis et salua au passage le vieux concierge, debout devant la porte de la loge.

— Bonjour, père Jacques. M. Bourlier m'attend?

— Probable que oui, monsieur Parvan, vu qu'il est sur son départ et qu'il met tout en ordre à son idée. Vous voyez ça d'ici...

Le jeune homme inclina la tête, indiquant par là qu'il partageait l'opinion du concierge sur l'original dont il était le secrétaire.

Tout n'était-il pas contraste et bizarrerie, dans cette antique demeure, si vaste, dont les hauts plafonds et les pièces immenses n'abritaient qu'un vieillard au nom plébéien : Jean-Pierre Bourlier, aussi ladre que riche?

Pas de domestiques; un seul serviteur, le père Jacques, jardinier-concierge, tenant lieu au maître de bonne à tout faire.

Ladrerie ou sauvagerie? Parvan ne pouvait imaginer d'autre explication à cette existence recluse et solitaire. Mais par quel caprice Jean-Pierre Bourlier, qui se refusait une cuisinière, s'était-il offert le luxe d'un secrétaire? Le titulaire de l'emploi était peut-être le premier à se le demander.

Pensif et réservé, il s'attardait pourtant à écouter les bavardages du père Jacques, mystérieux et loquace.

— Alors, comme ça, monsieur Parvan, vous allez perdre votre place, puisque Monsieur va partir?... Il ne vous emmène pas?

Parvan secoua négativement la tête, en accompagnant cette réponse d'un involontaire soupir. Assurément, la perspective de se retrouver bientôt sur le pavé ne le réjouissait pas; et ce n'était que par orgueil qu'il tentait de dissimuler ses regrets secrets derrière un masque de philosophie insouciante.

— Où va-t-il? reprit le vieux concierge. Il ne me l'a pas dit et il ne vous le dira pas davantage, ou ça m'étonnerait fort. C'est une lubie qui le prend. Ce que je sais, c'est que l'hôtel restera fermé pendant son absence et que personne n'y pourra entrer. Monsieur a mis des cachets de cire sur toutes les serrures... Ce n'est pas que je m'en plaigne! Autant de peine d'épargnée pour moi. S'il m'avait fallu tenir propre une caserne pareille, vous pensez! je n'y serais jamais arrivé... Je n'ai plus vingt ans, dites!

(*A suivre.*)

PARIS. — IMP. RAMLOT ET Cie, 52, AVENUE DU MAINE. — 1927.

IMP. HENRY MAILLET, PARIS.

www.ingramcontent.com/pod-product-compliance
Lightning Source LLC
LaVergne TN
LVHW012017220826
846092LV00001B/386

* 9 7 8 2 3 2 9 7 5 7 0 8 7 *